九龍城寨終章

CITY OF DARKNESS

九龍城寨

余兒——著

CITY OF DARKNESS

目錄

CONTENTS

第一章

CHAPTER 1
1990

1.1 登基

男人在整理衣襟，神情肅穆。

鏡中的他，五官精緻得有點像女生，一頭啡髮，酷似公子哥兒，卻不顯荏弱，因為身上有股獨特氣勢在流轉——

江湖霸氣！

男人姿態優雅，即使身上散發血腥暴力的氣息，卻毫無違和感。禮服合體的剪裁穿在他身上，相當好看。

這個氣質特別的人，今天將正式坐上幫會最高權力的寶座，登基為「龍城幫」第二任龍頭坐館，從此號令三萬門生！

「哥哥，請你放心，我一定把『龍城幫』的名號打得更亮更響，絕不會敗了你的威名！」

男人對鏡自吟，口中的哥哥，並非他的親兄弟，而是「龍城幫」上一代、亦是第一代龍頭。這個傳奇人物，於五十年代已經在道上打滾，憑一雙拳頭以及過人膽識，幾近橫掃全港黑道，卻在人生最高峰時急流勇退，豹隱九龍城寨。直至一年前，與兵臨城下的「暴力團」龍頭大老闆決戰後，才殞落人間。

男人從小就一直在哥哥扶掖下成長，盡得哥哥真傳。

儘管接掌「龍城幫」的責任重大，對外對內險阻重重，但男人既然一手扛下，就絕不容自己辜負哥哥的遺命。

時為，一九九〇年。

而男人三十未滿。

男人挺直腰板，深吸一口氣，走到門前。把門推開，外面是一個偌大的酒家宴會廳，擺放了數十張大圓桌。每席盡是不同形式的賭具，一個個刺青大漢各自下注，人聲鼎沸、吞雲吐霧，賭得渾然忘我。

當男人從那細小的房間步出來時，眾人立即放下賭具，停止下注。

「信一哥！」

藍信一，是這個男人的名字。

有些人，與生俱來就帶著強大的氣場，不管在什麼環境下，他以一種怎麼樣的姿態出現在你的視線裡，你首先注意的就一定是他。

信一向面前百多名門生擺了擺手，展露出一個自信的笑容：「還未開席，大家繼續玩！」

大人物，便該有大人物的氣度，信一隨口一句話，已盡顯霸者風範，不怒而威，極具領袖魅力。

信一走在人群裡面，在門生身旁擦身而過，那些平素粗聲粗氣、凶神惡煞的大漢，竟如小學生面對家長般，變得乖乖的模樣，對他又敬又畏。

「信一哥！」

「你們慢慢玩，最緊要盡興！」

信一穿過人群，看見大群人馬從大廳入口魚貫而入，為首的男人五十多歲，口中叼著大雪茄，頸上掛著大串足金項鍊，手腕戴著一隻勞力士鑽石金錶，張狂霸道，一看就知是個份量十足的江湖角色。

「四海幫」龍頭．豹頭。

信一笑著迎上前：「豹頭哥日理萬機竟也到賀，小的當真臉上貼金！」

「信仔，由你出來混那天起，我便認識你，一直看著你成長，今日終於到你繼位，我豹頭又怎可以不到賀啊？」豹頭指著身旁門生捧著的足金金牌，豪氣地說：「這個金牌是豹頭哥特意為你打造，喜歡嗎？」

信一望著金牌上「一諾千金」這四個大字，淡然一笑：「喜歡！」

「龍捲風在生時最愛跟人說：『做人，不需要大富大貴，但求問心無愧，對兄弟一定要——言而有信，一諾千金！』你是他的指定繼承人，一定要記著他的話，知道沒有？」

「嗯！」信一點頭，亦沒介意豹頭家長式的訓示，他知道這個叔父輩並無惡意。

應酬完豹頭，幾個大人物亦相繼進場，分別是「架勢堂」龍頭 Tiger 叔、「大龍堂」龍頭萬威、「天義盟」龍頭宋人傑以及幾個來自澳門的黑道巨頭等。

「大龍堂」的萬威人如其名，濃眉大眼，碩大無朋，舉首投足都很有霸氣，和信一交情泛泛，沒惡意亦不算和善，只對信一拋下一句「恭喜」便從他身旁通過，步入大廳。

宋人傑是個小個子，身高大約五呎五吋，臉上架著一副灰色鏡片眼鏡，讓人無法清楚看見其眼神，帶點陰險狡黠。

此人近年在樓房生意上大有獲利，把幫會業務逐漸放輕，在江湖已失雄心，稍有虧本的地盤已經全數甩掉，縱然知道因此會令幫會勢力收縮，也不當一回事，是個唯利是圖的守財奴。

宋人傑前來的目的，當然並非真心到賀，而是他知道「龍城幫」有意擴大幫會業務，只想藉此跟信一攀關係，希望日後能取得合作機會，撈上一筆。

宋人傑熱情地熊抱信一：「真是後生可畏！」

信一淺笑：「多謝宋老闆賞面。」

「別叫宋老闆這麼見外，跟其他大哥一樣，稱呼我人傑便可以了！哈哈哈……」

信一巧妙地掙脱開他的雙手：「都是一句吧。」

「哈哈哈……那就隨便你啦。」

宋人傑的虛偽，信一老早就領教過。若是換作從前，他對沒有好感的人，一定不屑一顧；可現在他身份不同了，每一句話都對幫會有直接的影響，考慮的東西自然不只個人意氣。這刻就算遇上面目可憎的討厭人種，只要對方沒有挑釁舉動，信一也會「以禮相待」，盡量以和為貴。

身穿咖啡色西服、一臉笑容的 Tiger 叔走到信一身旁，拍了拍他的肩膀：「世侄，恭喜你正式當上龍頭！你雖然是我的後輩，不過你已成了一幫領導，那麼以後大家就是平輩啦！」

黑道中人，總愛論資排輩，對於入門先後、職位階級看得很重。不少老一輩的人員，就算被後浪趕上，也會因為對方的年資不及而感不服，儘管他們在幫會的職級已超越自己，也不能改變這班老一輩的態度與看法。

Tiger 叔在江湖上身份高、地位重，卻把信一跟自己看齊，足見他胸襟甚廣。

「謝謝你。」

這幾個大人物當中，信一最有好感的就是 Tiger 叔了。

「『龍城幫』跟『架勢堂』關係一向不錯，你與我們的十二少更是拜把子兄弟，我們兩幫人以後要多多合作。」Tiger 叔笑說：「其實這兩年我的身體也不太好，已經逐漸把幫會的業務交給十二仔處理，我們這些老一輩真的是時候退下來，過些平淡的日子。『架勢堂』出了十二少，『龍城幫』又有你這個才俊，踏入九十年代，江湖也該來個新開始，現在是你們年青一輩的年代了！」

Tiger 叔說得沒錯，每一個時代，都有屬於那個時代的英雄，過時過氣的舊人如不適時引退，隨時會被突如其來的巨浪淹沒在大江湖中。很殘酷卻又真實，只因江湖從來凶險。

「信一，你的兄弟正等著你，上台跟大家說幾句話吧！」Tiger 叔。

一幫之主，不是你想當便可以當得來，除了要有實力之外，更需要擁有梟雄的氣概，以及懾人的領袖魅力！

欠缺了這兩種元素，就算登上高位，也總有一天給狠狠地拉下來，摔個粉身碎骨。

信一是個聰明人，他當然明白這個道理。

「龍城幫」由龍捲風創立，歷來只有龍捲風這個唯一的龍頭，要令老一輩心服口服，絕非一件易事，所以不少舊派思想的老臣子也沒有出席「登基大典」。

站在台上的信一，面對著台下數百雙目光，無畏無懼，亦沒怯場，神色自若、自信，氣定神閒，大有君臨天下的皇者氣派。

「各位兄弟手足、同道盟友，你們好！」信一笑了笑，右手拿著咪高峰，左手撥了撥額前劉海：

「首先多謝大家賞臉，撥冗出席今天的晚宴。大家都知道『龍城幫』是哥哥的畢生心血，一年前，哥哥與世長辭，他離世前委任我為『龍城幫』第二代龍頭，當時，真的不知自己能否勝任……」

想起當日哥哥傳位給自己的一幕，信一的情緒亦激動起來。

「『龍城幫』人才輩出，論實力，我不算最好打；論資歷，不知還有幾多位前輩比我更有資格坐這個位，我德薄才疏，到底何德何能？之後幾個月，我反覆思量，哥哥為什麼會選中了我？而我，又是否有足夠能力擔此重任？想了又想，不知不覺間，我想起一些有關哥哥出道時的傳奇事跡……」信一抓緊咪高峰：「大約在三十年前，出道不久的哥哥為了營救兩位拜把兄弟，不惜以身犯險，闖入當時屬於敵陣的九龍城寨，單挑『青天會』大惡人雷震東！最後，哥哥憑單臂轟下了十數名『青天會』的武將，成功把他的兄弟救了出來，代價是，從此成為了『青天會』的狙擊目標。」

場中上一輩的人聽到雷震東的名字，同也心有餘悸，只因雷震東是當年華探長雷老虎的堂弟兼「收租佬」，一個橫行黑白二道的超級梟雄，誰開罪了他，便注定橫屍街頭！

「當時所有人都認為，哥哥要保住性命，就得離開香港，可哥哥卻沒有逃離之意，一直留在原地抗爭，最後的結果如何，也不用我多說了。」信一續道：「多年以後，每當我問起哥哥為何年少時那麼斗膽，了無懼意地去挑戰權威，哥哥總是說：『有些事是注定的，如果我注定成為一個梟雄，那麼曾經在我生命中出現的敵人，全都是成就我登上高峰的踏腳石。正如一些歷史人物，無論他出身是個流氓或是乞丐，只要是命中注定，他終會天命所歸，成王稱霸！』回想起哥哥的話，令我當頭棒喝，既然哥哥已欽點我為新任龍頭，那我就什麼也不用去想，剩下只需要做一件事情——就是好好地去當這個『龍城幫』第一人，殫精畢力，誓必要把『公司』的招牌擦得更亮！」

「信一哥說得對，從此我們『龍城幫』以你馬首是瞻！」

「信一哥萬歲、『龍城幫』萬歲！」

信一能說會道，他的「演說」聽得一眾門生熱血沸騰，現場氣氛亦因此炒熱起來。

而其他派別的人物，心裡暗自盤算，對信一亦有不同的看法。

唯利是圖的人．宋人傑：

「這個信一年紀輕輕卻甚有大將之風，一表非俗，絕對是大器之材，跟他打好關係，說不定他日能助我賺大錢，嘿！」

思想守舊的人．豹頭：

「說話倒有點感染力，不過還是太幼嫩，尚未能幹出什麼大作為。」

豁達大度的人．Tiger 叔：

「龍捲風真有眼光，信一絕非池中之物，他日成就肯定無可限量！」

「時候不早，請各位入席就座，好好享受晚宴。」

信一步向主家席，除了身旁的頭號門生阿鬼，與他共桌的，全都是其他幫會的領導級人馬，包括宋人傑、豹頭、Tiger 叔、萬威等人。

席上，還懸空了四個席位，留給四個重要人物。

老大登基大好日子，卻見阿鬼露出憂色。

信一輕聲地問：「怎麼啦？」

「信一哥……有件事，我不知該不該說……」

「不要吞舌吐吐，有話就直說。」

「剛才我收到消息，『龍城幫』三大元老認為你不合資格坐這個位，今晚不會出席。」

「就是這樣？」

「他們已經召集了旗下門生，打算在今日收回你的地盤……」

「唔，這我早知道了。」

「今晚支持你的頭目全部都到這裡來，我們幾個重要地盤正處於真空……」阿鬼憂心忡忡：「我們需要立即調配人手過去嗎？」

「不用緊張，今晚是我跟『龍城幫』的重要日子，他們選擇今日向我開戰，你認為目的何在？」

「當然是乘虛而入，掠奪我們的地盤！」

「我們每個月賺回來的錢，都會分兩成給他們，生意受損，便直接影響到他們的收入；而那些地盤，大多都是合法生意，就算被他們攻陷了，也不能掠奪過來啊，所以這次他們的目的，絕非為利，而是要我名譽掃地！」信一撥了撥頭髮，淡淡地說：「你以為在場其他幫會的老大會不知道『龍城幫』內訌之事嗎？他們都在隔岸觀火等看好戲，看我如何拆除這台炸彈！今日我一旦調兵過去，難免有一場血戰，就算我們把對方打退，保住了地盤，輸的都是我。」

「為什麼？」阿鬼一臉不解。

「你試想想，今天是我『登基』的大日子，直系門生卻弄得個個傷痕累累，第二天全江湖都會流言滿天，說我這個龍頭不但未能好好一統門下，而且連累門生受傷，到時黑道看不起我，白道也因為我管治不力而對我施壓，我簡直兩邊不是人！」

「除非我方能壓倒性取得勝利，否則你的威信難免會被動搖。」

「Good！你的腦袋開始靈光了。」

「那麼……你為何仍可如此輕鬆？」

信一翹起嘴角，笑而不語。與此同時，晚宴的第一道菜已上席。

一眾頭目都知道一場暴風雨即將要降臨在信一身上，每人都抱著不同的心情，看他如何面對這個關口。

「信一，我對你有信心。」信一身旁的Tiger叔耳語。

「謝謝。」信一報以一笑，舉起酒杯：「各位大哥，小弟敬大家一杯！今晚不醉不歸！乾杯！」

「乾杯！」

噹——

碰過了杯，晚宴正式開始。

1.2 班霸

九龍半島上，同一天空，一個被黑道喻為賺錢天堂的地方，尖沙嘴。

尖沙嘴的地盤由五大幫會瓜分，「四海幫」、「大龍堂」、「架勢堂」、「暴力團」及「龍城幫」各佔山頭，十多年以來，鮮有新幫會能打進這圈子。誰不怕死踏入這塊英雄地，無疑是自掘墳墓。

燈紅酒綠的街道上，有著各式各樣的夜場生意，夜總會、酒廊、舞男店、卡拉OK等。

這條紅燈區大街，是「龍城幫」其中一個地盤。

幾個性感打扮的妙齡女子，準備走進夜總會裡，迎接一天「辛勞」的工作。

此時，平靜的街道，突然響起了一陣如雷般的步履。

妙齡女子們同被眼前的景象嚇至花容失色，她們瞧見不遠之處的馬路上，有一群手執木棒、刀刃的大漢正殺氣騰騰，踏入信一的地域，一看便知絕非善類。

他們當然也不是來光顧，顯然是來找碴的！

小姐們見情勢不對，加快步伐，趕快走入夜總會內。

其中一女忙於走避，失足地上，足踝摔至瘀腫，無法站起嬌軀。

正感無助之際，一隻有力的手臂把她攙扶起來。

只見對方是個年約二十二、三，一頭紅髮，一身黑色皮衣的帥哥。

「小姐，弄傷了便早點回家休息，我跟你老闆很熟稔，把你的名字說給我知，待會替你告假。」紅髮帥哥輕佻地說。

「吉祥，別多事，找位手足截輛計程車送她離開便是！」比紅髮帥哥更帥的男子說。

「知道，阿大！」

這兩個帥哥，不就是「架勢堂」的大紅人——十二少與吉祥。

站在他倆後面，還有十數名門生，各執一把壘球棒，顯然有備而來。

十二少手執一把日本武士刀，跟吉祥都好整以暇，全不為即將的戰役而緊張。

因為他們盡皆驍勇善戰，見慣風浪。

「吉祥，你聲音比較響亮，替我叫他們走吧。」十二少用尾指挖挖耳孔。

「喂！你們站著，別要動！」

本來浩浩蕩蕩的大漢，見吉祥拿著一把大刀擋在前路，也不敢輕舉妄動。

「你們是哪一幫的人？」

吉祥望著十二少說，傻了眼：「他連我們也不認識？」

「既然人家不認識你，你便告訴他，我們是誰。」十二少不徐不疾，冷靜地道。

「大塊頭，聽好，本大爺乃『架勢堂』兩大帥哥之一，紅髮吉祥是也。在我身邊這一位是鼎鼎大名的十二少，所謂平生不識十二少，便稱英雄也枉然！」吉祥哈哈笑道：「看你們的樣子也很難當英雄的了，回家吃飯拉屎，然後好好睡一覺吧！」

「十二少？」

就算沒見過其人，出來混的不可能沒聽過十二少的名字。

「膽怯了嗎？在我們還沒改變主意之前，速速滾吧！」吉祥意態囂張地說。

「今天是我們『龍城幫』的私人恩怨，你們『架勢堂』最好不要插手！」

「你白癡啊！若不插手我們現在便不會站在這裡啦！今天只有兩條路給你選，一是回家拉屎，二是給我打殘然後餵你吃屎！拉屎還是吃屎你自己選！」

面對十二少這支江湖勁旅，「龍城幫」人馬難免有所怯懼，可吉祥一再挑釁，他們就算真的想回家拉屎，在這情勢下已經騎虎難下，唯有亮起兵刃，拚死一戰！

「敬酒不喝喝罰酒，殺他們一個片甲不留！」大漢甲鼓起勇氣大喝。

「什麼年代呀？還說這種老土對白！」

「龍城幫」一眾向著十二少方向衝殺過去，吉祥卻仍氣定神閒，提起手中大刀，看真一點，那是歷史名將關雲長的青龍偃月刀！

「看見這種場面我便感到興奮，自從一年前跟『暴力團』大戰之後，我已很久沒有拿過刀了！」

吉祥異常亢奮：「阿大，此戰就由我來打頭陣吧！」

「隨便。」十二少未出鞘的武士刀扛在肩膀上，打了個呵欠：「不過信一曾囑咐，著我們盡量手下留情，知道沒有？」

「知道阿大！」吉祥如靈猴般一躍而起，右手祭起大刀，精神抖擻，殺入敵陣：「過來過來，不要命的就給我過來！」

吉祥氣勢如虹，對方一時間亦被震懾，頓住了步伐。

「我們人多勢眾，不要被他嚇倒，上呀！」

來到這個地步根本不可能走回頭路，大漢只好硬著頭皮，與一眾同門揮刀而上。

「人多勢眾又如何？」吉祥單臂橫揮大刀：「有沒有聽過人強不需要馬壯呀？」

乒乒乒——

急快的刀鋒在黑夜中劃出一道銀光，接下來無數刀刃碎片散滿一地。

要贏人，先贏勢！吉祥甫一出手便把對方壓下來，縱然是敵眾我寡，他也有信心可以打贏這一場仗！

吉祥衝入人群，揮舞著手中大刀，橫劈直斬，刀法既快且準，不消半分鐘便傷了對方十多人，只傷不殺，把人斬至倒地或甩掉武器便收手，已算是相當仁慈。

原名韋小吉的吉祥，十多歲便跟隨十二少於江湖上打滾，初出道時，吉祥只是個外表呆頭呆腦、全沒霸氣的小混混角色，所以一旦要跟別人「講數」、動武，吃虧的總是他。

每個人都有自己擅長的東西，把所長發揮在合適的工作上，便如魚得水，相反就不能得心應手，難以跨越某個級數或檔次。

要做個響噹噹的頂尖江湖人，除了要夠狠夠惡，還要懂得運用腦筋，否則永遠不能站在最前線，只能當強人背後的三線角色。

當初所有同門也認為吉祥的性格不合適走江湖路，難有發展。唯獨十二少覺得他是眾多門生中，最有潛質的一個，因為吉祥在每次行動中，都會思考，縱然他從沒有表達過自己的想法及提出意見，但跑慣江湖的十二少卻可以看出，這個韋小吉絕非池中之物，假以時日，經過歷練與琢磨，必會成為一把鋒利的寶刀。

十二少看著吉祥的精彩表演，內心暗感讚許：「比起一年前，他的刀法又再進步了。」

「對手太弱，不太好玩……」吉祥向著身後的同門說：「兄弟們，剩下的留給你們！」

一語甫畢，「架勢堂」人馬便向敵人衝過去。

「龍城幫」的氣勢已被吉祥打散，潰不成軍，「架勢堂」輕易地便把餘黨全數擊退。

「幹得好！」坐在鐵馬上的十二少，把一個頭盔拋給吉祥。

「都是多得阿大教導有方。」吉祥戴上頭盔，坐上十二少的鐵馬後座。

「何時變得如此謙虛？」

「我為人一向謙虛！」

「是嗎？」

「阿大，知不知今晚的菜式如何啊？」

「今晚這場龍頭宴，肯定是一等菜式！」

「嘩，原來已經九點半，阿大，可否開快一點，我怕趕不及吃魚翅。」

「魚翅？我保證第二道菜還沒吃完我們就已經到了！」

「真的？」

「我十二少從不誇大！」

十二少踩盡油門，戰車便在公路上發出咆吼之聲，絕塵而去。

第一道菜還沒吃完，信一的手提電話響起。

「喂。」

電話筒的另一邊，是信一身處夜總會的門生，目睹剛才的一幕後立即致電老大，報告實況。

「Good！」信一滿意一笑：「今晚提早關門，下班後跟夜總會所有兄弟姊妹宵夜，費用由我支付，玩盡興點！」

「老大，怎麼了？」阿鬼問。

「拆掉第一台。」信一夾起一片脆皮乳豬，放入口中：「還有兩台。」

信一的笑容既自信又自然，這個年青後進看來真有能力平息這場風波。

旺角。

一條停泊了多輛小巴的大街上，一個個滿身鮮血的大漢七零八落倒在地上。

他們每人身體不同部位的肢節都扭曲得極不尋常，顯然是被硬物撞擊至骨折。

隆——

一個臉上戴著面具的巨大身軀，提起沉重步履，如鋼鐵般轟落地面，彷彿要把地面壓碎一樣！

他的拳頭，染滿了別人的鮮血！

他的名字叫AV！

「雖然信一叫我盡量留手，不過，我實在控制不住自己。」AV望著眼前幾個仍沒倒下的漢子說：「仆街黑社會！看見你們我便眼火爆！今晚，沒一個可以逃過我的拳頭！」

兩分鐘過後，所有紋身漢子都倒在地上，統統被AV重創！

兩幫人馬分別已給打敗，還餘下一幫，他們的目標，正是信一的根據地——

九龍城寨！

超過三百名黑衣大漢浩浩蕩蕩，來到九龍城寨正面入口的大馬路對面，陣容比尖沙嘴及旺角兩邊更強大、更誇張，可見這裡才是他們今晚的主要突襲目標。

可是三百名大漢卻沒有攻城之意，只一直待在大馬路上，全因為在城寨前面，站著一個名噪黑道的江湖巨人。

一個曾經避走城寨，如今卻是這裡一份子，前「暴力團」戰神，現為九龍城寨街坊福利會主席——陳洛軍。

眼下情景，不禁令陳洛軍想起大老闆圍城一幕。

當然，今次的排場絕不可跟當日相比。

所以陳洛軍表現得甚是輕鬆，手中沒有任何兵器，只有一杯凍檸檬茶。

「陳洛軍，你早被大老闆逐出幫會，現在已非黑道的人，江湖的事也與你無關，識趣點給我讓路，我們取了想要的東西便會離開，不會傷害城裡任何人！」

「你有所不知，我已成為了『龍城幫』的會員，又再誤入歧途，加入黑社會了。而且我現在是九龍城寨街坊福利會的主席，保衛家園，男子有責！」陳洛軍用吸管啜了一口檸檬茶：「你們是不是要取『龍城幫』的龍頭棍？是的話，那便認真抱歉，因為信一哥吩咐我好好保管著它，這是他交給我的第一項任務，不容有失啊。我想今次你們要空手而回了。」

「你只有一個人，能惡到哪裡？你再有能耐也敵不過我們好幾百人！」

「誰說我只有一個人？」

陳洛軍喝完最後一口檸檬茶，然後吹響了一聲口哨，城寨內便湧出大批人馬。黑壓壓的人站在陳洛軍身後，擠滿了整條道路，少說也有五百人。

「雖說人強不需要馬壯，不過人多始終好辦事。」陳洛軍望了望身後那群人：「對不對啊？」

「洛哥說得對！」陳洛軍身後的人齊聲高呼。

站在陳洛軍身後的，並非「龍城幫」的人馬，而是「暴力團」的成員。

大老闆雖然乖戾又自我中心，但也有善良的一面。當日陳洛軍母親慘死在王九手上，一直令大老闆耿耿於懷，總想做出補償，故對陳洛軍承諾，只要他有需要，隨時可以動用「暴力團」的兵馬。

這次跟「龍城幫」另一派系爆發衝突，不便出動信一人手，陳洛軍遂向大老闆借兵。

陳洛軍人多勢眾，一旦開戰，來犯一方必吃大虧，可是若鳴金收兵，回去後必定被上級處罰，局面變成進退維谷。

「要你們這樣離去，相信很難交代吧。」陳洛軍鬆了鬆筋骨：「別說我以眾凌寡，現在我給你們挑一個出來跟我單對單對打，只要把我擊倒，今天你反轉城寨我也不會阻止！」

現下形勢，陳洛軍根本不用跟對方說條件，此舉不但盡顯他的皇者氣度，還充分表現出他對自己的實力信心十足。

這個盤口對來犯者相當有利，他們當下便派出一名個子比陳洛軍巨大的大塊頭出來。

「你的身型跟AV相若，不過氣勢方面似乎不夠。」陳洛軍上前，望著大塊頭說：「動手吧，讓我看看你的實力如何。」

大塊頭二話不說便運起巨大的拳頭，直轟面前陳洛軍。

大塊頭的拳落空了，因為陳洛軍在眨眼之間已站到他的身旁。

「你的動作，太慢。」

大塊頭愕然非常，心想：「他何時來到我身旁的？」

大塊頭的個子雖然比陳洛軍高了一截，可他卻感到陳洛軍如巨人般氣勢儼然，天威莫犯。

輸了勢，這一戰大概已經分出了勝負，但大塊頭卻難得頗有體育精神，竟然還可揮出第二拳。

大塊頭的拳仍未完全揮出，便突然感到肚腹一陣劇痛，雙膝更不由自主跪在地上，口中還不斷吐出白沫。

「你跟我的實力相差太遠了。」

陳洛軍實在太神了！在場的「凡夫俗子」無一不被他的「神技」所震懾。

他們雖看不到陳洛軍何時出手，卻絕對相信大塊頭是因他而倒下。

「你們的代表輸了，帶他離開吧。」

他們根本沒有選擇餘地，只好垂頭喪氣，乖乖撤出九龍城寨。

陳洛軍智勇兼備，而且實力超然，「龍城幫」信一派系增添了這一名猛將，幫會聲威將與日俱增，香港第一社團之位，指日可待！

1.3 後哥哥年代

十二少沒騙吉祥，魚翅還沒上，二人已跟陳洛軍安坐酒樓，信一龍頭宴的主家席上。

四隻酒杯交碰，四個好兄弟把杯中威士忌一飲而盡。

「乾杯——」

「辛苦大家了。」信一頷首。

「舉手之勞，小事一樁。」十二少淡然地說。

「AV不喜歡人多的地方，辦完事便獨自回城寨了。」坐在信一身旁的陳洛軍說：「還有大老闆，他跟喵喵去看演唱會，來不了啊。」

「明白。」信一轉向席上其他的人說：「這幾位都是我信一的好朋友、好兄弟！我跟大家介紹，這兩位是『架勢堂』十二少與吉祥。」

十二少與吉祥同是新一代江湖炙手可熱的人物，席上部分人首次見其廬山真面目，不禁驚嘆：「後生可畏！」

十二少望向 Tiger 叔：「阿大！」

十二少能征善戰，為人又重情義，早已名震江湖，今日相助信一大獲全勝，作為他的老大，Tiger 叔夠面子，對門生深感讚許。

Tiger 叔心想：「以十二少的資質，假以時日成就必定能超越我。他志大才高，天生下來就是當大人物的材料，回想起一年前他要跟大老闆開戰，我卻沒有做出支持，實在對不起他。」

信一拍了拍陳洛軍的肩膀：「這一位是陳洛軍，相信大家也聽過他的名字。現在他已是『龍城幫』的人，跟我平起平坐啦！」

「平起平坐？信一哥你不要玩弄我了。」陳洛軍對著其他人說：「我這位老大很會說笑，事實上我加入『龍城幫』不久，只是個小混混的角色，論資排輩，信一哥是我老大老大老大的老大啊，哈哈哈哈。」

吉祥對十二少說：「那我現在的輩份豈非比洛哥還要高？」

「是啊，所以吉祥哥日後有什麼事想我辦，儘管吩咐我好了。」陳洛軍對吉祥笑了笑，為他斟酒：「來，我敬你的。」

吉祥尷尬一笑：「洛哥，我自己來就可以了。」

「來來來，我們幾位兄弟再乾一杯！」信一舉起酒杯說。

噹噹——

新人事、新氣象，「龍城幫」由信一接掌，不但邀得陳洛軍加盟，而且跟「架勢堂」同氣連枝，江湖勢力將會更穩固。

這兩幫人馬走在同一陣線，結聚為一股超強勢力，屬於他們的盛世時代已經來臨，黑道版圖將因他們改變。

終有一天，他們將統領黑道，制霸江湖！

澳門——

一座神祕的大廈，一間昏暗的密室，一個吃著血淋淋生牛排的男人。

密室的牆上掛著十多部電視機，每部都播放著不同的畫面，有的男人在強暴女人、有的男人強暴男人、有的十幾名男人在蹂躪一個女人、也有男人給鎖在凳上，被另一個男人暴力折磨。盡是血腥、暴力與色情的「情節」。一眼望去，當中有個很強烈的共通之處，就是所有受害者的表情都異常真實。

那些驚慌、絕望、痛苦，在每個被害者的五官擠壓出來，統統都不像演戲。就算是影帝影后，也演不出這種神態，這全都因為他們的苦難都並非假象，螢光幕上的一切，竟全是實況！

慘絕人寰的實況！

男人邊吃著牛排，邊看著螢光幕上的殘虐畫面，看得津津有味，臉上更不時露出令人心寒的詭譎微笑。

他看上去約四十多歲，紮小馬尾，五官算是端正，可卻流露著一份令人不寒而慄的邪氣。

「先把他的眼球挖下來，然後輕輕多插他兩刀，別讓他死得那麼快……這邊也要加點勁，出點力度，把那個婊子盡情暴虐，咬掉她的乳頭吧，哈哈……」男人看得很是興奮，大口大口吃著牛排的同時，不忙為各個畫面增設旁述，吐出正常人沒可能說得出口的歹毒話。

半晌，男人放下刀叉，抹了抹嘴角，轉身望向後面一張簡陋的手術床上。

一個醫生正準備對病人下刀。

「搞定了嗎？」男人對那醫生說。

「差不多了。」

「動作那麼慢，怎能賺大錢！」男人一手奪過醫生的手術刀：「看我的！」

男人提起手術刀，想也不想便刺向那病人的肚內。

「嚓」的一聲，男人不知刺破了病人哪個內臟，血花濺在他的臉上，然而他毫不在意，伸了伸舌頭，把臉上滴下來的血顆舔去，那個變態模樣，看來更顯猙獰可怕。

男人劃下手術刀，一手插入病人肚內，把一個新鮮的內臟捧在掌心。

「哈哈，還是要我出手才行！」男人把內臟拋給醫生：「在我這裡當醫生，除了手勢要好之外，還要有速度，知道沒有？」

「知……」醫生雙手盛著內臟，戰戰兢兢：「知道了……雷公子……」

雷公子，一個叫AV永世難忘的名字。

就是這人，奪去了AV的女人、奪去了AV的人生！

權傾澳門黑道的他，數年前因為一個不滿，把AV的女朋友捉了去拍色情電影，更以利刀在AV的臉上刻下了一個極盡侮辱的字眼。

這些年來，他在澳門的勢力與日俱增，不但是疊碼界（注）極有勢力的人物，而且控制著澳門大部分色情及毒品事業，亦染指黑市器官買賣。

還有，近來他在身處的這座神祕恐怖大廈開設會所，為尊貴的會員提供各樣「獨特」玩樂，殺人、強暴、虐打，種種見不得光的暴力活動應有盡有。

會員更可以「預訂」心儀或憎恨的對象，金額當然亦相對提高。

擁有這個會籍的，大多都是上流名流，他們不介意付出金錢，只要能滿足到他們的變態獸慾，這班惡魔多少錢都花得起。

剛才雷公子在螢幕上收看的，竟全都是現場直播的真實事件。

取過器官內臟，雷公子拿出一部拍立得相機，替手術床上那具被整得很慘的死屍拍了張「遺照」，然後隨手把照片放入一本相簿內。

他滿足地翻閱相簿，又再細心而輕蔑地欣賞一遍。相簿每一頁，都整齊地排列了四至五幀照片，全部都是極度殘忍的虐待照。說得出的慘況，都應有盡有，光看照片已可感受到這些受害人的遭遇是何等慘痛、何等侮辱！

稍有血性的，都慘不忍睹，可雷公子卻回味得很，就像在看一本心愛的漫畫、或一本極具娛樂性的雜誌般，稀鬆平常。

這類珍藏相片簿，在架上，還有好多，好多本……

雷公子欣賞完珍藏集，又再把視線轉回那排電視機上，像看搞笑片一樣，不時發出笑聲。

「嘿嘿……盡情殺、盡情虐待他們吧，只有性與暴力才是這世上最實在的東西啊！」

雷公子正陶醉在這個血與性的世界裡面，盡情觀賞別人痛苦的表情、淒厲的叫聲。

人命在雷公子眼中根本毫無價值，他享受那種掌握生殺大權的感覺；在這幢大廈裡，他就是神！

給予別人噩夢的死神！

叩叩——

密室的大鐵門響起了兩下敲門聲。

「進來。」

一名手中拿兩盒錄影帶的男人打開大門走到雷公子身旁。

「雷公子，查到了，信一原來跟林杰森是相識的。」

「林杰森？是人還是狗？」

「幾年前，我們在香港遊艇上強暴了他的女朋友、毀了他的容，然後把他拋入大海，他死不了，而且曾經走上你的大廈鬧事。」

「我記得了，是那個大隻佬！」

「後來他住進九龍城寨，認識了信一及陳洛軍，改名AV。」

「怎會有人改這種爛名？他很喜歡看AV嗎？」

「沒錯，因為我們把他的女朋友賣到日本拍AV，所以他就不斷看色情片，希望能從中尋找到她的下落。」

「白癡！簡直就是個白癡！想得出這個方法的腦袋肯定有問題！」雷公子不屑地翹起了嘴角：「信一這蠢才，竟為了一個白癡而開罪我……澳門四大『公司』以我的勢力最大，另外三幫的龍頭也收到請帖，偏偏我卻沒有！他當我是什麼、當我是什麼呀？」

雷公子突然變得十分激動，把面前的門生當成信一一樣，抓著他的衣領大吼狂嚎。

「反正我跟『龍城幫』的恩怨早晚也要算，好，我就藉此機會，向他們開戰！」

雷公子鬆開門生，燃點了一枝雪茄：「AV的女人死了沒有？」

「還沒死……她在日本拍了十幾齣色情電影後，由於反應不太好，所以那裡的製片商把她賣到一些低級的色情場所去了。」爪牙把兩盒錄影帶交給雷公子：「這是她曾演出的片子。」

「嗯。儘快給我找她回來，我要活口。」雷公子笑道：「我要跟AV慢慢玩呢！」雷公子視人命如草芥，殺人對他來說，如同殺掉一隻昆蟲沒兩樣。

像他這種泯滅人性而實質禽獸不如的所謂人形物體，世界上其實也有不少，他們許多都成為了惡名昭彰的連環殺人罪犯，共通之處是對生物甚至是同類毫無同理心、漠視一切社會準則、規定和風俗，目無法紀，對法治規條定下的所有刑罰也不感害怕。常理對這種人來說，並沒任何意思，他們從來不會感到內疚，或者正確來說，是從不知什麼叫作內疚。

諸如不忍同情內疚羞愧道德等等的這些人類崇高情感，他們一概欠奉！

不同的是，病態連環殺手大多是獨行而孤僻，而雷公子則是有勢力及有組織。

所以，他只會比一般獨行殺手更加恐怖、更加危險！

「『龍城幫』？我呸！信一，很快我會讓你見識，我雷公子的手段！」

此刻的信一及AV當然不知，一場超級暴風雨即將由澳門席捲香港！

注：當時澳門賭場專營權由澳門娛樂公司獨有，旗下有十個賭場，行政大權一直在賀新（虛構名字）家族手中。為了減少賭場的風險，賀新想出一方法：將賭廳推出競投，批給價高的廳主承包，由各廳主幫娛樂公司包銷籌碼和搵賭客，廳主在賺取回佣（約百分之十幾）的同時，亦承擔了賭客不認賬的風險，而娛樂公司的收入亦可保穩定。

1.4 暗湧

登基大典曲終人散，信一跟陳洛軍回到城寨某一舊樓天台，與他們另一位好友開懷對飲。

「AV，我敬你的！」信一舉起樽裝啤酒，豪氣地一喝到底。

脫下面具的AV把啤酒大口大口灌進喉嚨。

「聽說你剛才很重手，把那幫人打個人仰馬翻，個個身受重傷，沒一個可以站起來，要找人把他們逐個搬出大街。」信一翹起拇指說：「AV哥果然出手夠猛，厲害厲害！」

「雖然你事前叮囑我留手，但我真的控制不了……」

「沒相干沒相干，你喜歡便可！」

「惹怒AV死不了算他們走運啦！」陳洛軍望著AV笑說：「記得我入城的第一天，在競技場遇上你，明明跟你無仇無怨，你卻好像想把我撕開兩邊一樣！」

「你也怪不了我，當時我正跟震威決鬥，你無故走進我的戰場裡面把他救走。

要知道那裡是我AV的舞台，你一來就把全場的焦點轉移到你身上，你說我該不該怒了？」

生人勿近的AV，竟也懂得說笑。雖然笑點有些老梗，但只有在真心好友面前，AV才會流露出真個性，甚至稚氣。

「原來你氣我搶去你的風頭，哈哈……」

「我一直都是城寨競技場的主角，不過自從你來了之後，我便成了配角。」AV聳聳肩，露出鮮有的笑容：「沒法子，誰叫你又好打又帥，我的女粉絲都給你搶走了。」

「不是吧？嘻嘻嘻……」陳洛軍抓抓後腦，笑得極度傻氣又帶點沾沾自喜：「是真是假啊？我在城寨真有很多女粉絲嗎？怎麼她們都不來找我呢？嘻嘻嘻……」

「她們來找你又怎樣？你可以泡嗎？」酒過三巡，信一點起香煙：「你別忘了你身邊還有一個藍男啊！」

「劉天王背後都有個女人啦，還不是一樣容得下千千萬萬個女粉絲？」

「那個是劉天王啊！你以為你是誰？現實版《天若有情》華Dee嗎？」

「哼，劉天王又如何，他很快便要替我打工，叫我老闆了。」

「哈哈哈！你撒謊也要有個譜吧？想劉天王叫你老闆，別做夢啦！」

「你不相信？」

「洛哥，你真會做戲，說了這麼大的一個笑話，自己竟然沒有笑，佩服！」

「我會證明給你看的。」

「還是要耍我？好啊，如果你當了劉天王的老闆，我以後就叫你契爺！」

「那你準備好上契禮物啦，契仔！」陳洛軍喝光了手中的啤酒，自信一笑：「半年前我已跟大老闆合資開了一間電影公司，打算投資開拍多部電影，而且還跟劉天王簽了五部片約！」

八十年代，香港電影進入了百花齊放賺大錢的年代，數字顯示，一部成功的華語影片，至少獲利三倍，加上海外市場及錄影帶，利潤更高達十五倍，絕對是一門回報極高的生意。

九十年代，香港電影成為世界排名第三出口地，黑幫在此時開始染指電影界。

「搞電影的事，怎麼從沒聽你說過……」信一臉色開始發青。

「之前一切尚未落實，我打算事成之後才告訴你。這家公司我已算了你的份兒。」陳洛軍徐徐說下去：「現在稍為有點質素的港產片，動輒票房千萬，我認為未來十年香港電影事業會繼續蓬勃發展，所以才決定參上一腳！」

「劉天王和你簽了五部片約？你不是用槍指著他的頭威迫他吧？」

「你說得沒錯，的確有人用槍威迫他，但不是我，而是『天義盟』宋人傑那幫人。

我一向對那姓宋的沒好感，聽說他威迫劉天王當晚，自己的生母病發入院，為了賺錢，他寧願去幹壞事而不去陪她，這種見利忘義的人我最是討厭！」陳洛軍喝了口啤酒：「我出手擺平了那件事，本來也沒想過有什麼回報，想不到劉天王原來是個『義氣仔女』，他知道我有意投資電影，主動向我提出合作，就這樣，我便成了他的老闆。」

陳洛軍是個孝順的人，當日生母在他面前慘死叫他痛心不已，內疚間接地害死了她，對母親往昔的點滴，念茲在茲，無時或忘。

「那麼你打算開拍什麼題材的電影？」

「一齣《英雄本色》大收三千多萬，掀起了黑幫電影熱潮，黑幫片這個題材大有發揮的空間，如果由我們這班『過來人』提供獨家內幕，令電影加添真實性，你覺得如何？」

「真人真事改編的片子一向大有市場，《三狼奇案》、《八仙飯店》都大收旺場，如果是黑幫的真實改編故事，應該能製造話題！」

「英雄所見！我打算把十二少的故事搬上銀幕，片名也想好了，就叫——《老廟十二少》！」

「《老廟十二少》，不錯啊！由劉天王來演繹十二少的故事，他真幸福呢！」

信一假想：「如果下次把我《龍城第一刀》的故事改編，哪一位演員飾演我最為適合呢……發哥，好像太成熟；Leon，又太斯文；城城，好是好但跟我氣質不像……」

「我有個人選。」AV亂入。

「誰啊？說來聽聽！」信一很是期待。

「就是你自己！你又帥又有型格，由你來演自己就最好不過了，說不定你還能一鳴驚人，成為大紅大紫的巨星！」

「AV哥你真會說笑，雖然我長得帥，但我並沒有演出的經驗，還是不行的、還是不行的，哈哈哈……」信一完全陶醉於AV的讚美當中：「不過演技這東西應該可以浸淫的……發哥也不是一開始便懂演戲啦，你們說是不是？」

「說得對，說得對！」陳洛軍、AV異口同聲。

「好，明天就來決定看看哪裡有演藝課程修讀。」

看來，信一是認真覺得自己有條件當一個偶像派演員啊！

「來，我敬你倆一杯，祝你們的電影公司大展鴻圖！」

「不是你們，是我們！」陳洛軍望著AV：「你高大威猛又超好打，有你坐鎮公司一定沒人敢來生事，經理一職非你莫屬！」

城寨還有兩年左右便要清拆，AV縱不希望面對人群亦迫於要重投現實，找一份工作為生，熟知他個性的陳洛軍明白他難以跟陌生人相處，故此便做出了這個安排。

陳洛軍、信一與AV，三個本來互不往來的男人，可謂不打不相識，一年前陳洛軍因誤會而分別跟二人交手，由敵對成為朋友，再變成出生入死的知己，絕對是三人的福氣。

酒肉朋友易得，可肝膽相照的好兄弟，卻難求得很。

有些人一生也未能遇上，也不能用錢可以收買得到。

能在滾滾紅塵裡遇上意氣相投的好兄弟，但憑緣份。

同一個晚上，有人功成事立，亦有人功敗垂成。

新界元朗，陳設古舊的狄氏宗親會內，聚集了十幾個神色凝重的男人，個個吞雲吐霧。

坐在長桌的主席位置的老者，大約六十歲，一身唐裝，手中拿著長煙斗，雙眼炯炯有神。

主席位左邊那個，五十多歲，一張方臉，濃眉大眼，一看就知是個火氣十足的角色。

他一掌拍向桌面，怒目瞪向長桌盡處的幾個人，喝道：「你們是不是吃屎長大啊？這麼多人竟也闖不入城寨？」

被緊盯著的，正是剛才闖城失敗、被陳洛軍趕退的那幫人。

「全部都是廢物、垃圾、飯桶、寄生蟲！」他愈罵愈怒，滿臉充血通紅。

主席位男人不慍不火地說：「老三，別動氣，憤怒改不了已發生的事。」

「老二，今天明明是奪回龍頭杖的最佳日子，現在卻落空了，不怒才怪！」老三雙拳轟向桌面，吼道：「我真的很不爽！他媽的很不爽呀！」

碰碰碰碰碰碰碰碰碰碰——

連續十數擊，轟得桌面也現出裂痕。

「嗄嗄嗄嗄……」老三突然動身，衝向他口中的一名飯桶前面，一手抓著他的頭顱：「真飯桶！」

別瞧老三一把年紀，他運起勁的手臂肌肉賁張，雄渾有力，五指緊鎖著飯桶的喉頭，只要發勁，便可握破他的脖子。

「大成叔，不要呀……」飯桶失禁，撒得一褲子尿。

「老三，停手。」老二。

老三鬆手，飯桶拾回小命。

「說到底也是自己人，算了吧。」老二的語調溫和，卻有一種無形的威嚴：「你們先離開吧，我跟老三、老四有事要商討。」

於是，房間內便只留下那三位中年男人。

「做人，有時真的不得不信命。曾有算命師說我天生是『老二命』，今生也難以當老大……」老二呼出煙圈，把重心靠在椅背，苦笑地說：「年青時，我們三個跟龍捲風一行四人闖天下，憑一雙拳頭打出名氣，由藉藉無名的碼頭苦力，變成橫行九龍城的江湖人。我們流過的血和汗絕不比他少，可道上的人就只識得龍捲風，我們三個一直被看成他身邊的跟班、跑腿！」

這三個人，原來是江湖神人龍捲風的拜把兄弟。

「去年他離世了，龍頭大位理應由老二來當，信仔算老幾？何德何能坐這個位？」暴躁的老三說得面紅耳赤，快要火山爆發！

「老三，別動氣。」

「我不是動氣，只是替老二你不值！論資排輩，你最有資格與地位統領『龍城幫』！」老三望向對面的人：「老四，說句話吧！」

「祖哥……是我們的老大……我認為……」老四囁嚅地說，雙眼不時瞄向老二：「不該拂逆祖哥的意願……」

啪——

一直冷靜的老二突然一掌拍向桌面怒視著老四：「祖哥前祖哥後，你眼中還有沒有我這個親大哥？」

「你是我大哥……這是改變不了的事實……但我更記得，如果不是祖哥，我們可能也活不到今日！我永遠也不會忘記，祖哥單人匹馬，殺入九龍城寨營救你和老三的事情。」

「別再說那些陳年舊事了！」老二雙眼怨恨，咬牙切齒：「我們欠龍捲風的早已還清，『龍城幫』是我們一起打回來，並不是屬於龍捲風一人！我絕不會白白把它拱手相讓！過幾天會約信仔會面，到時若他不肯退位，便別怪我無情！」

「龍城幫」成立於五十年代，由龍捲風以及另外三名兄弟所創，四人以年紀排名，老大張少祖（龍捲風）、老二狄秋、老三孟大成、老四狄偉（狄秋胞弟）。

四人本來是感情要好的兄弟手足，後來卻因為某些原因弄至反目決裂，分成兩大陣營，龍捲風以九龍城為據地，另外三人則退居於新界元朗，從此楚河漢界，各據一方，互不往來。兩大陣營鮮有起衝突。

平靜了多年的「龍城幫」，因龍頭駕崩，即將再起風雲。

——阿柒冰室——

「阿鬼，我要你幫手『刮』一個人。」

「是，信一哥。那人什麼來頭？哪一路的？」

「這我目前還不清楚……其實事情是這樣的：
今天我在帳房，偷看到藍男正在玩『你愛上他嗎？』的心理測驗，
然後又鬼鬼祟祟地迴避我的問題，那丫頭一定是跟誰好上了！」

「原來如此……信一哥不用太擔心啦，藍男也二十多歲了！」

「哼，若有人敢玩弄藍男，我會殺他全家；
如果未婚搞大她的肚呢，那男的也死定了……」

乒——

「陳洛軍，幹嘛這麼不小心，快些拿塊布來抹吧！怎麼啦，慌失失的？」

Oh no，這件袖衫我新買的啊！洛軍這渾小子，居然把奶茶倒瀉，濺了我一身！

嘿——

那邊廂，鄰桌的 AV 發出一聲恥笑。

「AV，你笑我？」笑我的新衫報銷？

「嗯，我笑你白癡，藍男喜歡誰也不知道。」

「你知道？那誰啊？」

「嘿。」那混蛋又一聲冷笑，然後放下叉蛋飯錢就離座，不回答我！

「喂，究竟誰啊？」

AV 指著陳洛軍：「你問他啊！」

1.5 圍攻

龍頭大典後五天。

清早，信一拖著疲乏身軀，以喪屍般的步伐步入阿柒冰室。

「Peter 哥，齋啡，蛋治。」信一打了個呵欠，坐到卡座座位上。

「信一哥，你的眼圈很黑，像隻大熊貓呢！」Peter 哥叼著煙，瞇眼望著信一：「睡得不好嗎？」

「最近『公司』開展了很多新業務，一大堆數字需要處理，昨晚一直計算帳目至今早。」信一打開報紙：「一會又有約，剩下一兩小時空檔，我怕『一睡不起』，還是來這裡看看報紙，打發一下時間算了。」

「這麼拚命，小心弄壞身體呀！」Peter 哥邊說邊撕下帳單，放在信一面前。

自成為龍頭之後，信一的工作量便大增起來，除了生意帳目外，每天都有預計不到的事項需要處理。

好像前兩天，他的直系門生喝醉了酒，跟另一幫會的高層發生口角，繼而動武。但凡這種流血衝突，雙方都會各執道理，把過錯歸咎於對方。

來到這時候，老大級人馬便會登場，為門生出頭，相約對家「上枱講數」。貴為龍頭，這種事情其實可由幫會的其他高層代為處理，可信一卻仍親力親為，只要認為道理在我方，便一定會站出來力挺門生。

阿鬼曾勸諫信一，叫他不要再理會這些江湖紛爭。既為一幫之主，便該養晦韜光，在最適當的時候才展露鋒芒。

阿鬼的忠言，信一當然理解，但他總是忍不住要沾手。對處理這種事，甘之如飴。或者他還年青，仍未能脫離那種醉生夢死、燈紅酒綠的犬馬生活。

這時候，滿帶朝氣的陳洛軍步入冰室。

「Peter 哥，早安，麻煩你早餐A。」陳洛軍向 Peter 哥揚手。

「天天也是A餐，記得啦！」

陳洛軍雖然已非當日的落難小子，但 Peter 哥對他的負氣態度，始終貫徹。

信一轉過頭望向陳洛軍：「嗨，這麼早啊！」

「你搞什麼啊你，昨晚沒睡嗎？」陳洛軍被信一的一雙熊貓眼嚇了一跳。

「沒啊。一大堆帳目趕著月尾結算，哪有時間睡？」信一放下報紙，惺忪著眼：

「你也這麼早起？」

「今早約了製片商議下月開拍的新片事宜，趁還有時間，便來吃個早餐。」陳洛軍在信一對面坐下來：「聽說前兩天你替達明出頭，跟『大龍堂』的傻強談判。我說你啊，工作繁重就不要再管那些江湖紛爭啦！」

「哦，一定是阿鬼說給你知的。」信一呷了口咖啡：「達明以前曾跟我度過一段刀口日子，為我擋過刀。難道當了龍頭就可以不管昔日的兄弟？說不通吧。」

「我知你重情義，不過如果再有同樣事情，叫我或阿鬼去辦便可。」陳洛軍：「你要記住自己現在的身份，萬一出了什麼意外，對『公司』會有很大影響啊。」

「知道了，別像個老太婆囉囉唆唆好不好？」信一吃了口蛋治，開始轉換話題：「秋叔約了我今晚在元朗見面。」

「『龍城幫』元老王狄秋？」

「嗯嗯。」

「新界那幫人一向對我們『九龍線』沒有好感，說白點他們根本不放你在眼裡，更甚是，我看他們可能正圖謀拉你下馬吧，今晚約你會面，明顯來意不善。」陳洛軍拿起刀叉，切火腿：「如果你要赴約，我陪你去。」

「你怕他們吃了我嗎？有時間你多陪藍男好啦。」信一伸了個懶腰：「我一個人去就可以了。」

「你打算單刀赴會？豈不是送羊入虎口？」

「單刀赴會很神奇嗎？你也不知試過幾多回啦！」信一笑說：「哈哈……除非你認為你會幹的事我幹不了。」

「說不過你啊，總之萬事小心。」陳洛軍抹抹嘴：「我晚上會去果欄找大老闆，你完事後過來，我等你宵夜。」

「好，待我演好這一場舌戰群雄後，便跟你會合。」

當晚。

「信仔，你算是第幾輩？我們創立『龍城幫』時，你還未投胎成人呀！」

狄氏宗親會內，狄秋臉如玄壇，聲如洪鐘，語氣激動，似乎失卻昨夜的沉著。只因場中除了一班元老角色外，還來了那個叫他又氣又怒的——

龍城幫新任龍頭，藍信一。

「秋叔，別動氣，小心身子啊。」

信一喝了口奶茶：「雖然你們入行比我早，又是『龍城幫』的老臣子，但，學無前後，達者為先，哥哥傳位給我當然有他的原因，而我亦不想多說。我只希望可以心平氣和跟各位商議一下『公司』未來的發展。」

「貴為一幫領導，怎麼仍對我低聲下氣？是不是怕我們跟你開戰，所以想討好我？巴結我？」狄秋冷笑。

「我想你有些誤會了。第一，我不是來討好你們。第二，我根本不怕開戰，我方的實力有多厲害，你們早已領教過吧。」信一正色：「秋叔，你們跟哥哥的一切恩怨，是誤會也好，是什麼也好，都隨著他的離去一筆勾銷了吧，好不好？」

「一筆勾銷？也非沒可能，就要看看你有什麼表示了。」

談判進入直路。

「一直以來，『龍城幫』在九龍區所賺回來的，你們佔純利兩成。我上場之後打算把業務擴張，『公司』業績增大，你們的進帳自然增加。而新的場子亦需要大量保安人手，我打算預留一半職位給你們的人，你意下如何？」

出來混，大多也是求財，公司業務擴大變相增加他們的收入，沒有反對之理。信一預留空缺這一著，目的是希望把狄秋派系的人引進九龍，只要把第一批人融入了這個區域，讓兩幫人和平共存，便能慢慢修補隙縫。

狄秋若能放下成見，賺的錢只會愈來愈多。相反如果開火，不但影響收入，而且更會增加受傷喪命的風險。

權衡兩者利害，狄秋一夥實在沒有必要跟信一爭鬥下去。

「難怪龍捲風把你看重，果然有點本事！」狄秋拍了拍掌：「你開出的條件，我都接受。」

信一胸有成竹，正要說下去之際……

「不過我有附加條件。」

一看狄秋不懷好意的笑容，信一已知不妙。

「龍頭一職，由我來擔當！」

沒錯，出來跑江湖的新一代大多把利益看得最重，可對狄秋這廝來說，權力才是他的最高渴望。

他絕不容許自己被一個三十不過的小鬼壓在頭上。

「就是說，你要錢，亦要權？」一再讓步，已踩到了信一的底線。

「錢，是你自己送上門來，身為長輩，我受之無愧！」狄秋拍拍心口意態若狂，全不把信一放在眼裡：「至於龍頭之位，由我來坐的話，我相信並沒有人會反對，大家認為如何？」

在座的元老級人馬，除了狄偉面有難色之外，個個都沸沸揚揚，七嘴八舌附和狄秋。

「信仔，這個位不合你坐，下台啦！」

「你入行的日子尚淺，很多事還需要跟我們學習。」

「沒錯啦，把權杖交給秋叔吧！」

你一句我一句的都是逼迫信一的話，狄秋大收主場之利。

信一早已預料今日並不會順利達成協議，卻沒想到狄秋會咄咄逼人到這地步。

信一不發一言，站了起來：「大家靜靜，請容我說一句話。」

全場屏息以待。

信一快速地掃視了眾人的臉目，除了狄偉，個個都對自己不懷好意。

「龍頭之位，我絕不會交出來，如果有誰對我不服……」信一目光如炬：「那便儘管向我宣戰，儘管與我為敵，我隨時奉陪！」

談判至此，再沒有讓步的必要。信一也不再容忍、不再客氣，正式向他們下戰書！

「信仔，你知不知自己身在哪裡、知不知正跟誰說話？知否只要我一聲令下，隨時便可要了你的命？」

狄秋怒吼，孟大成立即握住了早已放在桌下的刀柄，伺機而動。

「我知道你們個個也是老前輩，有勢力又有實力！」信一慢條斯理地拿出手提電話，按下連串號碼：「大成叔，現在不是拍電影，用不著把刀藏在桌底，這一招很老式的了，反正今天我走不出這裡，你光明正大把刀放在桌上便可以。」

拙招被揭發，孟大成又羞又怒，漲紅了臉。

「今日我已算準了留下命來，各位長輩，請你們先讓我交代好身後事才向我動手。」信一打出一通電話，對電話中那頭說：「阿鬼，若今晚我沒回去，以後陳洛軍便是『龍城幫』的龍頭老大，要他把所有事務都停下來，全力為我幹一件事情——出兵打仗！打足三百六十五日，直到把元朗的人馬連根拔起為止！」

信一字字鏗鏘，吐出出兵宣言，在場一眾人等，均被他突如其來的話語震懾，目光同時投向狄秋，等候這位元老王下達指令。

「當了龍頭的確有所不同，夠氣度、夠大將之風！龍捲風果然沒有看錯人！」狄秋吸著長煙斗：「今日就當我賣帳給龍捲風讓你離開。不過由你踏出這裡開始，我們兩幫人從此便誓不兩立，下次遇上你，我亦不會再留有任何情面。」

「隨時候教！」

拋下一句，信一拂袖離場。

信一表明立場，絕不讓出龍頭寶座，誰若不服，便可試試惹他，後果怎樣也得自負。誰要跟他作對，他也絕不會顧及同門之情。

離開舊樓，踏上座駕，點了根煙，信一臉上又泛現一派自信。

不帶半點怒意，因為一切的發展，跟他的預期接近。

由他走到狄秋的根據地一刻，他便知道縱使他如何讓步，狄秋也不會滿意，因為由始至終他只在意權力高位。這點信一早已知曉。

信一不肯讓位，走這一趟就算準了談不攏，鬧不快。

先禮後兵，信一做出最大讓步，狄秋不願接受、一再相迫，往後就算信一不作留手，也沒有人可以怪得了他。

到時候，信一戰線便不用處處顧忌，可以放盡手腳迎戰。

信一並非沒城府的人，隨著地位改變，他必須變得更加老練。懂得計算以及了解對手的心態，才能安其位謀其政。

人在江湖，身不由己。雖然老掉了牙，卻是不爭事實。人愈大、地位愈高，顧及的範圍隨之擴大。

沒有管治智慧與學問，隨時成為敗國昏君，遺臭萬年。

1.6 父子

油麻地，果欄。

曾經刀光劍影的戰場，今夜變得非常和諧。

大老闆在一個開放式的鋪位內埋首切水果。陳洛軍則百無聊賴地打電玩。

「洛仔，電影公司那邊進行得順利嗎？劉天王簽了合約沒有？需要我親自見見他嗎？」大老闆背向陳洛軍，手起刀落在砧板上切切切。

「不不不！他已簽了合約，你千萬別插手！」陳洛軍異常緊張。

「那麼，有什麼事需要我嗎？」

「有啊，我們現在有幾個劇本在手，下月便可以同時進行拍攝，不過公司的流動資金不太充足……」

「沒問題，欠多少錢儘管開口，一會寫支票給你。」大老闆望著桌上的東西，咧嘴一笑：「完成了！」

「哦？」陳洛軍揚起一邊眉頭，心想：「搞了半天，終於完成了嗎？」

「電影公司的事，你作主便是。」大老闆轉身，手中捧著一個超級巨大的雜果香蕉船，船身兩邊，插著兩把鐵匙。「現在什麼也別說，嚐嚐我精心炮製的超級無敵香蕉船！」

經過上次合力決戰王九之後，二人的恩仇已經化解。難得的是，超超超級自我中心的大老闆居然懂得反思，而且深切地對陳洛軍及喵喵的所作所為感到懊悔。

現在的他，已學會聆聽別人的意見，對陳洛軍更特別是言聽計從。

「嘩！超好吃！」大老闆拿起鐵匙，把雪糕放入口中：「洛仔，別客氣，吃吧！」大老闆完全不理別人的感受，把鐵匙含在嘴裡後，又再插入香蕉船中，好不噁心！他，始終保留了以自我為中心的特強本性。

「整隻香蕉船都是他的口涎，我才不想吃啊！」起了雞皮疙瘩的陳洛軍心道。

「吃啦，怎麼不吃啊？這雪糕是瑞士名牌來的！香滑兼可口！」大老闆把鐵匙遞向陳洛軍。

「我肚子不舒服，不吃了……」陳洛軍一頭大汗。

「那你今天沒口福了！」大老闆把雪糕一羹一羹送入口中：「你在『龍城幫』過得開心嗎？不開心的話，可以隨時回來幫我啊！」

「不好啦！我怕自己不知什麼時候開罪了你，又被下江湖格殺令啊！」

「原來你還氣我……說真格的，伯母的死，我的確要負責任。令你失去了母親，我每天都很內疚，好想可以彌補過失呢。」大老闆七情上面：「尋找一個跟伯母一模一樣的人？沒可能。幫你找一個奶娘？又沒親切感！想了三百多天，終於給我想到一個辦法，可以填補你所失去的母愛！」

「這樣厲害？那便要洗耳恭聽了。」陳洛軍抓抓耳窩。

「那就是——父愛！」大老闆突然站起身，激情地說：「一愛換一愛，是所有辦法之中最好的辦法！我雖然不是你生父，但我保證會視你如己出，當你親兒子一樣愛護你、關懷你、疼惜你的！」

陳洛軍害怕得全身發顫，比見鬼更驚心動魄！

「上陣不離父子兵！就決定回來幫我手，我們倆一起好好打理『暴力團』！哈哈……想起來就興奮！」大老闆愈說愈興奮。

「你的好意，我心領了。媽媽教我做任何事也不可始亂終棄，加上信一正值用人之際，我一走了之豈不是很沒道義？」

「這樣喔，你也對！我就是欣賞你有孝道又講義氣。」大老闆熊抱著陳洛軍：「乖兒子，如果你有天改變主意，一定要告訴我！」

洪洪——

外面傳來一陣引擎聲，陳洛軍聽得出來是信一的座駕。

「信一來了。」陳洛軍回身一望，見信一步出車廂，迎向二人。

「大老闆，很久不見！」信一向大老闆揚手。

「哼。」大老闆冷冷回應。

大情大性的大老闆可以沒來由地欣賞一個人（十二少），也可以毫無道理地討厭另一個人（信一）。

大老闆與信一，嚴格來説並沒什麼大過節，當日圍城之戰，大老闆衝著陳洛軍而來，信一為幫好友，才與「暴力團」為敵。一切已事過境遷，連陳洛軍也被大老闆寬恕了，可大老闆對信一卻滿懷敵意，老是看他不順眼。

「大老闆，你的香蕉船很巨大啊。」信一坐在陳洛軍身旁，望著大老闆的珍寶香蕉船。

「別打我的香蕉船主意，我是不會分給你吃的。」大老闆大口大口把雪糕塞入口中。

這個性格乖戾又超級會打的黑道巨擘，有時候淘氣得像個小孩子。

「你那齣自導自演的舌戰群雄，上演得順利嗎？」陳洛軍不打算居中調停，轉個話題向信一問道。

「非常順利。」信一取出一支煙：「我雄辯滔滔，振振有詞，他們腦筋不夠我靈光，又怎說得過我？」

「他們沒老羞成怒，向你動手嗎？」

「當然有，不過當時我很鎮定，打電話給阿鬼，當著他們面前說，如果我過不了今晚，便把龍頭位交給你，然後叫你出兵打仗，日日打，直到打垮他們為止。」

「他們當時一定給你嚇窒了，哈哈……」

「低級伎倆！」大老闆不屑：「如果有真正的實力，根本不用嚇唬對方。換了是我，我便當場轟爆他們！打完不服從，再打！還不服從，繼續打，打到他們怕才停手！這才算是真漢子！虛張聲勢算什麼英雄？」

「你到底有什麼事開罪了他？」陳洛軍跟信一耳語。

「我怎知道？」信一也放輕聲線。

「嗯，我懷疑這個死光頭患上被害妄想症，一旦病發便會無緣無故對目標啟動針對模式，我也曾是受害者。」陳洛軍想起當初的噩運還心有餘悸。

「你倆鬼鬼祟祟竊竊私語，算什麼男人？」大老闆大吼：「有什麼話要說，就堂堂正正大聲說！」

大老闆氣得一臉通紅，好像想把信一吞下肚的模樣。

為免進一步觸怒這位癲狂的人，信一與陳洛軍互換了個眼神，是非話便到此為止。

「說說正事。我跟新界的人談判破裂，內戰一觸即發。雖然哥哥臨終前曾囑咐我修補這道大裂痕，但這不是一朝一夕能做到的事。看來在『龍城幫』大和解之前，兩方難免兵戎相見。」信一望著陳洛軍：「你有何看法？」

「說到底他們都是『龍城幫』的人，就算真的要開戰，也要避免奪命，一旦有人身亡，雙方的關係便會急速惡化，要和解就更難了。」

「跟我的想法差不多。」信一呼出煙：「那就勞煩你通知下層手足，讓他們跟狄秋的人馬開戰時，盡可能只傷不殺。」

信一在狄秋面前雖表現得很硬朗，但他始終答應過哥哥要令「龍城幫」統一壯大，所以總不能對新界線的人做得太過分。

而且，在二十多年前，信一還是個乳臭未乾的小頑童時，已經認識狄秋這位「長輩」，除了哥哥之外，信一最尊敬的人就是他。

後來龍捲風與狄秋決裂後，雙方已很少見面。信一長大後，偶爾也會去元朗拜訪狄秋，可對方卻視信一為龍捲風派系的人，表現冷淡。

再之後，信一開始正式在江湖上打滾，也漸漸跟狄秋那邊的人不相往來。

如果可以，信一真想跟他們和平共處；但世事，又豈可盡如人意。

「落場無父子，對敵人仁慈，即是對自己殘忍。一點管治智慧也沒有，早晚毀了龍捲風的心血！」大老闆挖著鼻孔，斜睨信一説：「洛仔，跟隨這種人沒前途的，留在『龍城幫』早晚淪為乞丐，還是回來『暴力團』這個待遇好、福利高、又有晉升機會的溫馨大家庭吧。」

「大老闆，借問一聲，我到底有什麼冒犯了你？」信一終於沉不住氣。

「哼！你的惡行罄竹難書，先説一年前，你拿傢伙傷了我好幾十個兄弟，這筆帳，怎計算？」

「當日是你帶了過千人殺入城寨，我自衛還擊也有錯？難道要我呆著給你的人活活砍死嗎？」

「好，這一次算你説得通。」大老闆手舞足蹈：「但那次你開車撞向我，差點把喵喵和我撞死，證據確鑿，不可再抵賴了吧？」

「喂！當日駕車的人是十二少，不是我呀！」

「十二仔跟我感情要好，怎會無故撞我？一定是你乘他思潮混亂唆使他，令他糊裡糊塗撞過來！」大老闆愈説愈激動：「只差一點，你就令他抱憾終身，他是你的黃紙兄弟啊，你怎可以如此冷血的？」

「糟了，大老闆已進入了超級自我中心模式！」陳洛軍心想。

「洛仔！你何必對這種人説道義呢？」大老闆對陳洛軍語重心長地説：「他朝

君體也相同，當日他能出賣十二仔，他朝一樣可以當你是一條衛生巾——用完即棄呀！」

「你可不可以改用另一個比喻？我不想當一條衛生巾啊。」

「我覺得用衛生巾來形容你，十分貼切，嘿嘿……」

「光頭佬，你別再得寸進尺！若非看在洛軍的份上，我早已向你動手！」信一忍無可忍站起身，已作了跟大老闆開戰的打算。

「來呀！我大老闆打遍天下無敵手，一分鐘便可把你打至跪地求饒！」

「我會怕你？今日我就幫哥哥幫一箭之仇，來呀！」

「我都說了，當日跟死鬼龍捲風公平決戰，他死在我拳下，我已很內疚，早知道他有病在身，我一定會留力……你明知我難過，為何還要惹我？」

大老闆亦同時站起，捲起袖口。如果陳洛軍不在現場，兩大龍頭真會上演一場激烈大戰。

「你們冷靜點，先別動氣……」陳洛軍立於中間，雙手分別按在二人的胸口上。

「洛仔，你幫我還是幫他？」大老闆。

「還用說嗎？他是我的黃紙兄弟，又是『龍城幫』的人，當然幫我！」信一輕佻地說。

「我要你立即回答我——幫我還是幫他？」大老闆快要被氣得爆炸了。

「我當然……」陳洛軍望向大老闆、手卻指向信一：「當然幫你啦！」

大老闆與信一一笑，同時道：「聽到了沒？」

這樣下來，早晚也按不住二人，為免他們再起口角，陳洛軍趁氣氛稍為緩和，隨即拉走信一。

「大老闆，我先走了，遲一點再來找你。」陳洛軍步向泊在馬路旁的座駕，走入車廂。

「小心駕駛啊！」大老闆揮手：「下次再弄香蕉船給你吃。」

大老闆凶狠起來，絕對生人勿近，招惹了他，肯定比厲鬼纏身更加恐怖，保證寢食難安，極度恐慌下過日子。

相反，如果他把你當成朋友，便會處處為你著想，用盡方法待你好。當然，他的「好」，並不是尋常人等能夠承受的。

「噓，真驚險，你和大老闆差一點便要開打了。」啟動引擎，遠離果欄，陳洛軍才舒一口氣。

「剛才若不是你按著我，我已出手了！」信一怒氣未消。

「莫忘了自己的身份，別動不動便出手，要沉住氣啊。」

「我也想沉住氣，不過他擺明要惹火我，換了你，也容忍不了吧？」信一望著窗外急速掠過的景物，又道：「真不知什麼地方開罪了他。」

「其實我猜到一二。」陳洛軍淺笑：「你沒開罪他，是大老闆對你心生妒嫉啊。」

「妒嫉我長得帥？」

「哈哈……如果是這原因，他應該超級憎恨我呢。」陳洛軍得意地說：「大老闆妒嫉你得到我這個好幫手啊！」

「真的假的呀？」信一不屑，瞄了陳洛軍一眼。

「大老闆剛才甘詞厚幣游説我回歸『暴力團』，但我跟他説『龍城幫』很需要我，如果我在這時候離開，你會相當麻煩。」陳洛軍自我感覺十分良好。「沒法子啦，誰叫你夠運氣，認識了我。」

「嘩，多謝你啊！我需要叫你一聲恩公嗎？」

「施恩莫望報，免了。」

「説正事啦。」信一稍頓：「最近我聽到一些傳言，外面好像有不少江湖老前輩認為我太年青，不夠本事管治幫會，早晚會把哥哥的江山斷送。」

「那些老油條總以為新不如舊，只會緬懷昔日風光，認為自己那一代才是最出色最犀利。」陳洛軍微笑：「哥哥知你有能力才會把基業交到你手上，所以根本不用理會別人的話。」

「你的話，我完全明白，不過你該知道我最受不了激將……既然我們是擁有實力的人，何不讓道上朋友見識一下呢？」

「在我面前，別轉彎抹角啦，你是不是想擴展『龍城幫』的版圖？」

「哈哈……什麼也給你看穿。」信一：「沒錯，現在『龍城幫』的地盤只集中在九龍和新界，我想把幫會的勢力範圍延伸至港島區！」

「龍城幫」的地盤一直都植根於九龍區一帶，直至狄秋分家，才將部分勢力遷移新界。

龍捲風與狄秋決裂時，已過中年，逐鹿江湖的雄心大不如前，除非有人惹上門，否則他們甚少向其他幫會發動戰事。

多年來，兩大巨頭各自留守著自己的陣營，既沒萎縮，亦沒擴展，養尊處優了好一段日子。

新官上任的信一，年方廿八，正值壯年。當年龍捲風未到這年紀已創立「龍城幫」。

信一打從心底敬佩龍捲風，可年青的一輩，總有跟高手較勁、超越前賢的心態。

「洛軍，這一仗我想用新血去打，有沒有推薦人選？」

「有！我在幾個月前收了一個門生，他有點能力，而且忠心幫會，我認為他可以勝任。」

「他叫什麼名字？」

「Happy 仔。」

「好，帶我見見他。」

1.7 黑道貴公子

店子開在九龍城的「Blue Blood」酒吧，隸屬「龍城幫」旗下，也是這區最熱鬧、最受歡迎的消遣場所。

在「Blue Blood」玩樂的，大多是熟客，因此少有鬧事場面，就算有爭執，都是些酒後口角、瑣碎小事，鮮有動武。

除了不敢在「龍城幫」的地方生事，另一原因倒很特別：就是不論男女，都對「Blue Blood」裡的一位「保安人員」很有好感。

見著他，大家的不快和日間的工作煩惱似乎盡皆一掃而空，這人似是一顆活生生的解愁靈丹。

「每次猜拳都輸給你，你就像能看穿我似的！犀利！」

一名年約四十、肚子像有六個月身孕的肥佬說：「來！Happy 仔，跟你再猜一局！」

「連輸七局還要再來？大豬哥你先坐下來休息片刻，待會跟你再猜。」

說話的人大約二十一、二歲，眸子大而有神，鼻梁齊勻高整，手腳非常修長，渾身散發出一種與眾不同的氣息。讓人覺得他十分討好。

Happy 仔是「Blue Blood」的保安，也是陳洛軍的頭號門生。

「說好的待會回來，別食言。」醉醺醺的大豬哥說。

「何時騙過你啊。」Happy 仔笑了笑，揮手就走。

Happy 仔人如其名，不但臉上常帶笑容，而且有種難得的親和力。

別過大豬哥，這個親善大使本想繞到洗手間開個小差交交水費，途中卻被一名少女截住：「Happy 仔，坐下來，陪陪我啦，人家芳心寂寞，很苦悶呢！」

「苦悶才找我？事先聲明，我可不是一頭性商品，並不能為你提供特殊服務。」

Happy 仔豎起食指，一臉輕佻。

「你很壞啊，欺負人家！」口說欺負，卻大方地把 Happy 仔熊抱：「人家掛念你，專程由老遠過來找你，我要你一整晚都陪著我。」

「不行啦，我還要工作，你想我被老闆開除嗎？」Happy 仔把她甩開：「現在有要事辦，待會找你。」

甩掉少女，走不過幾步，又有另一人捉住 Happy 仔，要他陪酒。看客人的反應，已知他的人緣相當不錯。

「Happy 仔！」

Happy 仔身後響起一個聲音，回身一看，來的是陳洛軍與信一。

「洛哥……」Happy 仔的視線從陳洛軍移向信一。

Happy 仔在龍頭宴上遠遠見過信一，當時已覺得他很有著風采；今日近距離接觸，更覺他流露出一股大人物的氣壓。

「Happy 仔，他是『公司』的龍頭。」陳洛軍：「在龍頭宴當晚，你應該見過他吧。」

「信一哥！」Happy 仔站在信一面前。

「果然一表人才。」信一拍拍 Happy 仔的肩膀：「來，陪我們喝酒。」

未加入「龍城幫」之前，Happy 仔是「天義盟」的小混混，其老大鱷魚是一名好勇鬥狠、喪盡天良的惡棍。

每次惹了禍，對頭或警方找上門來，他都會二話不説，把無辜的門生推出去為自己頂罪。Happy 仔亦曾是受害者。

後來 Happy 仔脱離了「天義盟」，機緣巧合下成為陳洛軍的門生。

三人點了幾支啤酒，選了一個稍寬敞的位置坐下。

「Happy 仔，聽陳洛軍説，你之前是『天義盟』的人，為什麼要過來我們這邊？」

信一開了支啤酒。

「我的前老大鱷魚，他出賣了我幾個兄弟，我看他不爽，主動提出退幫。他跟我說，入黑社會、跟老大，是一生一世的，不可以說走就走。除非我能繳付十八萬退會費，否則不會讓我走。」

「說什麼跟老大一生一世，還不是為了錢。」信一喝了口啤酒：「十八萬退會費？他以為自己是《教父》的阿爾柏先奴嗎？後來怎樣？」

「我沒錢，鱷魚便迫我寫欠單，我不肯就範，他不但派人打我，還上門騷擾我的家人。」想起鱷魚的惡行，Happy 仔愈說愈激憤：「那晚我回到家，發現門外已被人用油漆寫滿了大字，六十多歲的老爸給打到頭破血流，連妹妹也遭非禮……怒極之下，我便衝去鱷魚的地盤，找他理論。」

「你一個人？」信一直視 Happy 仔。

「嗯。」

「哈哈……Happy 仔倒有我們的風範！」信一笑說：「繼續繼續。」

「來到鱷魚面前，我只問了一句：『你有沒有向我的家人動手？』他很囂張地回答：『有又怎樣，你奈得我何嗎？下星期沒錢還，小心你那個含苞待放的妹妹給開苞啊，呵呵呵！』看見他那討厭兼淫殘的嘴臉，我再也忍不了，一腳踹向他的面門。」

「打得好！」信一拍拍手：「如果我在現場，一定也忍不住摑他幾巴掌！然後又如何發展呢？」

「我向他動了手，鱷魚便怒吼：『給我打斷他的手腳！』接下來，十幾個手持武器的人向我一擁而來，我見對方人多勢眾，自知難以力敵，所以轉身就逃。」

「單憑一股怒火行事，通常也碰釘收場！」信一瞄了陳洛軍一眼：「不過就算是這位自命不凡的江湖大哥，也曾如此魯莽；年青嘛，是應該有一點輕狂的，哈哈。請繼續說。」

「我逃到大街，衝出馬路，突然有一輛跑車向我撞過來，幸好那輛車及時停下，僅把我撞倒……」

說到這裡，Happy 仔的腦海便清澈地浮現出當日的畫面。

——那一次必然的相遇。

跑車男徐徐步出車廂，走到 Happy 仔身旁：「小子，沒事吧？」

「我……沒事……」

Happy 仔站起身的同時，鱷魚的爪牙已追到來。Happy 仔想繼續走，才發現腳踝扭傷了，跑不動。

「Happy 仔，你死定了！」手持西瓜刀的大漢向 Happy 仔怒吼。

「又西瓜刀、又牛肉刀，拍電影嗎？」

尋常人看見十幾個持刀大漢衝過來，都會儘快閃開，可跑車男卻好像見慣了這種場面，氣定神閒，還有餘暇點了根煙。

他當然不是尋常的角色。

「你們是哪一路的？」跑車男悠閒地問道。

「『天義盟』大威哥！」西瓜刀大漢：「給我滾一邊去！否則連你也一併砍殺！」

「大威哥？對不起，我沒聽過呢。」跑車男提起香煙：「你要砍我，那我是不是該裝出一副很害怕模樣？」

「如此囂張？」西瓜刀大漢向跑車男劈出一刀：「我要你……」

話語未畢，西瓜刀大漢便給一股巨大的力量轟飛上半空。

這股力量，來自跑車男的拳頭！

「誰想找我陳洛軍的麻煩，儘管過來。」陳洛軍霸氣外露：「我保證，你們日後的生活將會永無寧日！」

那一天，正是陳洛軍與 Happy 仔首次相遇。

救了 Happy 仔，陳洛軍主動邀請他加盟「龍城幫」，成為他旗下的門生，之後還對外說：「Happy 仔以後由我陳洛軍罩，『天義盟』想收退會費，儘管來九龍城找我！」

鱷魚雖然愛財，但他更愛惜生命，所以就算再狂再惡，也不敢惹上陳洛軍此號人物。

「那麼說，洛軍就是你的恩公。」信一瞇眼望著 Happy 仔：「你打算如何報答他？」

不知是信一的雙眼太迷人還是這個問題太過突如其來，Happy 仔一時間也答不上話，只露出一副憨憨的樣子。

「跟你說笑而已。」信一把一隻蝦條放入口：「說正題，『公司』想擴展勢力，我想由你領兵，攻入銅鑼灣。」

「我？」Happy 仔愕然。

「嗯，洛軍說你行，你便行。」信一嚼著蝦條。

「但……我的經驗尚淺……」

「那我現在便給你實戰的機會囉。」信一：「知否我為何選擇銅鑼灣？」

「銅鑼灣是黑幫的『油水地』，信一哥選擇此地為你第一個進軍的目標，是合乎情理的事，但我認為，你選擇銅鑼灣是另有原因的……」Happy 仔頓了頓：「那裡該有你討厭的幫會和人物吧。」

「哈哈哈……精明！」信一翹起拇指：「說下去。」

「銅鑼灣的地盤早已被其他幫會瓜分，我們貿然闖進去，很有可能成為他們的公敵，但如果信一哥主力針對一幫來打，而那幫人又跟其他社團沒邦交的話，那麼，這場仗便可以打下去了。」

「洛軍，你這個門生的確不錯。」信一目光銳利：「你說得沒錯，我打算將『天義盟』踢出銅鑼灣！」

「天義盟」的龍頭宋人傑其貌不揚、膽識不高、人緣不好、實力不強、品性不佳、心胸不廣、魅力不足，卻攀上了幫會的最高權力位置，靠出賣身邊兄弟、暗箭傷人、獻媚等伎倆晉升，早已臭名遠播。

宋人傑在江湖上沒一個知心好友，亦從來不會以真心待人，在他的眼中，朋友是無謂的東西，只有花花碌碌的銀紙才是最實在的。

他以為靠近自己的人個個都有所圖謀，所以宋人傑不會輕易讓人接近他，除非對方有利用價值。

有人說，只要有好處，宋人傑甚至連自己的老爸也可以出賣。

兩年前，大老闆對陳洛軍下了江湖格殺令，以旗下地盤作利誘，刀手們可憑陳洛軍的斷肢換領獎金，令他成為黑道的追殺對象。

視錢如命的宋人傑當然不會放過這賺錢商機，當年他尋到陳洛軍的下落，便與十數名門生闖上陳洛軍的藏身地，一見獵物便叫人把他的手腳斬下來。

當時宋人傑人多勢眾，陳洛軍又有傷在身，虎落平陽，無計可施下，陳洛軍用性命賭一局，往窗外一跳，從五樓直墮地面。幸好地上有不少雜物卸去了下跌衝力，保住一命。

宋人傑得志便猖狂趾高氣昂囂張跋扈。但凡地位比他低的人，在他眼中都是沒出色的傢伙，可以任意欺凌、侮辱。

他又怎會想到，當年那個窮途末路的人，兩年後會成為「龍城幫」的核心人物。

「我早已對宋人傑沒有好感，這次就用他來開刀！」信一：「我查過『公司』借貸帳目，『天義盟』那邊有不少人向我們借貸，有十幾人至今還未還清債務。其中一個，是你以前的老大鱷魚先生。」

「Yes！」

「你想揪出欠債的人，迫他們還錢，沒錢還的，就借題發揮跟『天義盟』開打。」

「但我怕我不夠實力……」

「放心，我會做你後盾，有什麼事老大會罩你！」陳洛軍拍拍 Happy 仔肩膀：「難得龍頭賞識你，你就放膽試試。」

「對付敵人，一個字——狠！要用絕對武力震懾他們，令他們聽到我們的名號便聞風喪膽，敬而遠之！」

「明白。」

「來，我們三個乾杯。」陳洛軍舉起酒杯：「預祝我們旗開得勝，馬到功成！」

「很押韻啊，我也要說句有水準的……」信一想了想：「想到了！我們必定大獲全勝，水到渠成！不錯吧？」

「還可以啦。」陳洛軍聳聳肩。

「你也說句祝捷語啦，要押韻的。」信一瞄向 Happy 仔。

「萬事勝意……可以嗎？」Happy 仔有點尷尬。

「就這樣？」

「就這樣。」

「太沒創造力了。但勝在直接，哈哈。」信一舉起酒杯：「乾杯！」

幾個大男孩，為充滿希望的未來，豪氣碰杯。

有志氣、有夢想的男人，總不甘平凡，到了某個年紀、某個階段都想更上一層樓。

信一繼位龍頭後，躊躇滿志，雄心勃勃，矢志要擴大「龍城幫」的版圖，期望把地盤滲透至香港每一個區域。

「總有一日，『龍城幫』一定會成為全港最強大的——第一幫派！」

信一如是想。

1.8 龍頭會龍頭

信一委派 Happy 仔為這次「收數」行動的先鋒，奉命收回「天義盟」的壞帳。這是 Happy 仔加入「龍城幫」後，首次獨挑大樑為幫會執行任務，可他即將要面對的，是昔日的老大，心情難免緊張。

Happy 仔與兩名同門踏進鱷魚的勢力範圍，灣仔街市。

當日 Happy 仔就是隻身來到此地，找鱷魚討公道，最後被打得落荒而逃。

重臨舊地，同樣是來算帳，但 Happy 仔的身份已經不同。

深夜的街市，舖頭全關，只見有幾個身穿背心的大漢聚賭。其中一個的皮膚灰綠、凹凸不平，細心一看，才瞧出他原來全身刺上了鱷魚皮的圖騰，非常噁心兼沒品味的紋身啊！

一看這身造型，幾乎便可斷定，他就是 Happy 仔昔日的老大鱷魚。

鱷魚正賭得入神，渾不知 Happy 仔已來到他的身後。

「他媽的！又被三炒！」鱷魚把手中十多隻撲克牌摔在桌上。

「鱷魚……」站在鱷魚背後的 Happy 仔說。

鱷魚側頭往後望：「怪不得被三炒啦，原來來了個瘟神！」向 Happy 仔腳邊吐出一口痰，又道：「怎麼啦，『龍城』那邊混不起，想吃回頭草嗎？」

「你省省吧，就算行乞，我也絕不會再與你這種人為伍。」Happy 仔語帶不屑：「你欠『龍城』的錢，一直也未還清，我今日是來向你追債！」

「你算老幾呀？夠膽向我追債？」鱷魚站起來，對 Happy 仔大吼：「莫說是你，就算陳洛軍來到我面前，我一樣不會還錢！」

「那即是要為難我？」

「為難你又怎樣？你奈何得了我嗎？」鱷魚怒目圓瞪：「吃裡扒外的臭小鬼！夠膽走入我的地盤，今日我就要你有入無出！」

鱷魚早已想痛毆 Happy 仔，雙拳成擊拳動作，瞳仁幾乎噴出火焰，準備向昔日的門生轟下重擊。

眼見鱷魚面紅耳赤，一副殺人的模樣。

「Happy 仔，你今日死定了！」

鱷魚的拳猛然而下，甚有氣勢，他一出手便用上了十成力量，想來個先聲奪人，第一擊便要重創 Happy 仔。

鱷魚是「天義盟」數一數二的打架高手，生性狂妄的他，十五歲已因傷人而被判入少年監獄。

成年後多次進出監獄，期間更策劃過多場集體鬥毆，是個有暴力傾向的狠角。

二十一歲，在一仇家身上刺了十七個血洞，初次殺人。

二十四歲，成為幫會中人見人怕的滋事者，於某個晚上與警方起衝突，大吼：「十二點後，這裡由我話事！」

二十八歲，在警局門前槍殺警方的污點證人。

三十一歲，自詡是幫會中最好打的人。不滿實力不足的老大壓在自己頭上，向他單挑，最後把對方轟至面目全非，同年擢升為幫會的頭目。

三十三歲，卻被一名追債的少年蹬踢了一十幾腳，重創頭部，狼狽地倒在地下。

甫一出招的 Happy 仔技驚四座，先以手臂架開了鱷魚的一拳，然後便順勢踢向他的太陽穴。中招的鱷魚只感一陣暈眩，還未清醒，同一部位連環被踢，不消十秒已失去了戰鬥能力。

就連 Happy 仔自己也不敢相信擺在眼前的事實。

「昨晚洛哥的教路果然管用！」Happy 仔心道。

「給我上！我要取他的命！取他的命呀！」倒在地上的鱷魚怒吼。

一聲令下，身在現場的十幾人便手持武器，朝 Happy 仔衝殺過去。

面對一眾刀手，Happy 仔一臉氣定神閒，吹響口哨，早已埋伏在附近的同門便如潮湧上。

「兄弟們，給我打！」Happy 仔揚手。

伏兵最少有五十人以上，每個都身型魁梧、孔武有力，全都是陳洛軍挑選的善戰份子。

形勢比人強，「天義盟」被「龍城幫」的強將嚇得氣勢盡失，居然面面相覷呆了下來，不知該退下還是迎戰。可輪不到他們細想，「龍城幫」大軍已經殺到。

短兵相接，「天義盟」實力本已不及「龍城幫」，加上未戰先怯，轉眼便被轟個落花流水。

離開前，Happy 仔向鱷魚說：「明日黃昏我還未收到你的錢，我會再找你算帳！」

被打了一身的鱷魚當然不服氣，亦不打算還錢，第二天便在街市擺下重兵，等待 Happy 仔。

然而，Happy 仔真正的打擊目標根本不是鱷魚，對方沒有在期間內還錢，Happy 仔正好以此為藉口，當晚他便舉兵出征，直搗「天義盟」的心臟地帶——銅鑼灣。

Happy 仔的行動雷厲風行，轉眼便掃蕩了「天義盟」幾間夜店。然後往後幾天，一到夜晚 Happy 仔便帶齊人馬，在「天義盟」的地盤尋釁滋事，一見對方的人出現，便立即動武。連日來展開了十數場街頭打鬥事件，「天義盟」兵力薄弱，每次都被「龍城幫」壓倒性擊倒。令本已積弱的幫會，聲望更創新低。

有人更以「無線」和「亞洲」兩間電視台來比喻「龍城幫」與「天義盟」，一個如日方中，另一個夕陽遲暮，除非有外來勢力打救，否則「天義盟」只會處於挨打的下風。

幾日之間，Happy 仔便成為江湖的話題人物。「龍城幫」人才輩出，除了陳洛軍、信一此等殿堂級人馬，旗下門生亦非等閒，只要多加琢磨，假以時日，Happy 仔定能獨當一面，叱吒黑道！

兩星期後，「天義盟」多間夜場因被大肆破壞，無法正常運作，損失估計達七位數字。

這一晚，宋人傑跟鱷魚以及另一高層，在旗下的夜總會共商對策。

「『龍城幫』那班人像頭瘋狗向我們亂吠亂咬，你們卻連半點招架能力也沒有！B輝、鱷魚，你倆告訴我，為何會輸得如此難看？」宋人傑怒道。

「沒法子啦，幫會裡稍有實力的，能走的都走了。」坐在宋人傑對面、身型帶點肥胖的B輝說。

「B輝，你是『公司』的高層，怎能讓你的手下說走就走？」

「老大，你也不能把責任全推在我們身上……自從你當了龍頭之後，便不斷節省『公司』開支。沒錯，節流是重要，但連醫療費、安家費、車馬費也減半，還會有人願意為我們打拚嗎？」B輝喝了口啤酒，又道：「如果你闊綽一點，相信能提高內部的士氣啊。」

「哼！你自己管教無方就把問題推到我身上！你當我的手下，是要替我解決問題，不是把問題拋回給我！」宋人傑怒罵B輝後，把視線轉向鱷魚：「鱷魚，整件事都因你而起，你要想辦法擺平它，否則『公司』所有損失由你負責！」

「什麼？」

鱷魚雖然知道宋人傑是個守財奴，卻想不到縮骨得如此極致，一時間也不知如何反應。

「愈說愈怒！你倆好好反省一下！」宋人傑步向房門：「大發仔，陪我去廁所！」

「知道！」叫大發仔的跟班，尾隨宋人傑離開房間。

留在房內的鱷魚和B輝交換了個眼神，不屑地說：「又借尿遁！」

「大發仔，我幫『公司』節省開支，你說有沒有錯？」正在小解的宋人傑仍怒氣未消。

「當然沒錯啦，當老大就要有當老大的思維，你顧全大局才緊守糧倉，鱷魚和B輝太不體諒你了。」大發仔說。

「還是你最明白我。我刪減開支，只是不想大家動不動便跟人打架，他們受傷，我也很心痛的，難道關心門生的人身安全也有錯？」宋人傑射盡尿液，哆嗦了一下。

「想來想去，罪魁禍首都是『龍城幫』的人，無緣無故走來惹事生非，怎樣啦？以為我們『天義盟』好惹嗎？我在刀口中混的時候，信一還是個死街童，現在水鬼升城隍，夠膽在太歲頭上動土！哼，過兩天我親自找他算帳，到時我要他向我叩頭認錯！」

「老大英明神武，信一見著你肯定惡不起來！」

「這個當然，到時我要大巴掌、大巴掌摑過去，好好教訓他！」宋人傑用大發仔的衣服抹手。

正當宋人傑陶醉於自己的幻想空間之際，在他身前的廁格，走了一人出來。一見到他，本來一臉得意的宋人傑，立時臉色大變。

「怎會如此巧合？」

他，赫然是信一！

宋人傑萬萬沒料到會在此時此地遇上信一，只望了對方一眼，宋人傑的目光便失焦亂竄，不敢正視他。

「他怎會在我的場子出現？現在該如何是好呢？」宋人傑急得如熱鍋上的螞蟻。搞砸「天義盟」的地盤，再肆無忌憚在宋人傑的地方消遣，信一以行動來告訴他的對手，「龍城幫」絕不會把你們放在眼裡！

場面雖然尷尬，但宋人傑的面皮至少幾丈厚，上一秒還一臉窘態，下一秒已堆出自以為友善、卻非常噁心的笑臉。

「嘻嘻嘻，信一，怎麼來我的場子玩也不通知我一聲？」宋人傑露出八字眉，太監般的笑容：「來來來，我們出去喝幾杯，慢慢詳談。哈哈哈哈……」

「你剛才不是說要摑我嗎？」信一鐵青著臉：「為何還不動手？」

信一神情嚴肅，目光淩厲，不帶半點笑容。宋人傑跟他目光再度交接，即冒出了冷汗，心忖：「這次有麻煩了！」

「我叫你摑呀！」

信一大吼的同時，站在宋人傑身旁的大發仔立即竄出廁所，只餘下二人。

大發仔閃了，宋人傑反而放輕鬆了點。

「信一，我為剛才的話，向你道歉。對不起。」

「有些話說了出口，不是一句對不起就可以了事。」信一拍拍自己的臉：「你貴為一幫之主，說了摑，就要摑！我保證不會還手，摑吧！」

宋人傑不是傻的，他當然知這一巴掌若摑下去，「龍城幫」便會傾巢而出，對「天義盟」發動滅族性大攻擊！

以「天義盟」的兵力，根本無法與善戰的「龍城幫」抗衡。況且，宋人傑生命中最重要的只有金錢，一旦打仗，便要支付巨大的額外開支，一想到要花錢，他便覺得好像被人砍了幾刀，好痛啊！

「我們兩幫之前有什麼誤會都好，當粉筆字抹去吧。總之你不再惹『天義盟』，你破壞我的地盤這筆帳，我不追究就是。」

「這麼便宜？不過……」信一一指戳向宋人傑的心口：「我就是要跟『天義盟』對著幹，那又怎樣？」

廁所大門忽地打開，得到大發仔通知，鱷魚、B輝領著十幾名門生前來護駕。

鱷魚和B輝是「天義盟」的中堅成員，三十多歲，算得上是老江湖，跟不少道上大哥打交道，有點見識。

眼見信一只是個二十七、八的傢伙，個子雖高，卻不魁梧，一身筆直的西服，配合略帶秀氣的外表，像極一個高級的行政人員。

但那一身糖衣，始終裹不住那份與生俱來的江湖霸氣。

「老大，不用怕，他再敢動你一下，我保證他走不出這裡！」B輝鼓起勇氣。

「怎保證？」信一橫了B輝一眼：「別光說不做，來，拿點實力出來讓我見識見識！」

出來混，說錯一句話，隨時也可能招致殺生之禍。B輝仗著自己有主場之利，才衝口而出說了不該說的話。這下信一便找到藉口，可把事情鬧大了。

「給B輝氣死我了。」宋人傑心道。

宋人傑明知信一來找麻煩，本想息事寧人，偏偏B輝的衝動卻令信一撒野下去。如此情勢，教他又怒又急。

信一再以指頭戳向宋人傑胸口：「我現在就再動他一次，看你們這班雜魚可以怎樣？」

每個人也有死穴，B輝最在意被人看輕，一句「雜魚」令他怒火上升，管不了眼前的人是什麼身份，擊出圓潤的拳頭。

「你這團肥肉倒有點膽識！」信一冷笑。

碰！

就在B輝快要轟到信一身上的一刻，那副肉團便往後彈，背門撞向大鏡子，再跌在地上。

整個過程快得驚人，沒一人能清楚看見B輝如何中招。

「空有膽識沒用的，出來混，除了智慧，還得講求實力。」信一拍拍手上的灰塵：「單有一身贅肉，就只有被屠宰的份兒。」

再愚蠢的人也聽得出，信一把B輝視之為一頭沒腦袋的豬！

「兄弟們！給我上！幹掉他！」

B輝怒得瘋了，竟想幹掉信一！面前是鼎鼎大名的「龍城幫」最高領導人，B輝的門生個個面面相覷，不知如何是好。

「你們是不是聾了？我叫你們幹掉他呀！」B輝怒喝：「上呀！」

B輝跟信一的級數雖然相差很遠，但說到底他都是「天義盟」的高層，一眾門生不敢抗命，唯有硬著頭皮，準備迎上。

「全部站著，別動！」劍拔弩張，宋人傑終於做出阻止：「大發仔，給我拿支XO來。」

「老大，是他先起事端，就算把他打死也怪不了我們！」裝起了戰鬥架式，隨時動手的B輝說。

「B輝，按下你的怒氣，此事由我來處理好了。」大發仔回來，把一支XO交到宋人傑手上。

「信一，先前我說得罪你的話，現在跟你賠罪。」宋人傑打開XO的瓶蓋，一口喝下：「對不起！我只想以和為貴，可以了吧？」

堂堂龍頭，竟在眾目睽睽下，於自己的地頭內向信一低聲下氣賠不是，以後他還有顏面面對門生嗎？

在宋人傑的世界，金錢才是王道，顏面與威信，他一向放得很輕、看得很開。

宋人傑已賠了罪，如果信一還死纏不放，就顯得太沒量度，傳了出去，會影響聲譽。

「對付『天義盟』，日後還有機會，犯不著跟他瞎纏。」信一心道。

信一揚長而去。離開的時候，經過B輝身邊，拋下了一個不屑的眼神，輕聲說：「不服氣嗎？有種就來九龍城找我，我等你。」

B輝握緊雙拳，真想往信一身上打下去，卻知道，單打獨鬥只會換來慘敗的下場，故唯有壓住怒火。心想：「等著瞧吧，總有一日，我會親自領軍殺入九龍城！」

待信一消失在宋人傑視線範圍，一直掛在他臉上的笑容才告消失。

你可以說宋人傑賴皮、不知羞、不要臉，但當一個人，可以把別人的辱罵與視之無物，完全不顧身份與聲望，就算面對當面痛斥，仍可擺出一副橡皮式的笑臉，要擊倒他，比打敗一個強上你多倍的對手還要難啊！

這種沒尊嚴、沒廉恥、沒底線的無恥之徒，往往卻會令很多有實力的人陰溝裡翻船，死了也來不及問究竟。

1.9 第一次交鋒

離開銅鑼灣後，信一買了大閘蟹與啤酒回到九龍城寨，本想找陳洛軍與AV飽餐一頓，不過陳洛軍正外出工作，只有AV作伴。

「說起來，我倆好像沒試過二人共食。」坐在賭館帳房內的信一，正打開蟹蓋，準備享用：「別客氣，快吃啦。」

「大閘蟹不太合我胃口，我飲酒。」AV開了支啤酒。

「隨便。」

轉眼便吃了五隻大閘蟹的信一，非常滿足，展露燦爛笑容。AV望著這個孩子氣的江湖大哥，不禁也笑了。

從前的AV總是繃緊著臉，滿身散發著生人勿近的殺氣，自從認識了信一與陳洛軍之後，他終於重拾遺失了的人類情感。

信一瞧見AV對自己偷笑，吞了吞口水：「AV……看你嘴角含春，笑淫淫、色瞇瞇的……不是對我有意思吧？雖然我開鴨店，但我是100%熱血男兒來的，你不要對我有非分之想啊。」

「神經病，我在城寨有很多女粉絲的，別壞了我的英名！」
「那你為什麼笑得如此淫？」
「淫你的屁眼！」AV喝了口啤酒，笑說：「我只是看見你現在的白癡模樣，很難把當日的你聯想起來。」
「你才白癡！」信一：「論女粉絲，我肯定比你這大塊頭多一百倍！」
「哈哈哈……」AV笑說：「不服氣的老樣子，還是沒變。當日你打不過我，就是擠出這個表情。」
「喂！你別亂說啊，我哪有輸給你？」
「你真的以為，當日打下去可以擊倒我嗎？」
AV放下酒樽，思緒開始跌入回憶之中。

幾年前，AV初入城寨，一個朋友也沒有的他，帶著滿身酒氣踏進信一的賭館。失落失意的人，將身上僅有的數千元都拿來賭，不消半小時便把錢輸光。AV就像那些病態賭徒，死不願走，竟把自己的拳頭押在賭枱上。
「兄弟，這是什麼意思呀？」當時身兼荷官的阿鬼說。
「我以前打拳，打贏一場的獎金少說也有十萬元，現在收你半價，我買五萬元大！」

AV體型巨大，身上散發著一股令人窒息的霸氣，就算這裡是阿鬼的地盤，也不敢呼喝AV。

「細明，拿五百元給這位先生。」阿鬼對身旁的門生說。

「什麼五百元呀？你的耳朵是不是有毛病？」AV一拳砸在賭枱上，吼道：「我要五萬元！」

AV擺明來惹事，其他賭客生怕殃及池魚，如鳥獸散，不敢靠近AV。

「敢來『龍城幫』的地方鬧事，你一定皮癢欠揍了！」阿鬼喝道：「細明，給我清場落閘！」

這裡始終是「龍城幫」的地方，如果任由AV撒野，傳了開去，幫會的威信何存？所以明知眼前的巨物是個難纏的傢伙，阿鬼也硬著頭皮迎上。

可對方是格鬥界的巨人，縱使當年AV的實力未升格至神人境界，要對付阿鬼此等貨色，實在太過容易了。

阿鬼正想動手，卻被對方早了一步，面門中了AV重重的一拳。

受此猛擊，阿鬼如中炮彈，淩空後飛數十呎，撞在牆上，昏死過去。

其他保安的下場也跟阿鬼差不多，連出手的機會也沒有，便已遭打至半死。

自從遇上雷公子，發生了那慘劇之後，AV性情便變得凶惡暴躁，而且極之痛恨黑社會，此行根本是來找「龍城幫」的人發泄。

「仆街黑社會！」AV天生神力，又精通西洋拳，這群小魚豈會是他的對手？AV轟倒了一人，又尋找另一個目標。愈打便愈怒，愈怒便愈要打！把第四名保安擊昏之後，AV的殺性有增無減，就在他的拳頭將要轟在另一人身上之際……

「停手！」一個聲音喝止住AV。

AV循聲而望，看見一個瘦削的身影從二樓拾級而下。

來者外表的體型比一眾保安還要單薄，樣子也不算強悍，卻滲透出一份硬朗的英氣、懾人氣魄。

信一外表雖然溫文，但AV卻可感到，他並非一般雜魚貨色。

「狗娘養的！為什麼來我的地方搞事？」面對碩大無朋的AV，信一一臉從容，沒半點怯意，果然有大將本色。

「你是他們的老大？」AV問非所答。

「是又怎樣？」

AV再沒回答信一的話，掄起那極具爆炸力的拳頭，往信一的面門轟下去！

拳風撲面，信一已可感到此拳的來勢無比凶猛，被轟中的話，鼻骨必定爆裂。

幸好信一反應敏捷，側身避開了這一拳，順勢在AV的腰間還以一擊。

「大塊頭，吃拳吧！」

AV的身體就似鋼板般堅硬，信一的一拳不但未能對AV造成任何傷害，而且反被震開。

「這大塊頭的肌肉……好像鐵塊一樣！」信一心道。

之後，便輪到AV反擊了！

「你的拳，連給我抓癢也不能呀！」

AV腰隨身轉，向信一頭顱轟出一記猛烈的鞭拳。

拳勢勁度無儔，信一又跟AV相距甚近，無法閃避，只好舉起雙臂，硬擋來招。

嘭——

AV自信可把信一轟至幾十呎遠，沒想到信一的下盤功夫相當沉穩，只退了數步便站穩雙腳，毫無損傷。

「你的拳，也不見得特別有力！」

信一神態自若，一副全不把AV放在眼裡的模樣，簡直在他身上火上加油。

AV雙目噴出了憤怒的火焰，再度祭起拳頭，朝信一的身上打下去！

「有種便跟我搏拳！」

「來便來吧！」

明知AV的力量遠勝自己，信一還要接戰，你可以說他逞強、說他不自量力，但身為「龍城幫」的第二把交椅，他就有負責保住「公司」的威名，絕不會因為對方的力量高於自己而退縮。

雙拳對碰，二人同被對方震退了半步。AV不禁暗忖：「這個小白臉竟可以跟我打個旗鼓相當？」

「吼——」

一聲猛吼，AV的第二拳便挾著破風之勢直轟目標。

信一亦毫不猶豫，揮拳而上。

然後，又一記爆炸性的碰擊。

AV只聽到微弱的骨裂聲，卻見信一昂然而立，敗象未呈。

「他媽的……」連續兩擊還不能把信一轟倒，AV的怒火愈燒愈盛。

巨人再度抓緊拳頭，勒勒作響，似要把自己的拳頭也給握碎，指間的空氣也給擠出來。

信一心知這一拳非同小可，硬拚下去，自己的拳頭又可承受得起嗎？

「狗娘養的！拚便拚吧！」要信一認輸，比迫他吃屎更難。他這種硬骨頭，只要尚有一口氣，也會打到底！

ＡＶ的一拳猛然而下，氣勢與殺力都比之前兩拳巨大得多，決心以這霸道重擊廢了信一。

一刀在手，信一就是神，可是比力量的話，他並非ＡＶ的級數。對拚了兩拳，信一的拳頭其實已經「受傷」，只見他掄拳的一臂已微微抖震，打下去，他的拳當真會報廢。

雙拳快要觸碰的一刻，ＡＶ的胸口不知被什麼事物擊中，把那副超過二百磅的無敵戰軀轟退了廿多呎。

當他定住身體，才看見一個兩鬢斑白，外形瀟灑的人站在信一跟前。

「哥哥……」信一見到哥哥，立時肅然起敬。

「沒事吧？」哥哥平和地說。

「沒事……」

「朋友，何以到此搗亂？」哥哥望著ＡＶ，淡然道。

哥哥不慍不火，沒霸氣、沒動怒，卻散發出一股無法言喻的獨特氣息，叫人望而生畏。

面對哥哥，ＡＶ霸氣全消。就如一頭桀驁不馴的野豹，遇上了森林之王般，不用交鋒，便已俯首稱臣。

「城寨有城寨的秩序，不容許讓你亂來，你想戰鬥，可以去競技場。我不希望你在做生意的地方搞事，再有下次，我不會再對你留手，還會逐你出城。」

之後，AV便開始參與城寨地下拳賽，亦再沒有在技競場以外的地方生事。

「想不到那天是我跟你唯一一次交手。沒仇報，好慘呢！」信一豎起扭曲的右手尾指：「你當日的第二拳，把我的尾指指骨打碎了。看看，像不像蝦米？哈哈哈哈……」

「對不起……」

「你白癡啊你！說什麼對不起！」信一豪邁一笑：「我跟你與洛軍的友誼，都是由對立開始，當真是不打不相識，哈哈……你說，命運是不是好玄妙？」

「對！真的很玄妙！」AV一笑。

自從發生了那件慘劇之後，AV的臉上已失去了笑容。

是陳洛軍與信一令他重拾人間的希望。

——不過，AV很快又會從人間跌入地獄！

別過信一，AV回到他的天台屋窩居。

等著他的，是門外放著的一封厚厚的郵件。

把郵件拿上手時，ＡＶ已憑直覺和本能感到，信裡面盛載的，是即將改變他目前人生的——

一個他尋找了很久的答案；

亦是，

一把再度打開邪惡大門，把他推向萬劫不復之地的鑰匙！

但ＡＶ能選擇不打開郵件嗎？不能！

映入ＡＶ眼簾的，是一張香港前往澳門的單程船票，以及……

幾幀照片。

幾幀叫ＡＶ震撼無比的照片。

看著手中照片，ＡＶ的淚水有如堤缺冒湧，一直流個不停。

只因，照片中的人，正是ＡＶ遍尋不獲，每天都盼望可以跟她重遇的女人——小優！

郵件當然是由雷公子派人送來。

桀黠的雷公子數年前幾乎把ＡＶ的人生摧毀，想不到多年以後，雷公子對ＡＶ還「念念不忘」，對他再下毒計，誓要再一次把他打入人生谷底。

知道小優下落，AV不作多想，也沒有考慮任何後果，拿起船票就動身離去。

這次踏出城寨，AV很可能永遠也不能回來，因為他將要面對的，是一個無惡不作、泯滅人性的嗜血狂魔。

——信一睡房——

居然會夢見小時候的事。
那些年代久遠的破事兒。
嘿，竟還為此失眠。
我點起煙。
找出老舊的相簿。
那些年的回憶，彷彿相去不遠。

「我跟你說過很多遍，叫你別跟人打架！你總是當我的話是耳邊風！」
我記得，兒時頑劣的我，曾惹得哥哥多麼生氣；氣得拿起籐條不停抽打我。
站在他身邊的狄秋哥，替我說好話：「小子好硬頸啊，你打到籐條都快斷掉而他仍不哼一聲！老大，算了啦！」哥哥這才放我一馬。
他還往我的臉捏了一下，但被我一手撥開。

可是不到一星期，我又犯戒了。
「你又跟人打架？」狄秋哥：「你死定了，等你祖哥哥回來，肯定又要挨打！」
那時我還小，怕得快哭。
「男人大丈夫流血不流淚，秋哥撐你！」
他後來買了個面具給我掩飾面上傷痕。

今日秋哥撐我，他日我長大了，一定會撐回秋哥！
——今時今日，我還忘不了自己曾說過這句話。

1.10 大開眼界

千里之外，澳門。

隻身獨闖地獄的AV，甫踏出碼頭，便有兩名穿西服的大漢在候著他自投羅網。

「你就是AV了吧？跟我們上車。」

踏入車廂，其中一名西服大漢便取出一枝麻醉針，注射在AV頸項。

「還想與你的女人見面，便乖乖跟我們合作。」

既已來到別人的陣地，AV也沒想過做出無謂的反抗。只要追尋到小優的下落，他可以付上任何代價。

藥力生效，AV沉沉昏睡。

AV醒來的時候，感覺相當迷離。他從昏死到恢復意識，並沒有緩緩張起眼皮的過渡時刻，像是倏地一醒，眼前的影像就出現眼前。

他很快認知到，他的上下眼皮被套上一個支撐架，令他的雙目只能睜著，不能合起。是抄襲自電影《發條橙》吧，AV心想。

除了眼合不上，手腕足踝亦被套上金屬鐵環，鎖在一椅子上，動彈不得。

這是個燈光昏暗的房間。房間的光射雖然不足，但AV還是依稀看見兩邊牆身滿是乾涸了的血液。

凹凸不平的粗糙地板上，同樣遺留下了斑斑血漬。

整個房間充斥著濃烈的血腥味道，不難想像，這裡該是一間殺人屠房。

一陣強光驀地照射在AV眼前，刺得他雙眼一陣疼痛。

過了幾秒，等到AV的瞳孔適應後，才看見那陣光線，原來是電視螢光幕的強光。面前的一堵牆，是幅巨大投射螢幕，AV猶如置身在迷你戲院之中。

沙沙沙沙——

畫面一片「雪花」，閃動微粒和嘈雜的「沙沙」聲，加上房間的環境，構成一個詭異的格局，尋常人置身此地，必定會生出不安、焦慮、恐懼等負面情緒。但AV並非一般角色，他可是身經百戰，歷盡人間劫難的人物。

從他決定前往澳門那一刻開始，其實早有死的覺悟。他已豁了出去，只要尋得小優的下落，就算要了他的命也在所不惜。

又過了一會，螢幕裡終於出現影像。只見一名身穿黑色雨衣的男人，手執小刀，望著另一名給鎖在椅子上的男人。

持刀男伸出小刀，刺向男人。

受害者兩唇被針線縫合，想慘叫，卻又觸動了嘴巴傷口，痛上加痛，叫不出聲。撕心劇痛，令那人如坐針氈，激烈地扭動身體，奈何四肢被鎖，只能繼續承受對方的殘酷虐待，大小二便早已失禁。

經歷一輪酷刑，受害者幾近肢離破碎，慘死當場。

影片中的「屠房」，跟自己身處的環境十分相似，AV大概猜到，對方要讓他感受恐懼。

可是除了不忍目睹之外，AV卻不為自身感到怯懼。

過去無數個晚上，他想像最愛的下落，幻想那些悲慘的下場，對他而言，已是最恐怖的折磨。肉身的痛，大概不會比精神痛楚更痛。

螢幕切換了畫面，相同的環境，不同的人物。

同樣是一對一的戲碼，這次的主角，變了兩個女人。

一個拿著透明器皿的肥胖女人，走到目標跟前，把器皿裡的液體灑在少女的臉上。

本來還算標緻的五官，遭液體一濺，皮肉仿如受熱的洋燭，慢慢塌下。

少女在尖叫，肥胖女人在獰笑。

不消幾分鐘，漂亮少女便變成一副慘不忍睹的模樣，叫人看得心寒。

之前還可以強裝鎮定，但看了這一幕，AV的不安感頓時提升。

他在想：小優會否遭受這些酷刑？她到底在哪裡啊？

AV心慌了。

焦慮的神色全流露在瞳仁之上。

「不會的，小優不會有事……」

AV愈想愈急，雙手開始掙扎，欲掙脱枷鎖。

「嗄嗄嗄嗄……」

呼吸加速。

噗噗噗噗噗噗……

心跳加快。

忐忑、揪心、焦炙、惴慄……種種負面情緒一下子湧入AV腦際。叫天不怕地不怕的人，急得如熱鍋上螞蟻，五內如焚。

AV好怕，怕下一個在螢幕裡出現的受害者，會是他的最愛。

不過害怕又有何用？有些事情，總得面對，總要接受。

這時候，AV的瞳孔放大，充滿了驚怖與震撼。

一陣酸麻直衝鼻頭，刺激了淚腺。

再過幾秒，掙扎的熱淚從眼球湧出，撲簌簌地爬滿一臉。

世上還有何事情會令這名鐵漢落淚啜泣？

螢幕裡，出現了一名女子。那是AV日夜盼望能跟她重聚的女人！

小優的目光對著鏡頭，跟AV的視點接上。

就像真的面對面，四目交投似的。

她的容貌跟AV記憶中的沒多大轉變，只是添了點風霜、倦意。

「小優！」

一時間，AV忘了眼前的是錄像，還期望得到小優的回應。直至畫面出現了另一個男人，才令他猛然驚醒。

男人是名小個子，一身脂肪，滿臉鬍渣，長相猥瑣。

他把小優壓在床上，用那油膩的雙唇跟小優濕吻起來。

雙手當然也不閒著，探進小優的衣服內……

然後把小優的衣褲被逐一除掉。

一男一女一絲不掛，相擁著對方，在床上翻滾纏綿。

眼見那小個子伸出溼濡而噁心的舌頭，如狗公般在小優身上舔了一遍又一遍，每吋肌膚都留下了濕漉漉的唾液，AV很想一拳把小個子的頭顱轟爆，可他卻只能當個「現場觀眾」，想阻止也阻止不了啊！

經歷了一輪前奏，來到戲肉了。小個子正準備以那短而肥的東西前驅直進，AV簡直如火燒心，又怒又恨又心痛！

他不想、不忍看下去，奈何雙目卻不能合上，只能眼白白看著自己最深愛的女人，被另一個男人佔有。

「噢——」

隨著一聲呻吟，一切已經無可挽回。

要發生的，其實早已發生。

目睹這一幕的AV，渾身顫抖，如墮冰窖。最令他難堪的是，小優在交歡的過程一直都是望著鏡頭，且露出享受無比的表情。

毫不憐香惜玉的瘋狂炮轟，換來極富感情的叫聲。

「噢——噢——噢——」

豪放的呻吟在狹小的空間環迴響起，很有節奏。

一個好端端的女子，被迫成為色情電影的女主角，到底要跟多少個男人對戲，才能演得如此「爐火純青」、全情投入？

小個子將AV的心頭肉盡情發洩，誰能明白AV當下的感受？

這齣色情影片，已把AV的尊嚴與希望完全摧毀！

他愧疚當日把小優帶到船上。

悔恨自己沒摸清楚雷公子的底蘊便跟他搭上。

弄至如斯田地，全是我的錯！

要受苦，就讓我一人來承受吧！為何要折磨我的女人？

「關了它！快給我關了它呀！」

AV只能狂嚎。

小個子之後，換上幾個不同的演員，輪流跟小優演對手戲。

有瘦削的、健碩的、癡肥的……有黃皮膚的、白皮膚的，也有黑皮膚的。

有一對一，也有以一敵眾的群戲。總之在色情電影中出現過的「動作場面」，小優都演過了。

大戰兩小時，小優精選作品集終告播放完畢。

經過一百二十分鐘的無間斷折騰，AV淚已乾。

悲痛欲絕肝腸寸斷椎心泣血萬箭穿心等形容詞，也無法表達到他刻下的難過心情。

傷心歸傷心，但AV仍不可以絕望，因為他還不知道小優的下落。

只要她仍然在世，一切都可以重來！

AV顰眉咬唇，竭力忍痛，正努力抑制著絕望的情緒時，螢幕上方的播音器，發出一個廣播男音。

「AV先生，你果真人如其名，很愛看AV呢。剛才的兩小時，你眼也不眨，看得津津有味，你那話兒該亢奮得硬起來了吧？哈哈哈……」男人有個沙啞嗓子，語調輕浮，只聽其聲，已覺討厭。「不過你別太過興奮喔，正所謂好戲在後頭，還有更精彩的等待著你收看。到底剛才賣力非常的女主角身在何方呢？不用心急，立即為你揭曉。」

語畢，投射螢幕便徐徐往上捲起。幕後面，原來是堵巨大的透明玻璃牆。

螢幕升至一半時，AV看見玻璃牆的另一邊，是個房間，中央有個給鎖在椅子上的女人。

隨著螢幕繼續上升，女人的面目亦即將顯露AV眼前……

那個女人，一臉滄桑，歷盡風霜，精疲神困，形同喪屍般失去靈魂。

只瞧了一眼，AV全身便如遭電殛，目瞪口呆。

AV簡直不敢相信自己的眼睛……

是她！真的是她！

無論她變成怎樣，AV都可以認出……

她就是我一生中最愛的女人！

——小優。

1.11 平行時空裡再見

AV雖然一眼認出小優，可小優卻像服食了迷幻藥，目光浮游渙散，意態迷離恍惚，猶如靈魂出竅，沒半點神采。

二人目光接上的一刻，AV愣住了。小優竟沒即時把自己認出來，視點只停留在AV身上一秒便閉起眼睛。

「小優！」

AV的吼聲，透過椅柄上的咪高峰，傳到另一房間。當小優聽到AV呼喚自己的名字，頓時回過神來。

自從被販賣到日本後，過去的自己早已死了。換了另一個身份的她，已很久沒聽過這名字，差點忘掉了自己曾經喚作小優，曾經只是個天真又被深愛著的平凡少女。

小優努力把神志聚焦，留神細看，電光石火間，腦海閃出了無數畫面，全是溫馨纏綿的影像……

那是小優與AV熱戀時，最甜蜜的時光。

——小優把AV認出來了！

「Jason……？」小優哽咽地喚著AV的洋名。

Jason這個名字，對AV來說，是多麼的熟悉，又多麼的陌生……當年發生那件慘劇後，AV破了相，人生跌入谷底，忘卻了以往的人生，也忘卻了本身的名字。

孤獨地活在黑暗之中。

成為了AV後，再沒有向任何人透露過本名。

他一直也在等待，等待小優再次在他面前喚起這個名字。

Jason，等到了！

彷彿等待了千年萬年，二人終於相遇。AV突然覺得，這些年所受的苦，已不算什麼。

在無數個雖生猶死的痛苦日子，支撐小優活下去的，是渴望有一天，自己的男人能找到自己，把自己帶走，帶回從前；可是，這一刻的小優，卻覺得，一切已經回不去了。

「我……已經不是以前那個小優……」小優羞愧得不敢再抬頭，在最愛的男人面前，她只覺完全無地自容。

「無論你有過什麼經歷，我也不會介意。你永遠都是我最愛的小優！」AV急著安慰：「我答應你，不會再讓你受苦，我會保護你！」

「但……我很介意……」小優把頭垂得更低更低，不敢直視AV：「你……知否我拍了多少齣色情影片？又知否……我跟多少個男人睡過？」

AV的腦海不可自控地想起剛才那兩小時內，看盡小優與不同男人的交合，但他還是堅定地回應：「我不知道，也不想知道。我只知道，你是我的小優。除了你，我今生今世，再不會愛其他人。」

AV用情專一，對於愛戀，有一份善良的固執。早於十幾年前，AV還是Jason的時候，曾經跟很多女人在一起，大多都是霧水情緣，直至遇見小優，AV才真正嚐到愛情的味道。

小優沒有艷壓群芳的長相，論樣貌，AV過去任何一個女朋友都勝過她。偏偏AV卻對她情有獨鍾，被她的氣質所吸引。相處了一會便接通了頻道，產生了強烈的愛意，瘋狂地戀上她。

真正的愛情，不重於外表，而是互相的心靈能否接通。

人生匆匆，未必人人都能遇上令你一見傾心、情投意合的戀人。轟烈的愛情，是義無反顧、是會令絕世聰明的人變成傻子。沒有任何情由，不受控地愛上對方，終生不移。

情人跟兄弟一樣，都是可遇不可求。夠幸運，便能遇上。

AV篤信自己早遇上了！

他們是命中注定，是天造地設。這段緣份又怎會為了那些經歷而終結？

小優抬起頭，望向眼前這個男人。她雖然不知道這些年來AV怎樣度過，但她卻相信，AV一定對她念念不忘，沒有放棄過尋找自己的下落。

歷盡艱辛，終於再次遇上，又怎可以輕言放棄。

只要我們還活著，一切都可以重來！

「Jason……多謝你找到我。」小優悽然一笑。

AV也寬心笑了。

二人相視而笑，但笑容只在嘴角凝住了不足幾秒，因為那個討厭的廣播聲音又再響起。

「真的好溫馨，好感人啊！好一對絕了種的癡男怨女，能見證這一幕，簡直是我的榮幸喔！」

「雷公子，我知道是你！」AV忍住怒火：「只要你放過我們，我承諾絕不會向你報復，我和你的恩怨，就此一筆勾銷。」

「AV啊AV，我想你一定是看了太多AV片，弄致腦袋有點不靈光了。你要知道，現在你和你的女人都在我手上，只要我一句話便可取下你倆的性命，你根本就沒有向我討價還價的籌碼。」

「到底你怎樣才肯放過我們？」

「其實我為人很善良，只要聽到中聽的話，心腸便硬不起來呢。」

「雷公子，你大人有大量，放過我們吧……」

「不錯不錯，繼續啦。」

「是我不對，是我不好……請你不要恨我，不要惱我，大發慈悲，饒了我們……」

一代戰神，為了愛人的安危，不得不放下尊嚴，向雷公子卑躬屈膝，說盡噁心的奉承話。除此以外，如肉在俎的AV已想不出任何法子。

「夠了！別再說下去！我快要哭耶！好一個男子漢、大丈夫，為了愛人，竟可以把自尊拋諸腦後，AV哥，你超偉大的！實在太令人感動，太賺人熱淚了！」雷公子聲音哽咽：「我雷公子最欣賞有情有義的人！AV哥，我敬你是位英雄好漢，也不願再難為你了，我答應解放你們。」

雷公子真會被AV的話所感動嗎？就連AV也不相信，自己幾句違心話有如此威力。

雷公子隨便的應允，叫AV更感不安。

小優房間的鐵門，被慢慢推開，發出一陣尖鋭的門較磨擦聲響。

嘎嘎——

一個身穿醫生服的男人，踏進房間，走到小優面前，把手術箱放在一張小枱上。

AV的不安感急劇飆升。

「你別亂來！你敢動她，我殺了你！一定會殺了你！」AV如坐針氈，心急如焚。

醫生服男人對AV的話充耳不聞，自顧自從手術箱取出一枝麻醉針，站在小優後面，把針嘴刺入她的頸項。

小優已經知道，接下來發生在自己身上的事情，將會是何等的恐怖。

她竭力睜大眼睛，把AV的臉，留在自己的視線內。

也把自己最後的心意，傳遞給久別重逢的男人。

能在有生之年重遇你，其實已算幸運。

對不起，我要先行一步了。不能陪你走餘下的路，你要好好的活，堅強的活。

或許今世我們有緣無份……如果可以選擇，下一世、再下一世，我也願意做你的女人。

——永別了。

一點一點，任憑小優再努力，她的眼簾還是徐徐合上，最後終於緊閉。

從此，那雙明眸，只能在AV的記憶之中出現。

AV永遠也不會忘記，小優望著他的最後那個眼神……

再多的話已來不及說，那個複雜的眼神卻說明了一切。一絲恐懼和不忿；更多的是不捨之情，奈何共聚的時間太短；最後卻是帶上笑意，感恩最後一刻你在我跟前。謝謝你。我愛你。

AV都明白。AV都讀得明。

如此心意相通的兩人，怎麼能分離呢？

只要一人死了，另一個人也斷不能獨活下去的！

醫生服男人把昏迷的她抱起，平放在一張手術枱上。

為她寬衣解帶後，提起手術刀……

「不要……我求求你……」

最不想發生的卻沒因為哀求而停止。

AV親眼目睹那把冰冷刀鋒刺進小優的軀體，把她的皮肉割開。

熱滾滾的血水在傷口溢出，沿著身軀流到手術枱。

醫生服男人跟屠夫無異，以熟練的手法把手術刀探進小優軀體內，把裡面的東西拿出來……

「不要！我求你不要這麼殘忍！不要呀！」

任AV如何聲嘶力竭，也無法阻止這件殘酷的事情發生。

接下來的，是極盡殘忍的畫面，屠夫繼續動「手術」，AV身在現場卻挽救不了，只能瞪眼目送她的生命流逝。

剛才還是活生生的血肉之軀，轉瞬已成了一個沒有靈魂的軀殼。

被掏空得一乾二淨，彷彿她只是頭任宰畜生的軀殼。

「吼吼吼吼吼——」

AV失控似地狂嚎，肉體上的折磨，他再痛也可承受，但此刻所面對的痛，卻是遠遠超出了他所能承受的範疇。AV再沒有哭，據說當一個人的傷痛情緒到達了極限時，便流不出半滴眼淚。

叫破喉嚨後，空間回歸沉靜。

所有激動歸零，AV彷彿已隨小優死去。他整個人崩坍了，精神崩潰了，雙目如死魚般失去了神采，獃獃的呆著。

過去這些年，AV雖曾想過自己的女人已經不在人世，可是一天未看見她的屍首，二人就還有在人間重逢的機會，縱然機會渺茫，卻是推動他生存下去的動力。

就在不久前，當他與小優重遇時，差點以為自己置身夢境。那一刻，他不但對人間重燃了希望，對雷公子的恨意竟也消滅了。為求他把小優給回自己，他說了許多噁心奉迎話。為求再次把小優擁在懷裡，AV捨棄了尊嚴。

但目睹這一幕，AV萬念俱灰，陷入絕望。小優慘死的情境，將會成為他的夢魘，生生世世纏繞著他！

他的人生，再一次跌進谷底。

沒有最深，只有更深的谷底。

從此伸手不見天日，再沒有任何色彩……

再沒有任何希望……

只餘下——仇與恨！

完成手術，醫生捧著他的「戰利品」步出房間，換了另一人進來。

他走近小優屍身，望了望，泛起了一個邪惡的笑容。

「嘿，乾乾淨淨，技術真是一絕！」

AV永遠都不會忘記這張歹毒的臉容。

「林杰森先生，很久不見，生活好嗎？」

雷公子大剌剌地站在AV的面前，奈何鐵漢正受制於賤人手上，動也動不了，又如何報此等大仇？

1.12 邢鋒

雷公子現身，可身心受盡嚴重打擊的AV，已再提不起力量去跟他糾纏。

「殺了我吧。」

緩緩吐出的四個字，沒有怒火，甚至，沒有情緒。他自知在這情勢下已復仇無望，只求痛快一死，結束那命運多舛的一生。

AV的「反常」，令雷公子大失所望，獵物不掙扎，玩味就差遠了！況且他還想繼續玩下去，不希望就此了結。

「你想就這樣死去？哎呀，你這薄情郎，連你女人的屍身也不領回便想尋死，真不該呢！」雷公子在腰間抽出一把軍刀：「既然你不想取回她的屍身，那便任由我處置囉。」

惡毒的雷公子，為了刺激AV，把軍刀插進小優的頸項……

他竟連死了的人也不放過，幹下人神共憤的舉動。

「停手！他媽的賤種，我叫你停手呀！」

本已失去了生存鬥志的AV，目睹雷公子的惡行，頓即怒火重燃，恨不得把他碎屍萬段。

AV的反應，中正雷公子的下懷。

你愈憤怒，我便愈亢奮！

不一會，雷公子雙手捧著一物。

「哈哈哈……」雷公子獰笑。

「放下她！」AV怒髮衝冠。

「看見你生氣的樣子，我便放心了。我還以為你不會再在意她，哈哈哈哈……哈哈！」雷公子為了惹怒AV，不但把玩著小優，而且還尖著喉頭，裝女聲模仿她在說話：「AV哥，我死得好慘慘喔，你一定要幫我報仇啊！」

AV看得臉紅耳赤，怒火已燒至極點，兩眼快要噴出火焰！

「嘿嘿……這才像樣！」

雷公子從衣內取出一個遙控器，按下鍵鈕，鎖著AV手腳的鐵環便即解開。

雷公子舉起手中一物：「大英雄，能否奪回你愛人的死人頭，便要看你的能力了！」

四個手持大刀的漢子推門而入，把AV團團圍住。不用言喻，已知他們是奉命來招呼AV。

「AV，這四人跟你是好兄弟來的，因為他們昨天曾跟你女人相好過啊，哈哈哈哈……」

雷公子的笑聲觸動了AV的神經，沉睡的巨人，即將爆發！

大漢甲一馬當先，提起大刀，向AV迎頭劈下。

刀鋒破空而至，眼見此刀快要命中AV的頭顱之際，大漢甲的身軀突然如箭離弦，往後飛退，直至撞向牆上才止住退勢。

當大漢甲跌落地面時，已經半死，面門凹陷，牙齒掉滿一地。

還不知道發生了什麼事，便暈死過去。

解封的AV，活像一頭嗜殺凶獸，張開利爪，準備擇人而噬！

兩個大漢左右夾擊，妄想可以殺敗目標。但見AV兩臂開弓，以快捷的動作抓住二人的頭顱。

「死！你們全部都要死！」

AV兩臂發勁，把兩名大漢的面門轟撞一起！

接連撞擊了好幾十下，把二人的頭顱轟個血肉模糊，面骨全碎，臉容仿如絞碎了的番茄，不似人形。

「哈哈哈哈，精彩精彩！血肉橫飛才夠看頭嘛！繼續打，不要停下！」吸著雪茄的雷公子蹺起二郎腿，看得非常入神。

「吼——即將輪到你！」

AV抓住最後一名大漢，把他擲向玻璃牆上，同時祭起雙拳，在他身上瘋狂炮轟！囤積的怒火，此刻就要來個歇斯底里的瘋狂大爆發！

碩大的身軀在AV拳頭下，變成了豆腐般脆弱，肋骨與內臟被轟至爆裂，和著鮮血飛濺在玻璃牆上。

雷公子並沒被抓狂了的AV嚇怕，他抱著小優的首級，輕鬆地欣賞著AV的表演。

「厲害厲害，你的大英雄簡直比Rambo還要勇猛，我對他深感佩服呢！」雷公子撫摸著小優的長髮。

AV的拳頭把那身軀轟出了個大洞，拳力猛烈無匹，連防彈玻璃牆也抵受不了這股撞擊力，現出裂痕。

「防彈玻璃也被你轟裂，你實在太令我驚喜了！」

裂痕慢慢擴大，不一會便會爆破，可雷公子仍是一副氣定神閒的模樣，全不把AV放在眼裡。是他對自己的實力有信心，抑或留有什麼祕密武器？

乒——

席地響起一陣玻璃爆裂聲。

阻隔著AV與雷公子的玻璃牆應聲爆碎。不共戴天的仇人近在咫尺，AV當下就要用復仇的火焰把雷公子燒成焦炭！

AV正要跨過窗框，迎向雷公子之際，突然有股猛烈的拳勁直撲AV面門。拳勢力道剛猛無倫，AV掄拳迎上，兩拳對轟，竟把不敗戰神震至往後退。

「？」

定神一看，只見一個三十出頭、輪廓硬朗、眼神明亮銳利、身穿一套筆直黑西服的身影，正擺下架式，站在雷公子的身前。

如非親眼所見，AV絕不會想到，把自己一擊打退的，會是個外表斯文、帶點俊秀的男子。

此人看上去大約只有一百五十磅，卻能打出如此力度的拳勢，顯然是個習武高手。

「AV先生，你不是那麼天真，以為就這樣便可接近我吧？」雷公子趾高氣揚，噴出一口煙：「難道你不知道，所有終極Boss身邊，都會有一個很厲害的近身高手嗎？哈哈哈……」

只差一步就可手刃雷公子，哪管面前的對手有多強悍，也無法阻擋AV報仇的決心。

「邢鋒，我要看齣好戲，你落力點跟他玩玩。」

「知道了。」名叫邢鋒的男子淡然回應。

既知邢鋒並非善類，AV只想速戰速決，一言不發便掄起霸拳，直轟向邢鋒面門。

這一拳氣勢霸道強橫，拳未到，罡風已刺得邢鋒面容生痛，頭髮揚起。

「好霸道的一拳！」邢鋒心道。

巨大的霸拳，來到邢鋒身前。AV深信此拳定可命中目標，可是變數，就發生在肘腋之間。

他的拳頭好像被一股怪力所牽制，在邢鋒面門急速轉變方向，轟落在窗框上。

那股怪力，並非什麼妖術邪功，而是一門廣為人知的中國武術招式：借力打力，四兩撥千斤。

邢鋒輕描淡寫間已化解了AV的霸拳。AV要扳下這個對手，並非易事。

一擊落空，AV氣也不回，立即祭起另一拳，再轟。

可是，第二拳仍然被邢鋒卸開。

連續兩拳無功而回，AV把心一橫，左右開弓，雙拳齊發，欲以炮轟式密集拳勢令邢鋒招架不暇。

頃刻間，拳影翻飛，AV幾乎一秒打出五記綿密重拳，快得連肉眼也難以捕捉，偏偏邢鋒的反應卻異常便捷，竟把來拳盡卸。

面對邢鋒，AV的攻勢如泥牛入海，任他如何費勁出拳，也是徒然。

轟了好幾十拳仍徒勞無功，AV的力氣在急劇消耗，拳速亦漸漸慢下來。

「你不行的話，便輪到我了。」

一直從容不迫的邢鋒，雙目閃出精光，在AV身前極近之距離，幾乎在同一秒之間連發三拳。

看似平平無奇的拳招，威力甚為驚人，把AV打至離地轟飛，凌空後退了幾十呎。直至背門撞向石牆才能止住退勢。

這實而不華的拳招，正是詠春的吋勁拳。

吋勁拳能在短距離爆發出強大的力量，由於不受拉弓的距離所限，故大大提高了出拳的頻率。

距離愈短，出招的時間亦愈少，速度相對愈快，所謂「唯快不破」，交手時能制人而不受人所制，便可攻無不克。

連中三擊的AV，其五臟六腑似被轟得赤痛難耐，額角冒出如豆大汗。

雷公子明明近在眼前，可恨的是，深不見底的邢鋒卻阻擋著AV去路。

「為何要幫雷公子賣命？」AV凝視著邢鋒。

「不用你管。」邢鋒冷冷回應。

「替這種殺人狂工作，你就是幫凶，難道你一點人性也沒有？」AV指著邢鋒身後、還在把玩小優頭顱令她不得安寧的雷公子，怒喝。

「受人錢財，替人消災。其他事，我不管。」邢鋒擺下架式：「你要殺他，除非把我殺敗。你也回夠氣了，再來吧。」

說下去也是枉費唇舌，AV吸了口氣，掄拳再上。

AV勢如猛虎，力貫右臂，準備對邢鋒轟出無儔勁度的一拳，可還未發出，便被對方搶先進擊。

邢鋒的拳不但急而狠，而且穩而準，兔起鶻落，接連打出了十幾拳。

AV來不及抵擋，被轟得彎下身子，痛感完全流露在臉上。

「他動作敏銳，拳招又急又猛……我未及出招已被他做出截擊，這下來，我早晚也會給他轟倒……」AV心想。

十幾拳過後，又再多挨十幾拳。短短十數秒間AV已合共中幾十拳。

邢鋒簡直是《北斗之拳》的拳四郎上身一樣，愈打愈快，一時間漫天拳影，AV就像被機關槍掃射，被打得體無完膚，衣衫也爆開了。

身在拳網中的AV強忍撕心痛楚，雙目一直緊盯著邢鋒出招動作，深信只有捕捉到一個機會，便可以來個反擊。

「這個叫AV的，果然不簡單，尋常人受此猛擊早已倒下，但他卻可以緊持下來，不俗。要扳下他，非得加點力度不可。」邢鋒心道。

AV雖然一直捱打，但由於體質過人，邢鋒想將他擊倒也非容易。於是邢鋒換了口氣，準備加重力度，再起拳勢之際，AV就看準了對方動作轉慢的一瞬，右手抓住他的後頸，左臂同時橫扣，牢牢鎖著邢鋒的喉頭。

邢鋒如同被巨蟒緊鎖著的小羊咩，愈是掙扎，便愈感難以呼吸，再脫不了身，不消一分鐘便會當場窒息致死！

好個邢鋒，臨危而不亂，雙腿一蹬，腰往後發，人如鯉魚往後一翻，力聚腳尖，猛力踹在AV的太陽穴上。

「嘭」的一聲，AV被猛轟震開，湧起一陣暈眩。

邢鋒當然得勢不饒人，趁AV腳步虛浮，一手抓住他的手腕，另一手祭拳，狠狠地轟在AV的腦袋上。

勁拳如怒潮咆哮，在同一位置上連綿狂轟，一口氣打出了十數記如雷重擊。AV的腦袋似被炸藥炸個四分五裂，痛得死去活來。

最終，鐵鑄的身軀也難抵狂打猛擊，隆然倒地。

「Oh, game over！見你如此癡情，我真的好感動。別說我沒同情心，我讓你們團聚吧。」雷公子把小優的頭顱拋在AV倒地之處。

頭顱在地上滾動，剛巧停留在AV的面前。距離是這麼近，可已是陰陽永訣。這一對情深緣淺的苦命鴛鴦，注定難成比翼鳥，今生今世，只能在夢中相見。他們的故事，亦只能在平行時空裡再續了。

AV敗陣，不但大仇未報，性命更落在雷公子手上。他的人生，將跌進無底的黑暗深淵。

1.13

邪惡聯盟

AV落入雷公子手上，生死難測。幾天後，一股看不見的邪惡勢力已籠罩著香港的天空。

香港元朗一間古廟內，狄秋對著身前的巨大關帝神像，上香參拜。

「嗨，狄老大！很高興與你會面！」

狄秋回身一望，出現在他眼前的，是一張虛假的笑面。來的，竟然是雷公子。

雷公子身旁還有一名身型魁梧、兩臂全是刀疤、頗有殺氣的非洲籍巨漢。

「你就是雷公子？過來上炷香吧。」狄秋把一炷香遞上。

「我是虔誠基督徒來的，教會規定不能參拜其他神祉，你自便啦。」雷公子撥了撥身前的煙，然後指向非洲籍巨漢：「他是我的得力保鑣，King Kong。別瞧他像隻非洲狒狒，曉講人話的，而且中文非常了得的。King Kong，叫狄老大啦。」

「狄老大。」King Kong的語調不帶半點情感。

「別廢話了，你到底有何要事約我見面？」狄秋背向雷公子，把燒香插入案前的香爐內。

「果然快人快語，那我亦開門見山了。」雷公子：「狄老大，我知道你一向跟九龍那邊的人不咬弦，現在信一成了『龍城幫』的龍頭，地位比你還高，而且有一班實力超然的兄弟挺他。陳洛軍、十二少、吉祥，幾個都是黑道新星，你要跟他們鬥，我認為並不樂觀。」

「這是我們『龍城幫』的家事，還輪不到你這種外人說三道四。」

「不中聽的，我不說就是。不過我想讓你知道，此仗若有我助拳，你便勝算大增！告訴你一件事，『龍城幫』的超級外援AV已栽在我手上，下一個便輪到陳洛軍，只要把信一身邊的猛將逐一剷除，到時要對付他便容易得多了。」

狄秋燃點長煙斗，閉目思索了一會：「助拳？我跟你毫無交情，為何要幫我？」

「為了一口氣！」雷公子恨恨：「一年前，我已經有意染指香港娛樂事業，但信一處處跟我作對，不但搞砸了我幾個場子，而且打傷我很多兄弟，擺明要跟我過不去。所謂猛虎不及地頭蟲，我在香港的勢力有限，迫於無奈下，唯有撤出。」

雷公子所說的，全是捏造出來的謊言。他跟『龍城幫』的恩怨，絕非三言兩語便可以說清。

「你在澳門賺個盤滿砵滿，何以還要在香港發展？」

「是否要在香港發展並非重點，我只是很不服氣！」雷公子顰眉蹙額：「我知你跟我一樣，都很不服氣，只要你跟我聯手，把信一打垮，我既能出一口氣，你亦可以奪回龍頭之位，你我各得其所，以後還可以搭檔賺錢，你說多好呢！」

「我要考慮一下，遲些再跟你聯絡。」狄秋步出古廟。

老一輩的江湖人都很要面子，沒即時回絕，就表示狄秋對這次聯營感到心動。

雷公子狡黠一笑，心道：「臭老頭，心裡明明恨不得跟我聯手，卻死要擺架子！」

雷公子巴結狄秋的背後，必定包藏了一個巨大陰謀。

除了狄秋外，雷公子還物色了另一名「合作伙伴」。

翌晚，雷公子與 King Kong 便踏進這名目標的根據地，銅鑼灣「天天麻雀館」。

麻雀館的經理室內，宋人傑面對權傾澳門黑道的雷公子，顯得有點緊張，堆起了奉承的媚笑。

「騎騎騎……雷公子當真是丰神俊朗，高大威猛。你的名頭如雷貫耳，我早已想往澳門拜會你，可是一直都找不到機會，想不到你今天大駕光臨，小的簡直比中彩票更幸運……騎騎騎……」

「省口氣啦，我來找你不是聽你說馬屁話。」雷公子板著臉。

雷公子裝起目空一切的臭臉，對宋人傑的態度跟狄秋截然不同。這並不表示他特別討厭宋人傑，只因有人吃軟、有人吃硬，懂得對症下藥，才能套住對手的心。

「那請問雷公子找我有什麼要事呢？」宋人傑涎著臉。

「這陣子『天義盟』被『龍城幫』窮追猛打，你有沒有想過反擊？」

「反擊的事……我正跟門生進行部署，很快便有行動的了。」

「哼！行動？打仗需要動用大量金錢，你捨得花嗎？」雷公子指著宋人傑：「不要在我面前裝模作樣，亦不要侮辱我的智慧。我多問一次，你想不想反擊？」

「這個……當然想……雷公子你是不是可以助我一把？」宋人傑囁嚅。

「若不是我也討厭信一，以你的質素，一生都沒可能跟我合作！」

「騎騎騎……我太幸運了，不知道我們有什麼合作空間呢？」

「我要租用你的『天義盟』。」雷公子向身旁的 King Kong 點頭示意，King Kong 便把手中的箱子放在桌上。雷公子續道：「年租一千萬，另外打仗所支出的費用，包括：安家費、醫藥費、車馬費，全部由我承擔。箱裡面的錢是訂金，打開看看啦。」

「這宗交易不但賺錢，還可以跟『龍城幫』開戰，替幫會出一口氣，百利而無一害！哈哈……」宋人傑心裡快速盤算。

打開箱子，裡面全是金光閃閃的千元鈔票，宋人傑看得眉飛色舞，差點流出唾液。

「既然雷公子這麼爽快，我也不婆婆媽媽了，交易達成！」宋人傑急急收起箱子，生怕雷公子會改變主意。「你想何時出兵？」

「不用著急，讓信一多活一陣子吧。」雷公子從外套內取出一枝雪茄：「這一仗我不會現身，只會在幕後當指揮官。你站在前線，按照我的說話行事，當我的人肉錄音機。」

「錄音機也好，收音機也好，只要你肯付錢，要我當你的司機也不成問題，哈哈……」

宋人傑拿出打火機，為他的新主人點煙。

「如果你是狗的話，肯定是頭討人歡心的純種犬。懂得看主人臉色，聽教聽話，我喜歡！哈哈哈……」

二人一拍即合，不消十分鐘，雙方便達成協議。

雷公子首先巴結狄秋，再當上「天義盟」的太上皇，在幕後控制大局，垂簾聽政。

滿腦惡念的狂魔，很快便會入侵香港黑道，捌戰「龍城幫」，跟信一逐鹿江湖，拚個你死我活。

1.14 赴義

自從涉足電影行業後，陳洛軍除了處理幫會事務外，還忙於商業應酬，不過就算業務有多繁重，他每天總會抽出時間，與藍男吃一頓飯，享受一下二人世界。

時間可以令很多東西改變，也可以令一個不諳廚藝的女人，變成一個烹飪好手。九龍城寨某單位內，陳洛軍正享受藍男為他烹調的「兩餸一湯」。其中一道，是陳洛軍最中意的菜式——滷水雞翼！

還記得大約一年前，藍男首次煮給陳洛軍吃的滷水雞翼不但沒滷水味，而且鹹鹹酸酸的，味道怪得很。

如今她已經烹調得色香味俱全，雖然跟陳洛軍母親所煮的味道不同，但同樣美味，做出藍男專有的自家風格。

「好吃、好吃！好吃到停不了口，哈哈哈。」陳洛軍一隻接一隻的吃個不停，嘴角沾滿了滷水汁，活像個大孩子。

「慢慢吃啦，你看你的樣子，像極小學時那個『死肥仔』的饞嘴模樣！」藍男以衛生紙替他抹去嘴角的滷水汁。

在這段日子裡，在藍男身上出現改變的，除了廚藝之外，還有身型。

從前苗條少女，今日已成了豐滿少婦。

令一個身型均等又愛美的少女在短短日子發福暴漲，有兩大可能性，第一：中了飢餓咒，第二：有了身孕。

藍男是後者。

二人同居生活相當美滿，陳洛軍又血氣方剛，一到夜晚便特別「活躍」。一個月左右便成功令藍男懷孕。

再等三個月，陳洛軍便要當爸爸了。

「公司事務進展順利嗎？」藍男為陳洛軍舀湯。

「不錯啊，有幾部電影籌備開拍，齣齣都陣容強勁。華仔、發哥、Leslie，還有星仔都跟我們簽了片約，明年便會陸續上映。」陳洛軍從藍男手上接過湯碗。

「那你加油啦！我在你背後支持你！」

「對了，這幾天有沒有見過ＡＶ？」

「沒啊，什麼事啊？」

「沒特別事，只是前兩天想找他聚聚，卻發現他家門上了鎖。問過阿柒，也沒見過他。」

「不用擔心，AV這麼厲害，哪會有事？你最了解他的性格，也該知道他一向喜歡獨來獨往。或許你找他的時候，剛巧出了門。」

「嗯，也有可能。」陳洛軍穿上外衣：「你如果遇到AV，記得告訴他，我想跟他一聚。」

「知道了。」藍男為陳洛軍整理外衣：「工作小心。」

「我今晚出去洽談業務，沒有刀光劍影的，完全零風險。你腹大便便，早點休息啦。」陳洛軍蹲下來，摸著藍男隆起的大肚：「乖孩子別頑皮踢媽媽喔，否則我叫小白教訓你！」

「汪汪！」

坐在地上的小白像聽得懂陳洛軍說話，神氣地吠了兩聲。

「正傻瓜，快去賺錢買奶粉啦！」藍男笑道。

陳洛軍親了藍男一下便踏出大門。

這邊廂，滿載溫馨；那邊廂，卻氣氛沉重。

同處九龍城寨的信一，於賭館帳房內，正跟門生阿鬼凝神看著電視螢幕。

平素嬉皮笑臉的信一，此刻面如玄壇，大口吸著香煙。

電視屏幕，有一個熟悉的身影被鐵扣鎖在牆上，任人拳打腳踢。

那個人，是AV。

一輪毒打之後，雷公子出場，手執飛鏢，以AV的肉身作人肉鏢靶。

一連發了十幾鏢，AV的心口、大腿及手臂插滿飛鏢，但仍然不哼一聲。

「看他的樣子一點都不覺得痛楚……看來要刺激一點才行！」雷公子命手下拿來一枝燒紅了的鐵棒，望向頹喪不振的AV：「既然你的女人死了，你的小弟弟也沒用了呢，不如讓我幫你廢了它吧！」

雷公子笑了笑，把赤燙鐵棒壓向AV下體。好不殘忍變態。

「啊……」灼痛難當，AV終忍受不了，低哼了一聲。

AV有反應，雷公子撒手：「我還以為你是鐵打的，原來也難抵『男人最痛』！哈哈……」

雷公子留下活口，無非是要以AV的性命作餌，等待大魚上鈎。

看著好友慘遭折磨，信一著急非常，很想立即動身營救。

可雷公子只把錄影帶寄給信一，卻沒有留下聯絡方法及字條。

「信一哥，AV怎會落在雷公子手上的？」阿鬼驚問。

「你該知道雷公子跟AV有什麼過節，如果我沒猜錯，姓雷的應該用AV的女人引他入局。」信一皺眉。

「他把錄影帶寄給你……」

「用意明顯，無非想引我去救人！」信一托著頭：「姓雷的心腸壞透，只寄出錄影帶而不留下任何訊息，就是想我急、想我亂。」

「那我們現在該怎樣做？」

「什麼也不用做，他既然知道我地址，一定也有方法查到我電話號碼。」信一捻熄了煙：「他很快便會致電給我！」

不出信一所料，半小時後，他的手機響起。

「喂。」

「信一，第一次跟你通電話，首先自我介紹，我叫雷公子。喜歡我送給你的見面禮嗎？」雷公子語帶輕浮。

「別跟我來門面話，放了我朋友，我再跟你慢慢談。」

「好大的威嚴喔。我膽子小，別唬嚇我，我一慌張，真不知會做出什麼不理智的事呢。」雷公子冷笑：「況且你要分清莊閒，現在是你求我放人，這是求人的態度嗎？」

「……」

說句話啦。」

「是我一時衝動說錯話，請你大人有大量，別記在心上。」AV的性命在對方手上，信一萬個不願，亦不得不忍氣吞聲。「AV有什麼地方開罪了你也好，我願意代他作出賠償，希望你別再難為他，放了他好嗎？」

「哈哈哈哈……這種態度才對嘛！其實我為人很隨和，你令我開心，我親自把AV送回香港也不成問題！」雷公子：「想我放人？沒問題，叫我一聲契爺，我肯定心情暢快，什麼事也可容易談判了。」

雷公子的話極盡挑釁，處處為難，故意要把信一惹怒。

堂堂「龍城幫」龍頭，還容忍得了嗎？

信一真想叫雷公子他媽的去吃屎，但一時衝動，卻會換來無窮惡果。人在高位，每句說話都影響重大，已不能像以往般想罵便罵，一吐為快，所出之言都得顧及後果。

好友身在虎穴，權衡輕重，信一不得不放下身段。

「契爺，請你放了我的朋友。」佛家說，忍人所不能忍，行人所不能行。為了朋友，信一今日竟得學烏龜，得縮頭時且縮頭。

跟隨信一多年的阿鬼，何曾見過老大如此低聲下氣。他雖然不算精明，但也能感覺到，雷公子在電話中的挑釁只是開始，接下來將有更多意想不到的事會發生。

「哈哈哈……龍頭又如何？在我雷公子面前，還不是像頭哈巴狗般對我恭敬從命！哈哈哈……」雷公子得意：「你這個乾兒子很討我歡心，看在你的份上，我就放了他吧。今晚十二點前，親自來澳門見我。到達碼頭之後會有專人來接你。還有，你一個人來好了，否則的話，我保證你永遠也不會再見到ＡＶ。」

掛線後，信一便立即從櫃抽屜裡取出佩刀，準備動身出發。

「阿鬼，我今晚要過澳門一趟。」

「我陪你去。」

「不用了，姓雷的只許我一人去，否則ＡＶ便會有性命危險。」

「但你落單澳門，不是也很危險嗎？」

「沒辦法，ＡＶ在他手上，我不可以棄他不顧。」信一把佩刀插入刀套，扣在後背。「說到底我也是『龍城幫』的龍頭，他不敢對我亂來的。」

「要不要跟洛軍商量一下？」

「他今晚約了電影製片洽談事宜，不要煩他了。」信一穿起大衣：「我猜雷公子只想要彩頭。放心，你老大十二、三歲便從刀口裡過活，從來只有我砍人，沒有人能動我分毫。『龍城第一刀』不是虛有其名的！」

「那……萬事小心。」

信一踏出大門：「等我回來飲早茶啦！」

信一口裡放輕鬆，心中卻知道，即將要面對的，是個冷血乖戾的狂魔。

此行縱然危機重重，但信一沒有想過退縮，因為，他是個好漢。

所謂好漢，就是不避艱險、敢做敢當，為了朋友，可以赴湯蹈火、慷慨就義，做平常人所不能做而又令人敬佩的大事。

只是，信一並沒料到，這次征途，會令他陷入絕境中的絕境！

——隨時客死異鄉，馬甲裹屍還！

——陳洛軍與藍男的愛巢——

「你傻了嗎？幹嘛買這麼多呀？」藍男在大呼小叫。

我人生的第一個外甥還有三個月出世了。

那將是我這現世上第二個有血緣的親人。

「那麼多！還要勞煩 AV 幫忙拿上來！」

今天我跟 AV 兩個男人去逛商場的嬰兒部，買了很多很多——

難得 AV 居然樂在其中。

「唔……不勞煩……我……喜歡小孩。」

AV 居然臉紅了，這個六呎三吋高的巨人靦腆起來，好羞人啊，違和感好大。

「我知道啦，我預了你當他契爸啊，AV。真好，那麼多人疼他。」藍男笑。

AV 也跟著笑了。

我有種預感——

我的外甥或許會是 AV 的終極救贖。

「喂，怎麼連球衣也買了啊？」藍男繼續大驚小怪。

「等他未來跟我們組成『龍城隊』踢球泡妞嘛！」

「他的舅父跟他爸爸一般白癡呢！」

我外甥的爸爸，的確是個跟我一樣的白癡，卻也是我最好的兄弟。

因為是他，才可以免於一死啦……

哼，居然有渾蛋夠膽未婚搞大我妹的肚子，狗娘養的！

1.15 初會雷公子

信一來到澳門境內，便被雷公子的手下帶到南灣區的雷氏商業大樓。這幢大廈坐落澳門的經濟中心，樓高二十八層，在九十年代初期，算是澳門較高的商業大廈。

在江湖打混多年，久歷戰場的信一，早已對危機生出一份的敏銳觸覺。甫一步進大樓的大堂，他便覺得四周環境很靜很靜，靜得幾乎可以聽到自己的心跳聲。這種不尋常的寂靜，通常在大戰爆發前夕才會出現。

信一在兩名西服男陪同下，步入電梯內。其中一名西服男取出鑰匙，打開按鈕上方的小門，按下裡面的鈕掣，電梯開始上升。

那個鈕掣的樓層是雷公子所專屬，普通人不可接近，只有得到他的允許，才有直達「天宮」的資格。

信一見慣風浪，縱然面對千軍萬馬也了無懼意。不知何故，此刻竟然不由自主緊張起來。

隨著電梯逐層上升，信一的心跳便不斷加快。

當日大老闆圍城，情勢比刻下更加險峻，但也不曾這樣忐忑。

身在對方的地頭，身旁又沒有其他兄弟相從，那份孤軍作戰的寂寞感，叫人惶惶不安。

但信一叫自己不能未戰先怯。怯，你就輸了。

到達頂層，電梯門打開，門外是一個約三百平方呎的大廳，前方有一堵落地玻璃大門。

「藍先生，雷生在外面等你。」

西服男沒與信一同行，待他踏出電梯門，便關門離去。

這幢大樓就似有一種無形的氣壓，令信一渾身很不自在。

來到玻璃門前，信一伸手按著門把，慢慢把門推開。

快要跟雷公子見面，信一腦內冒起了連串問號：我跟雷公子應該沒有過節，何以他好像對我咄咄相逼？他又是否擺下了天羅地網，來個請君入甕？

信一甫推開玻璃門，便有一股寒風撲面，揚起了他的頭髮和外衣。

眼前是個豪華露天平台，盡頭建了一個巨大的按摩浴池，旁邊停泊了一架私人直升機。

露台中央有張長形餐桌，雷公子坐在一方，搖晃酒杯，享受著杯內紅酒揮發出來的醇厚芳香。

——兩大巨頭，終於歷史性碰頭！

沒有重兵駐守，也沒有劍拔弩張的緊張氣氛，一切來得相當平靜。

「終於等到你了，坐下來吧！」雷公子呷了口紅酒。

信一首次與雷公子會面，但見他神情倨傲，舉首投足帶著一股不可一世的張狂感覺。雖然戴著墨鏡，但卻掩蓋不了從骨子裡滲透出來的邪氣。

「道上的人都說，『龍城幫』的信一有勇有謀又有義氣，果然名不虛傳。」雷公子放下酒杯：「我叫你一個人來，你就真的獨闖龍潭，厲害！」

信一坐在雷公子對面，直視著他說：「我朋友在哪裡？」

「不用著急，我保證你一定可以看見他。還有，這裡不是香港，來到我的地方，對我說話要客氣一點。」雷公子把餐巾套在頸前：「我準備了晚餐，吃完再說。」

手下把兩份晚餐送到信一和雷公子面前。

「這是A5級雪花極品肉扒來的，我親自找專人炮製，不用客氣，試試吧！」

雷公子切了一片放入口中：「外脆內軟，簡直無敵！」

信一心繫AV的安危，哪有心情與雷公子共進晚餐？

「趁熱吃吧……」雷公子咀嚼著肉：「你不吃，便是不給我面子，那你也別妄想可以見到ＡＶ了。」

ＡＶ在對方手上，信一迫於忍氣吞聲，盡量壓住怒火沉住氣。

不情不願下，信一最後也把肉扒吃光。

「晚餐也吃過了，我希望雷生你會遵守承諾。」

「正餐吃完，現在到飯後『甜品』。」雷公子抹了嘴，逕自拿起桌上的遙控器，開著豎立在餐桌旁的巨型電視機。

巨大螢幕裡，出現了一幕暴力畫面。

只見幾名手持錘子的大漢，對一名成年男人狂砸猛轟。

成年男人的手腳被麻繩綑綁，無法反抗，只能硬生生承受著強烈痛感。

每一擊都注滿敲碎骨骼的力度，身受過百下猛砸，男人痛得面容扭曲，發出殺豬般的慘嚎。

稍有人性的，都不會無動於衷，信一握緊雙拳，怒火已在體內不斷燃燒，快要到達爆發的臨界點。

「這種真實的暴力血腥場面，是電影絕不可以相比的，就連影帝也不能演繹到他的痛楚反應。」

雷公子看得很是亢奮。

信一卻制住憤怒的情緒。

不斷地求饒、不斷地痛吼，只換來更瘋狂的毒打。足足打了近十分鐘，慘叫聲戛然遏止，男人大小二便失禁一地，當場慘死。

雷公子關上電視，望向信一：「全無反應的，怎麼啦，不喜歡看嗎？」

「你讓我看這套片，是不是想告訴我，只要你喜歡，隨時可以奪取任何人的性命？」信一已開始沉不住氣：「如果你以為就這樣可以嚇怕我，我勸你省省氣，收回你的把戲。」

「哈哈哈哈……夠鎮定！」雷公子翹起拇指：「我早知你見慣大風浪，不會如此容易被嚇倒，不過這套片子的重點並非那男人有多可憐，而是鐵鎚敲在他身上的力度。」

信一眉頭大皺，意識到事情大有不妙。

「記記出盡十成功力打下去，不單止令肉質更加鬆軟，而且連脂肪也變成『雪花』，難怪可媲美A5級雪花和牛呢！哈哈哈哈……」

「！」信一只感胃裡一陣抽搐，把剛才吃下肚的「東西」全吐出來。

「你真浪費，這些極品肉扒不是人人可以吃得到的！」

「你老母！」信一怒目圓瞪，脫下外衣，從背門抽出大刀：「我一再容忍，你這賤種卻不斷挑戰我底線！今日我便豁出去，跟你拚到底！」

信一亮出兵刃，刀光閃爍，刺得雷公子雙目一痛。

這把刀，跟隨信一多年，陪他征戰無數。自從當日與陳洛軍、十二少、吉祥火拚「暴力團」後，再沒出鞘。

蟄伏多時，一直養晦韜光的神兵，終於再顯光芒，勢要飲盡邪奸的鮮血！

1.16 龍城第一刀

信一亮出神兵的同時，一班黑壓壓的人，分別從三部電梯裡湧出來，剎那間已把信一團團圍住。

他們個個身型健壯，手執開山刀，最少也有三十人。

面對眼前險境，信一鎮定如恆，沒有懼色，也沒有退意。

「你今天死定了！不想死的話，放下你的爛刀，跪在地上，爬到我面前，吻吻我的鞋頭，我便放你一條生路。」雷公子翹起腿。

信一是「龍城幫」的龍頭，下的每一個決定，行的每一步路，都代表了整個幫會。他絕不容許自己辱了「龍城幫」的威名，所以無論形勢有多凶險、勝算有多少，他也不會選擇降服。

「龍城幫」是龍捲風的心血，他耗盡半生才能打下來的鐵桶江山，又怎可以毀在自己手上？

「相比起當年哥哥的困境，我刻下所面對的，又算得上什麼？」

「龍城幫」建幫初期，在龍捲風帶領下，由一個小小的幫會，到最後發展成一個擁有三萬幫眾的大社團，當中經歷過多場戰役，亦曾面對過比自己強上多倍的敵人，最終龍捲風也可以把所有強大勢力推翻。

龍捲風之所以能縱橫馳騁於江湖，除了懂得打造聲勢外，更重要是他對自己的實力有強烈自信，抱著「遇挫不挫，遇強愈強，遇惡制惡」的戰鬥精神！

身為「龍城幫」的第二代掌舵人，信一務必要將這份精神延續下去。

「寧鬥而死，不屈而活！」信一握緊神兵，雙眼吐出殺意火焰：「哥哥，若你在天有靈，一定要保祐我殺光這班不知死活的東西！」

「能否見到AV，就要看你的能力了，嘿嘿……」雷公子慢慢步向直升機方向，回頭望向被重重包圍的信一：「Good luck！動手吧！」

一聲令下，雷公子的爪牙便向信一一擁而上！

「把他斬成肉碎！」

「就憑你們？」信一冷眼橫瞅，手往外抽，劈出又急又勁的刀勢。

第一刀，毀掉前面三人的兵器。

第二刀，往橫一抹，刀鋒在三人頸上畫下一道口子。

他們還未來得及反應，便覺喉頭一陣涼意，連動手的機會也沒有便死了。

直升機上升，雷公子居高臨下，欣賞著這場好戲。

「信一有個綽號叫『龍城第一刀』，刀法以快、狠、準見稱。」雷公子對坐在身旁的邢鋒說：「邢鋒，你要聚精會神，看看他是否一如傳聞般厲害。」

「『龍城第一刀』……」望著信一的邢鋒心道。

身在圍困中的信一，冷靜非常，刀勢再起，斜劈橫斬，刀芒在人群中竄動，以最精準的刀法，命中對手要害。

一刀殺一個，瞬息間又取下幾條性命。

驚見信一的厲害，場中再無一人敢捋虎鬚。

人多勢眾又如何？在信一的眼中，他們已等同紙板公仔。

信一的氣勢震懾全場，下一輪攻勢，便要把眼前的人盡情屠宰！

「在這處境下，落點仍然那麼準繩，表示他遇變不驚，頭腦相當冷靜。」邢鋒一雙鷹目一直盯緊著信一。「我方人數雖多，但卻輸了氣勢，軍心潰散，敗象已呈。」

「信一是龍捲風的指定繼承人，當然有一定的實力，你有否信心勝過他？」雷公子嘴角一翹，望向邢鋒。

「只要我認真起來，要扳下他，應該不難。」邢鋒木然。

天台上血流成河，信一以一人一刀幾近把敵軍擊個潰不成軍，身上雖亦有掛彩，但也無滅他的勇悍。

信一鮮有不留餘地，殺紅了眼，因為雷公子是個十惡不赦的狂人，對付這種人，只有比他更瘋更狂！

信一要讓他知道，「龍城幫」並不好惹，開罪了我，惡果自招！

一刻鐘後，信一已剷除了所有上前來送死的敵人。

嘍囉再多，也只是嘍囉，他們的血，唯一的用途就是餵刀。

只有戰神，才有資格當戰神的對手！

邢鋒從直升機艙跳下來，以冷酷的眼神，望著他的獵物。

一看邢鋒，信一便已感覺到，他絕非尋常的角色。

「我們開始吧。」邢鋒依然淡定。

「手無寸鐵便想跟我打？」信一提刀：「你已半條腿踏入地獄了！」

「是嗎？那便請你拿出實力來。」邢鋒擺下架式。

邢鋒只眨了一眼，信一便已來到自己身前，迎頭劈出一記快刀。

刀勢其猛無倫，迅捷無比，可邢鋒也非善類，急身橫閃，輕易避開了信一的刀。

「他的反應很快！」一招未能殺敵，信一又再施展攻勢。

信一急奔向前，將全身的力量貫到右臂，猛力揮斬，便拉出一道耀眼的刀光。

刀光急快疾閃，莫説躲避，就連肉眼也難以捕捉。

眼見邢鋒的喉頭將被劃下一道血痕之際，刀光竟然落了空。

邢鋒身法快如狸貓，身影一動，不但避開了致命刀勢，更已走到信一的身旁，掄拳轟向他的面門。

「碰」的一聲，信一面頰挨拳。同時間，他亦向邢鋒的胸口刺下去。

「取你狗命！」信一此刀變起俄頃，邢鋒著實沒料到，在他中拳的同一分秒便已起刀勢，險些被貫穿身體。

若非邢鋒身手敏鋭，及時把刀身夾在雙掌中間，已經一命嗚呼。

「看你如何脱身！」信一長驅直進，把邢鋒迫得節節後退。

現下處境，邢鋒一鬆開手，便會被信一一刀穿心，在受制於人的情況下，只有不住後退。

一直退、一直退，直至退無可退！

信一把對手迫向落地玻璃牆，邢鋒左腳往後撐住牆身，雙手仍力抵信一的刀。

信一猛力傾前，將全身力度貫注刀上，把邢鋒壓得喘不過氣，冒起如豆大的冷汗。

高手過招，致勝的關鍵就是要制人而不受人所制。此刻邢鋒被對手佔盡上風，拉鋸下去，形勢仍然偏向信一，他得儘快脱身，否則大有可能成為刀下亡魂。

刀尖漸漸壓向邢鋒的面門，就在此時，邢鋒決定釜底抽薪，左掌鬆手，力聚右掌，在千分之一秒間把刀身旁一推，厲烈的一刀掠過他臉頰，刺向後面的玻璃牆上。

衝力無儔的刀勢把玻璃牆刺出一道裂痕。

邢鋒雖避過了信一的刀，卻躲不及他霸烈的猛腿。

原來除了刀法了得，信一的腿力也相當犀利。腿出如電，在迅雷不及掩耳間踹向邢鋒胸口。

力度萬鈞，邢鋒猶如被一輛重型貨車迎面撞個正著，痛徹心肺。身後的玻璃牆也抵受不了這股衝擊，應聲粉碎！

信一得勢不饒人，雙手緊握刀柄，勁聚一點，準備劈出最猛最烈最具殺力的一刀。

「你我一戰，到此為止！」

信一大吼一聲，疾劈邢鋒。勢道猛如十級暴風的一刀，注滿了無儔力量，足可分天裂地，鬼神辟易！

猛風迎面撲至，邢鋒仍然保持冷靜，不驚、不怯、不退，從後腰取出一物，竟將勢如破竹的一刀擋截下來！

強如信一亦被反震後退。當他頓住退勢，才清楚瞧見邢鋒手中的武器，原來是一柄雙截棍。

「最後也要迫我用上這位『戰友』……龍城第一刀，果然名不虛傳。」邢鋒祭起手中雙截棍：「到我發動攻勢了，當心！」

邢鋒動作快得驚人，兩秒之間已換了幾個動作，雙截棍隨之舞動，頃刻棍影重重，急取信一。

霸道的棍勢如颱風襲噬，連綿圓轉，信一只感一股猛烈氣流撲面而來，不容細想，提刀與之抗衡。

刀、棍交擊之聲不絕於耳的響著。起初信一還可以抵得住邢鋒的棍影，可酣戰久了，信一抵擋得漸感吃力。畢竟雙截棍的招路變化較大，而且快似靈蛇，著實令人難以招架。

信一刀速漸慢，邢鋒看準一個機會，往他面門轟下重重一擊。守勢瓦解，棍影如天羅地網疾噬而下，信一頓成「網中人」，一連吃了好幾十棍，轟得他頭痛欲裂！

棍影不絕，邢鋒勢要一鼓作氣把信一轟倒才肯罷手。

可生性硬性子的信一又豈會坐以待斃？只要尚有一口氣，他也會拚了命的做出反擊。

「這樣下去，早晚也會被他亂棍轟死，一定要破開他的棍網才行！」信一心忖。

信一欲劈開棍網，但刀身卻被雙截棍的鐵鍊纏著。邢鋒猛一吐勁，便把他的佩刀脫手飛開。

形勢本已不太樂觀，現在連佩刀也脫手，信一如同折了一臂，戰情岌岌可危啊！面對密集而剛猛的強攻，信一只能以雙手護住頭部，且退且擋，望能支撐下去，等待突圍的機會。可當他退到電梯門前時，其中一棍湊巧轟中牆上的鍵鈕，電梯門打開，信一被迫退入裡面，情勢更加險峻。

身在狹窄的空間內，信一無處走避，不斷挨棍。

也不知身中多少棍，信一終於連提臂擋架的力量也沒有，半死似的，頹然坐在電梯內。

電梯正下降至十八樓，邢鋒按鍵，電梯門在這樓層打開。

雷公子的直升機亦停留在這一層，視點穿透大廈的玻璃幕牆，瞧見信一倒在走廊盡處的電梯之內。

「哈哈哈哈……古惑仔始終是古惑仔，任你在江湖上再厲害，也敵不過邢鋒。」雷公子張狂地笑著。

「你不行的了。」邢鋒俯視著信一：「打下去，你只會被我活生生打死，乖乖跟我走吧。」

「怕死的話，我便不會隻身闖進澳門。」信一緩緩抬頭，目光如炬。

「身處劣勢，他的眼神仍然如火熾熱，這個信一確實是個硬錚錚的漢子。」邢鋒暗裡欣賞。

「我已沒回頭路可走……」信一一手撐著地面，心道：「就算拚了命也不能認輸！」

信一稍做回氣，便一躍而起，勢如猛虎衝向邢鋒。

在邢鋒的眼中，信一已是強弩之末，心忖：「就算剛才十成狀態也非我之敵，遑論現在。」

邢鋒提棍，往信一的頭顱一擊而下。然後「嘭」的一聲，錯愕的表情，竟然出現在邢鋒的臉上。

邢鋒的一棍被信一一臂擋下，更令他意想不到的是，對方竟還有力量還擊，錯愕間，面門硬吃了信一重肘，連手中的雙截棍也被奪下。

受了傷的老虎，始終是一頭老虎，別以為他重創了便可放下警戒心，只要他獸心一起，反撲的力量，絕對超乎想像。

可信一並沒跟邢鋒糾纏，推開了他便向前急奔。只因他的目標，另有其人。

信一一直往前衝，差不多去到走廊的盡頭，便聚勁於臂，把手中的棍子擲向玻璃幕牆，把幕牆砸出裂痕。

下一秒，信一雙臂交疊，猛地撞向幕牆，衝力之大，竟把整堵幕牆撞至爆開。

「他……幹什麼啊？」一直在直升機上觀戰的雷公子亦被嚇得目瞪口呆，一時間也想不出信一此舉的目的。

雷公子當然猜不透信一的想法，因為他的做法，已超出了一個正常人所能想像的範疇。

雷公子是事件的始作俑者，要解決事情，救回AV，唯一的方法，就是把他擒在手上！

所以信一做出一個最直接的方法——

打碎大廈的玻璃幕牆，往雷公子的直升機，飛躍出去！

身處人生高峰的信一，本來可以留守「龍城幫」大本營，安享他的黑道大業，可是，為了朋友，此刻竟押上萬金之軀，不顧後果地賭這一局。

信一記得哥哥曾向他說過：「一個頂天立地的男人、受人景仰的領袖，就要有肩膀、敢擔當！」既然自己選擇了踏上營救朋友的征途，哪管面前的路有多險惡，也要將它們一一克服。

「啪」的一聲，信一的手抓住了機艙門框。

「你……簡直是瘋子！」居然讓雷公子這瘋子也覺得瘋狂！可見信一此舉駭人莫名。

世上有些人，本就不甘平凡，活著就要做出一些超越現實的轟烈事。他們敢做敢為而又與大多數人背道而馳，為了達到某個目的，可以連性命也豁了出去。

只有在成龍電影世界才會出現的畫面，此刻竟在眼前上演，若非親眼所見，雷公子絕不會相信，信一是如此藝高人膽大！

雷公子怔住，但機師卻相當機警，知道一旦讓信一爬入機艙便不堪設想，故立即搖動控制桿，令機身傾斜，想把信一甩出機外。

「我要留他一命！快往上升！」

雷公子大吼，機師聽命，把直升機升至大廈天台上空。

「不得不承認，你的勇猛的確超出我所預期。還欠一步，你便可以成功了，可惜、可惜。」雷公子俯望著抓住門框的信一：「這裡距離天台約有數十多米，掉下去，應該不會摔死的。」

雷公子猛力踹向信一的手指。信一一痛，緊抓住門框的手，鬆開了。

身體被拋甩在半空，直墜天台。

嘭——

巨響過後，空間回復死寂。信一頹然倒在屍海上，這一次，他再沒有力氣支撐起來了。

一個為愛人，一個為朋友，兩個有情有義的男人，同樣落在雷公子的手上，他們還有可能活著離開澳門嗎？

1.17 恐懼鬥室

信一醒轉過來時，跟AV一樣，發現自己身處一個昏暗的密室內，手腳被綑綁在一張鐵椅上，四周瀰漫著一種陰森可怖氣氛。不問而知，這裡是雷公子用作折磨對手的地方。

「終於醒來了呢，睡得好嗎？」坐在信一對面的雷公子，露出一張欠揍的嘴臉。

除了幾名混混，站在雷公子身旁的還有邢鋒。

「要剮要殺，隨便！不過我要告訴你，今日你殺了我，等同與整個『龍城幫』為敵，我的兄弟一定不會放過你！」身陷絕境的信一，一雙虎目仍然炯炯有神。

「不放過我嗎？我真的好驚驚啊！」雷公子裝作驚慌，維持了兩秒又變回囂張的神態：「你以為『龍城幫』好了不起嗎？連龍頭也落在我手，你的門生又有何能耐跟我鬥？」

雷公子揚揚手，站在信一身後的人便亮出一把小刀，然後把刀尖插入信一指甲裡面……

用力一挑，一片染滿鮮血的指甲便掉在地上。

十指痛歸心，信一卻不哼一聲，咬著下唇，竭力強忍劇痛。

「厲害厲害，果然是條硬漢！」雷公子翹起一邊嘴角：「我就看你能撐多久，把他的指甲逐片挑出來，直至他叫出來為止！」

雷公子太小看信一了，肉體上的痛，他多大都能承受，但要他在敵人面前示弱，卻是萬萬不能！

十片指甲落地，信一痛得全身冒汗，雙手發震，可由始至終，他都沒有叫出聲。

信一的忍耐力遠超雷公子的預計。

「無可否認，我的確有點欣賞你，不過看不到你屈服的樣子，我又不服氣、不甘心……」雷公子吸了口雪茄：「看來我要使出『秘密武器』了。」

雷公子拍了拍手，三名門生抬著一個大布袋，從大門走進來。

打開布袋，藏在裡面的，是一個活生生的人——ＡＶ。

他手腳均被鐵鍊扣鎖，動彈不得，當然也失去反抗的能力。

「ＡＶ！」

一見ＡＶ，信一難掩激動情緒，高呼好友名字。但ＡＶ卻充耳不聞，雙目失去了昔日的神采，與信一認識的「殺人凶器」判若兩人。

「ＡＶ……」信一茫然若失。

自認識AV以來，信一從沒見過他這副死屍般的模樣，是什麼刺激令一個鐵漢變成這個樣子？

除了朋友，AV生命中最重視的，就只有他最愛的女人。聰明的信一，大概已猜到，AV的女人已經凶多吉少。

「我們到底跟你有什麼過節？」信一瞅了雷公子一眼。

「當你親眼見證著我如何打垮『龍城幫』之後，我自會讓你知道答案。」雷公子冷笑，然後向身後的爪牙揚揚手，從他手上拎起一物，在信一面前晃動著：「你猜猜這是什麼？」

雷公子手中的東西，是一個鐵面具。面具中央有一道約莫一呎長的圓筒狀管道，直徑大概拳頭般大。

「猜你媽的，要殺便殺，別搞那麼多無謂事！」

「你們帶給我那麼多的娛樂，我又怎捨得下手呢。哈哈……」雷公子拿起手中的面具：「這個東西趣致吧？別小看它，它可是我們中國古時的刑具來的。劊子手首先會替受刑者套上面具，然後把餓透了的溝渠老鼠放進管道入口，接著，那些飢腸轆轆的老鼠便會竄入面具內，在他的面上亂爬亂抓，當知道沒有危險，牠們就會肆無忌憚，開始吃他的肉，鼻子、眼球、嘴唇，統統成為老鼠的食糧。好運的話，死不了，但毀容是難免的啦。」

聽到這裡，一直視死如歸的信一也不禁雞皮疙瘩。

「有時候，我當真佩服古時中國人的想像力，這麼殘忍的酷刑也能想像出來。不過隔了幾百年，也該有點進步才行，所以我注入了些新元素……我會把管道的外層塗上火油，把它點燃，老鼠們抵受不住熱力，一定會找出口逃生，你知道哪兒是唯一的逃生門嗎？」雷公子貼近信一：「是口腔啊！」

信一的眼神，已流露出怯意。

「牠們闖入口腔後，便會鑽進喉嚨，最後用利爪挖穿皮肉，在身軀的不同部位破體而出！」雷公子吐出噁心的舌頭：「試想想，十幾隻老鼠在同一時間抓破肉體逃生，畫面何其震撼，想像一下已感興奮！」

信一冷汗涔涔。

「哈哈哈哈……我以為『龍城幫』的龍頭有多厲害？還不是被我的刑具嚇至失魂落魄！哈哈哈哈……」雷公子張狂大笑，望向AV：「給我吊起他！」

幾名爪牙將麻繩套在AV的腰間，把繩子的末端繫在天花板的扣子上。

雷公子走到AV面前，笑了笑：「這個禮物，送給你，請笑納。」

面具套在AV的頭上，信一看得心也寒了。

「待會我便會把老鼠放入管道，只要你能解決眼前障礙，就可以救回AV。」

說罷，一個手執長短刀、身穿日本武士服的刀客步入房內，在AV身前停下，目不轉睛盯著信一。

「給你介紹，他叫天野一郎，是來自日本的二刀流劍豪。」

雷公子拍手示意，門生便替信一鬆綁，並把他的刀擲在地上。

與此同時，另一名門生拿著裝滿老鼠的布袋，準備套入管道。

「春宵一刻值千金。」雷公子一副心急的樣子：「來來來，信一，快跟你的對手來個激烈的接觸吧！」布袋套進入口。

信一的手，握緊刀柄。

十指痛歸心，被剝了十隻指甲，本來還痛得發顫的手，一與「戰友」重聚，便立即停止震顫。

人，也像上了電般，精光暴射。

渾身吐出濃烈殺氣！

「蘿蔔頭！」信一揮刀直劈天野一郎：「現在我便給你見識一下，香港古惑仔的刀法有多厲害！」

錚——

兩刀交鋒，火光四起，一場影響「龍城幫」命運的中日決戰，正式展開！

翌晨，陳洛軍收到一份郵包。

一份由雷公子派人送來的郵包。

「這盒東西今早放在賭館門口。」阿鬼望著桌上的包裹說：「上面寫著你的名字，所以我沒有打開。」

陳洛軍與阿鬼在賭館帳房內，凝視著桌上包裹。

直覺告訴陳洛軍，包裹裡面的東西，絕非尋常之物。

包裹裡頭，有一個戶外用的小冰箱，以及一個信封。

藏信封內的東西，原來是幾張保麗萊照片，陳洛軍拿來一看，不禁心頭一震。

照片的內容，全是信一與AV受刑的畫面。

包括信一被挑掉了指甲、血肉模糊的十指指頭大特寫。

「信一哥和AV……怎會這樣的……」阿鬼痛心驚叫。

陳洛軍一言不發，保持冷靜。

他的手，緩緩把小冰箱的蓋子打開……

寒氣沿著蓋子的隙縫滲出。

蓋子全開，攝入二人眼簾的，是一幕極其震撼的景象……

藏在小冰箱內的，赫然是一隻斷掌！

斷掌被一個透明保鮮袋包裹，放在一堆冰塊上面。

指甲全被挑起，跟信一受虐後的手，十分吻合。

阿鬼嚇得六神無主。

陳洛軍卻仍然保持鎮定。

「洛軍……現在怎麼辦？是不是要集齊人馬，立即動身過澳門救人？」阿鬼眼神呆滯，方寸已失。

「冷靜點，別亂了心神。」

陳洛軍在小冰箱的旁邊，取出一張印著澳門大三巴景物的明信片。反轉一看，背面寫了三句話：

「欲救二人，單人匹馬，澳門相見。雷公子」

「單人匹馬……洛軍，萬萬不可啊！」阿鬼望著斷掌：「信一哥就是因為獨闖澳門，才如此下場……」

「我不相信這隻手是信一的。」

「不是信一哥嗎……」阿鬼一臉難以置信。

「如果斷掌真是信一的話，何以這批照片中，信一的手掌還連著手腕？以雷公子的變態本色，又怎會不把斷掌過程拍下？」陳洛軍站起來，按著阿鬼的肩膀：「雷公子只想我心慌意亂，引我立即動身過澳門。」

「就算斷掌不是屬於信一哥，但他和AV的確在對方手上，處境很不樂觀。」阿鬼稍為鎮定下來。

「你說得沒錯，這場仗凶險萬分，只要走錯一步，隨時萬劫不復。」陳洛軍強自壓下心頭的慌亂，目光仍然銳利：「這次又要亮出友情牌，找兩位好友幫手了。」

1.18 決戰前夕

「龍城幫」第一人陷入險境，事態嚴重，當下陳洛軍便聯袂阿鬼、Happy 仔找上十二少與吉祥共謀對策。

五個江湖男人，於一個陽光普照的上午，在廟街的公園或坐或站，看來悠閒，但會議的內容，卻是轟天動地的大事。

「事情就是這樣，十二少，你有何看法？」陳洛軍站在大樹下。

「擺明是個局！」十二少坐在公園的長凳上：「雷公子只想引你到澳門，然後把你除掉。」

首先是AV，然後信一，再之後到陳洛軍。雷公子顯然要把『龍城幫』的高層，逐一對付。

十二少與陳洛軍的想法一致，可他還有想不通的地方。

「阿鬼，『龍城幫』和雷公子那邊有沒有過節？」陳洛軍問道。

「沒有！我跟隨信一哥多年，從來沒聽過『龍城幫』跟澳門的黑道起過衝突。」

阿鬼困惑：「雷公子會否想入侵香港黑道，所以選了『龍城幫』為攻擊目標？只要打垮我們，他便會在道上聲名大噪。」

入侵香港黑道有很多方法，沒必要四面樹敵，而且「龍城」是香港數一數二的大幫會，惹上我們，對他們也沒好處。陳洛軍如是想。

陳洛軍斷定，雷公子跟「龍城幫」一定有著什麼深仇大恨……大得叫雷公子不惜一切，也要把「龍城幫」轟個四分五裂。

「洛軍，你和信一都是『公司』的靈魂人物，將你倆生擒之後，下一步便可揮軍攻城！」十二少把腳下的小石頭，輕力踢向陳洛軍之處。

「不管雷公子背後有什麼陰謀，他敢惹上『龍城幫』，最終的後果必然是引火自焚！」陳洛軍用腳邊定住石頭。

「你想怎麼做？」

「信一和AV都落在雷公子手上，就算明知是龍潭虎穴，我也沒有選擇，一定要走這一趟。」

救人是必然的事，不過明知眼前是個陷阱，陳洛軍哪可以單憑一個勇字便走到澳門？

陳洛軍率性而為，卻帶點衝動。以往有一種「幹了再算」的蠻勁，但現在他已是「龍城幫」的第二號人物，每一個決策都影響深遠，這一次更加不可有半點差池，否則將換來難以想像的巨大後患。

「我大概已想到對策，只要一切進行順利，雷公子今晚便會乖乖放人！」陳洛軍把石頭踢飛：「時間不多了，我只有幾個小時做部署，入夜之前，我便要動身救人！」

「洛哥已有對策？」吉祥心想。

「洛軍的腦筋一向靈光，處事也很冷靜，這次只能靠他了。」雖沒說出口，但阿鬼由衷敬佩陳洛軍的處變不驚。

「我過了澳門之後，香港一定會有事發生。」陳洛軍望向阿鬼：「你要做好開戰的準備！」

「知道。」

「九龍城寨已經危機四伏，我會安排藍男暫住廟街。Happy仔，你替我好好保護她。」

「沒問題。」

站在十二少身旁的吉祥首度開腔：「洛哥，你可放心，我保證阿嫂在我們的地方百分百安全！」

「『龍城幫』的事，就是我們『架勢堂』的事。這場仗有我十二少陪你一起打！」

人生中，能遇上十二少這位肝膽相照的好友，陳洛軍已無憾了。

要雷公子放人，似乎是個不可能的任務，不過陳洛軍曾不下數次創造奇蹟，這次又能否扭轉乾坤？

會議結束後，「龍城幫」人馬已進入全城戒備狀態，準備迎接這場超級巨戰！

Happy 仔、吉祥正在拳館內鍛鍊拳腳。

下盤功夫了得的 Happy 仔，對沙包連踢了十幾腳，記記猛力，震耳的「嘭嘭」聲響徹拳館。

Happy 仔出道只有三年，一年前投進「龍城幫」門下，最近才受陳洛軍和信一委以擴張版圖的前鋒重任。現下，陳洛軍把更重要的任務託付自己身上，Happy 仔的心情難免相當緊張。

即將爆發的戰役，絕對是他出道以來，最大型的一場。

「Happy 仔！」剛練完拳，大汗淋漓的吉祥把一瓶蒸餾水拋給 Happy 仔：「先歇歇吧！」

「謝謝！」Happy 仔接住蒸餾水，打開蓋子，喝了一口。

「你情緒太緊繃了，放鬆一點，不要太擔心。」吉祥撥了撥劉海。

「今晚洛哥就動身過澳門，這裡群龍無首，我實戰經驗尚淺，怎可能放輕鬆？」

「城寨那邊重兵駐守，嚴陣以待。阿鬼跟隨信一多年，久歷沙場，有他領軍，足以應付來敵。再加上裡面還有個隱世高手坐鎮，敵軍要攻入城也非易事！」

「你是說柒哥？」

「正是！」

「關於柒哥的事，洛哥也曾經告訴我，但我一直也未見過他出手……柒哥真如傳聞中那麼神嗎？」

「早跟你說是隱世高手，當然不會隨便出手啦。不妨實說，我也只是見過他幾次，每次都在冰室內看報紙或切叉燒，哈哈……」吉祥：「不過洛哥之所以能脫胎換骨，也是全靠柒哥的，所以我對他的實力有百分百信心！」

「嗯嗯。」

吉祥戴上拳套，跨過擂台邊繩：「聽說你的腿功很厲害，不如上擂台切磋一下吧！」

Happy 仔亦戴上拳套：「好，就跟你玩玩。」

兩個江湖新貴，暫時還不知道，他們即將面對的對手，強大得連ＡＶ、信一也非他之敵。

就算是王九此等怪物再生，亦未必能將他扳下。

吉祥與Happy仔正要切磋的同時，十二少在家中握著他的佩刀，似在跟一位「戰友」商議戰策。

十二少跟陳洛軍、信一雖不是隸屬同一幫會，可三人決戰大老闆之後，曾經「歃血為盟」結為異姓兄弟，福禍齊當。

如今兄弟遇上劫難，十二少當然義無反顧，配合陳洛軍，營救信一。

一向對自己實力有絕對信心的十二少，此刻卻有點忐忑不安，因為這次的敵人，是個無惡不作、有權有勢的嗜殺狂魔！這種冷血系的對手，草菅人命，喪盡天良，比大老闆更惡更瘋更不講理，最令人煩惱的是，對方要陳洛軍單獨赴約，這無疑是送羊入虎口。

不過，陳洛軍早已想出了對策，只要一切都按照他的劇本發展，不但可以令雷公子放人，還可以全身而退。

可一旦出了什麼亂子，後果便絕對不堪設想。

黃昏時分，陳洛軍與藍男身在十二少安排好的單位內，凝望著對方。

男的臉上帶笑，表現輕鬆。

女的強裝沒事，可眉宇間的憂戚，卻出賣了她。

「別發愁啦！」陳洛軍摸摸藍男的頭：「你要對我有信心嘛！」

「我也不想擔心，但信一和AV已栽在他手上……」藍男水汪汪的眼望著陳洛軍：「你一定要平安回來啊！」

藍男從來都是個倔強自立的女人，很少在人前展露軟弱的一面，就算上次大老闆圍城，她也沒有哭哭啼啼的跟陳洛軍來個「言情小說式」激情道別。

但這次，陳洛軍所面對的，是一場前所未有的浩劫，情勢比大老闆圍城更加險峻。任藍男如何硬朗，也難免憂心。

但，既然陳洛軍已決定披甲上陣，藍男又怎可以加重他的擔子？

於是，她深呼吸了一下，把眼淚吞進肚內，在他胸前輕輕揮出一拳。

「小心啊！」

「放心啦，待會我約了賀心儀見面，只要她肯答應幫我，此行絕對安全，雷公子也不敢動我分毫。」

陳洛軍口中的賀心儀會是何許人？如果陳洛軍沒說謊的話，這個人，應擁有力抗雷公子的能力。

「『陳仔』，你要乖乖不要踢媽媽啊，否則爸爸回來便會好好教訓你！」陳洛軍蹲下來，將耳朵貼向藍男的大肚子上。

「陳仔？」

「他是我陳洛軍之子，不是陳仔是什麼？哈哈哈。」陳洛軍笑得很天真，完全不像一個江湖大哥。

在藍男面前，他永遠都是個大孩子。

「大笨蛋！」

「差不多了。」陳洛軍又摸摸藍男的頭：「今晚好好睡一覺，明天日出前，我便已回來。」

藍男露出那個陳洛軍最愛的笑容。

道別後，陳洛軍便轉身離去。

陳洛軍做夢也沒想過，這一場巨浪竟如此凶猛無情……

當他踏出這堵大門後，將無法看見「陳仔」出生的一天！

1.19

怒火街頭

「賀小姐，多謝你肯見我。」身處香港山頂某大宅內，陳洛軍在趕赴澳門前，急於拜會的，是面前的一個嬌美女子。聽他口氣，自然是有求而來。

女子是聰明人，不待陳洛軍再開口，即輕輕接話：「大家都是電影業一份子，別客氣，叫我心儀便可。有什麼事我可以幫忙的嗎？」賀心儀看上去約莫二十出頭，雖然年輕，卻有種穩重的成熟感。説話得體，流露大家閨秀風姿；快人快語，又滲透了江湖義氣兒女的味道。

擁有得天獨厚的氣質，只因她的背景毫不簡單！她是澳門賭王——賀新的寶貝女兒。

「實話實説，我的確有事相求！我想請你出面，安排我跟令尊賀新見個面。」陳洛軍拿出一份劇本：「只要你肯幫我……這是『龍城娛樂』下個月開拍的江湖片，女主角的角色，你看看有沒有興趣？」

「華仔當男主角那齣？」

「對。」

「好，」賀心儀爽快答允：「那就一言為定。」

兩年前，賀心儀開始涉足娛樂圈，參與過幾齣電影，都是一些沒什麼發揮的二線角色。能夠與影壇天王華仔合作，是千金不換的機會，賀心儀渴求已久，怎會不心動？

對賀心儀而言，陳洛軍的請求雖唐突，但難度不算高。父親權傾澳門黑白二道，想接近他的人很多，自然並非來者不拒；但為陳洛軍安排一次「面聖」的機會，她身為得寵愛女，還算是件舉手之勞的事。至於陳洛軍究竟想從父親身上達成什麼目的，或能否成事，她根本毫不在意。

陳洛軍的目的呢？

陳洛軍只知道，整個澳門，唯一能有十足能力壓得住雷公子的，就只有賀新！只要他一句話，雷公子縱然萬般不願，也不得不就範放人。

兩小時後，陳洛軍獨個兒踏入雷公子的領土。

澳門碼頭一帶，早已埋下伏兵，四方八面都隱藏了替雷公子辦事的「刀手」，一見陳洛軍出來，他們便會動手，對他砍個血肉橫飛。

埋伏在人群當中的刀手，靜悄悄地走向目標。

他們逐步向前，距離陳洛軍大約只有四、五米，已經進入了攻擊範圍網內，互換了個眼色，雙目盡皆露出殺意。

這幾頭野獸已張牙舞爪，正要撲向獵物之際，竟又同時呆了下來，面面相覷，殺意蕩然無存。

因為陳洛軍在眨眼間，已閃身上了一輛車。

「澳門娛樂集團」旗下賭場的專車。

「澳娛」主席賀新，乃澳門最有勢力的風雲人物，當時澳門賭權仍未開放，賭權由賀氏集團壟斷，黑道的大哥們想在賭博業分一杯羹，都得臣服於賀新之下。

權傾黑白二道的賀新，影響力甚至比葡督還要大，幾近是澳門街的皇帝。

八十年代中期，賭場廣設賭廳，外判給「廳主」經營，「廳主」旗下都有不少「疊碼仔」拉攏來自五湖四海的大賭客。據知只要投得一間賭廳，「廳主」每年最少有數千萬的穩定收入。

雷公子也是「澳娛」的賭廳「廳主」，擁有三間賭廳。換句話說，賀新是他老闆，只要他一個不滿，在合約期滿後，便可收回賭廳的經營權，嚴重影響雷公子的收入與江湖地位。

機警的陳洛軍知道雷公子忌諱賀新，甫一踏入澳門便上了賭場專車，當專車到達賭場門前，立即下車走進裡頭。

手下來電報告情況，把雷公子氣得七竅生煙。

「你們這班飯桶！在他上車前就應該出手！」雷公子向電話怒吼：「白癡！廢柴！在賭場附近加強人手埋伏，一見陳洛軍出來，立即狂砍！記住，我不要他死，只要他殘廢！完成不了任務，統統不用回來，自行準備仵工替你們收屍吧！」

掛了電話，雷公子怒氣未消。

在雷公子的眼中，人命根本一文不值，只要他喜歡，隨時都可以殺。對他而言，陳洛軍只是個空有蠻勁的香港古惑仔，論力量，遜於AV；論智慧，亦不及信一；理應不費吹灰之力便可把他幹掉。

可偏偏讓陳洛軍逃脫，著實是大出雷公子意料之外。

雷公子的控制欲相當強烈，他不喜歡反抗的聲音，也討厭掌握不到的東西，雖然事情還未至失控，但這尾漏網之魚已叫他暴跳如雷。

「信一和AV也被我輕易制伏，陳洛軍算是什麼東西？」雷公子心想：「只要他一走出賭場，便會栽在我手！」

的確，陳洛軍已踏進雷公子的勢力範圍，除非他打算一直藏匿在賭場內，否則始終也難逃雷公子的五指山。

他走入賭場之後，便一直坐在角子機前，像個尋常賭客般隨性玩樂。

拉角子機能救人嗎？

當然不能，陳洛軍只是在等待……

等待謁見一個呼風喚雨的巨人。

時間分秒過去，陳洛軍已在賭場等了超過兩小時，依然未獲賀新接見。

他開始等得急了。

以他所知，賀心儀是賀新最疼愛的女兒，答應過她的事，從未試過反悔。

為什麼來了這麼久，也沒半點動靜？

是否出了什麼亂子？

賀新日理萬機，會不會突然有事離開了賭場辦公室？

如果今天見不著他，不但AV與信一的性命難保，連陳洛軍自己也恐怕要魂斷澳門。

陳洛軍愈想愈慌，心急得額角滲滿了汗。

就在陳洛軍心慌意亂的時候，一名西服男走到他身旁。

「陳洛軍，賀先生請你到他的辦公室。」

陳洛軍終於獲得賀新接見，尚欠一步，AV和信一便可得救了！

同一時間，身在大宅內的雷公子，正等待著手下的來電，期望聽到陳洛軍被亂刀砍至重傷的消息。

可等了又等，電話一直沒響，他極度焦躁，把電話拿在手中，左右踱步，抽完一枝又一枝雪茄，仍未等到手下的來電。

「已經兩小時！足足兩小時！為什麼仍然沒有消息？」雷公子怒得咬牙切齒，像個瘋漢自言自語：「陳洛軍，你行！你真行！竟敢跟我對抗，我發誓，一定要留住你的狗命，我要你親眼看著我吃掉你的手手腳腳！」

雷公子不但自我中心，而且非常記恨，心胸狹窄，所有開罪過他的人，哪管是微不足道的小事，都會嚴懲處理。

有一次，他在水果店選購生果，老闆對他說了一句：「不用選了，這裡的水果全部都很新鮮的，放心購買吧！」

雷公子認為老闆不滿他的手觸摸他的水果，當晚就派人把他的雙手砍下來。

又有一次，他跟另一幫人作毒品交易，在交易結束後，對方的頭兒向他報以一笑，然後說：「雷公子，在深夜也戴墨鏡，你好像在拍電影呢！哈哈哈哈……」

頭兒哪會想到，一句輕鬆戲言竟換來殺身之禍。一年後，頭兒伏屍巷子，死前慘遭折磨，連舌頭也被割下。

從這兩件事便可以看出，雷公子視人命如草芥，更疑似患上被害妄想症，總之開罪了他的人（不論是有心、無意或全不知情），一律沒有好下場。

鈴鈴——鈴鈴——

電話終於響起，雷公子急不及待地接聽：「喂！」

「雷公子，我是鄭 sir！」可電話的裡頭並非他的手下。

「老鄭，有什麼屁話，放啦！」雷公子怒氣沖沖。

「想通知你一聲，上頭希望這個月澳門天下太平，我知你捉了兩個香港黑道，可以的話便放了他們，否則引發連場戰火，我怕我的上司會不高興呢。」

「老鄭，你當我白癡啊！你擺明收了人錢！想我放人？不可能！」雷公子對話筒大吼：「你知不知自己每個月收了我多少錢？你再敢叫我放人，我以後一毛錢也不會給你！聽到沒有？」

「有事好說，雷公子不用那麼火大……」

雷公子不等到鄭 sir 把話說完，便掛了線。

原來陳洛軍為保險計，另派了人把金錢送到鄭 sir 的辦公室，想藉警力迫使雷公子放人。可惜一如所料，徒勞無功。

負責送錢的人，是十二少。

十二少比陳洛軍晚一小時到達澳門，先找上鄭sir，然後與澳門街另一黑道巨頭富豪哥會面。

「事情的始末是這樣……」一向說話少的十二少約略把事情經過敘述，然後竟開口要求：「富豪哥，你在澳門的勢力與雷公子分庭抗禮，這次來，是想麻煩你出出手，幫我們兄弟這個忙。」

「你們惹上了個瘋狗，我幫你，等同跟雷公子作對，我為何要冒這風險？」長得粗獷的富豪哥，擺出一副愛莫能助的姿態。

「我知道你一直也想在香港建立勢力，如果富豪哥能救回我的朋友，我答應把尖沙嘴『大歡樂夜總會』的保安權讓給你。」

尖沙嘴是香港黑道最賺錢的中心地帶，只要得到夜總會的保安權，富豪哥不但可以名正言順進軍香港，更可獲豐厚的收入。

十二少開出的條件，確實令人心動。

「好，這個忙，我幫！」富豪哥拿起手提電話：「我打電話給雷公子，叫他放人。」

「有勞富豪哥。」十二少心生些微希望。富豪哥答允幫手，起碼掙到一個機會，旨望他可以壓得住雷公子的氣焰。

可當富豪哥打通電話，說出請求之後，卻換來雷公子夾雜著髒話的連環炮轟，叫富豪哥不要插手別人的事，否則連他一併幹掉！

富豪哥在澳門道上地位甚高，如何能忍受如此喝罵？當下便跟雷公子展開隔空對罵。

十二少本想以惡制惡，但雷公子實在太瘋太狂，就如一頭吃了春藥的脫韁野馬，誰也勒不住他。

黑白二道都不能令雷公子就範，此刻就只餘下陳洛軍最關鍵的一著。

救援行動令澳門的天空戰雲密佈。

山雨欲來的氣氛，同樣籠罩香港。

憑窗而坐的藍男，望著街外的雨景，焦慮不安的心情，反映臉上。

藍男對陳洛軍的實力從來都很有信心，不過這一次，她的心緒實在難以安定，不安感揮之不去，總覺得有一件天大事情將降臨自己身上……那是跟至親訣別的預感！

「阿嫂，別擔心，洛哥不會有事的。」Happy 仔為藍男斟了杯熱茶：「洛哥跟我說過，人生有起有落，順境固然開心，但面對逆境亦不可以氣餒，因為如果一個人沒了雄心與希望，人生便完了。所以他無時無刻都提醒我，就算有多失意失望，也千萬不要絕望！」

「沒錯，洛哥身經百戰依然屹立至今，就是因為他有信念、夠意志，經得起大風大浪，連我阿大都對他又欽敬又佩服！」吉祥在藍男面前饒有深意地說：「阿嫂，我對洛哥有百分百信心！」

吉祥與Happy仔的話雖然有點土，但很中聽，令愁眉不展的藍男也擠出了笑容。

「嗯，洛軍他們一定可以平安回來的！」藍男心想。

此時，門外有人猛力拍門。

「老大！我是士撻啊！快開門啦！」

吉祥開門：「什麼事？」

「老大……大件事了，『天義盟』的人個個手執西瓜刀，正殺入廟街啊！」氣急敗壞的士撻說。

「『天義盟』？統統都是廢物，沒一個有實力！」吉祥從櫃內取出兩把開山刀，一把遞給士撻：「士撻，立即叫附近的兄弟過來，我要殺他們一個片甲不留！」

「吉祥，『天義盟』一向怕事，突然一反常態，主動出擊，好像有點不尋常。不如，我跟你一起去。」在旁聽見事態發展的Happy仔急道。

「不用了，你留下保護阿嫂。」吉祥踏出門口：「如果連『天義盟』這些貨色都對付不了，以後『架勢堂』在江湖還有地位嗎？」

吉祥跟隨十二少南征北討，早已練就出強勁身手，對自己的實力信心十足。在他眼中，「天義盟」全都是不堪一擊的廢柴，只要認真出手，一定可轟走對方。

但，「天義盟」得雷公子之助，加入了邢鋒、King Kong 兩大強將，以及來自澳門的精英，兵力已遠勝從前。

沙沙沙沙——

雨勢愈下愈大，令這場大戰更添氣氛。

為數超過一百的「架勢堂」人馬已經齊集在街頭上，等待他們的將軍發號施令。

黑雲壓城城欲摧。「天義盟」大軍以邢鋒、King Kong 馬首是瞻，大氣磅礴，帶著沉重步履，浩浩蕩蕩從街尾蜂擁而上！

「帶了過百人來，真的想跟我們拚命了！」站在「架勢堂」陣形最前線的吉祥振臂高呼：「兄弟們，殺過去！讓這班烏合之眾見識我們的實力！」

「好！」

「架勢堂」戰意如虹，一哄而起，個個情緒高漲，準備將對方轟個落花流水！

「把『架勢堂』的人馬，殺個痛快！」身高六呎七吋、碩大無朋的 King Kong 衝前咆哮，聲如雷震，真箇先聲奪人。

兩軍同以破竹之勢往敵陣衝殺過去，揭開了大戰的序幕。

1.20 叛徒

吉祥向 King Kong 劈出一刀：「『天義盟』何時變了動物園？找頭猩猩出來領軍，滑稽！搞笑！哈哈哈……」

King Kong 被吉祥的話惹毛了，勁聚於刀，橫斬過去。

兩刀交碰，吉祥即被猛烈的撞力離地後飛。

King Kong 不但力量像巨猩般霸道，動作竟也真如猿猴般敏捷。可真入型入相！吉祥雙腳還未及站穩，卻見 King Kong 已到他身前，高舉一臂，迎頭劈下。

噹的一聲，吉祥居然擋下這雷霆萬鈞的一刀。

在 King Kong 的眼中，吉祥只是一頭小小馬騮，身手還算可以，可是論力量，根本難以跟自己相提並論。

擋了 King Kong 幾刀，吉祥手臂也被震得顫抖，甚是吃力。

「跟他硬碰硬只有死路一條，一定要看準機會，出奇制勝！」吉祥想。

吉祥一邊招架 King Kong 的猛力，一邊留意著他的動作，只要看出破綻，便可做出反擊，扭轉形勢。

「這一刀便要了你的命！」King Kong往吉祥的頸項橫砍。

刀，將要把吉祥的頭顱砍下。

刀光一過，卻只削走一撮頭髮。

吉祥在刀鋒劈過來的一刻蹲下來，反手刀朝King Kong的腹部一拉，劃出一道鮮紅的血痕。

若非及時後退了半步，King Kong已被剖開肚皮，內臟瀉地。

氣勢一失，King Kong的攻勢也在瞬間潰散。

吉祥趁對方一怯，立即以密集的刀勢狂攻猛打。

吉祥一口氣劈出了十幾刀，刀光在King Kong身前閃爍，左一刀右一刀上一刀下一刀，把King Kong的動作封鎖，令他無法反擊，只得忙於竭力還擋。

且退且擋，完全受制於吉祥。

大猩猩竟不敵小獼猴！吉祥把握一個機會，瞄準King Kong的右臂，一刀砍下去！

刀是砍中了，可他沒想過，全力施為的一砍，竟也不能把King Kong的一臂斬斷。

能成為雷公子的金牌打手，King Kong必有其個人長處。一雙猿臂，除了擁有拳王級的爆炸力外，還練就出如鋼般的骨骼與肌肉。

吉祥錯愕的同時，King Kong已掄起左拳，急取吉祥。

超過五百磅的重拳轟在吉祥頭顱上，直如一顆小型炸彈，把吉祥的腦袋炸個四分五裂！

「吔——」

吉祥沒因劇痛而倒下，反激起他的殺敵之心，手起刀落，自King Kong的左肩至右腰，拉出一記刀光！

鮮血，從King Kong的傷口猖獗狂飆。

二人同受重創，戰局拉成均等，誰搶先發動下輪攻勢，誰便能取得勝機。

吉祥的手緊握刀柄，揮刀就斬。撕裂空氣的一刀，即將命中，卻在中途頓下。

震駭的表情，在吉祥的臉上浮現。他只感背部一涼……後背被人捅了一刀。

接下來的發展，簡直像一齣爛透的江湖電影情節。

「老大，人在江湖，身不由己。你可別怪我，我也是逼不得已的啊。」

吉祥認得，背後的聲音來自他的門生，士撻。

好一段老掉了牙的對白。

好一幕出賣同門的戲碼。

King Kong負責對付吉祥，「天義盟」的主將邢鋒則來到藍男藏身的單位，勁力一踹，破開大門。

Happy 仔一看對方就知他來意不善，已裝起架式準備一戰。

邢鋒卻沒把 Happy 仔放在眼裡，視點定在藍男身上。

「我不想對你動粗，跟我走吧。」邢鋒一貫不帶半點情感。

邢鋒顯然衝著藍男而來，Happy 仔怎可讓他有所行動？飛身而上，向邢鋒展開攻勢，來個先發制人，可連踢三腳，都被邢鋒單拳擋下。

「有速度，卻沒力度。」接下 Happy 仔三腳的邢鋒，淡然地說。

只交手了一招，Happy 仔便感到邢鋒的實力相當強大，雙腿如兩道樁柱，穩若鐵塔。

面對這種對手，快腿已起不了作用，Happy 仔心念一轉，以左腳為軸，力聚下盤，腰隨步轉，踢出一記實而不華的超猛勁腿。

這一腿既有速度亦有力度，勢如風雷踢向邢鋒。

邢鋒也不怠慢，雙手交疊護在胸前，擋下這千錘百鍊的一擊。

強如邢鋒竟也被轟至後退了一步。

「好小子，我低估了你。」

Happy 仔此招無疑很強，但僅只可以令邢鋒退了一步，沒對他造成任何傷害。

踢出的一腳還未落回地面，Happy 仔便感到一股巨大的氣流迎面襲來。不及抵擋，也全無招架的餘地，Happy 仔胸口中了邢鋒的一拳。看似平平無奇的一招，實則注滿了內勁，無堅不破。

身中此拳的 Happy 仔，猶如近距離被大鐵鎚轟砸一樣，痛得死去活來，噴出誇張的血花。

連龍城第一刀也未能扳下的人物，Happy 仔戰敗是理所當然的事。

清除障礙，邢鋒一手捉住藍男的手腕：「跟我走，只要你不反抗，我不會傷害你。」

邢鋒的強大，剛才已見識過，藍男一介女流，就算耗盡元氣也不能把他掙脫。但隨他離去，又會否性命不保？

「我的男人和堂哥也是混黑道，所以就算有天我要橫死街頭，我也無怨無悔，但我肚裡的孩子是無辜的……」藍男面無懼色：「我只想知道，我跟你走，還有沒有命回來？」

「……」邢鋒的眼神，閃出了猶豫。

那張表情，已告訴藍男，隨他一去，實在生死難測啊。

當二人走出大門時，頑強的 Happy 仔再次站起，從後面撲向邢鋒。

「放開她！」

邢鋒轉身，順勢拉出一記鞭拳，重轟在 Happy 仔的頭上。藍男把握著這難得的機會，向邢鋒的手背重重地咬去。

一痛之下，邢鋒無意識地甩開對方，藍男重心一失，人如墮入失重的空間，往樓梯掉下去。

藍男的腦海感到空白一片，萬籟無聲。空氣像凍結了，世界也像凝固了。她知道，一場擋不了的災禍已降臨在自己身上。

十萬火急的瞬間，Happy 仔死命撲下，以極快身法抱住藍男，用自己的身體墊底，打算一命換兩命！

下墜的衝力加上藍男的體重，這一下撞擊力非同小可。Happy 仔背門壓向梯級時，發出勒勒的骨折聲，估計脊骨受到嚴重的重創。最要命是，他的後腦砸在地上，頭骨也給撞裂，血水從傷口狂流，好不慘烈。

雖然有 Happy 仔作墊，可這下衝力確實很猛烈，藍男慘叫了一聲，下體不斷流出濃稠鮮血，看情況，她肚內的小生命，很可能會胎死腹中！

Happy 仔與藍男重傷倒下，生命是暫時保住了，但危機未解，因為勾魂使者邢鋒，正步下階梯。

「那小子已沒能力再阻止我，要帶走她，不難。不過，以她現在的傷勢，定要入院急救，否則難以活過明天……雷公子吩咐我，不論生死，只要把她捉走便可。」邢鋒心道：「即是說，她的生死與我無關，就算我帶回去的是一具屍體，也算完成任務。」

藍男若落在雷公子的手上，下場只會跟小優一樣，好運的話或許會得到一個痛快的了結；否則，將會遭受到雷公子的酷刑對待，先姦後殺，殺完再姦，最後把內臟挖空，死無全屍。說到尾，終究也是難逃一死。邢鋒雖不是下刀的劊子手，卻是幫凶、共犯，同樣罪孽深重。

為了完成任務，邢鋒真可連人性也都埋沒，對一個手無縛雞之力的孕婦下毒手嗎？

頭破血流的Happy仔撐起殘軀，擋在藍男身前：「別妄想可以帶走她。」

站在Happy仔面前的邢鋒冷冷道：「你十足狀況也非我之敵，現在傷成這個樣子，憑什麼再阻止我？難道你不怕死？」

「憑義氣兩個字！」Happy仔滿面都是血：「我答應過我老大要保護阿嫂，就算是死我也會跟你拚到底！別廢話了，要打便打！」

「帶她走吧。」

「？」邢鋒的話，叫 Happy 仔大感愕然。

「趁我未改變主意，立即在我眼前離開。」

Happy 仔趕緊抱起藍男，拔腿就走。

邢鋒雖然為虎作倀，但還未至於喪心病狂。

內心底裡，還有一點人性吧。

Happy 仔與藍男脫險，可在大街上的吉祥卻腹背受敵，半條腿正踏進鬼門關。

手握軍刀的士撻，刀鋒沒入吉祥後背。吉祥轉身回肘，猛轟向士撻的眼角。

力度之大，把士撻拔地轟飛，不住後退。

「中了我一刀還有力氣轟出如此猛擊……吉祥的確有點能耐。」士撻心道：「不過有 King Kong 與我聯手，應該可以殺敗他！」

二打一，士撻一方理應佔優，但中了吉祥一刀的 King Kong，胸口被劃出一道深深的血痕，看他站在吉祥背後，一直沒有進招就知他傷勢不輕。

吉祥怒目瞪向士撻：「為什麼要出賣我？」

「留在『架勢堂』根本沒有前途，就算我能力有多大，始終被你和十二少壓在頭上！」士撻理直氣壯：「江湖的路，不是你殺我就是我殺你，你不能怪我啊！」

「你夠實力，全世界都沒有人能壓得住你！」吉祥帶著死亡的氣息向士撻逐步走近：「為了利益，你竟用刀捅我！你還記得我以前怎樣待你嗎？」

「吉祥……老大，有事好說，你別衝動……」吉祥受此重傷，目光依然如炬，唬得士撻心也慌了。

「你跟我說，做『代客泊車』賺不夠，叫我扶你一把，所以我明知你實力不足，也推薦你出任夜場保安。你說你父親入了醫院，需要醫藥費救命，我連人生第一隻勞力士也拿去典當。你惹了爛攤子，哪一次不是我出面幫你擺平？」吉祥殺機已動，提刀就向士撻劈下，怒道：「我究竟做錯了什麼？為何你要這樣『報答』我？」

「我只是一時迷茫才誤入歧途，老大……念在大家同門一場，你放過我啦！」士撻大驚，嚇得刀也掉下，雙手護住頭部，像頭喪家犬乞求主人寬恕。

現在才求饒，已然遲了。吉祥的刀向士撻的頂門砍下，其勢之烈，足可把他的頭顱劈至腦漿迸裂，一刀斃命。

眼見士撻快要命喪，突然一陣強風疾撲吉祥，把他騰空轟飛出數十米外，直至撞向店子的大閘才止住退勢。

大鐵閘給撞至凹陷變形，吉祥墜地後蜷縮著身軀，適才的無窮戰志與殺戮能量，都在一招之間被轟成粉末。

在「天義盟」的陣營中，能擁有此等能耐的，就只有邢鋒一個。
邢鋒一手攙扶 King Kong，對身旁的士撻說：「走吧。」
「走？吉祥已被我們打個半死，現在不殺，更待何時？」士撻拾起軍刀，咧嘴一笑。
竟有如此見風轉舵的無恥之徒！邢鋒雖然跟士撻一夥，但對他出賣同門的惡行，卻齒冷非常，如非站在同一陣線，邢鋒真想狠狠痛毆他一頓。
「我再說一次，走！」
兩軍之戰已到尾聲，「天義盟」一方人多勢眾，加上澳門的精英，這一仗雖然在「架勢堂」的主場，也可打個不分軒輊。吉祥與 Happy 仔兩位主將更受重創，今晚過後，「天義盟」必會成為江湖熱話，一洗頹風。
這一戰的其一目的，是為「天義盟」打響聲勢，目的既然已達，邢鋒遂令鳴金收兵。士撻縱然萬般不願，亦只好放棄獵殺吉祥。
敵軍退了，但藍男慘遭巨禍，Happy 仔頭部重創，吉祥亦遍體鱗傷。
陰霾密佈的一夜，為「架勢堂」、「龍城幫」帶來了難以磨滅的深重傷害。

1.21

絕望

陳洛軍獲賀新接見，被帶到一間過千呎的豪華辦公室。辦公室金壁輝煌，但讓陳洛軍覺得渾身不自在、喘不過氣來的氣壓，卻是來自大班椅上的巨人。

陳洛軍有種錯覺，覺得自己好像回到小學時代，犯了錯事，在校長室等候最高權力者發落一樣。

「一眾兒女之中，我最疼愛的就是心儀，因為她心善，又孝順。所以她有什麼要求，只要跟我開口，無有不允。」坐在陳洛軍對面的賀新，拿起煙斗：「她跟我說，有一個香港仔希望可以親身跟我會面，我想也不想便答應了她，因為我不想令她失望。」

年屆六十的賀新，神色儼然，中氣十足，輪廓分明得如神祇雕像，威不可犯，叫人既畏且敬，大有君臨天下的王者氣派。

「不過……」賀新劍眉忽豎，霸氣外露，吼道：「我一生最討厭的，就是有人利用我女兒的同情心，在她身上謀取利益！臭小子，今日我肯接見你，純粹因為心儀，別妄想我會幫你任何事情！」

面對富可敵國、權傾一方的賀新，連桀驁不馴的陳洛軍也變了羔羊。

然而，縱使他變了一頭羔羊，也是一頭義薄雲天的戰羊。

「賀先生，我是無計可施才出此下策……我有兩個兄弟被雷公子脅持在手，如果今晚再想不出辦法，他們便凶多吉少。」

「這是你的事，與我無關，我不想知，亦不想理。」賀新正言厲色，大口吸著煙斗。

「其中一個，他的女人被雷公子捉走了，為再見他摯愛一面，他才隻身來到澳門……」

「與我無關。」

「另一個為救他而來，可是最後也被雷公子生擒，現在的處境相當危險……」

「與我無關。」

「闖進雷公子的勢力範圍，我自知九死一生，不過我沒有選擇，因為我最好的兩個朋友都落在雷公子手上，賀先生，整個澳門只有你能壓得住他，我求你幫我一次……」

「還是這一句——與我無關。」

「無功不受祿，我不會白欠賀先生的人情，如果你可以出手幫我，我答應，可以還你一個心願。」

「還我一個心願？」賀新吼道：「你當你自己是什麼？在我眼中，你只是個沒出色的古惑仔！論財力論人力，澳門有誰能及我？連政府的高官也要仰我鼻息，聽從我的吩咐！」

賀新本已對陳洛軍無甚好感，聽到他的話後氣得直眉瞪眼，滿臉通紅地怒吼大罵。權力大過天的澳門街賭業皇帝，任何事都予取予求，在他的角度，是沒有辦不到的事情。

從來就只有他賜予人願望，何曾有人像陳洛軍般大言不慚？不過氣歸氣，賀新倒也佩服陳洛軍的膽量，亦想知道他到底可以還自己一個什麼心願。

「你這個乳臭未乾的小鬼，憑什麼在我面前說這句話？」

「憑我知道，賀先生有一個一直未能達成的心願……」陳洛軍鼓起勇氣：「如果賀先生肯幫我一次，我用我的人頭保證，在你下個月六十大壽當晚，有法子令閣下三房人，和和氣氣，聚首一堂與你賀壽！」

男人大多風流，像賀新這種人中之龍，三妻四妾只是平常的事。可賀新的三房妻室從來互不對盤，多年來鮮有碰頭，就連賀新也無法打破這個僵局。

賀新心忖：「眼前這小子真有法子完成這件不可能的任務嗎？」

賀新以一雙虎目盯著陳洛軍。

那雙眼太凌厲太具殺氣，陳洛軍被盯得很不自在，可又不能回避賀新的目光。

他跟他，四目交投，時間彷彿停止了運作。

賀新縱橫天下數十載，閱人無數，看其眼神便知龍與蛇。在他眼中，陳洛軍無疑是個香港小混混，但他的眼神，流露出不屈的倔強，這種人天性硬性子，不到黃河心不死，決定了的事情，就會豁出去，幹到底！

成大事的人，除了具備實力，更重要的，就是擁有置之死地而後生的狠勁，才能幹下常人所不能幹的事情，成就梟雄偉業。

某程度上，陳洛軍跟賀新也算是同一類人。

「我賀新欣賞有膽識的人。現在我便打給那個姓雷的小子……」賀新拿起電話，撥出號碼：「記住你答應過我什麼，如果下個月你不能兑現承諾，你小心人頭不保。」

「知道！」

賀新打通了電話，響了幾下便有人接聽。

「喂。」電話的那頭，是雷公子。

「姓雷的，我是賀新，你玩夠了，現在就給我——放人！」賀新斬釘截鐵地說。賀新的説話極具威嚇，毋須多費唇舌跟雷公子談判放人條件，直接向他下達命令。陳洛軍已能想像得到，雷公子此刻應該震駭非常。縱然他如何張狂凶悍，也不敢開罪賀新，這次他實在難攖其鋒。

雷公子沒有回話，胸有成竹的賀新認為他一時間難以下台，故亦沒咄咄相逼。沉默了十數秒，雷公子終於開口：「賀生……」

下一句，應該是「知道」或「明白」，但瘋子自有瘋子的想法，要讓一個瘋子就範，也非一件易事。

「我想我不能答應你的要求！再見！」

為了對付「龍城幫」，雷公子不惜開罪賀新，這個人，果真不能用正常邏輯思維去估量。

掛線後的雷公子，把手機砸在地上，狂怒狂躁，像個神經失常的發飆瘋漢在暴吼。

「幹你娘幹你娘幹你娘幹你娘幹你娘幹你娘幹你娘幹你娘幹你娘幹你娘幹你娘！行！他媽的陳洛軍你真行！找賀新來壓制我？你想救人嗎？我就要他們過不了今晚！」

賀新親自出馬也無功而還，信一與AV的性命，已危在旦夕了！

「這頭瘋狗失控了，連主人也敢咬！」

望著氣炸了肺的賀新，陳洛軍整個人沉了下來。救人的希望於瞬間幻滅。

此時，陳洛軍的手機響起。

「喂。」

「洛哥，我是阿鬼，你冷靜聽我說，剛才『天義盟』大軍突襲廟街，吉祥、Happy仔同樣受傷入院。據Happy仔所講，當時有個很厲害的高手想捉走阿嫂……阿嫂最終沒事，不過肚內的孩子……保不住了。」

「……」收到了震撼消息，陳洛軍沉默半晌。沒有呼天搶地的嚎哭，再開口時已非常平靜：「阿鬼，多派些人二十四小時看守醫院，千萬別再讓藍男受驚。替我告訴她，我很快便會帶信一和AV回來，叫她別擔心。」

「知道。」

掛線後，陳洛軍沉默下來，表面看來如磐石般處變不驚，實質內心卻已翻起了滔天巨浪。留心細看，他的雙手已不受控微微抖震。

誰想捉走藍男？誰害死了我的兒子？

陳洛軍腦海變得一片空白，失落失神。

血在心中流。淚在心中淌。

「發生什麼事？」賀新從剛才陳洛軍的電話對話中已知有大事發生。

「我的女人在香港出了事，肚內的孩子……保不了。」陳洛軍壓下傷痛情緒。

江湖有句話：禍不及妻兒。到底誰的心腸如此歹毒，要殺害陳洛軍的至親至愛？

其實陳洛軍已經心中有數。

「天義盟」一向被動，何以會在這非常時期主動出兵？

搦戰「龍城幫」與「架勢堂」對「天義盟」沒一點好處，除非有人給他無限量支持及好處，才能令守財奴宋人傑心動。

而這個在幕後控制大局、垂簾聽政的人，一定是在近日興風作浪的世紀賤人——雷公子！

「賀先生，很感激你今日肯見我。如果我有命回港，一定會兌現承諾。」陳洛軍拭去眼角濕淚，站起來。

「我雖然壓不住那頭瘋狗，不過我卻壓得住澳門司警，今晚你可以無後顧之憂，做你想做的事。」賀新豪邁地說：「下面那班刀手我會派人清理，我還可以叫富豪借兵給你。」

「多謝賀先生。」陳洛軍轉身離去：「不過，我不想麻煩別人了。這場仗，就交給我和我的兄弟自己去打吧。」

陳洛軍渾身是火，怒火！

這股怒火將會乘著烈風之勢，愈燒愈紅，直至把雷公子的地盤統統焚燎。

1.22 反擊

時間回到兩天前，信一與日本二刀流天野一郎之戰。

戰幔拉開，二人在同一分秒，祭刀急取對方。

與此同時，裝滿老鼠的布袋，已經套牢通往AV面門的管道入口。

待十數隻老鼠全數進入管道後，嘍囉先生便把入口關上，然後取出火槍，向管道噴出火焰。

受熱的老鼠發出「吱吱」叫聲。

牠們已走到AV面門，即將一邊大啖人肉，一邊鑽探逃生「出口」。

錚——

刀刃與刀刃的交擊，迸發出耀眼燦爛的火花。

第一刀，誰也佔不了優勢，卻讓對方知道，眼前的對手，實力跟自己不相上下。

同樣是用刀的高手。

要殺敗對方，絕不可有所保留，也絕不可以有半分鬆懈。

臨陣對敵，本該心無旁騖，專心迎戰，但AV的情況令信一焦急萬分，令他的心神難以集中。

然後，是一輪怒潮咆哮的急攻。

信一選擇以快打快，只想儘快把對方解決，拯救AV。

十級風暴般的狂攻猛打，換來十級風暴般的絕命反擊。

第一個十秒——

雙方砍出了近二十刀，互有攻守。沒有花巧的招式，卻刀刀奪命，只差分毫便可衝破對手的防守網，命中目標。

刀光亂舞，兩者在十秒間經歷了十數次險死還生。

第二個十秒——

信一的刀更快更狠，直如星丸跳擲。

信一認為，進攻就是最好的防守，所以他一口氣做出連環快砍，要把對手攻得喘不過氣，應接不暇。

急攻狂攻猛攻。當信一以為已封住了對方的動作……

鋒利的刃口，在血肉之軀劃出三道血痕。

血，卻是來自信一的肉身。

「只懂猛攻，破綻敗露。」

第三個十秒——

天野一郎佔盡先機，奪去了搶攻的主權。

信一身上多了七道血痕。

第四個十秒——

信一的刀傷增加至九道。

臉露慘色，戰力大減。

第五個十秒——

又是一道血痕。

割破喉頭的血痕。

命中要害，就算再世華陀出現也返魂乏術，人如斷裂的樹幹，隆然倒下。

天野一郎敗了。敗在過於自信之下。

在他砍出了第九刀後，以為勝券在握，自信已控制了戰果，令緊密的防守變得鬆懈。

這時候，信一的目光又回復凌厲，劈出致命一刀。

只要抓住一個機會，殺人，一刀就可以。

信一以身作餌，剛才的下風，只是他刻意經營，誘使對方輕敵。

戰勝對手，他立即奔向AV之處，先把嘍囉轟開，再把那頭套脫掉。

重見天日的老鼠在半空中失慌亂竄。

吐！其中一隻，被咬至分開兩半，從AV的口內吐出來。

AV的臉上雖添了縱橫交錯的傷痕，幸好傷口不深，要復原也非沒可能。

信一一刀劈斷麻繩，AV便軟軟地倒在地上。

一直在觀戰的雷公子終於開腔：「我給他注射了麻醉藥，現在他連站起來的力量也沒有啊。嘿嘿……」

「他沒有力量，我有！」信一怒瞅雷公子：「你今日最錯的一件事，就是將這把刀還給我。」

「是嗎？那現在我是不是要露出一個很懊悔、很慌張的表情啊？」雷公子裝起慌張，一手慢慢提起腳旁的刀。

面對刀法如神的信一，雷公子不但沒半點怯意，還執刀在手，從容迎上。

「看來還是要我親自出馬呢！」

「我要殺了你！」

信一的刀橫砍雷公子。

這一刀，居然被雷公子輕易擋下！

連信一也沒料到，雷公子竟可跟自己匹敵。

「你以為我不會打？」雷公子橫刀在胸，一副很架勢的得意模樣：「其實我很好打的啊！哈哈哈哈……」

「就不信打不過你！」信一提刀再上。

下一刀，同樣被雷公子輕易擋開，信一還被他一腳踢飛好幾十米。

「我以為龍城第一刀有多厲害，原來也不外如是！」

「突然之間……全身無力……」信一用佩刀撐住身軀，半跪地上，望著身上的刀傷，心道：「傷口發麻，那二刀流的刀……有毒！」

「看你的樣子，應該已看出端倪。果然精明！」雷公子站在信一身前，冷笑：「你這麼厲害，我當然要為自己買個保險啦。放心，你只是中了麻藥，死不了的。我還要跟你慢慢玩，又怎捨得你死呢！」

雷公子就在眼前，信一很想揮刀將他殺掉。可他意志雖強，奈何麻醉藥力令他全身發軟，意識漸漸模糊，一陣暈眩，終於昏倒。

「你的手已沒用了！」

雷公子手起刀落，把天野一郎的手齊腕斬下。

雷公子既然討厭信一，大可把他的手掌斬下，甚至乾脆殺了他，那便一了百了，除卻後患。

可雷公子卻留下信一的性命，或許他認為，自己已經控制了大局，亦掌管了信一的生死。就如馬戲班的馴獸師，以為可駕馭比自己強大的猛獸。並沒意識到，只要牠們取得一個反撲的機會，便可將角色對調，到時候，獵人便會淪為獵物。

兩天後。現在。

陳洛軍驚聞兒子夭折噩耗的同時，信一與AV正待在神祕恐怖大廈裡，等候惡魔最後的審判。

信一的右手和AV的左手，腕部同被手銬鎖上。手銬兩邊由一條粗大的鐵鍊連繫著。

二人之間，有一個鑲嵌在地上的弧形鐵環，鐵鍊穿過鐵環，局限了他們的活動範圍。除非打破手銬或鐵鍊，否則只能像頭狗般伏坐這裡。

AV和信一赤裸上身，滿身傷痕，頹然坐在房間地上。看樣子，二人都相當疲倦。尤其AV，身心受到嚴重創傷的他，雙目失焦，不帶半點生命氣息，形槁心灰，雖生猶死。

驀地，兩個雜魚角色打開鐵門，走進房間。

一個拿著手提攝錄機，另一個拿著個大鐵鎚。

細眼雜魚把大鐵鎚掉在AV腳下：「大塊頭，你走運了，雷公子下令，只要你拿起鐵鎚，砸爆信一的頭顱，可免一死！」

大嘴雜魚按下錄影鍵：「開始吧！」

雷公子不但要給信一一個痛苦的死法，還要將過程拍攝下來，打算之後送給陳洛軍欣賞。

他對陳洛軍找上賀新一事震怒不已，深感屈辱，所以他便對陳洛軍做出報復。

雷公子要把AV轟爆信一的一幕，永世烙印在陳洛軍腦海！

AV的右手慢慢拿起鐵鎚。

很平靜。

「AV，不要這樣做……」

信一垂下頭，沒有驚慌，沒有顫抖。

「如果這把鐵鎚在你手上，我想，你也會跟我一樣。」

「……」

信一無言。

AV舉起鐵鎚。

「哈哈哈哈，什麼兄弟情義，來到生死關頭還不是有你無我！」提起攝錄機的大嘴雜魚說：「大塊頭，快動手吧！」

AV的右臂已灌滿力量，猛然砸下！

轟！

毫不留情的一擊，換來一陣清脆的骨裂聲。

轟！

第二擊……

轟！轟！轟！

第三擊，第四擊，第五擊！

每轟出一擊，AV也發出了震天的吼叫。

五擊過後，AV終於停手，但信一的頭顱仍完好無損。

剛才的狂情轟砸，目標並非信一的頭顱，而是AV自己的手掌！

「他……有自虐的嗜好嗎？」

兩頭雜魚當然不能理解AV的行為，除了智慧有限，更重要的是，他們根本不曾領略道義與犧牲的真諦。

五擊之後，AV的左手被轟個骨骼碎裂，皮肉扭曲。

「信一，做兄弟，有來有往，當日我打斷你的指骨，現在還你。」

AV的話，無非是要減輕信一的內疚。

變了形的手掌，像泄了氣的氣球，軟趴趴的，從手銬中，脫了出來。

AV把手掌砸至扭曲變形，是為了甩脫腕中的手銬。

「我可以忍受痛楚……」AV把鐵鎚遞給信一：「但我不能忍受大仇不報！」

接過鐵鎚，信一起身，邁步而前，手中扣鍊子在地上拖行，末端的手銬發出叮叮的寂寞哀鳴。

手銬末端穿過了地上的鐵環。

信一與AV終於掙脱枷鎖。

雜魚此刻才意識到AV剛才的動機。

「原來……大塊頭不是有自虐傾向……而是要將手銬甩掉……」兩頭雜魚恍然大悟。

愚蠢也是一種罪。他們要為自己的罪付上代價。

——死亡的代價。

「你們統統都要死！」信一的淚水爬滿臉上，雙目露出前所未有的殺意。掄起鐵鎚，轟向一名雜魚：「統統都要！」

怒火重擊，把細眼雜魚的頭顱，當場砸爆！

鮮血灑在信一臉上，令這個殺性暴露的人，更添詭異。

信一收起慈悲，化身為地獄惡靈，將用上最凶狠的手段，以惡制惡！

目擊拍檔橫死，大口雜魚驚得手震失禁，但反應還算可以，立即轉身按下牆上的緊急救援鍵。

當指頭按下救援鍵的時候，鐵鎚亦轟在大口雜魚的掌背。

力度之大，幾乎把他的手掌壓扁！

「哇——」

痛感傳入大腦，令雜魚發出自出娘胎以來，最慘的嚎叫。

「好痛好痛真的好痛呀呀呀！」

慘叫聲並沒喚醒信一的仁慈，鐵鎚再度被高舉，狠狠地打在大口雜魚的身上。

「吔哇哇哇哇哇哇哇！」

憤怒的嘶吼，瘋狂的猛砸，極痛的慘嚎，交織成一首血腥暴力的鎮魂曲。

失控似的瘋狂猛砸，把雜魚的身體轟個毀爛不堪，全身再沒有一吋完好的地方。

血水沿著門縫向外狂瀉。

被鎖在牢籠的兩頭巨龍，緩緩推開鐵門，破繭而出！

狂怒的二人，就像一座沉睡已久的活火山，即將來個滅世大爆發！

1.23 有今生，無來世！

神祕恐怖大廈是雷公子的殺人屠場，每個房間都連接了緊急警報系統，只要發生事故，大廈的「護衛」便會前來收拾殘局。

數十名大漢從走廊盡頭的樓梯湧上，個個手持武器，堵塞了唯一的活路。

整條走廊約長百米，天花板上有幾盞晦暗的紅燈，兩邊是一間接一間的殺人密室，格局詭譎，很有驚慄電影的氣氛。

信一和AV從走廊的尾房步出，眼見一大群殺氣騰騰的人馬迎面而來，已知道將要展開一場生死搏鬥。

一個重傷未癒。

一個折了一掌。

兩個受了傷的人，加一把大鐵鎚，可以力敵一支軍隊嗎？

「我們現在便殺出去吧！」信一提起鐵鎚，搶在AV前頭，衝殺過去。

哪管眼前千軍萬馬，都阻擋不了二人殺出重圍的決心。

「好！」AV祭起一拳，跟信一並肩而行。

當你陷入絕境，仍會捨命相隨，義無反顧地與你同生共死，是為兄弟！

同一天空下。澳門紅燈區。

平素熙來攘往、夜夜笙歌的不夜城，今晚卻水盡鵝飛。

十分鐘前，有兩個來自香港的黑道人物，大肆破壞了一間夜總會。

那間由雷公子經營的夜總會。

誰都知道，這兩個人已經九死一生。

偏偏他們沒有逃離現場，站在紅燈區的大街上，等待對頭。

「雷公子想在這裡幹掉我和信一，然後就與『天義盟』聯手搞垮『龍城幫』！」

陳洛軍吸了口煙：「他還想捉走藍男，若殺不了我，便以她來威脅我。雷公子真夠毒！」

「『天義盟』帶了過百人馬殺入廟街，傷及我的兄弟手足，這次已不單是『龍城幫』的事，更加是我『架勢堂』的事！」十二少。

不遠之處，傳來一陣沉重的步履。

一群手持西瓜刀、鐵棒、單車鍊的紋身大漢，向二人迎面而來。

「就是你倆搞砸我們的場子！連雷公子也敢惹，你們到底是什麼來路？」為首的黑衣大漢來勢洶洶，提高嗓子吼道。

「『龍城幫』陳洛軍！」陳洛軍的手握緊刀柄：「別跟我廢話，立即給我致電雷公子，叫他放了我的兄弟。否則，我會由這條街一直打上去，直至把雷公子的人殺光為止！」

「一直打上去？你當你自己是李小龍嗎？這裡是澳門，輪不到你們胡來……」

未待黑衣大漢說完整段話，陳洛軍便忍不住出手，寒光一閃，在大漢的喉頭被劃出一道血痕。

事已至此，已再沒有任何談判的餘地，唯有用鮮血與暴力立下戰書，向雷公子發動一場轟天動地的世紀大戰。

陳洛軍出手極狠，在場的人無一不感愕然。還未回神，又有另一人被斬下一臂。

「我不是跟你們說笑！」陳洛軍怒道：「今日我見不到我兄弟，你們也別妄想可以活下來！」

陳洛軍一語甫畢，十二少的刀也猛地出鞘。

那把飲盡惡人鮮血的武士刀，吐出了刺眼的寒芒。大漢們已大感不妙，本想提刀迎上，身體卻不聽使喚，動不了。

站在最前線的幾名大漢，還未來得及動身，腳踝被十二少的快刀齊口斬斷。

失去腳掌的人相繼倒下，斷腳四飛，場面又血腥又詭異，就算在江湖打混多年的惡漢，也看得傻了眼。

「幫雷公子工作，應該也幹了不少傷天害理的事情。」陳洛軍執刀一臂橫張，準備殺個痛快！

「有借有還，你們也該料到了有一天會身首異處！」十二少殺性大起。

「再厲害也只有兩個人，任他們有三頭六臂也難敵我們，一起上呀！」大漢們仗著己方人多勢眾，振臂一吼，便如巨浪般撲噬二人。

陳洛軍與十二少亦已豁出去，如不能救出他們的好兄弟，便跟雷公子一幫玉石俱焚。

以寡敵眾的戲碼，在神祕恐怖大廈同步上演。

一連五拳，把眼前五個嘍囉轟個人仰馬翻。

AV的拳力雖然比之前削減了不少，但要對付這種角色，還綽綽有餘。夾雜著悲痛與憤怒的霸拳，最少也有五百磅的爆炸力，中拳者的鼻骨、髀骨、肋骨慘被轟碎。另有一人的眼球給打飛出來。

再來一拳，AV把對方的下顎打碎，力度大得可怕，舌頭被兩排牙齒硬生生夾斷，有夠暴力殘忍！

ＡＶ左手掌骨碎裂，劇痛不堪，一個失神，左腰便中了一刀。

突襲ＡＶ成功的人，本想吐出一句：「死在我手上是你的光榮啊！」之類的話，但連一個字也未說出口，他的頭顱便給重鎚，一擊轟爆。

信一以鎚代刀，橫揮直砸，沉甸甸的鐵鎚在他手上仿如長鞭般輕巧靈動，以最敏銳的動作命中目標的要害。

二人像是來自地獄的餓鬼，只想把眼前的靈魂統統吞噬！

瘋狂屠殺近一分鐘，鮮血、內臟、肉屑噴灑兩壁，濃烈的血腥味充斥整個空間，長長的走廊猶如阿鼻地獄一樣。殺得性起，沒有留情的理由，也沒有喘息的時間，要逃出生天，就只有把所有敵人殺掉。

又過了三分鐘，地上已倒下了十幾具屍體。

信一與ＡＶ不斷地打不斷地打，轟倒一人又有另一人補上，殺了一批又有另一批從盡處的樓梯湧上來，沒完沒了。到底還要轟殺多少人才能逃出去？

人總有力盡時，任你是龍城第一刀還是地下競技場的人間凶器，也絕不可能無止境的戰鬥。

信一與ＡＶ無疑是很犀利，但這場大戰實在太消耗體力，支持他們打下去的，是那股強大的意志。

他們雖擁有超人耐力，不過受了傷依然會痛，亦會減低戰鬥力。轟下了幾十名對手，換來十數道刀傷，二人的力氣已經不如之前，持續下去，不出半小時便會力盡，很可能會死在亂刀之下。

「AV，這是場消耗戰，不作喘息只有死路一條。」信一咬緊牙關，踏前：「我們要更改戰略，我先上，你藉機回氣，然後換你上！」

這方法可行嗎？相信信一也不能百分百保證，但是現下情形，若不改變打法，始終難逃戰死的結局，與其一死，倒不如換個戰鬥模式，或許還有一線生機吧。

所有在歷史上記載的激壯戰役，都是用熱血熱汗撰寫出來，信一與AV又能否在鮮血流盡之前殺出重圍？

1.24 城寨出來者

紅燈區大街上，血肉橫飛。

陳洛軍與十二少殺紅了眼，如狼入羊群，愈殺愈狠。

鮮血與斷肢，在夜空中亂舞，構築成一幅絢麗的畫像。

敵方起初還本著蟻多纏死象的心態迎戰，可二人不但實力超然，最要命的是他們根本不怕痛又不畏死，無論身上中了幾多刀，也全無感覺，似喪失了痛感似的。

信一和AV，都是陳洛軍在人生最低潮時期認識的好友，當年大老闆圍城，二人可以不顧生死，隨他踏上戰場。如今他倆正陷入水深火熱的惡劣絕境，陳洛軍就算賠上性命，也要找出二人的藏身地。

不知揮了第幾刀，陳洛軍又取下了一人的性命。

對方只餘下十幾個惶恐至極的殘兵。

陳洛軍的刀從一人體內慢慢拔出，刀刃在骨骼拖拉，割破皮肉，發出難以形容的怪異聲響，聽得人心底發寒。刀鋒離體，大量的血水猖獗地從裂口噴灑出來，濺在陳洛軍的臉上。

全身濕漉漉的陳洛軍，一手抹去臉上的血，張開雙目，吐出了殘酷的光芒，雙目充溢殺意，掃視著那十幾名殘兵。

陳洛軍虎目一瞪，把對方嚇唬得心膽俱裂，執刀之手不由自主發顫，莫說戰鬥，就連抵禦的能力也失去了。

在陳洛軍的眼中，這班殘兵已跟布偶娃娃沒兩樣，要取他們性命，就如呼吸般輕易。

「你們，全部都要死！」

陳洛軍踏步而前，殺氣於瞬間膨脹，形成一股無形氣牆，壓得殘兵們渾身很不自在，窒息似的。

陣勢潰散，負隅頑抗最終只會成為刀下亡魂，所謂好漢不吃眼前虧，為保小命，速速轉身逃離戰場。

但不知在什麼時候，十二少已擋住他們退路，把武士刀插在地上，唬住一眾，叫他們不敢越雷池半步。想轉身走，又見陳洛軍緩步而前。

陳洛軍的刀往下垂，刀尖在地上拖行，發出叮叮的磨擦之聲，猶如索命的勾魂使者。

有幾個已抵受不了死亡的威嚇，自動棄械投降，當然連帶那些「今晚注定死在澳門」、「開罪雷公子只有死在我們刀下」等豪情壯語也忘記得乾乾淨淨。

「兩位大哥……我們只是為生活才糊裡糊塗加入黑幫，放過我們吧……」一個滿身刺青、中了多刀、快要失血過多的大塊頭哭喪著臉說。

「帶我找到雷公子，你們可以活下來。」陳洛軍回復丁點理智。

「我們不知雷公子在哪裡啊……」刺青大塊頭臉色變得青白。

「那你們一個也不可以活命了。」陳洛軍趨前。

「你別衝動，雷公子是我們的老闆，從來只有老闆知道員工的工作位置，員工是不會知道老闆的所在地的。」刺青大塊頭急起來。

「有道理……」陳洛軍收起了人類的情感：「不過，也要死。」

「你可不可以說說道理……」

「不可以！」陳洛軍提起刀。

「我們真的不知雷公子在哪裡……但我知道他有幢大廈，專門用來折磨他的仇家……說不定你的朋友就是藏在那裡。」為了活下來，刺青大塊頭已不顧後果，說出雷公子的祕密。

陳洛軍與十二少閃過一下激靈，心頭猛然抖動——殺了那麼多人，雙手沾滿了那麼多鮮血，背負了如此多的新魂，終於，黑暗路上，露出曙光！

刻不容緩，陳洛軍一把抓住刺青大塊頭，便與十二少動身前往神祕恐怖大廈。

大廈內，血戰仍然繼續。

信一的鐵鎚又敲碎了一人的頭骨，可他已形疲神困，欲振乏力，狀況已不行了。

可幸的是，他並非孤軍作戰，已作回氣的AV上前奪過了信一的鐵鎚，便向敵人發動新一輪的攻勢。

天生神力的AV，回過了氣後，狂吼一聲，力量在急劇暴升。

AV揮動武器的衝力加上鐵鎚重量，所產生的破壞力絕對震撼，受此猛擊，對方的胸骨當場爆破，身軀轟飛向天花板，後腦撞牆，不可名狀的白色物體從裂開的頭骨溢出。

「信一不顧一切來救我，我絕不可以讓他死在這裡！」生命本該走到盡頭的人，因為身邊的伙伴而喚起了底裡火熱，重燃起百折不回的鬥志。

AV經過一輪瘋狂急攻，破壞力開始減弱，就在此時，一陣震耳欲聾的電鋸聲轟然而響，一名手持電鋸的巨大身影，縱身躍起，向AV迎頭劈下。

AV及時反應，忙以鐵鎚迎擊。電鋸與鐵鎚觸碰的剎那，激射出刺眼的火光。鋸齒在鐵鎚上瘋狂疾旋，產生出一股霸道的劇烈震盪，由鐵鎚的手柄傳至虎口，強如AV也抵擋得甚是吃力。

電鋸巨漢猛力一抽，把全身之力貫到手柄，迎頭再劈，來之烈如巨浪海嘯，竟然把不倒戰神震得後退，手中的鐵鎚更離手飛脫。

「AV，認命吧！今日你注定要死在我澳門電鋸殺人狂手上！」

澳門電鋸殺人狂。落入俗套，好沒創意的諢號，但無可否認，他的確有點實力。

面對手無寸鐵的AV，澳門電鋸殺人狂簡直覺得已經掌握了對方的生死。他沒有即時展開下輪攻勢，突然戲癮大起，讀出正邪對立時，歹角佔上風的電影對白來：「求我吧！只要向我認錯，我答應讓你痛快一死，否則我便先鋸斷你雙手，再鋸斷你雙腳，令你受盡折磨至死！」

按照電影的情節發展，AV當然沒有求饒，他那雙不屈的眼神亦正符合劇本要求。

「討厭的眼神！」澳門電鋸殺人狂橫劈電鋸：「先斷你一臂！」

大廈外面。

陳洛軍與十二少來了！

二人舉目一望，只見眼前這幢殘舊不堪的大廈，有一種說不出的陰森感覺。外牆的窗戶全部封死，雖然無法看到裡面的狀況，但卻嗅到了濃郁的血腥味道。

陳洛軍抓住刺青大塊頭，與十二少步入大廈內，經過一條黑暗的長廊，來到一間房間前。

「這裡是大廈的控制室……」刺青大塊頭。

陳洛軍把大門踹開，裡面空無一人，卻見房內放置了數十部監察電視機，螢幕裡正直播著大廈房間的虐殺情況。除此以外，每一層走廊的環境也出現在螢幕中。陳洛軍看見其中一部電視，正上演一場大血戰。

只見兩個滿身是血的漢子，面對數百人的狂攻猛打，正處於生死一線的危急險境！

他們不是信一與AV還會是誰？陳洛軍的心差點給嚇得跳了出來。

「八樓！他們在八樓！」陳洛軍用刀柄打暈了刺青大塊頭，即奪門而出：「十二少，快上去救人！」

心急如焚的陳洛軍沿大廈樓梯一直跑一直跑。

「兄弟，等我呀！」

八樓長廊。

澳門電鋸殺人狂橫劈電鋸，打算將AV一臂給鋸下來。星飛電急之間，信一閃身而出，舉起一臂，迎接那把能分金斷土的超級武器。

極速轉動的鋸齒直劈向信一的手臂，卻沒有出現預期中的骨肉分裂的灑血畫面。

信一又一次自編自導一個驚險萬分的鏡頭。他以手腕上的鐵銬，擋住了瘋狂的電鋸。險死還生的情勢，於短短數天內已在信一身上發生了無數次。

經歷過不知幾多次的十萬火急，從地獄入口折返了人間數十趟，信一在瀕死邊緣中，衝破了恐懼的枷鎖，出招已不用思考，只憑直覺而發，反而來得更加精準。

同時，AV拾回鐵鎚，重擊在澳門電鋸殺人狂的身上，將他打飛十數米外。

轟退了澳門電鋸殺人狂，可前面的人浪又再冚過來。他們同露出貪婪與飢餓的目光，簡直就像一群看見了活人的喪屍一樣。

面對殺之不盡的攻勢，信一與AV到底還能撐多久？

陳洛軍和十二少已跑到五樓。

「嗄嗄嗄……」

轟走了幾人，信一和AV已氣喘如牛。

信一出道十數年，久戰沙場，就算面對何等惡劣的戰況，也不曾感到絕望，自信能憑驚人技能殺出圍困。

但眼前這個窘局，實在太難跨越，如沒有奇蹟出現，他倆將會魂斷今宵。

「信一！就算我們活不過今晚，也要多抓幾個人來陪葬！」

「對！説得對！嘿嘿……」信一咧嘴一笑：「我們就讓這群狗娘養見識一下，城寨出來者的厲害！」

世上有一種人，遇挫不折，遇劫不驚。既然已有了死的覺悟，還有什麼需要顧慮？

現在便忘情忘我，用熱血熱汗，將生命燃燒至盡頭吧！

——六樓。

——七樓。

——八樓！

當陳洛軍與十二少來到目的地時，均愕然不已，愣住了。

凝望著長廊，二人也不知該如何反應。

「為什麼會這樣？」陳洛軍。

「信一與AV……到底在哪裡了？」十二少。

八樓的走廊，一個人影也沒有。

瘋狂的廝殺大場面，卻確實地在八樓的長廊轟然大爆發。

殺了好幾人，AV與信一身上亦添了幾道新傷口。血也快要流光，信一雙目亦開始失去了光彩，變得迷糊散渙。

「該結束了……」信一心道。

兩人背靠著背，面對四方八面的敵人，已無力再戰。

這兩頭猛獸已力竭筋疲，一眾人等把他們團團圍住，等待下一個發攻的時機。

「信一，是我連累了你。」

「做兄弟，說什麼誰累了誰？」信一慘笑：「我不怕死，只遺憾看不到我的外甥出世。」

心願未了，死也遺憾。AV最大的遺憾，當然是不能手刃雷公子！

「全部上，殺死他們！」

一聲大吼，敵人如蝗湧上，撲殺上前。

兩人交換了一個眼神，有了死亡的覺悟，也作好了最後一次出手的準備。

人生的棋局，最有趣的地方，就是往往也會遇著意想不到的變數，所以縱使面對無路可退的困局死局，只要不絕望，隨時也可以扭轉頽勢，等到奇蹟。

奇蹟，在這個超危急的關頭，出現了！

熟悉的聲線，在走廊的盡頭響起，如雷貫耳，打進二人心坎。

「信一！AV！」

血液，於瞬間燒得火紅灼熱。

這把聲音，來自另一個城寨出來者——

陳洛軍！

黑暗的盡頭就見光明！絕望的深淵就有希望！

陳洛軍來了，戰局將因此徹底改寫！

一聲虎嘯，陳洛軍以破竹之勢殺入人群，斜劈橫砍，擋者披靡，霸而疾的刀光破斬出一條血路。

好友救駕，令信一和AV的腎上腺素飆升，人如重新注入電流，渾身是勁，也衝殺上前，上演一場絕地反擊戰！

三人戰意如虹，狂態畢露，誰敢走近他們，都成亡魂。

戰況一下子來個大逆轉，有幾個混混見勢色不對，生出逃亡之念，趁混亂期間，偷偷竄向走廊盡頭，打算沿樓梯遁走，卻見一人從樓梯走了上來。

這個手執日本武士刀的男人，雙目如鷹，緊盯著眼前獵物。

獵物心中一寒，被對方的強大殺氣壓得難以呼吸。正感進退維谷，不知如何是好之際，但見獵人一躍而起，銀光晃動，已把他們的煩惱解決。

運刀如飛的人，當然是跟陳洛軍出生入死的同伴，十二少。

信一的一方又添一名猛將，令戰情更加樂觀。莫要忘記，他們曾經打垮大老闆的重兵，合起來的威力絕對難以想像。

事隔一年多，這幾個熱血男兒再一次合力迎敵，戰個忘情忘我。

世上有一類人，不懼死亡、不顧後果、不問回報、不作保留、不理世間所有情理法則，上天下地任我行，去幹他們認為值得去幹的事，去闖一個巔峰的瘋癲！

這類人，在世俗人眼中如同瘋子。

瘋子自有瘋子的領域，旁人無可理解，也無法看穿。

只有同一屬性、等級相同的人，才能接通頻道，才能成為朋友，才能結為知己。

在他們身上，有一股力量把對方互相牽引，團結一起。

這股力量，

——叫做友情！

長廊，已成血路。

屍橫遍地。死傷枕藉。

仍站著的，只有四人。

「有沒有煙？」信一向陳洛軍比了個討煙的手勢。

「你這煙剷，傷成這樣，還要吸煙，真拿你沒辦法。」陳洛軍從衣內取出煙包，遞了一支給信一。

「幾天沒抽過……」信一取過了煙，點火，吸了一口：「爽死了！」

「走吧。」陳洛軍一瘸一拐拖著身體。

「你的腿發生什麼事啊？」信一望著陳洛軍左腿，發現腳踝不尋常地扭曲了。

「說起來，真是吊詭，我和十二少從閉路電視螢幕得知你和AV在大廈八樓，便立即衝上去，豈知上到八樓卻空無一人，第一個反應，是愕然，冷靜一想，便估計到應該不只有一幢大廈。」陳洛軍：「當時我已很急，如果折返地面再找尋另一幢大廈，太花時間。」

「所以你們兵分兩路，你上天台，十二少往返地面。」

「嗯，萬一天台上並沒有發現，才跑回樓下，便會太遲了。」陳洛軍：「我走到天台，看見對面有另一幢大廈，而附近再沒其他建築，我便知道，你和AV就在裡面！」

「兩幢大廈的距離有多遠？」信一臉色一沉。

「我想，大概四至五米吧。」

四至五米，那不是一個容易跨越的距離，一個失手，便會跌向地面，弄個粉身碎骨。

為了走這條救人捷徑，陳洛軍把自身的安危都拋諸腦後，可以想像當時的他，是何等焦急。

「你是瘋了嗎？」信一兩眼通紅。

「你現在才知道嗎？」」陳洛軍苦笑：「其實情況不算太危險，因為我當時身處的大廈比對面那幢高兩層，拋物線式往下跳，總比平面容易吧，所以這次算幸運了，不過著地時有少許失準，摔壞了一腿。」

信一快要流下眼淚耶，為免醜態再現（他曾因失戀而在陳洛軍面前嚎啕大哭），唯有急急轉換話題。

「開了電影公司，果然夠電影感，懂得在最危急關頭及時出手，你來遲一刻，我倆已死在亂刀之下。」

「你真不夠朋友，自己來演《007》，起碼也要算上我來一齣《喋血雙雄》才夠Class吧！」

「我又怎會想到姓雷的竟瘋狂至此，連『龍城幫』龍頭也敢殺！」信一吐出一口煙：「早知道那狗娘養的原來患了狂犬病，我便帶齊人馬，開拍齣港澳版《省港奇兵》！」

「管他什麼原因，總之他要和我們作對，便他媽跟他拚了！」

「說得對！一定要讓他知道，香港的黑道是不好惹！」

陳洛軍與信一互相扶著對方，踏著血泊步出長廊。

AV的手臂也橫著十二少後頸，以他的身體作支撐。

「AV，撐住啊！」十二少。

「我們死不了，就是雷公子噩夢的開始！」陳洛軍拍拍AV的肩膀。

這幢大廈是小優葬身之地，AV總覺得，她的靈魂就在附近。

一旦離開，便等同與情人正式訣別。

AV惘然若失，明知不該留戀此地，卻想多耽片刻。

但，就算逗留多久，也始終改變不了小優告別人間的事實。

該走的，便要走。

不情不願，最終也得離開。

永別了……

——我的小優。

陳洛軍、信一、十二少、ＡＶ，帶著疲倦的身軀走出大廈。度過了一段混沌的黑暗時光，揮去了陰霾。晨光穿越雲層照射在眾人的身上，讓他們確實感受到，活著的感覺。

歷此大劫，四人遍體鱗傷，幾近將鮮血流光。

陳洛軍痛失愛子，ＡＶ別了至愛，兩人都很痛很痛！

可他們仍然活下來。

只要不死，便留有報仇的機會。

「龍城幫」、「架勢堂」與雷公子的決戰舞台，將會由澳門移至香港，在這片英雄地捲起新一場

——血腥復仇記！

第二章

CHAPTER 2

2.1 崩壞

「洛軍，對不起，我們的孩子……沒有了。」

經歷兩天前的大劫，藍男肚內骨肉最終也保不住。她像失去靈魂似的娃娃，躺在病床上，沒哭沒鬧沒開口，直至見到陳洛軍後，才萬分淒涼地說了這一句話。

「我們還年輕，日後還有機會吧。」坐在輪椅上的陳洛軍說。

日後有是日後的事，藍男當下真的好傷好痛。

藍男的痛，陳洛軍身同感受，只是身為男人，就算再難過，亦要強忍。

「我真的好傷心啊……嗚嗚……」抑壓已久的情緒，終於爆發，藍男的眼淚嘩啦嘩啦地落下：「我們的孩子還有兩個月便出生了！為什麼要這樣對我？為什麼呀？」

自從在城寨重遇藍男後，陳洛軍再沒見過藍男嚎哭，她向來是個倔強女生，就算遇上多難過委屈的事，藍男的眼淚都是在心中流，何曾試過哭成這樣子？

「我們的孩子，明明很可愛的，可他一來到世上，已是一具冰冷的軀體……我好想、好想聽他哭、聽他笑、聽他叫我一聲媽媽！嗚嗚……」

看見藍男哭成淚人，情緒接近失控邊緣，陳洛軍簡直心如刀割。他知道，此刻說什麼話也是枉然，能做的，只有給她一個深深的擁抱。

擁抱著最喜歡的人，藍男有了依賴，哭得更厲害，淚水一下子決堤般湧出，雙手用力地抓緊陳洛軍。

陳洛軍一手抱著藍男，一手輕撫著她頭髮，讓藍男知道，就算她的世界變得千瘡百孔，這個男人也會陪她一同承受，一起面對。

狂哭了三分鐘，藍男的情緒開始穩定下來，當她鬆開陳洛軍之後，才瞧見他的病人服滲出血水。

「為什麼會這樣的？」

「我在澳門營救信一跟AV時，受了點傷。」陳洛軍微笑：「現在沒事了，別擔心。」

「一共縫了多少針？」

「只幾十針，皮外傷而已。」

藍男知道，縫針的實際數目一定比他所說的更多。

「你的腳怎樣了？」

「不小心摔倒，沒大礙，放心、放心。」

「信一跟AV呢？他們沒事吧？」

「沒事，沒事，都只是皮外傷，他們都跟我們同一所醫院，過幾天我倆一起去探望他們。」陳洛軍為藍男蓋好被子：「我先去找十二少，晚點再回來看你，好好休息，知道沒有？」

「嗯嗯。」藍男捉緊陳洛軍的手：「能見回你，真好。」

陳洛軍拍拍藍男的頭：「傻瓜，我答應你，以後的每一天，我們也會天天相見。」見過陳洛軍之後，藍男的確安心不少，激動過後亦稍為平伏。

儘管有多失意失落，藍男也會努力挺過來；只因在她的生命中，至少還有你。

走出藍男的病房，陳洛軍來到一間冷冰冰的房間。

放在他面前的，是一個死嬰。

——**那是陳洛軍和藍男的親生骨肉！**

陳洛軍呆呆地望著自己的兒子。本來，還有兩個月，這個繼承了他血脈的小小人兒便可以來到這個世界，可現在卻成了一具沒靈魂的軀殼。

永遠打不開眼簾⋯⋯

永遠都看不到父母的模樣。

在藍男懷孕的期間，陳洛軍曾幻想過無數開心的片段。三口子一起逛公園、陪伴他到幼稚園、看他讀小學、見證他長大成人……

長大以後，他會變成什麼樣子呢？會像媽媽般機靈可愛？還是跟爸爸一樣剛烈強悍？這原都是陳洛軍充滿期待的未來。

一切美好的憧憬，已然幻滅。

硬漢，猶如斷了線的扯線木偶，頹然坐在輪椅上。

強忍的淚水，失控狂流。

為什麼？為什麼？為什麼？為什麼？為什麼？為什麼？為什麼？

我到底做錯了什麼？為何姓雷的要殺害我的至親？

十分鐘後，陳洛軍哭乾了淚，與十二少去到AV和信一的病房。

「藍男怎樣了？」躺在病床上的信一問。

「傷勢不算嚴重，但精神不振。」陳洛軍。

「你要好好照顧她。」

「我會的了。」

「出來混，誰沒仇家？不過禍不及妻兒，雷公子那賤種不理江湖規矩，專做傷天害理的事，這個仇，一定要報！」

「藍男說，當時有個很會打的人奉命來捉她，若非 Happy 仔捨命相救，她也未必可以保命。」陳洛軍眉頭大皺。

「很會打的……我在澳門的時候，也遇到一個很厲害的人，他是雷公子麾下，懂國術，又會用雙截棍，是個棘手貨色，就算我全力施為也被他壓下來。」回想當日跟邢鋒一戰，信一餘悸猶存。

鄰床的AV，因目睹愛人慘死一幕而喪失了意志，一直沒有發言，捲曲著身軀，不理世事。但聽到信一的話，亦不由自主張開雙目，想起那個叫邢鋒的人。

AV相信，他跟信一遇到的，是同一個人。

若非邢鋒出手阻止，AV可能已經手刃仇人，轟爆雷公子的頭顱了。

錯過了這次，以後還有埋身的機會嗎？

AV沒有細想，自回港之後，他就像泄了氣，沒了火，從前那股震撼的霸氣，已經消失無蹤。

也是，就算殺掉雷公子，小優也不會復活。仇就算能復，又如何？

AV依然跟最愛的女人陰陽永訣。

他已失去雄心，失去了鬥志。甚至，失去了做人的意義。

從此，如行屍般過日子。

復仇與否，已不再重要。

剛剛那一絲人類氣息一閃而逝，AV又再重回那黑暗的深淵。

「連你也『高度評價』，看來這個人，是有點本事。」陳洛軍握拳：「他不但令藍男受創，更害死我兒，我一定會十倍奉還！」

「我也想儘快出院替她報仇，可經歷此戰，我們個個身負重傷，你的腳踝碎裂，最少也要休養一個月，這段期間，姓雷的必定來犯！」信一露出憂色。

十二少首度開腔：「吉祥說，當日『天義盟』大軍入侵廟街，由一個黑人（King Kong）領兵，其他人都驍勇非常，不似『天義盟』的作風。顯然雷公子已勾結宋人傑，並為他們注入兵力，打算在香港大幹一番。」

「他要在香港參一腳，是他的事，何以要跟我們對著幹？」信一百思不得其解。

「不管什麼原因，總之他敢惹我們，休想可以過得安樂。」十二少：「這場大戰中，我的傷勢最輕，今晚我就向Tiger叔請示，準備向『天義盟』發動反擊！」

「龍城幫」兩大高層留院，「架勢堂」要員吉祥重創，江湖瀰漫著一股不尋常的氣氛，誰都知道，很快將會有連場腥風血雨。

接下來的日子，十二少將會以他的旗號，奮力迎戰雷公子！

2.2 細寶

當晚，十二少來到 Tiger 叔的西貢大宅，向他匯報這兩天發生的事故。

得知來龍去脈，老江湖 Tiger 叔也知道，這一場仗，是難以避免的了。

「雷公子勾結『天義盟』，向我們出兵，我們如果不反擊，『架勢堂』在江湖還有地位嗎？」Tiger 叔坐在書房的大椅上，徐徐說道：「十二仔，你放心去打吧，Tiger 叔會在背後全力支持你！」

「多謝 Tiger 叔。」

「有沒有什麼戰略？」

「『天義盟』高調攻入廟街，相信亦準備與我們開戰。他們一改龜縮窩囊作風，突然進取，料想雷公子一定給了宋人傑很大助力。」十二少續道：「現在『龍城幫』最會打的幾個也入了醫院，『天義盟』一定會乘虛而入，在短期內再次發動攻勢，所以我們絕不可以坐以待斃，要在他們出手之前，截擊『天義盟』。」

「你打算何時出兵？」

「明晚！」

十二少打算以快打快，在對方出招之前，給他們一個迎頭痛擊，大挫「天義盟」的鋭氣。

然而，十二少最合拍的戰友不在身邊，這場仗，他就只能孤軍作戰？要在短促的時間內整合一支有默契的隊伍，是相當困難的事，可戰事一觸即發，刻不容緩。沒有了最佳組合，十二少急需找上能信任的得力門生。

聞戰鼓，思良將。當下，十二少想起一個曾經跟他出生入死的兄弟。

「想找我幫手？你不是説笑吧？」

「細寶，你該知道我從來都不喜歡説笑。」

拿著啤酒的十二少，與昔日門生站在蘭桂坊街頭，商討助拳事宜。

「關於你們的事，我也有收到消息，我知道你將要跟『天義盟』開戰，可我卻沒能力幫你了。」

細寶玩弄著手中的打火機：「這幾年我已不問江湖事，當了調酒師，跟這裡的客人有説有笑，生活總算可以。我不想再過那些刀口的日子。」

「你還生我的氣？」

「沒有啦。當年的事，我的確有錯，你對我執行家法是應該的，我怎會惱你？」

細寶嘆了口氣：「只不過，發生了那事件之後，我也沒有面目留在『公司』，所以才向你請辭。」

「那我也不勉強你。」十二少飲盡啤酒，然後便揚長而去：「遲些我與吉祥再找你好好一聚。」

能令十二少親自邀請助拳的細寶，必定有過人之處，但他早已退出江湖，樂得平凡，十二少也無謂強人所難。

「細寶……」十二少停下腳步，回頭望向細寶：「你還當我阿大嗎？」

「重要嗎？」拋下一句話，細寶再沒望十二少一眼，轉身走回酒吧內。

踏入酒吧裡，細寶隨即被一名女酒保截住。

「細寶哥，他就是十二少嗎？一如傳聞般，是個大帥哥啊！」淇淇望向門外，十二少已遠走的方向說道。

「你對他有興趣？要不要我幫你作媒？」

「耶！你該知道我心只屬於你！」淇淇的拳頭輕觸了細寶胸口一下。

「多謝了。」細寶走進酒枱裡，開始調酒：「我怕自己無福消受。」

「是了，十二少找你有什麼特別事嗎？」淇淇亮起水汪汪的黑眼睛：「最近江湖烽煙四起，他是不是邀請你出山？」

「你很多事啊！」細寶單手搖晃著調酒杯：「江湖的事你知道多少？」

「既然是江湖人的女人，當然要對江湖事加緊留意啦！」淇淇轉了轉眼球：「細寶哥，傳聞你身手厲害，刀快如風，見血封喉，殺人於無形之中……看來傳聞是真的啊，否則十二少也不會親自前來吧？昔日恩師，大難當前，找上舊日戰友援助，二人放下舊日恩怨，再度聯手對抗大敵，實在太有武俠味道了！」

淇淇跟很多喜歡夜生活少女一樣，都崇拜江湖人物，希望有朝一日成為黑道阿嫂，享受那種前呼後擁的優越感。除此，她還中意看武俠小說，時常把書中情節套入現實。

淇淇第一次在酒吧看見細寶，已經喜歡上他。當她知道對方曾經是江湖人，而且是十二少的門生，對他更著迷。

可神女有心，襄王無夢，細寶一直對這女生冷冷淡淡。

「你看太多武俠小說了。」細寶把調酒杯放在吧枱上：「別做白日夢了，幹活去吧。」

酒吧打烊，已近清晨。

踏出酒吧的細寶，一臉倦容、一身酒氣，獨自在街頭踱步。

走著走著，不自覺回想起以往跟隨十二少打拚的片段。

他跟十二少同在廟街長大，十三歲已拜門十二少。當時，十二少也只不過是個年僅十六的少年，卻已是廟街無人不識的小霸王。

細寶跟十二少感情要好，甚至比吉祥更早投其門下。二人一起打架、一起泡妞、一起闖出名堂。

直至四年前，因為一件事情，在二人的友情路上，突然出現岔口，從此各走各路，互不往來。

曾經同氣連枝的手足，變成陌路。

偶然，十二少也會相約細寶見面，不談以往，也不涉及江湖話題，只說說近況，閒聊瑣碎事。二人就像普通朋友，閒話家常，但已無法回到當時，同哭同笑的日子。

多年來，十二少首次做出相求，細寶又怎會不知事態嚴重？奈何自己已脫離「架勢堂」——江湖事，與我再無關係了。

當晚十二少已召集數十精英，在廟街一唐樓單位內，共商戰策。

「『天義盟』的地盤集中在港島區，銅鑼灣跟灣仔是他們最賺錢的地方，這場仗我要以快打快，今晚就揮軍直搗『天義盟』的心臟地帶！」十二少霸氣大盛：「凡遇上『天義盟』的人都不用留手，給我盡情斬！我要用最直接的手法，把這班廢物連根拔起，清不清楚？」

「清楚！」門生同聲應道。

「我們出戰的時間，『天義盟』隨時會來襲。」十二少望向身旁的門生：「阿駒，你實戰經驗豐富，本該隨我上戰陣，不過廟街已經失守一次，我不希望再讓『天義盟』乘虛而入，所以我要你坐鎮廟街，重兵留守。」

「放心，阿大！」阿駒拍拍心口：「我會拚了命力保廟街不失！」

十二少吆喝：「各位手足，此戰關係重大，一輸便連『架勢堂』的招牌也大受影響，絕對許勝不許敗！」

在場都是跟隨十二少多年的門生，他們也沒見過老大如此火大，個個也感受到他的怒火在毛孔噴射出來，斗室的氣氛籠罩沉重緊張。

除了憤怒之外，他們還鮮有的感覺到十二少身上有一份焦躁。

一向處變不驚的人，何以會出現這種情緒？

是因為吉祥在上一役中險死戰場，令他急於扳回失勢？

還是好友痛失愛子的遭遇，牽動了他的神經？

抑或另有原因？

他當然知道打仗切忌心浮氣躁，一旦失去冷靜，判斷便會失準。可當局者迷，再睿智老練的人，也會被怒火掩蓋理性的一面。十二少並非聖人，而且年輕，所以亦有衝動的時候。

大會結束後，已是天明。一夜無眠的十二少帶著疲憊的身軀步出舊樓，距離大戰還有十多小時。領軍的元帥本應該飽睡一頓，養足精神迎接黑夜來臨。

但征戰無數的十二少一直惴惴不安，因為直到現在，他還不能確定對手的真正實力。

「天義盟」本是個蜀中無大將的夕陽幫會，宋人傑以退休的心態管治，只想於在位期間盡情賺錢，賺夠了便退位，完全沒有為「天義盟」的未來著想。

對十二少來說，要對付這種角色根本不費吹灰之力。不過此刻他們的背後，多了一股巨大勢力支撐，實力已不可同日而語。

到底雷公子從澳門調動了多少人過來？

除了那個懂國術的高手、把吉祥打個半死的非籍大漢之外，還有幾個多厲害角色？

換了陳洛軍，他一定會不顧一切，打了再算。但十二少的性格比較審慎，所行的每一步都經過悉心考慮，所以他很少打敗仗。

這是優點，也是缺點。歷史上，但凡成功的領導者、革命家，除了具備超人的實力與領袖魅力外，他們大多都不按事理章法、亦不管世道法則，往往反其道而行，超越一般人所想。跟不上他們思維的人，會把他們視之為瘋子。

夠瘋夠狂，才能幹出一番驚人事業，痛擊一個又一個對手。

十二少，就是欠缺了這份瘋狂。一個不夠瘋的人，又如何對付比他狂妄無道的對手？

十二少回家澆了個冷水澡，盡量令自己的頭腦保持清醒，希望摒除混亂的思緒，以最佳狀態，迎戰雷公子。

洗了澡，繃緊的情緒得以紓緩。然後，他緩緩地、有節奏地做些輕巧運動。下午時分，獨個兒走到廟街冰室吃茶餐，老闆瞧見他，侃侃而談，盡說些無聊的話題，十二少微笑回應。

吃完下午茶，已到黃昏，他走到一個工業大廈的單位，裡面有幾名門生看守。這裡是「架勢堂」的其中一個兵器庫，每次打仗，門生都把所需要的兵器集中一個地方，在出兵前再派人運送出去。

十二少絕少現身兵器庫，今次親自「監場」，可知他對此戰，是何等重視。

檢閱過兵器，天空已被黑暗籠罩。

接下來，十二少再沒事情可做，只有等。

一直等到凌晨，十二少騎上戰車，親領兵馬，以皇者姿態直朝銅鑼灣進發！

2.3 暗戰

「幫『天義盟』的場大裝修！」

十二少率領十數門生闖進「天義盟」旗下一間酒吧，二話不說便做出大肆破壞。不消五分鐘，十二少便以狂風掃落葉之勢，搞砸了這間酒吧。幾個「天義盟」保安更被打個體無完膚，暈死地上。

取得頭彩，十二少得勢不饒人，繼續掃蕩「天義盟」其他夜場。

一夜之間，已經搞砸了一間桑拿浴室、一間卡拉OK、一間麻雀館以及一間酒吧，打傷了對方數十人。

「架勢堂」大勝而歸，廟街卻沒受到對方來襲。十二少隱隱覺得有點不妥，似乎進展得太順利。雷公子不是借出兵馬嗎？何以銅鑼灣的防守力如此薄弱？就連一個稍為會打的人也沒有。

太令人費解了。既然雷公子已入侵香港黑道，就沒可能坐以待斃。到底雷公子在盤算什麼？接下來又會有什麼行動？

十二少殫精竭智，怎也摸不透內裡葫蘆賣什麼藥。

當晚十二少致電陳洛軍，告知他戰情。陳洛軍得知後同感進展得太順利，順利得不合常理。

「我們在澳門逃出姓雷的魔爪，那個死變態又怎會不知道我們會反擊？」陳洛軍：「照道理，他們應會重駐兵力銅鑼灣，但偏偏卻違反常理，好像故意調走強將，任由你宰割。」

「他們是否刻意保留實力，暫不想亮出底牌？」

「我也是這樣想，可能他們認為還未是時候跟我們正面交鋒。只是有一點可以肯定，那幫人正在部署下一步。」陳洛軍頓了頓，又道：「十二少，過了今晚，你暫時按兵不動，全力穩守自己的地盤，雷公子是個性急的人，我猜他會在這一兩天內出招，到時候，我們見招拆招。」

第二天，江湖傳出流言，宋人傑對旗下夜店被破壞一事大感震怒，揚言會在這兩天內，武裝出陣，直搗十二少的根據地，以牙還牙。

消息很快傳到十二少的耳邊。既然雙方難免要碰頭，他亦寧願儘快做一了斷。

十二少預料，「天義盟」會精英盡出，力壓己方。他已打算豁出去，只要尚有握刀的力量，也會一直打下去，直至把「天義盟」的主將殺敗為止。

轉眼已到晚上，十二少吩咐門生知會附近店舖老闆，這幾天會有大戰來臨，讓他們提早關門。

踏入十二點，平素還熱鬧非常的大街，今夜變得特別冷清，只有幾個「架勢堂」門生分布在不同角落，一見敵軍殺入陣地，便立即通知十二少。

時間一分一秒過去，過了兩小時，仍未見任何動靜。宋人傑有雷公子撐腰，理應不用再左閃右避。他公告江湖，會跟「架勢堂」追究事件，大張旗鼓，卻再一次龜縮，豈不是淪為笑柄？

雖說宋人傑出了名不要面、無恥無極限，但說到底都是一幫之主，又怎能賴皮至此？他究竟在打什麼鬼主意啊？

「天義盟」的人最終也沒有出現，十二少也沒有什麼法子，只好鳴金收兵。

回到家裡，十二少躺在沙發，腦袋轉個不停，猜度敵方的戰略。

「如果宋人傑跟雷公子結盟了的話，怎可能沒有行動？他們一定有所部署，等我入局。在這個時候，我必定要冷靜，否則便隨時著了他們的道兒。」十二少心忖。

十二少雖然還不知道宋人傑跟雷公子有什麼陰謀，但他可以肯定，對方很快便有所行動。現在他需要的，是大睡一場，保持最佳的精神狀態，才夠力量跟這班狂魔鬥下去。

自從信一在澳門發生事故之後，十二少都沒好好休息過，這一夜睡了五小時，已是這段日子裡睡得最長時間的一晚。

早上十時，十二少走到街頭，打算去吃個早餐，卻見某個街角聚了一班街坊，望著牆上的海報議論紛紛。十二少走近一看，發現那張海報的主角竟是自己，除了有他的照片，還附帶一段文字：

此人名叫梁俊義，又名十二少，古惑仔一名，活躍於廟街一帶，曾任扯皮條，靠販賣子宮維生，專門騙取女人血汗金錢，十八至八十歲也不放過。更有人看見他以金魚作餌，誘拐小朋友入公廁，淫賤不能移，禽獸不如。奉勸各位女士看見此人，避之則吉。

看畢文字，十二少壓住了怒火，他知道這是對方的低級招數，憤怒只會正中他們的下懷。

他要忍，絕不能動怒，因為怒火只會蓋過理性，令人失去應有的分析力，只要下錯一個決定，便隨時跌進敗亡的泥沼，難以翻身。一子錯，滿盤皆落索。

「宋人傑搞這些小動作只想把我惹火，我不可以被他挑釁。」十二少如是想。

海報張貼在油尖旺一帶，十二少派出門生把海報一一撕掉，就這樣花了好幾小時。

當把海報全部清理之後，十二少打算返回寓所梳洗一下，再作部署，豈料大門的鎖匙孔竟被人用萬能膠封死。

搞出這些不勝其煩的陰招小動作，無非想擾亂十二少，令他動怒。十二少深明此理，故此沉住氣一直忍耐。

就在此時，十二少的大哥大電話響起。是門生一通來電。

「阿大，志明告訴我，『天義盟』今日在銅鑼灣召集了過百高層開大會，準備今晚進攻廟街。」

「消息準確嗎？」

「我死黨志明是『天義盟』那邊的人，跟我由小一起長大，今次他是冒著性命危險通風的。」

「嗯。偉仔，你告訴志明，如果他出了事，我十二少一定會罩他。」

當下，十二少急召門生在廟街一唐樓單位內商議出戰對策。

十二少打算親領五十精兵，鎮守心臟大街，廟街外圍屯兵過百，只要「天義盟」的人敢踏入「架勢堂」陣地，駐守在外邊的重兵便把對方人馬團團包圍，來一場困獸鬥。

十二少對己方的實力有絕對信心，只要明刀明槍，他便深信可以力壓「天義盟」。

當晚的天氣很冷，只有攝氏六度，十二少在廟街一直等待對方，可到了凌晨二點，還未見「天義盟」半個人影。

「又是這樣……」

十二少望向身旁的門生：「偉仔，你的消息會否有錯？」

「應該不會，志明跟我情同手足，他應該不會發放假消息給我。」

就在十二少感到事情不妥之時，電話響起。

「喂。」

「十二少，我是宋人傑呀！聽說你那邊的人收到消息，說我召集了過百門生，打算今晚出兵攻打廟街，你們搞錯了，沒錯人是叫來了，不過並非為了打架，而是打邊爐呀。最近天氣這麼冷，當然要吃些熱騰騰的東西，暖暖身子啦。」電話彼端的宋人傑續道：「慘了，天寒地凍，你們一大班人在大街上苦等，小心著涼喔。如果你肚子餓了，隨時來銅鑼灣找我，我多加一雙碗筷等你啊。」

掛了線，十二少勉力壓下怒火，可底裡五內已在翻騰。

宋人傑最後的一段話，顯然就是告訴十二少：我宋人傑在銅鑼灣等你，夠膽你就來吧。

宋人傑一反常態，主動挑釁，想必他已在自己的地盤擺重兵馬，來一招請君入甕。

硬闖敵陣，將會引發一場難以臆測的血拚；再一次收隊，只會大大打擊我軍士氣。

進或退，十二少心裡已有答案。

「動身，我們現在便殺入銅鑼灣！」

2.4 虎青

「哈哈哈哈……過癮，真想看看十二少氣炸了肺的蠢相。」泡浸在溫水浴池的雷公子放聲大笑。

浴池內，雷公子、邢鋒、士撻、宋人傑圍作一團，正在商討對付十二少的計畫。

「雷公子，你真是絕頂聰明，如此驚人的點子也給你想得到，簡直是我偶像！吃吃吃……」笑得像隻哈巴狗的宋人傑，對新主人搖頭擺尾。

「宋人傑，你這個馬屁精，當真生不逢時，如果你早點出世，肯定可以成為一個出色的漢奸，哈哈哈哈哈……」雷公子拍打宋人傑的臉：「我就是喜歡你這副為了錢可以毫無底線的德性！」

「吃吃吃……雷公子滿意就好。」挖苦當稱讚，宋人傑自我感覺相當良好。

「你叫志明？」雷公子望向宋人傑身旁一名髮色七彩的門生。

「是……」志明囁嚅。

「你跟『架勢堂』的偉仔是自小認識的好兄弟？」雷公子收起笑臉。

「沒錯。」

「出賣兄弟有什麼感覺？」

「起初也有一點點內疚的，不過為了『公司』、為了雷公子，我可以去得更盡。」

「哈哈哈哈哈……這小子有前途！我喜歡！」雷公子又再大笑起來：「聽說你在『公司』的工作是代客泊車。」

「是啊。」

雷公子拍了宋人傑的後腦一下：「難怪『天義盟』如此不濟，你根本就不會用人。像志明這種人才，居然一直當代客泊車，宋人傑，你這個領導人怎麼搞的啊？」

「相比起你的領導才能，我當然自愧不如啦。嘻嘻。」

「嘿。」雷公子直視著志明：「志明，你之後跟隨士撻，努力做些成績出來，我雷公子賞罰分明，只要你有表現，一定會有獎賞。這次你做得不錯，待會給你三萬元。」

「多謝雷公子。」志明大喜。

雷公子用金錢從宋人傑手中輕易奪取了幫會的操控大權，登上了「天義盟」太上皇。

至於宋人傑，他根本就不介意被雷公子壓在頭上，只要付得起錢，他連屁眼也可以賣掉啊。

「士撻，你的傷勢如何？」雷公子轉移到士撻身上。

士撻本是吉祥的門生，因覺得留在「架勢堂」難有發展，遂過檔「天義盟」，並在廟街之戰上演一場出賣同門的戲碼，若非邢鋒齒冷他的行為出手阻止，吉祥已經死在他的手上。

「沒事！」士撻拍拍胸口，精明地回答：「我其實很會打，若非吉祥一直把我壓在頭上，十二少又忌才，我早就取代他們成為『架勢堂』第二號人物了。」

「你士撻驍勇，我早有所聞，否則也不會招攬你過來。」雷公子一笑：「放心留在『天義盟』，日後將會有很多機會給你大展拳腳。」

「雷公子，我士撻保證絕對不會令你失望！」士撻自信滿滿地說。

對於士撻的自吹自擂，邢鋒只報以一個不屑的眼神。

「雷公子，我們惹火了十二少，你猜他會否有所行動呢？」宋人傑問。

「會，一定會。」雷公子答得斬釘截鐵。

「為何你如此肯定呢？」

「一個原因，因為他不夠我聰明，所以注定要被我玩弄於股掌之中。」

「犀利啊！幸好我不是你的對手，否則我真的有十條命也不夠死啊。」宋人傑以誠懇的態度問：「十二少殺入銅鑼灣，敢問料事如神的雷公子是否打算用邢鋒領兵，跟他展開一戰呢？」

「如果要跟他開戰，我老早就出兵攻入廟街，何須搞那麼多動作？」

「那麼，不知你又有什麼奇招呢？」

「以你的智慧，一定想不到的啦。總之就算不費一兵一卒，我也可以令他一敗塗地。」

雷公子一副胸有成竹的樣子，對自己的部署很有信心，深信只要十二少踏入他的領土，便會陷入萬劫不復的死地。

就在此時，一名門生從外面走進浴池，來到雷公子旁邊：「雷先生，剛才十二少帶了十數門生踏入宋人傑的麻雀館大肆破壞。可不到一分鐘，陳SIR便親自領軍把他們制伏，全被押返警署了。」

「哈哈哈哈，好！」雷公子笑得合不攏嘴。

「想不到你會報警……」得知雷公子計畫的宋人傑微感錯愕：「我們是黑社會啊。」

江湖人有句不成文的說話：「江湖事，江湖了。」所以涉及黑道的紛爭，他們都會以自己的手法處理，鮮有主動要求警方介入。

「黑社會不用交差餉嗎？香港是法治之地，『天義盟』的店舖是合法的生意，遭人破壞，送官究治，合情合理。」

「話是這樣說，但我們報警……『天義盟』會被其他幫會看不起的。」宋人傑有點為難。

「你以為在你掌舵的日子裡，『天義盟』曾被人家瞧得起過嗎？」雷公子鄙視著宋人傑。

「用不著那麼老實吧……」宋人傑帶點尷尬。

「不說白一點，你這沒腦袋的東西會明白嗎？」

士撻和志明忍笑忍得臉也漲紅了。

「雷公子算無遺策，料事如神，誰在你面前也變成大蠢才吧。」宋人傑腦筋急轉彎，為自己找下台階。

「其實以十二少的智慧，本該猜到這是一個局；可連日來我的連環攻勢定已把他弄得煩惱不堪。當一個人失去冷靜，求勝心切便會自亂陣腳，輕易就成了我的甕中之鱉。」

「他雖然被抓了，但 Tiger 叔視他如寶貝，一定會想法子保釋他的。」

「你想到的事，我會想不到嗎？這個世界，有錢便可橫行無忌，有錢就是天下無敵，只要付得起錢，署長也要給我舐鞋底！」雷公子仰首：「不少阿頭都是我賭枱客人，欠我錢，就得幫我，十二少最少被拘留四十八小時。待他被釋放的時候，他的地盤已被我掃光了。」

「雷公子，請問你下一步會怎樣行呢？」

「支付薪金給你的人是我，你不該問你的老闆這個問題，而是要向我出謀獻策。」雷公子頓了頓：「不過你的腦袋想出來的計策也好不到哪裡，哈哈哈。」

宋人傑遭雷公子多番恥笑，心中有氣，卻不敢開罪這個米飯班主，只好一直強忍。

面皮十呎厚的他，居然還可堆出笑臉：「吃吃吃，雷公子智勇雙全，我想我窮一生之力也不能觸及邊皮呢。」

宋人傑絕對稱得上奴才中的極品。

「你及不上我是一定的了，別再說廢話。」雷公子揚揚手：「除了邢鋒，全部走。」

「喔？」宋人傑一愕。

「我叫你們走呀，聽不懂廣東話嗎？」雷公子喝道：「OUT！」

「那……雷公子需要我時，隨時找我啦。」宋人傑邊爬出浴池邊說。

「我會啦。」

雷公子對宋人傑呼之則來、揮之則去，當他如狗一樣看待，心情好時摸摸他，讚他幾句，一個不喜歡便把他一腳踢走。

其實這也是宋人傑自找的，連自己的尊嚴也賣了出去，別人又怎會尊重你？做人，應該不卑不亢，就算面對財雄勢大的大人物，也不能卑躬屈膝，出賣自尊。

「邢鋒，我想聽聽你意見，你認為我們該如何打下去？」

對著邢鋒，張狂的雷公子也收起了氣焰，可見他十分器重這個下屬。

「十二少將被拘留四十八小時，吉祥重傷未癒，『架勢堂』最會打的戰將都不能上陣，幫會失去了精神領袖，一定軍心大失，要攻陷廟街，可說十拿九穩。」邢鋒續道：「不過，我認為我們首要對付的，並非『架勢堂』，而是『暴力團』。」

「說下去。」

「大老闆跟十二少的關係不錯，如果我們在這時候攻打十二少的地盤，大老闆一定會插手，反正難免一戰，不如就由我們做出主動！先打大老闆，再攻『架勢堂』。」

「我果然沒看錯人，你跟我所想的一樣。」雷公子滿意一笑：「不過我比較急性子，所以我想同步進行。」

「哦？」邢鋒微感愕然。

「我有一個人想介紹給你認識……」雷公子一笑：「時間剛剛好。」

一陣濃烈氣息在邢鋒身後湧來。

邢鋒回頭一看，只見一個全身赤裸、身逾六呎、方臉大眼、肌腱似鋼、胸前刺滿了龍鳳圖騰的身影，往浴池跳下來。

「雷公子，這個大浴池真夠氣派，我中意！哈哈哈哈！」來者聲如洪鐘，發出震耳欲聾的笑聲。

「虎青哥喜歡便好。」雷公子拍了拍虎青的肩膊，然後望向邢鋒：「給你們介紹，這位是我頭號門生，亦是我的好兄弟，邢鋒。」

虎青直視邢鋒：「你的厲害我已知道了，力挫AV、轟爆信一、完勝吉祥，現在香港黑道誰沒聽過你邢鋒的名字？」

「虎青哥過獎了。」邢鋒淡然回應。

「邢鋒，虎青哥以前是『架勢堂』的人，輩份比十二少還要高，勇猛過人，戰無不勝，『架勢堂』之所以有今日的地位，全靠虎青哥早年立下的輝煌戰績！」

「雷公子你真是的，如此明目張膽地誇讚我，哈哈……不過你說的都是事實，我又毋須否認啊。」虎青非常接受：「我成名的時候，十二仔算是什麼東西呀？他連幫我買奶茶的資格也沒有呀！」

一提起十二少，虎青氣得青筋暴現，一副想殺人的模樣。

「十二仔除了長得比我帥了一點點，便再無其他東西勝過我，這打靶種不學無術，就只會拍馬屁，我懷疑他連屁眼也送了給 Tiger 玩弄，否則那老鬼何以會中了降頭般對他言聽計從？」虎青愈說愈怒：「錯不了，打靶種的菊花一定給 Tiger 爆過！人渣、賤狗、垃圾！」

「虎青哥，不用激動……」

雷公子正想說下去，卻被虎青截停。

「你不是我，當然不會明白我的感受！」虎青怒吼：「打靶種連同吉祥、細寶用下賤的手段把我害入獄，奪去了我四年青春，四年呀！你知不知道我四年可以賺多少錢？可以幹幾多個女人？就因為他們，我白白失去了四年時間！」

虎青氣得雙目噴火，視十二少為殺父仇人一樣。二人本是同根生，何以會反目成仇？這又是另一段關於權力與暴力的故事。

「虎青哥，『架勢堂』那邊就交給你。」雷公子翹起嘴角：「金錢與人力我統統都可供應給你，總之這四十八小時內，我要你盡情摧毀十二少的地盤。」

「你要我做慈善我就無法答應你，要我幹壞事？我保證令你稱心又滿意！」

「那我就等看好戲了。哈哈……」

出獄不久的虎青本來就打算向十二少發動復仇攻勢，可四年過後，時移世易，昔日由他管轄的地盤已由「公司」其他高層接收。

至於虎青以前的門生，大部分已轉會到其他「公司」，只有少數仍然留在「架勢堂」，不過他們已經跟隨了另一靠山。虎青只是個無人無物的無兵司令。

失去權勢的他，認定十二少背後搞風搞雨，教唆門生離他而去，卻不知道自己的人緣極差，對同門手足亦好不到哪裡，他們其實老早已有異心，只是礙於他的淫威而忍氣吞聲，迫於留下。

生性剛烈、神經大條又暴躁的虎青，當然不會認為問題出於自己身上。他視十二少為畢生宿敵，以剿滅他為人生目標，他在「架勢堂」已經沒了地位，正打算脫離「公司」，另尋落腳地之際，雷公子就找上了他。

雷公子對症下藥，看準了虎青跟十二少的不和關係和簡單頭腦，便向他招手拉攏。

虎青極度痛恨十二少，有他加入戰線，雷公子毋須費心督軍，這名惡漢也會毫無保留，全力出擊，為十二少戰線帶來連場麻煩。

2.5 門生

十二少被扣留的消息很快傳到了陳洛軍那邊。得悉雷公子的毒計，信一跟陳洛軍同樣心急如焚，恨不得立即出院，跟「天義盟」大火拚。可二人的傷勢未癒，就算走出醫院，也不能御駕親征，率兵參戰。

況且藍男的情緒不穩，陳洛軍更加不可讓她擔心。

未來的四十八小時裡，雷公子必有所行動，「龍城幫」、「架勢堂」隨時受襲，信一把兵力做出調配，重兵駐守城寨，無論如何也要力保「龍城幫」橋頭堡。

另一邊，陳洛軍致電大老闆，欲借助「暴力團」的兵力，死守十二少的地盤，以防敵軍來襲。

大老闆視陳洛軍為親兒子一樣，又疼惜十二少，跟兩幫人交情向來甚篤，這個忙，他當然樂意幫。

當晚，大老闆便把「暴力團」的精英召集到果欄，商議作戰對策。

「全江湖都知道我跟陳洛軍冰釋前嫌後感情以火箭般的速度增進，比親父子還要親。十二仔又與我一見如故，跟我情同手足，他頭暈我身㷫，有你有我有情有天有海有地……」坐在果欄某單位內的大老闆，對著十數門生，手舞足蹈地說：「正所謂左手是肉，手背又是肉，如今他倆一個入了醫院，另一個被奸人所害，我的心真的很痛很難過！」

大老闆是個愛恨分明的人，他一旦認定了你是他的好朋友，無論你對他做了什麼錯事，他都會找到一百個理由為你開脱。

他認為，對於真正的朋友，除了背叛之外，是沒有什麼過錯是不能原諒和寬恕的。

這就是大老闆的可愛之處。

不過，如果你不小心開罪了他，你便會體驗到惡鬼纏身的恐怖。

「雷公子那臭B夠膽打他們的主意，我就要他付很大很大很大很大很大很大的代價！」大老闆張大嘴巴，相當激動，突然按著肚子，面露痛楚：「肚子很痛……又要去大解……」

一門生問：「大老闆，你沒事吧？」

「沒事！不知何故，剛剛打邊爐後，便上吐下瀉，嘩嘩……幸好一起吃的喵喵沒事……」

「那不如先看醫生，再出戰吧。」

「鷄仔筋！」大老闆拍打了那門生的後腦一下，激動地說：「打仗看什麼醫生呀？雷臭B陷害十二仔，他定會趁著這個真空期入侵十二仔的地盤，看醫生此等小事，待我把雷臭B的人打垮再做吧！現在我們便動身進駐廟街，就看他在我面前能玩出什麼把戲！出發！」

大老闆自信非常，只因為他的確擁有值得自信的實力。他深信，只要給他遇上雷公子的人，定會給對方一個迎頭痛擊。

只是好死不死，今天打邊爐後已絞了幾次肚子，身體有點虛脫。

大老闆正要動身之時，一名氣急敗壞的門生走到大老闆面前，喘著氣說：「大老闆……果欄外面來了一大班自稱『天義盟』的人，揚言要把果欄掃平呀！」

「『天義盟』那班雜牌軍吃了過期春藥嗎？竟敢闖進我大老闆的地方？」大老闆氣得青筋暴現：「毀我果欄？今晚我就要他們見識，我大老闆的厲害！」

一語甫畢，不遠處便傳來一陣沉重步履，大老闆步出單位一看，只見大班人馬已踏入果欄內街，個個殺氣騰騰，似要跟「暴力團」來一場超級大對決。

為首的邢鋒喝道：「動手！殺他們一個片甲不留！」

邢鋒帶來的門生，經過精挑細選，每一個都慓悍非常，善於武鬥。一聲令下，各人便亮出了武器，向「暴力團」發動攻勢。

大老闆大吼：「兄弟們，上呀！」

戰幔正式拉開，雙方同樣戰意激昂，衝殺上前，展開一場血腥大火拚。

至於邢鋒，他的目標當然是當今江湖名頭最響、武值最高的大老闆。

大老闆打量著邢鋒，他嗅不到對方身上的江湖氣味，但這個外表斯文、沒半點霸氣的人物，卻散發出一股高深莫測的感覺。

直視著他，叫人呼吸也感困難。

「你是誰呀？」大老闆擺出戰鬥格。

「邢鋒。」邢鋒氣定神閒地說：「聽說你是江湖上最厲害的角色，跟龍捲風齊名天下，今日終於有幸可以跟你交手，希望閣下並非名過於實。」

邢鋒語調平和，卻極具挑釁，大老闆又豈能沉得住氣？

「管你邢鋒還是黃蜂，我現在就要把你的屎眼轟爆呀！」

大老闆一聲大吼，便往邢鋒衝殺過去。

面對這條怒海狂鯊，邢鋒仍保持著一貫的冷靜，沒被大老闆的氣勢所震懾。

只因他對自己的實力，有著絕對的信心。

一個是深不見底、未嘗一敗的的高手，另一個是制霸江湖、橫行無忌的殿堂級巨人，這一戰到底誰可戴上勝利的光環？

同一時間，蘭桂坊。

酒吧打烊，其他員工已離去，只剩下細寶一人收拾東西。

喧鬧過後，酒吧回復平靜。忙了一整夜的細寶躺在沙發上，自斟自飲。

繁忙的工作，叫他騰不出半點時間思考，但當靜下來，細寶的腦海便不由自主想起十二少。

細寶雖然脫離了「架勢堂」，但他總會有辦法知道江湖上的消息，他已得知十二少被困羈留室一事，也知道未來的時間，「架勢堂」必會受襲。

「架勢堂」的事已跟自己無關，不必操心，也不用在意。不過細寶卻阻止不了思海，往昔跟十二少輕狂歲月的畫面，在腦裡不斷湧現……

細寶與吉祥，一直都是十二少的得力門生，三人的感情要好非常。

二人跟十二少一起經歷過多場戰役後，度過無數風浪，見證十二少由一個小頭目，擢升為幫會的領導級人物。

十二少年紀輕輕，卻已深得龍頭 Tiger 叔器重，除了因為他能征慣戰，更重要的是他從不邀功，亦沒有太大野心，對 Tiger 叔忠心耿耿。

上司最喜歡就是這種下屬，所以 Tiger 叔刻意把十二少的勢力坐大，來抗衡「架勢堂」的另一股勢力。

數年前，虎青在「架勢堂」還未失勢，盤據灣仔區一帶。好勇鬥狠的他在大陸招攬了一班膽正命平之徒為手下，為他幹下不少殺人放火的勾當，不擇手段地剷除異己，終於稱霸灣仔。

虎青門生漸增，氣焰大盛，早已覬覦龍頭之位。Tiger 叔又怎會嗅不出味道來？遂對外放出消息，指定十二少為他的接班人。

消息傳到虎青耳邊，令他非常震怒，決定跟十二少來一場大火拚。

十二少豈會不知道龍頭的用意，他本想以和為貴，私下相約虎青，希望可以平息同門內訌；可十二少還未約見虎青，對方已經出手，掃蕩了十二少的根據地廟街，而且更殺掉了他幾個門生。

事情已來到一發不可收拾的地步，談判已經多餘，再不出手只會被這頭癲狗窮追猛打，一場同門鬥爭便正式爆發。

一打，便是兩個月。

歷來打仗都是消磨金錢的遊戲，糧草不足，必定影響軍心士氣，這場戰爭令虎青消耗了七位數字的金額，這樣下去早晚也會用盡儲備。

至於十二少，他得 Tiger 叔之助，兵力與金錢的問題已經不是問題。後台強勁，自然打高兩班，他一心迎敵，取得連場勝利，勢如破竹，力壓虎青。

虎青的陣營士氣一落千丈，其門生已知道打下去也是難逃一敗，不少人生出降意，但虎青卻一意孤行，決意戰到最後一口氣為止。

虎青篡位不果，淪為「架勢堂」革命的失敗者，跟隨他的門生亦成了叛軍，前途黯淡。

如日中天的十二少卻對虎青門生發出「特赦」通牒，只要他們現在脫離虎青陣營，他便既往不究，獲准繼續留在「架勢堂」，為十二少效力。

消息一出，當然不少人紛紛跳船，虎青身邊就只餘下那班從大陸收買下來的亡命之徒。

十二少這一著把虎青迫瘋了，兵敗如山倒的他，將生命也押上，散盡家當購入了一批軍火，揚言要跟 Tiger 叔同歸於盡。

虎青是個瘋子，瘋子行事從來都不理性，所以十二少相信，他說得出做得到。不過往後幾天，虎青就像是人間蒸發，失去了他的蹤跡。

十二少知道，他一定正蟄伏在某個暗角部署詭計，不久，這場暴風雨的高潮就將爆發。

戰事已到尾聲，為保 Tiger 叔安全，十二少便親自護駕，把他暫時送離香港。

另一方面他亦在暗中放出眼線，尋找虎青的藏身位置。

十二少離港當晚曾囑咐細寶及吉祥，不論在任何情況下，也不得擅自行動。

豈料十二少離港的第二晚，細寶收到消息，得知虎青的軍火庫地點。年少氣盛的細寶打算做場好戲，遂遊説各同門兄弟一同出發。

吉祥曾經勸細寶等待十二少回來才行動，可細寶卻認為到時虎青很可能已轉移陣地。但其實，這只是一個藉口，所有的古惑仔都希望找機會上位，眼前就是一個千載難逢的好機會，只要打垮虎青，不但一夜成名，更會得到龍頭賞識，肯定能平地一聲雷。

細寶心意已決，吉祥不情不願唯有捨命相隨。

細寶領頭，帶著十數同門來到虎青的藏身地，那是位處西貢的魚排，細寶等人手執大刀，暗中潛入，來到門外，準備把門踢開，就往內衝，見人就砍。

豈料當他把大門踢開後，才發現裡面空無一人，原來他們著了虎青的道兒，被設計了。

虎青的人馬從四方湧來，勢如瘋虎的向他們狂砍。細寶等人始料不及，亂了陣子，被對方打個落花流水，潰不成軍。

目睹同門被狂砍的細寶，自知闖了大禍，愣住當場。虎青向他提刀就砍，他舉刀一擋，連刀也脱手。

虎青第二刀再砍，眼見自己將死在虎青刀下之際，吉祥及時擋在他身前，架下虎青一刀，可虎青力度驚人，吉祥被震開，握刀的一臂發麻。當他回神過來，只見眼前寒光一閃，下一秒，大蓬血水就從他的臉上狂噴而出。

細寶看得全身抖震，只因他瞧見吉祥一目，給砍出了血。

吉祥也以為自己死定了，可幸就在此時，十二少帶著一批人馬及時趕到，隨即跟虎青展開一戰。最終，虎青慘敗於十二少的刀下。

虎青亦因非法管有槍械而被入罪。

細寶為自己的衝動內疚不已，無心在江湖發展，決定脱離刀口日子，離開「架勢堂」。

以往片段仍歷歷在目，恍若在昨天發生。

細寶思緒沉醉於往事裡，全不知淇淇已坐在他身旁。直至淇淇笑了一聲，他才驚醒過來。

「你不是離開了嗎？幹嘛回來？」

「我遺留了東西，所以回來。」淇淇直勾勾望著細寶：「剛才想什麼想得如此入神，在想我嗎？」

「你白癡，我怎會無故想你？」

「或許在你的心裡一直有我，卻怕被我拒絕而隱蔽在心。」淇淇機靈一笑：「你是男生來的，喜歡人家就要拿出勇氣一試嘛，說不定你可以抱得美人歸呢。」

「你也真不要臉。」

「若非在想我……那你告訴我在想什麼？」

「沒想什麼。」

「我知道，你在想十二少。」

「……」被看穿了心事的細寶，一時間答不上話來。

「我收到消息，十二少被警察扣留了，『架勢堂』兩大戰將都不能參戰，他們的對頭必定會在這段真空期來襲，通常在這重要關口，歸隱已久的主角都會重出江湖，幫昔日同門一把。」淇淇眼珠轉了一圈，用手肘撞了撞細寶的肩膀：「細寶哥，打算何時出手啊？」

細寶沒回話，步出酒吧，準備把大門上鎖。

「終於要出手了嗎？」淇淇興奮尾隨。

「現在去哪裡啊？是不是召集昔日的兄弟開會，商討反擊大行動？」

「沒你好氣，我哪裡也不想去，只想倒頭大睡。」細寶以食指戳向淇淇前額：「別再胡思亂想，回家睡覺。」

淇淇嘟起嘴，摸摸前額：「你真的見死不救？」

「『架勢堂』人多勢眾，就算少了十二少和吉祥，他們仍有足夠人手應付對手。」細寶一直往前行：「我已脫離了他們，哪有資格理別人的事？」

淇淇緊貼細寶步伐：「所謂一日阿大，終生阿大。說到底你也是十二少的門生，你真的如此狠心，見死不救？」

細寶來到了分岔路口，停下腳步，望向左邊的街道：「我走這邊。」

「細寶哥，其實今天是我的生日，你可以多陪我一會嗎？」

「是嗎？」細寶笑了笑，然後步向左邊的街道，向淇淇擺擺手：「我很累了，明天見吧。」

被拒絕的淇淇，一臉沒趣地望著細寶身影漸漸遠去。

「人家生日你也不理，細寶，你好討厭喔。」淇淇嘟囔著，往反方向走了。

淇淇是喜歡細寶的，她能感到，細寶也有一點點喜歡自己，可他卻一直也不作主動，無可無不可的態度，表現冷淡，叫淇淇的芳心難以自處。

「可能細寶心情不好吧，讓他獨個兒冷靜一下也好。他說明天見，即是其實也想見我啦。嘻。」

上一秒還在生氣，下一秒就可以為他找理由，忘記對方的不是，令自己心情變得愉快。她就是一個心胸寬宏、事事都會往正面方向去想的人。

淇淇正踏著回家的路途，當她轉入一道巷子時，卻發現身後傳來一陣急速的步伐；轉身一看，便見一道巨大的身影向她動手，抓住了她的頭髮，一頭砸在牆上。

不知昏迷了多久，淇淇睜開眼時，瞧見頭頂有一盞朦朧的燈泡，昏黃微光是密室的唯一光源。狹小的四壁，以簡陋的紅磚砌成，沒有窗戶，空氣中瀰漫著一份大雨過後的潮濕霉味。

淇淇想動身，才發現雙手被反綁在椅背上。任她再神經大條也知道，自己被禁錮了。

「放了我呀！我又不是有錢人，幹嘛綁著我呀？」淇淇大嚷：「你們找錯人了。」

外面傳來開門聲，淇淇屏住呼吸，緊盯著前面的木門。

木門徐徐打開，只見一個面目猙獰、方面大耳的巨漢步入。誰看見這一號人物，都會涼了半截，因為一看而知，除了好事之外，他什麼事都會去做。

「先生……看你一表人才，心地應該也不太差吧……」淇淇戰戰兢兢：「我跟你好像不相識，你是否找錯了對象呢？」

「一表人才？哈哈哈哈哈……妹妹，這個大話你連自己也騙不到吧？」巨漢走到淇淇身前，彎身咧嘴，露出了發黃的牙齒：「我叫虎青，沒錯你是不認識我，但你的 boy friend 細寶卻跟我有很深的積怨喔。」

眼前的巨漢，就是惡名昭彰的虎青，淇淇自知劫數難逃，冷汗涔涔而下。

「虎青先生……你真的搞錯了，我跟細寶只是一般同事，並非男女朋友……」淇淇盡量保持冷靜：「你不相信的話可以找他問個清楚明白，我有他的電話號碼，可以為你代勞……」

「是嗎？我真的搞錯了嗎？」虎青皺起八字眉，更加令人不安。

「是啊，我可以對天發誓。」

「嗯，我相信你。不過……」虎青淫邪一笑：「我既然捕獲了你，就這樣放你走，老天爺會生我的氣。」

「我求你……不要……傷害我……」淇淇哽咽，淚水已經在眼眶湧出來。

「傻女，叔叔不但不會傷害你，而且更會好好地愛護你，對你做深入了解呀！哈哈哈哈哈……」

淫賤的笑聲在房間盤旋不散，淇淇聽得全身發毛，那肯定是她聽過最恐怖、最邪惡的笑聲。

接下來要發生的事情，將會是一場萬劫輪迴的慘痛極刑！

三小時後，細寶接到了虎青的來電。

「細寶，我是你爺爺虎青哥，你的女人落在我手上，你想救她嗎？」

「我不知你說什麼。」

「不知我說什麼嗎？淇淇這個人你認識吧？」

「你別亂來，我跟淇淇只是普通朋友，放了她！」

「哦，原來淇淇沒說謊，她真的不是你的女人……那今天當她走運啦，可以一嚐老子的巨砲，哈哈哈。」

「虎青，是男人就放了她，你要玩，我奉陪到底！」

「放心，我一定會跟你玩下去。至於我是不是男人，你自己問淇淇啦。哈哈！」

心情大好的虎青，當下把淇淇的位置告訴了細寶。

得知地址的細寶，已管不了對方會否有埋伏或圈套，即便動身前往。

用了半小時來到淇淇藏身之處。

甫一打開大門，便見赤裸的淇淇如死屍般躺在地上，旁邊有多個用過的安全套、被撕破的衣服，以及……一灘血水。

細寶拾起衣服，走到淇淇身邊，輕力地把外衣套上。

細寶在想：是我不好，剛才如果我跟她一起走，她便不會遇害。是我！是我害慘了她！

「細寶哥，我沒騙你，今天真的是我生日啊，你相信我嗎？」

「我相信你。」

「你終於肯相信我，太好了……」淇淇一笑：「可以躺在你的懷裡度生日，我真的很開心……」

口說開心，細寶從抖震的身軀感覺到淇淇的恐懼。

「細寶……」淇淇已笑不出來，突然嚎啕大哭：「虎青把我強姦了後，再叫了幾個男人來，我很辛苦，真的很辛苦呀！」

細寶雖說不上很愛淇淇，但對她卻是有情意的，只是他無法從往日的過失中釋懷，一直沉溺在內疚與自責之中，不斷消磨著自己的鬥志，臉上不敢掛上笑容，也不敢面對舊日的好友兄弟。

即使吉祥與十二少從沒有責怪他，細寶也在逃避。

縱然他認為，淇淇是一個可以發展的對象，他也沒心情去開始一段戀情。

沒錯細寶是有點迂腐、有點固執，但世上哪有完人？有缺失、有遺憾；流淚過、悔疚過才算是真正的人生。

淇淇在細寶的懷中哭得無比淒涼，聽得細寶的心異常絞痛，痛得全身的血液也在發燙。

燃起了積壓已久的怒火，令冷了的血，再次升溫。

「淇淇，我一定會替你出頭！」然後，細寶吐出了一句悶在喉頭已久的話。

「為了你，我會重出江湖！」

2.6 大老闆之敗

「我還未敗！再來吧！」頭破血流、全身是傷的大老闆大吼大嚷。

大老闆從昏迷中醒轉，一用力，身軀便如觸電般劇痛非常。

「好痛啊！」

「大老闆，你別激動，否則傷口會爆開。」

大老闆清醒過來，才發現自己躺在醫院的病床上，身體多處包紮著，他跟邢鋒之戰原來已經結束了。

「冷靜，冷靜。」跟他說話的人，是與他在同一所醫院的陳洛軍。

大老闆聽到陳洛軍的聲音，情緒稍為平伏：「洛仔，我怎會在醫院的？我明明在果欄跟邢鋒開戰，怎會一眨眼就身在醫院的？是叮噹的隨意門把我送過來嗎？」

戴著口罩的陳洛軍苦笑：「你在任何情況下也能搞笑，我真服了你。」

「我不是開玩笑，剛才我還在戰場，怎麼會一眨眼就來到這裡？不是被任意門送來，還有什麼原因？」

「因為你敗了，而且被轟至暈倒，醒來後記憶仍停留在戰場上。」

「我．敗．了？你說什麼？不可能！絕對不可能！」

「你聽我說，你被送到醫院時已經昏迷。身體更多處骨折，左腳膝蓋碎裂，右手臂骨從手肘穿了出來。而且啊，你知不知自己得了霍亂？」

「霍亂？」大老闆瞪大眼睛：「難怪吃了保濟丸也止不了肚痛啦！」

「霍亂也不知道，還逞強出戰，死不了算你幸運。」

大老闆看著被紗布包裹的右臂，試著運勁，才發覺連握拳的動作也做不到。

「怎會這樣的？」

「你冷靜點，試試回想剛才的一戰。」

大老闆放鬆身體，慢慢憶起跟邢鋒交戰的畫面。

他記得，戰事甫一拉開，就以快打慢，起勢進招，打算在最短時間內把邢鋒了結……

「那個邢鋒，體形消瘦，面無四兩肉，只要我認真起來，五拳就可以把他轟至倒地不起。」大老闆回想起剛才一戰的畫面：「所以我一開始就出盡全力掄拳向他轟過去，那小子根本無從閃避，命中這一拳，至少斷幾條肋骨。但當我的拳擊中他的身體一刻，我的拳竟如泥牛入海，完全傷不了他。一眨眼，他就在我前方消失，走到我身旁。」

「信一跟我說過，邢鋒是個國術高手，他用的很可能是卸勁。」

「對呀！我也認為他是用卸勁，因為接下來第二、第三、第四拳明明都命中了，但都收不到效果……」

陳洛軍在想，大老闆的戰鬥力是無庸置疑的，但他有一個弱點，就是容易動氣，一動氣就會失去冷靜，再厲害的拳，如沒了方寸，也只是在瞎打。加上霍亂影響，令他的力氣大減，此消彼長，大老闆哪能戰勝？

「這小子的卸勁的確有兩下子功夫，我若再搶著出拳，只會不斷消耗體力。我拳如雷動（自以為），只要給我實實在在地轟中他，那小子肯定受不了。所以四拳過後，我放棄搶攻，索性原地站著挖鼻孔，那小子當然不知我想什麼，他一直望著我，我就一直挖一直挖，把鼻孔挖得乾乾淨淨。當我把最後一粒鼻屎彈走的時候，他終於出手……」大老闆沉起了臉：「他掄起拳，向我直轟過來。比力量，我絕不會敗給任何人，於是便昂然祭起一臂，與他對轟……」

說到最緊張的關頭，大老闆突然頓住，他不是想賣關子，而是接下來故事的發展，荒謬得連他自己也不太相信。

「兩拳交擊，他並沒被我轟倒。我只感到一臂劇痛難當，我的臂骨……竟被他打碎。」大老闆心有餘悸：「一臂廢了，但我還有另外一條臂，我正想反擊，身體多處受到連番重擊，他的拳又快又密，簡直好像天馬流星拳一樣，不到半分鐘，我便好像中了過百拳，身體已被轟至多處骨折，但我仍然戰鬥力十足，出拳還擊。可他除了懂天馬流星拳外，還曉得瞬間轉移，把我的拳一一避過。」

邢鋒當然不會瞬間轉移，只是大老闆被打亂了，失去了出拳的節奏。

面對身法矯捷的邢鋒，處於下風的大老闆，打到最後判斷力大失，被對方轟倒地上，醒來之時已經身在醫院。

邢鋒先後大敗信一、AV、Happy仔，大老闆本應可跟他一鬥，可又巧合地患上霍亂，帶病在身令他戰鬥力大減。連運也輸掉，陳洛軍不禁嘆了口氣。

大老闆倒了，「暴力團」的精英也在一夜之間慘遭殺敗。未來這兩天，「龍城幫」與「架勢堂」必定成為雷公子的攻打目標。

此刻陳洛軍如熱鍋上螞蟻，焦急非常，他的心已走到了戰場，可這副負傷的軀體卻把他的靈魂鎖住，一籌莫展。

「大老闆，你好好休息，外面的事交給我好了。」

別過大老闆，陳洛軍跟信一來到醫院的公園。

「我要出院。」陳洛軍巴不得立即回到城寨。

「你現在的傷勢，就算讓你出院，又有何用？你可以落場打嗎？」坐在輪椅上的信一説。

「這次明知不行也要硬撐，『龍城幫』現在群龍無首，我雖然不能親自落場，但起碼可以起精神作用，暫時穩住軍心。」

陳洛軍的話雖然有理，但一旦遇上邢鋒，他只有被對方活生生的屠宰，這是信一最不想發生的。

因為陳洛軍戰績彪炳，論拳腳功夫，甚至勝於信一，堪稱「龍城幫」戰神。戰神，是不會敗的，只要他一日未敗，他便可以保持著無敵的神話。

只要神話得以保存，便能鞏固「龍城幫」的江湖地位。如果陳洛軍在這時候敗在邢鋒手上，幫會的勢頭便會直線滑落。

陳洛軍怎會不知信一的憂慮，只是現下情勢，他還有什麼選擇？

「洛軍，這一次關係重大，就算損兵折將，我也不想你狀態未復之前出手。」信一眉宇間滲透出憂慮：「還有一件事想告訴你，今早醒來的時候，AV已經離開房間，只留下一張字條。」

信一把字條遞給陳洛軍，上書：

洛軍、信一，你倆永遠都是我的好朋友。保重，勿念，有緣再聚。

經歷大劫，AV實在需要找尋一片隱地，逃離這個殘酷的世界。

看著字條上這廿三個字，陳洛軍百感交集。AV是他生命中不可多得的朋友，二人曾在九龍城寨度過一段友情歲月。

大老闆圍城一役，AV義無反顧，置生死於度外，跟陳洛軍力抗「暴力團」。這個恩，陳洛軍一直記在心裡，他對自己說過，無論如何，也要令AV重拾信心、重燃鬥志。最後，他做到了。

陳洛軍的熱情，把AV從黑暗的深淵中拯救了出來。彼此的友情亦在不知不覺間加深，他倆已視對方為肝膽相照的好兄弟。誰出了事，另一人都會奮不顧身，力挺對方。

因為陳洛軍，AV對人間重拾了希望、重燃了鬥志。

可陳洛軍跟他一起努力建立的一切，都已失去效用，白費了。

全因——雷公子。

樂觀的陳洛軍認為，只要AV仍然在世，他們還會有見面的一天，還有可能再一次浴火重生。不過那是後話，刻下急於面對的，是「龍城幫」與「架勢堂」的問題。

洛軍五虎傷了三個，一個走了，另一個又被困在牢籠，就連大老闆這個最後希望也傷成這個樣子，到底這一場仗，如何打下去？

子。

身處絕境中的絕境，陳洛軍仍沒有放棄，他總覺得一定可以想出扭轉逆局的法子。

陳洛軍腦袋急速運轉，正為解決這次幫會大劫殫精竭智。

驀地，他的腦海出現了一個名字，一個炙手可熱的江湖新貴。

——**「洪興」陳浩南。**

——**火鍋店**——

「爸爸，十二少和洛哥他們最近惹上的麻煩真的很大嗎？」

「哼，那個雷臭 B 沒陰德，害我兒媳婦小產，又打到洛仔、信一五勞七傷；十二少這幾天被弄得倒瀉籮蟹般……怕且，是時候要我出手了……」

「對啊爸爸，為什麼你不去趕走那些壞人啊？」

「妳洛哥可能面皮薄，不好意思，勞煩爸爸；又可能他太孝順啦，擔心我有事吧！不過事到如今，我也一定要出手了……」

鈴鈴鈴——

「什麼？十二仔被鎖入『臭格』？好好好，契爸幫你們守住廟街！萬大事有我，你不用出院，休息一下啦！」

「喵喵，快點吃，吃完快走，爸爸要趕回去果欄開會啊！」

「加油啊爸爸！不過你不要狼吞虎嚥啦……這些肉都未滾熟，不要吃啊……還有，扇貝和蜆不可以生吃的，要灼熟啊……」

2.7 陳浩南

陳浩南，「洪興社」十二頭目之一、銅鑼灣揸 FIT 人、近期當紅的江湖猛人，他跟陳洛軍，原來曾經有過一段短暫的江湖情。

那時候，陳浩南並非什麼江湖大哥，只是個初出茅蘆、沒名氣、也沒有幹過任何大事的小混混。

江湖人的友誼，大多都建立在拳頭與汗水之中，陳洛軍與陳浩南也不例外。大約在六，七年前，二人也是年少氣盛、少不更事的小子，在酒吧相識的第一天，就一起跟那區的惡人打起來。

那次二人在刀口中倖存下來，就成了朋友。

他們算不上是知心好友，但見面時總會稱兄道弟一番，一起喝酒，一起打架，表面看來很友好，但其實他們只算是酒肉朋友，話題也只圍繞玩樂，很少說及工作與家庭。

人與人之間，總會有些朋友，認識了很久，似乎很了解對方，卻又難以互訴心事，成不了深交。通常到了某個時期，這種朋友便成了過去式，在你的生命中淡出。

陳洛軍跟陳浩南的友情，大概維持了兩年，二人偶有見面喝酒，但話題已經變少，感覺也逐漸生疏。後來陳浩南在「洪興社」的聲望愈來愈高，當上銅鑼灣揸FIT人。昔日的朋友大有作為，陳洛軍也替他高興，但表現過熱的話，卻又怕被人誤會攀關係，所以陳洛軍並沒特意找對方大肆慶祝，一切心照便算了。

跟陳浩南已經有一段日子沒聯絡了，有關他的消息，也只憑江湖流傳略知一二。陳洛軍收到消息，陳浩南剛剛收拾了「洪興」的叛將嚫坤，勢頭一時無兩。此刻的他，會是個霸氣外露的江湖惡人？會否變得張狂無道、目空一切呢？

陳洛軍想了一會便致電陳浩南，相約會面。對方亦沒有擺出架子，相當爽快，答應相見。

陳洛軍心底其實已經打定了輸數，只要對方言語間有任何委婉或吞吐，他都不會強人所難。這次見面，就當敘舊算了。

站在醫院公園等待陳浩南的陳洛軍，在夜色中瞧見一個熟悉的身影向自己的方向步近。

牛仔外套，微曲的頭髮，還有那個招牌的挖耳孔動作，依然故我。

紮了職的陳浩南，跟陳洛軍的印象中沒有什麼改變。

「很久不見了。」

沒有霸氣的語調，也沒囂張的態度，開口的第一句話，來得很親切。

陳浩南站在陳洛軍面前，露出一笑：「你在澳門惡鬥雷公子一事轟動江湖，真夠厲害！」

「別要我了，厲害的話就不會弄成這個模樣啦。」

陳浩南笑而不語，拍了拍陳洛軍的肩膀。這下細小的動作，的確令陳洛軍安心了不少。起碼他知道，眼前這個陳浩南，跟他所認識的仍然相距不遠。

「阿南……」

陳洛軍正要說出目的，陳浩南卻截停了他：「我知道你找我的用意。我跟你雖不算是那種同生共死的好兄弟，但你有事，我仍然會幫手的。你記得嗎，我還欠你一個人情。」

「那麼久的事，你還放在心上？」

「誰對我有恩，我嘰仔南一定會銘記於心。」陳浩南從口袋取出煙包：「當年我在酒吧被六七個刀手追殺，見路就走，走到後巷，遇上正在小解的你，那是我們首次相遇啊。你記得嗎？」

「當然記得，當時你跑得很急，不知絆到了什麼東西，跌在我的身旁。那班刀手舉刀向你迎頭砍下，我不知哪裡來的勇氣，隨手拿起了身旁的垃圾桶砸向他們，褲鍊也來不及拉上就拉著你離開。」

陳洛軍憶起往事，泛起了笑容：「回想起來我太衝動了，既不認識你，也不知道對方是什麼來頭，居然想也不想就出了手。」

「你不知道衝動是年輕人的專利嗎？」陳浩南吸了口煙：「若不是遇到你，我可能已被那幫人砍死了。所以我跟自己說過，他日你遇到了什麼事故，我一定會出手相助。兩年前你被大老闆追殺，我便應該幫你了，不過我當時自身難保，被嚫坤挾了過台灣，當我回來時，你已經避走城寨。」

陳浩南所說的全是屬實，當其時他的確受制於同門對頭嚫坤，更在台灣經歷過一場惡鬥，後來他在那邊收拾了嚫坤，才安然回港。

不過事實歸事實，如果他是擔心陳洛軍的話，怎會不主動去找他？

理由很簡單，當大家分道揚鑣了後，其實已度過了熱血的青春期，每行一步都會作出計算。那段期間，剛好就是陳浩南競選銅鑼灣揸FIT人的非常時期，如果跟陳洛軍聯絡了，若他要求自己助拳，搦戰大老闆，那處境就相當尷尬了。

推卻陳洛軍，顯得陳浩南很沒膽量；出手嗎？龍頭蔣天生必定龍顏不悅，對他有直接影響。權衡輕重，陳浩南就沒有主動找上陳洛軍了。

陳洛軍是個聰明人，他也理解陳浩南的心思。當然也不能怪他，出來混，誰不想升職上位？那個攀上權力核心的機遇，一期一會，錯過了不知又要等上好幾年。陳洛軍哪可在這時候要求對方助拳？

此刻陳浩南已登上銅鑼灣揸FIT人寶座，陳洛軍認為，這算是個好時機。

「我收到消息，雷公子搭上了『天義盟』，打算借助他們在香港擴張勢力，跟你們『龍城幫』來一場大火拚。」陳浩南淡淡地說：「十二少觸礁，你幾位好兄弟全部受傷入院，這段期間，雷公子必定來襲，我知道你需要找幫手。放心，我會盡全力協助你打這一場仗。」

陳浩南主動提出助拳，一切就好辦得多。

「『天義盟』植根銅鑼灣，這一仗我便順道把他們的地盤吞下，擴大我的版圖。」陳浩南這一段話又是一大妙著。這是一場長途戰，陳洛軍總不能長期在幕後指揮，「龍城幫」總會參戰，到時候便跟「洪興」合力，一旦打勝了仗，「天義盟」的地盤就由勝方所擁有，那該屬於「龍城幫」還是「洪興」呢？為免不清不楚，陳浩南便來個先小人、後君子，我助你「龍城幫」，最終奪回來的地盤要歸我所有。

其實陳浩南也在等陳洛軍「還債」，他不介意跟對方分享收成，但「洪興」一方，必定要佔大比重。

至於陳洛軍，他對「天義盟」的地盤根本沒興趣，由始至終他只在乎雷公子的生死。

「『天義盟』的地盤我不會要，我最想要的，只是宋人傑與雷公子的人頭。」

協議達成，接下來陳洛軍便與陳浩南走到信一的病房。

這是信一跟陳浩南首次見面，閱人無數的信一，一見陳浩南，就知道他是個不簡單的人物。

「『龍城幫』信一，久仰大名。」陳浩南露出善意一笑。

「陳浩南，你的名字也是如雷貫耳。」

信一輕鬆笑著，雙眼卻一直留意著眼前這個黑道紅人。

或者連陳浩南自己也不知道，經過了年月的洗禮，他的眼神已有了歷練，充滿睿智的瞳仁裡，埋藏了一份深藏不露的寒意。

「南哥認為這場仗該怎樣部署？」信一試探。

「城寨和廟街是『龍城幫』、『架勢堂』的重要據地，這兩個地方正處於真空，雷公子必定會作進攻，我認為應該駐重兵力，力保不失。」陳浩南。

「同意。」信一淡然回答。

陳浩南的戰略看似正路，但信一卻知道，對方早就經過了計算。

江湖雖然免不了打鬥，但鬥爭始終會影響生意收入，影響到「公司」的營業額，兩方的高層便有機會出面壓止，到那時候雙方便會「上枱」談判，經了解事情後，通常主動鬧事的一方都是吃虧的，除非雙方也沒有停戰的打算，否則理虧一方都會賠償對方一切損失。

陳浩南雖然答應相助，但他身為幫會的揸 FIT 人，當然也得權衡「公司」利益。他為朋友守住陣地，如果「天義盟」來襲，他也可以大條道理的以自衛而出手。只要不是主動，這一場仗不論戰果如何，「洪興」都沒有吃虧，是一條極自保的策略。

陳洛軍沉默不語，沒有回話，似乎對陳浩南的建議有所保留。

「阿洛哥，大思想家上身的樣子，是不是有什麼驚世點子？有的話不妨說出來聽聽。」信一來個 one two，把主導權落回自己人手上。

「阿南的擺陣十分合理，但我卻認為太被動。我們被雷公子連番挑釁，不斷狙擊，到了此刻再不取回發球權，『龍城幫』就顯得太窩囊，太沒有大將之風了。」陳洛軍語氣變得強硬：「十二少因我們捲入漩渦，在情在理，我們都要替他保住地盤，所以我想阿南坐鎮廟街。而另一戰線，就主動掃蕩『天義盟』銅鑼灣的地盤。」

「……」

這一次到陳浩南不回話了。主動攻打對方陣地，以宋人傑的性格一定會向「洪興」龍頭蔣天生投訴，雖說蔣天生跟宋人傑沒有交情，但總不可出師無名，無故挑起火頭。

「阿南，我會叫阿鬼找幾個兄弟扮作『天義盟』的人到你場子鬧事，之後你們『洪興』便可借題發揮，大肆出手。」

這並非什麼妙著，但總算為他找到個出手的理由，陳浩南再不答應，就太過斤斤計較，縮骨兼老土了。

況且這個世界並沒有免費的午餐，要鯨吞「天義盟」的地盤，又怎可一點付出也沒有呢？

「OK，就照你意思去辦。」陳浩南：「不過你似乎還有一環未解決，你要兵分兩路，那麼誰來守住城寨？」

「放心，我打算親自落場，力保城寨。」

此話一出，信一和陳浩南都愣住了。

2.8 開戰

「親自落場？」信一瞪大眼：「洛哥，別忘記你現在只是個傷殘人士，連阿鬼都可打贏你，給你遇上那個邢鋒，我保證你小命不保！」

「大敵當前，『龍城幫』卻群龍無首，外面一定人心惶惶。我出去坐鎮，無非是要穩住軍心。」陳洛軍：「況且我們曾答應過哥哥要守護城寨，我們倆同留在醫院，你可放心嗎？」

「話是這樣說，不過，以你現在的狀態，若遇上邢鋒就麻煩了……不如我跟你一起出去吧？」

「你有沒有看《龍虎門》？」

「有啊！」信一不解：「幹嘛突然說起《龍虎門》？」

「火雲邪神怎可以胡亂出手，貴為一幫之主，當然要神神祕祕，一出手就來個驚天地泣鬼神啦！」陳洛軍拍了信一肩膀一下：「外面的事，放心交給我吧。」

「但如果邢鋒親自領軍殺入城寨，你會好危險。」

「別忘記，城寨裡面還有個超級高手阿柒，他雖然不是『龍城幫』的人，但城寨有事，他一定會出手相助的。」

「……」城寨雖有阿柒坐鎮，但邢鋒是百年一遇的超級高手，想起當日跟他一戰的險象，信一仍捏一把汗。

陳洛軍清楚信一的性格，他跟自己一樣，都是處變不驚、有前無後、打死罷就的那一種人，何曾見過他如此憂心的模樣？

幫會正面臨前所未有的巨大衝擊，稍有差池，「龍城幫」便會跌入萬劫不復之地，信一當上龍頭不久就遇上一重又一重的考驗，這一關挺不過去，隨時把哥哥的基業毀於手中。

此刻信一所承受的壓力，是旁人不能理解的。

唯獨陳洛軍明白。

陳洛軍是信一的好朋友，他們之間已建立了一份深厚的友情與默契。信一絕不希望陳洛軍犯險，可他卻又清楚陳洛軍性格，一旦決定了的事，便很難改變他的主意。

「我知我阻止不了你，一切小心。」

「嗯，總之我答應你，一定不會讓城寨出事！」

臨行之前，陳洛軍來到藍男的病房作道別。

「我要出去了。」

「嗯，你要小心啊。」

「放心，我一定會回來接你出院。」

「答應我一件事。」藍男直勾勾地望著陳洛軍：「不用顧慮我，做你自己想做的事，盡情地打這場仗！」

「我應承你，一定會轟爆那個姓雷的，為我們的兒子報仇。」陳洛軍摸了摸藍男的頭。

她明白跟了一個混黑道的男子，並不可以要求他可以給自己過安穩生活，想過平靜的日子，便應該找個白領上班族。

在城寨長大的她，早就與黑道脫不了關係，煉成了堅強的硬性子，誰傷害她，她也會以牙還牙、以眼還眼。

雷公子殺害了自己的骨肉，她心痛得死去活來，巴不得把仇人碎屍萬段，用他的肉來餵狗。

如今陳洛軍要走進戰場，她沒有阻止的理由，唯一擔心是他腳傷未癒。但她相信陳洛軍自有打算，既然他選擇了出院，一定做了準備。

更重要的是，藍男知道陳洛軍疼愛自己，所以她相信陳洛軍不會亂來，更加不會拿性命來玩。因為他的命，已不止屬於他一個人。

陳洛軍出院消息很快便傳了開去，當晚他就回歸城寨。有傳他已經傷勢痊癒，準備向「天義盟」發動一場滅幫巨戰。

陳洛軍在澳門受重創，理應不能在短時間內復元，但別忘記他曾經有過轟敗大老闆的往績，於短短日子盡得哥哥真傳，在雷公子的地頭救出AV及信一。陳洛軍這名字彷彿成了奇蹟的同義詞，在道上早就被奉為神級人物。

當一個傳聞不斷被流傳，再不斷被神化，漸漸地，他在江湖便產生了一種無形的影響力。

陳洛軍，絕對有超越一般人想像的無敵大能。

故此他能在大戰之後快速復元，也並非什麼驚人事情。

陳洛軍回來了，大大提升「龍城幫」的士氣。幫中最會打的兄弟已被召回城寨，做好出兵的準備，隨時給「天義盟」一個迎頭痛擊。

不知是陳洛軍的氣場太盛還是其他原因，這一晚九龍城寨並沒有受襲。

九龍城寨過分平靜，廟街卻熱鬧得多了。

虎青趁十二少被扣留的時間，先強姦了淇淇作頭盤，然後就到了他期待已久、攻打廟街的戲肉。

坐在旅遊巴上的虎青心情異常亢奮，這一日他已經等了很久很久，在漫長的牢獄裡，他幾乎每一天也幻想出獄後，親自領軍殺入廟街，把十二少的門生殘殺、把其地盤摧毀的畫面。

這一天終於來了，他興奮得連那話兒勃起，腎上腺素也急速上升。

虎青手執開山刀，全身血液沸騰，步出車廂。

與此同時，幾輛已停下的旅遊巴車廂內，走出一個又一個的慓悍漢子，個個手執利刀，殺氣騰騰。

他們全都是由雷公子從澳門安排過來，參與這場大戰的精兵，為數過百。

「一會由街頭掃到街尾，把十二仔的地盤掃清光。誰敢出來阻手阻腳，給我打！」虎青對眾大漢吼道：「瞧見『架勢堂』的人，什麼也不用說，一個字！斬！」

一眾：「知道！」

虎青不只痛恨十二少，對 Tiger 叔亦恨之入骨，他身陷圍圄後變得一無所有，從前的地盤、昔日的風光都在一夜間煙消雲散。

不少江湖大哥，一旦潛逃或者坐牢，當事過境遷欲重回道上，大多已經時不我與，不是被遺忘，就是過時脱節。想東山再起？不是不能，就是你能否找到新的落腳點。

虎青幸運，出獄便被雷公子羅致，這是一個千載難逢的翻身機會，只要打垮十二少，便等同重創「架勢堂」，虎青的名頭定會再次響亮。

這一次是見證他強勢回歸的重頭戰，誓要藉此奪回他所失去的風光。

上一次 King Kong 跟邢鋒的突襲，已令十二少戰線元氣大傷，只要再下一城，便會大挫十二少的鋭氣，一雪前恥。

虎青精神抖擻，準備為「架勢堂」帶來一場血腥噩夢。可當他踏入十二少的領土，才發現整條大街的店舖已關上門，街心更站了一群黑壓壓的人影。

「哼！沒有十二仔，你們只是一班雜牌軍。」虎青揮刀衝前：「殺殺殺！替他們做忌！」

一呼百應，虎青大軍氣勢如虹，向前方衝殺過去。

面對虎青的粗暴氣勢，對方的為首者一臉從容，抓抓耳窩：「過了時就是過了時，連對白也如此老土，你還是回鄉耕田吧。」

狂暴的虎青赤紅，祭起大刀，向那人疾砍。

「一刀殺了你！」

虎青這一刀既狠且疾，朝對方的頭顱直砍，深信定可把他斬殺。但世事往往就是出人意表，虎青勢如破竹的一刀，竟被對方的刀擋下了。

虎青臂力驚人，曾經一刀把敵人攔腰分屍，也試過一拳把對手的面骨轟碎，連眼球也給擠出窟窿。他認為全江湖沒有人可以敵得過他（他從不承認敗給十二少），也沒有人可以跟他比力量（他幸運，還未遇上AV），可眼前這個男子卻輕易地擋下自己的刀，實在叫他感到萬分錯愕。

「你是什麼人？」

「『洪興』陳浩南。」

陳浩南發力，把虎青連人帶刀也給震開。

「陳浩南？」

虎青坐牢期間也曾聽過陳浩南的事兒，他是近期「洪興」最當時得令的角色，風頭甚猛。他怎麼走到廟街擺下陣勢？

以虎青所知，陳浩南跟十二少應該沒有交情。「洪興」與「架勢堂」也沒邦交。虎青認為，陳浩南一定收取了十二少巨大利益，否則絕不會無緣無故助拳。

「陳浩南，這是我跟十二仔的私人恩怨，你最好不要插手。否則，你們『洪興』將會惹上很大的麻煩呀。」

南。

虎青的目的只是十二少的地盤，並不想節外生枝，故此希望能以說話唬走陳浩南。

虎青一方的人馬，見他跟陳浩南格了一刀便停手，其他人亦勒住韁繩，暫且按兵不動。

「虎青，你以為說一兩句廢話就可以叫我收隊？」陳浩南不屑一笑：「你不是那麼天真吧？如果你害怕我陳浩南，不想與我為敵的話，你們現在可以轉身走，我今天可以放過你們，不過——只限今天。」

陳浩南的話對虎青極盡輕視。火爆的粗暴漢，被氣得全身肌肉賁張，每個毛孔都噴出火焰，皮膚都快要被怒火逼爆似的。

「陳浩南，我就看你這個銅鑼灣揸FIT人有多厲害！」

虎青的怒吼，正式拉開了「洪興」與「天義盟」之戰的序幕。

2.9 嘅仔南的實力

虎青一心乘十二少困在牢籠的黃金時間揮軍橫掃廟街，卻突然殺出個陳浩南來，氣得他七竅噴火，恨不得把陳浩南砍成肉碎。

虎青騰空而起，把全身的力量貫於一臂，揮出力發千鈞的一刀，橫砍陳浩南。此刀又狠又霸，勢度厲烈無比，換了是一般的對手，定會被嚇得魂飛魄散，不懂招架。但陳浩南乃「洪興」新一代最出色的人物，除了擁有出眾的江湖智慧，當然也有非比尋常的驚人實力。

面對虎青的猛刀，陳浩南不驚不怯，反手握刀，自下而上，擋住了霸絕的一刀。差不多同一時間，陳浩南一腳送出，踹中虎青的腹部。

中了陳浩南一腳，虎青退了兩步，吐一口氣，提刀再上。

「嘅仔南，我虎青跟你拚了！」虎青的刀又再向陳浩南砍下。

陳浩南朝虎青橫劈出佩刀：「不是拚，難道我跟你玩泥沙嗎？」

陳浩南的刀再次跟虎青交擊。有了之前的經驗，虎青知道對方力度過人，故此這一刀他谷盡全力，勢要把陳浩南壓下去。

接下虎青的刀，陳浩南感到一股強大的力量自刀身傳至虎口，令他握刀的手抖震起來。

虎青的刀如暴風狂雨，愈打愈急，陳浩南擋得很是吃力，被迫得節節後退。

「哈哈哈，𡃁仔南，你這個揸 FIT 人不是很會打的嗎？怎麼對上我虎青哥卻像個低能兒一樣？」虎青不斷揮刀：「還手啦，怎麼不還手呀？我叫你還手呀！」

狂妄的虎青繼續瘋狂進擊，短短十幾秒間已揮劈了十三刀，橫斬直砍，力度甚大，雖毫無章法，卻封殺了對方反擊的可能。

面對眼前如怒潮咆哮的刀勢，陳浩南就只有挨打的份兒。看似受制於虎青，但其實他一直都留意著對方的動作，只等待一個反撲的機會。

虎青不住狂攻，竟沒發現自己的速度及力量也在減弱，還露出自信的狂態，以為陳浩南已成甕中之鱉，任由自己宰割。

「𡃁仔南，連一點還手能力也沒有，你到底有沒有試過街頭鬥毆、有沒有試過刀光劍影的日子？我知道了，你這個揸 FIT 人是靠舐蔣天生的屎眼騙回來的？哈哈哈……」虎青狂妄大吼：「舐屎眼小子，讓虎青哥給你上一堂實戰課吧！」

虎青以為吃定陳浩南，繼續祭刀揮劈，但力量與速度亦已經老了。這一刀朝陳浩南的頭顱橫削，卻被對方矮身避開。一刀落空，虎青便感到一股巨大寒意湧襲，低首一看，只見一道銀光在他腹前閃過，眼看快被膛開肚破，及時往後彈開，避過一劫。

定神一看，腹部已被拉出一道口子，閃遲半秒，已經爆肚而亡。

虎青未及回神，便感前方迎來一記強烈的刀勁，舉頭一看，已見陳浩南上了電般提刀疾劈。

勢道奇烈的刀鋒直噬虎青面門，嚇得他冷汗直冒，慌忙地舉刀招擋。

一擋之下，竟連手中刀也脫手甩飛。陳浩南的實力遠遠超出他的預期。

「連刀也握不穩，還敢在我面前裝腔作勢？」陳浩南目光如炬，踏步而前，渾身透射出凜冽的懾人氣勢。

「他媽的！你陳浩南算老幾？我虎青出來混的時候，你連奶水也未戒呀！」虎青赤手空拳，如坦克般往前衝：「我徒手就把你轟爆！」

虎青勢如瘋狗般撲向前方，掄起拳頭，直轟陳浩南。拳如炮彈，最少也達三百磅以上。陳浩南卻完全不為所動，立時提起左臂擋下了虎青一拳。

中拳的位置，隨時響起「勒勒」的骨折聲響。

「哈哈！」

虎青哈哈兩聲就僵住了笑容，只因他知道著了對方的道兒。陳浩南受此一拳，前臂一陣劇痛，同時他把握了這個埋身距離，握刀的右臂在虎青的身上拉出一道銀光。

銀光自虎青的左腰斜拉至右臂，虎青自知出事了，還未及痛楚，他便看見一道血光慢慢從身上浮現，再過了兩秒，大蓬血水便從傷口噴灑出來。

剛才陳浩南硬接虎青一拳，目的就是要令二人的身位拉近，繼而在近距離下砍出決定性的一刀。

虎青沒錯是好打，但他太莽撞、太衝動，遇上陳浩南這種頭腦冷靜的敵手，就很容易掛了。

胸口血流如注，戰鬥力大減。再看自己帶來的人馬，不少已經倒地，看情勢，己方正處於下風，大勢已去，糾纏下去，也難以扳回劣勢，所以虎青作了一個果斷的決定。

「撤退！」帶傷而逃的虎青，邊退邊盯著陳浩南，不忿地說：「嚫仔南，你敢插手我和『架勢堂』的事，即是與雷公子為敵，我就看你能否擔當得起？」

「我陳浩南嚇大，想再跟我打，隨時來銅鑼灣找我。」陳浩南。

虎青大軍敗走，陳浩南並沒有乘勝狙擊，因為他的目的已達，保住了十二少的城池，已沒必要窮追猛打。

廟街有陳浩南壓場，俐落地贏了漂亮一仗。

另一邊廂，陳洛軍按照計畫，派出門生冒充「天義盟」的人，在陳浩南的場子鬧事。事件發生後一小時，「洪興」一方便相約「天義盟」的人上枱會談。是次談判，「天義盟」要求在自己地盤內的酒吧進行。「洪興」亦大方接受，無懼對方主場之利。

酒吧內，站滿了「天義盟」的人馬，所有人的目光幾乎同時投向「洪興」的頭領身上。

「洪興」的代表，只帶了幾個門生到場，面對眼前那班凶神惡煞的惡徒，卻沒半點怯意。只見他稚氣未退的臉上有一道斜斜刀疤，破了相，但這一道疤痕卻令人看起來更具殺氣。

這個二十出頭、卻已滲透著濃烈的大哥氣息的人物，正是代表「洪興」一方，陳浩南的得力門生，大天二。

坐在大天二對面，分別是「天義盟」資深成員B輝與鱷魚，以及被雷公子力捧的士撻。

「大天二，帶幾個人來就夠膽跟我們談判，你當你自己是黃飛鴻，可以一個打九個？」B輝打開了開場白。

「南哥常跟我說，有用的，幾個就夠。」大天二快速地掃視了B輝後面的人：「要這樣多布景板幹嘛？」

「哼！別以為只有『洪興』出打仔，我們『天義盟』的人也是有勇有謀有實力！」鱷魚拍桌大吼。

「鱷魚先生，你會打就眾所周知的啦。你早前跟『龍城幫』Happy仔的大戰，已成為了江湖佳話啦。」

正確來說，那一戰應該是鱷魚給Happy仔修理了一頓。大天二的揶揄，氣得鱷魚面紅耳赤，反駁不來。

「開場白說夠了，入正題吧。」士撻插話，沖散了鱷魚的尷尬：「你們『洪興』不知開罪了誰，場子被搗亂，是你們自己的事，為什麼要把這筆帳算在我們的頭上？」

「敢做不敢認？」大天二瞥了後旁的門生一眼：「財仔，你把當時的情況說出來。」

「剛才我們的酒吧來了一大群人大吵大鬧，起初還可以容忍，後來他們愈來愈過分，不但在場中四處潑酒，還影響了其他客人。我好意請他們離開，他們便自稱是『天義盟』的人，其中一人把手中的酒樽砸在我的頭上。我們還手，他們便拿出傢伙大肆破壞我們的場子，有幾個兄弟更被打傷……」財仔說。

「聽到啦，這次明顯就是『天義盟』惹起事端，我現在給你兩個選擇：第一，交人。第二，賠償我們所有損失。」大天二斬釘截鐵地說。

「哈，大天二，開庭也要人證物證，現在行凶者不知所蹤，怎能憑你們單方面的說話就斷定動手是『天義盟』的人？或者他們是由另一幫會冒充，更有可能是……」士撻緊盯著大天二：「你們『洪興』自編自導自演的一齣好戲。」

「你這樣說，就是覺得我們『洪興』冤枉你們啦？」

「我只是作個假設而已，況且你們『洪興』專出打仔，我們『天義盟』何德何能可以弄傷你們呀？」

「明刀明槍，你們當然不是我們的對手。但『天義盟』一向鬼鬼祟祟，暗中把傢伙帶進來，我的兄弟始料不及，著了道兒有什麼稀奇？」大天二視線移向鱷魚：「而且剛才鱷魚先生也說過，『天義盟』的人有勇有謀有實力，再加上一些下三濫的伎倆，要弄傷我們的人，並非全無可能。」

「你要耍野蠻，我一定說不過你。」士撻態度強硬：「搞那麼多動作，無非就是想跟我們開打，別以為『洪興』會員夠多就可以在銅鑼灣隻手遮天，『天義盟』已今非昔比，你要打，我們絕不會龜縮！」

「別說了！打吧！」鱷魚猛吼一聲，已經搶先動身，撲向大天二。

大天二反應不慢，雙手往跟前的桌底一翻，便把桌子提起，擋住了鱷魚的衝勢。

鱷魚踹出一腳，把眼前的桌子往橫踢開，正想撲前，卻見大天二及幾個門生已奪門而出。

「走？刀疤仔，你剛才不是很神氣嗎？」

鱷魚追出門外，卻見外面的馬路上，滿是黑壓壓的身影，他們全都是「洪興」的人馬，陳浩南派系門生。

「各位兄弟，」大天二大喝：「我們用實力告訴他們，誰才是銅鑼灣的話事人！」

「改朝換代，就在今日！」鱷魚咆哮：「把『洪興仔』轟出銅鑼灣！」

繼陳浩南、虎青兩大巨頭一戰之後，「洪興」與「天義盟」亦在銅鑼灣展開了另一場地盤爭奪戰。

2.10 逆鱗

兩軍交鋒，只用了十分鐘，結果「天義盟」又吃敗仗。

雷公子一心借「天義盟」入侵香港黑道，敗了兩仗，理應大發雷霆，但他卻反常地沒有動怒，也沒有責怪士撻和虎青。只讓他們暫時按兵不動，等候他下一步指示。

第二天，雷公子跟邢鋒走進元朗。

除了「天義盟」外，早前雷公子還跟「龍城幫」的新界元老狄秋會面，拉攏合作，共同對抗信一派系。

狄秋早已覬覦「龍城幫」龍頭之位，難得有雷公子這股外來勢力相助，他當然求之不得，只是愛面子的他當日沒有一口應承。

那次之後過了一星期，雷公子再次致電狄秋，二人相約了今日作第二次會面。

「新界地方，又熱又多蚊，這死老頭怎樣也不肯出九龍，食古不化！」手臂被蚊叮了幾口，雷公子啐一啐道。

黃昏時分，雷公子跟邢鋒在元朗郊外，踏上前往目的地路程。

「邢鋒，你認為『洪興』何以會蹚這趟渾水？」

「『龍城幫』、『架勢堂』損兵折將，『洪興』在這段時候介入，明顯不過，就是跟他們達成了協議，正聯成一線，打算跟我們來一場龍爭虎鬥。」邢鋒淡然地說。

「哈哈哈哈，好！好呀！易打的仗一點也不好玩，想不到陳洛軍跟信一倒有點頭腦，這仗場，有意思！」雷公子笑說：「那個陳洛軍，只餘下半條人命，走出來有什麼作用？只要我喜歡，一根指頭就可以壓死他了。我不攻城，不是因為忌諱他，而是我有更好的計畫。」

「你想借狄秋之力打信一。」

「沒錯。」雷公子在狄家祠堂前停下：「到了，待會慢慢說吧。」

祠堂外圍，有度半圓石拱門，門頂有個「狄氏家祠」的牌坊。穿過石門，裡面是個偌大的古舊大廳。

中央放了張松木桌子，那裡坐了兩個人。一個是狄秋，另一個是個二十出頭、輪廓硬朗、體形健碩、一身運動服的英氣男子。

雷公子與邢鋒在二人對面坐下。

「狄老大，我們又見面了。」雷公子虛假一笑，然後望向身旁的邢鋒：「跟你們介紹，這個就是我頭號門生兼社團第一號戰神，邢鋒。」

「哦，就是你打敗了大老闆？」狄秋抽著長煙斗，打量邢鋒。

「嗯。」邢鋒冷冷回應。

「果然後生可畏。」狄秋拍拍隔壁男子的背部：「這個是我的兒子逆鱗，剛剛從荷蘭回來。」

「一看令公子的外型就知道他是個會打的人。」雷公子對逆鱗露出欣賞之色：「連兒子也召回來，看來狄老大已做好作戰的準備，來一個改朝換代的大戰，哈哈。」

「雷公子，先小人後君子，你想跟我們聯手不是不行，但我有一個條件，這次只是短期搭檔，當信仔被拉下台後，我們的關係便結束。」狄秋吐出一口煙：「另外，你要知道，這次是你來求我幫手，所以別命令我做任何事。」

「嘿，好啊，沒問題。信一是我倆的共同敵人，我們聯手把他轟出城寨之後，你登基龍頭，我也可以正式進軍香港。到時再看看我們兩幫人有沒有其他合作空間。」雷公子的笑容帶點輕佻，心想：「臭老頭，想借我之力踢走信一然後便甩掉我，嘿，你的如意算盤打得真響。」

「往後的事遲些再說。」狄秋板起了臉：「別浪費時間了，入正題吧。接下來你想怎樣做？」

「我們跟信一那邊鬥得火紅火綠，他們幾個大將已被打殘，現在肯定軍心大失。我想也是時候輪到狄老大你出手了。」

「你有什麼計策？」

「九龍城寨是『龍城幫』的根據地，此刻群龍無首，我認為現在是攻城的好時機。」

「給你把整個城寨搶回來又如何？爛地一片，毫無價值。」

「那狄老大有什麼高見？」

「信仔他們近幾年雖然有不少開始涉足正行，不過黑社會始終是黑社會，當然亦有很多偏門生意，外圍賭注、地下錢莊、賭館等才是他們的收入來源。這些檔口全部集中在九龍城，只要給掃蕩了，他們的經濟便大受影響。」狄秋徐徐地說：「這一代的年輕人，個個利字當頭，金錢掛帥，就算口裡多有義氣也好，始終也要吃飯的，只要斷了信仔的糧草，然後再出招就事半功倍。」

「既然狄老大已有了全盤計畫，那麼你打算何時動手？」雷公子翹起嘴角。

「到適當的時候自會動手。」狄秋冷冷回應。

「什麼才是適當的時候？」雷公子皺眉。

狄秋望向逆鱗：「逆鱗，你說吧。」

「在我們出手之前，我想你們在『龍城幫』港九各區地盤惹起火頭。」逆鱗首度開腔。

「為什麼要這樣做？」雷公子揚一揚眉。

「信一跟我們雖然不和，但說到底他跟我們都是同屬『龍城幫』，如果我們現在動手，就是對同門不義，信一如此狡猾，他日一定會用這項罪名盯著我們不放。」

逆鱗淡定地說：「所以……」

「所以就由我方挑起戰火，搞亂各區生意，屆時各方社團一定會對我們大感不滿，要兩幫人作出交代，於是你們就藉此機會——公審信一。」雷公子接話。

「雷公子聰明過人，完全猜到了我們的部署。」

「對你們來說，這個當然是個好計畫，不過這大計卻對我們大有影響。」雷公子不滿：「我們四處惹起火頭，便成了滋事份子，一個搞不好，隨時變成了江湖公敵，成為眾矢之的。」

「富貴險中求，要打垮信一，當然要有點風險，唾手可得的事情，任誰都可以做到。你雷公子大人物做大事，在澳門街呼風喚雨，就算香港的古惑仔聯手起來也不是你的對手吧？」

逆鱗表面奉承，實際是要迫雷公子答允。

「哈，正所謂猛虎不及地頭蟲，你不用給我扣帽子了。既然這次是大家聯手，沒理由風險我冒，收成卻由你享。這樣吧，我們可照你計畫進行，但萬一我們成為其他社團的攻打目標，你們便不能再藏頭露尾，一定要出手跟我們共抗外敵。如果連這樣也不能承諾，我就真的看不出你們合作誠意，那麼這次的合作，只好拉倒了。」

兩次跟雷公子會面，狄秋都是擺出一副高高在上、趾高氣揚的態度。雷公子這番話無非是想一挫狄秋的銳氣，同時讓他知道，自己也有底線，不要再得寸進尺。

雷公子的態度突然強硬，殺狄秋一個措手不及，一時間接不上話，木然呆住。他的反應已經露了餡。

「哈，臭老頭。」雷公子心中竊笑。道：「狄老大，其實我的要求也不算過分，你認為怎樣？」

「雷公子，我們這一著是螳螂捕蟬，黃雀在後。胡亂出手，只會打草驚蛇，壞了大事。」逆鱗保持平穩：「你放心，總之在適當的時候，我們一定會有所行動。」

「如果我們四面楚歌，敵不過他們，給轟出香港，到時你們的什麼大計也會泡湯。」雷公子凌厲：「大家坐同一條船，我出了事，你們也不能獨善其身。」

雷公子雖然討厭，但也說得沒有錯，他一旦吃了敗仗，整盤計畫也都摧毀了。跟雷公子合作，是把信一拉下馬的最好機會，錯過了這次，何時才會出現第二次機會？十年？廿年？信一最大的本錢是青春，這是狄秋沒有的，他已經一把年紀，再沒有時間等待下一個十年，所以他萬萬不能放過這次合作機會。

他花不起時間，也沒有輸的本錢。

「好，我應承你，如果你們身陷險境，我們一定會全力出手助戰。」狄秋明顯急了。

「好！有狄老大這一句話，我便放心了。哈哈。」雷公子得逞，笑容更加噁心。

2.11

烽火連天

打鐵趁熱，雷公子與狄秋的會面後第二天，雷公子便立即以雷厲風行的手段實踐行動。

虎青、士撻、B輝、鱷魚，各自領軍，採取快閃戰略，分別突襲旺角、灣仔、深水涉、尖沙嘴四區，每區集中攻打一個檔口。行動火速，只作搗亂，一見「龍城幫」的人便立即撤兵，沒跟他們作正面交鋒。

一夜之間，「龍城幫」四個地區被「天義盟」攻襲。除四區外，九龍城幾個私密檔口亦受到攻擊。

手法快捷，短短一小時已經掃蕩了兩間賭館以及一間外圍檔，更把駐守人員重創，不費吹灰之力就擊潰了九龍城內幾個重要陣地，只因這次領頭的人是戰無不勝、當者披靡的猛將——邢鋒。

另一方面，十二少終於從羈留室獲釋。

經過四十八小時的精神折騰，心繫兄弟的十二少明顯臉容憔悴了不少。甫一步出警局，他便心急如焚，恨不得立即飛到廟街。

「小明，廟街那邊情況怎樣？」警局外早有幾個門生在等待著他，十二少緊張地問。

「阿大放心，廟街沒事，我們的兄弟也沒有損傷。」

「哦？」十二少認定被扣留的時間內，雷公子必定有所行動，他還以為廟街已經失守，小明的回答，當真叫他始料不及。

「『天義盟』的人沒有來襲？」

「有啊，領頭的人是虎青。」

「虎青？」十二少：「連他也來了……」

虎青在自己被囚禁的時候有所行動，十二少立即意識到，虎青跟雷公子很可能已聯成一線。

雷公子已經難應付，現在還來了個麻煩惡人，接下來要面對的事情，實在叫人頭痛啊。

「虎青既然出手，他一定全力出擊，你們如何抵擋得了？」十二少大惑不解。

「把虎青打倒的，不是我們，而是『洪興社』的陳浩南。」

「陳浩南？」

十二少跟陳浩南並不認識，他並不會無緣無故助拳。十二少正想追問，小明便告訴他陳浩南是受陳洛軍之託而出手。

度過了危險的四十八小時，十二少總算暫時舒一口氣。

「阿大，洛哥囑咐，你出來後，便往城寨會合他。」

「嗯。」

陳洛軍出關，十二少知道，這場大戰已經升溫。

「你們先回廟街，我要去一趟城寨。」

十二少正要離開，卻望見對面馬路站著個熟悉的身影。

十二少走到那人面前，停下來：「細寶。」

「阿大！」

一句「阿大」，卻如電般震撼了十二少的心坎。

十二少雖然不知道細寶為何改變主意，但他在此時出現，的確為十二少注入了強大的力量。

「虎青回來了。」

「連你也知道。」

細寶得知虎青回來的消息，十二少大概猜到，虎青已經向他展開行動了。

「細寶，虎青是否已經找上了你？」

「嗯，他把我的朋友輪姦了。」

得知一切的十二少，雙拳扼得勒勒作響，恨不得立刻就跟虎青開打。

「阿大，這一場仗，我想跟你一起打。」

「好。」

「我們下一步怎樣？」

「現在先跟陳洛軍會合，然後再作部署。」

十二少趕往城寨之時，陳洛軍與一眾精兵以及陳浩南，在信一的賭館展開閉門會議。

「龍城幫」多個地區受襲，身為社團第二號人物，陳洛軍責無旁貸，他認定事件由雷公子幕後策劃，雖然不知道他有何動機，但可以肯定，他要置「龍城幫」於死地。

由他生擒AV開始，雷公子便打算將「龍城幫」有關的核心人員鏟除，矛頭直指信一與陳洛軍，連帶他們的黃紙兄弟也不能倖免。

雷公子來意不善，陳洛軍亦沒有理由跟他客氣，來到這個階段，再沒有談判的餘地，也沒有任何決戰規則。只要能把「天義盟」及雷公子轟敗，什麼手段都可以派上用場。

「雷公子這瘋子，總是跟我們『龍城幫』過不去，沒錯他是有點勢力，但不代表天下無敵，況且這裡是香港不是澳門，輪不到他橫行無忌。」說起雷公子，陳洛軍的怒火不斷上升。

「你們『龍城幫』想怎樣，我嘅仔南一定全力協助。」陳浩南抓抓耳窩。

「還有我們。」十二少打開賭館大門，跟細寶步入。

「十二少！」

再見十二少，陳洛軍即面露喜色。大戰在即，他最需要的，還是推心置腹的好友同伴。

在江湖男人的世界裡，除了女人，兄弟就是生命中不可或缺的部分。

「跟你介紹……」陳洛軍望向陳浩南：「這位是『洪興社』的陳浩南。」

「十二少，久仰大名。」陳浩南伸出一手。

「南哥，謝謝你。」十二少跟陳浩南握手。

「你叫我南哥，我受不起的，叫我阿南吧。」陳浩南一笑：「『天義盟』是大家的共同敵人，幫你等同幫我自己，不用客氣了。」

兩雄首遇，在陳浩南眼中的十二少，是個帶點正氣、為朋友可以赴湯蹈火的人。

十二少曾聽過不少關於陳浩南的傳聞，知道他是個能征慣戰的猛人，對兄弟有情有義，深得門生擁戴。今日一見，就覺這個人的氣度不簡單。

「我們繼續吧。」陳洛軍說：「以前我們跟什麼人開戰也好，都留有和解的後著，但這一次絕對沒有議和的可能。我要不惜一切，豁盡所有去打這一戰！我們沒有輸的籌碼，一旦輸了，我們很可能會一無所有，連生存的權利也被剝奪。這次已沒回頭路可走，因為就算我們避戰，雷公子也不會放過狙擊『龍城幫』，所以我們唯一可以做的，就是盡全力打這一仗，你們要記住，今次一輸，便連『龍城幫』的江山也都輸掉。」

「你想怎麼打？」陳浩南。

「『天義盟』已經有所行動，我不管他背後有什麼目的，也不管他有什麼陰謀，我只知道我們要以牙還牙，要他們知道，我們『龍城幫』絕不好惹！」陳洛軍一如既往的清晰：「阿南，今次始終是『龍城幫』的事，我不想把你捲得太深，你繼續在銅鑼灣跟他們糾纏吧，其他區的戰線交給我跟十二少。」

「沒問題。」

經過半小時的閉門會議，陳洛軍下令要立即展開反擊。當晚便由十二少、阿鬼、陳浩南分成三條戰線——迎戰「天義盟」。

往後幾天，陳洛軍大軍精英盡出，在「天義盟」各區地盤進行了大反擊。

兩軍更作多次交鋒，本來以「天義盟」的實力及財力是沒可能跟「龍城幫」抗衡，可重賞之下必有勇夫，雷公子大打銀彈政策，令「天義盟」內部士氣大力增升。加上虎青、邢鋒以及雷公子從澳門調配過來的援手，「天義盟」的實力已經不可同日而語。

兩軍交戰了近一星期，「龍城幫」與「架勢堂」聯盟出擊，竟然也不能把「天義盟」打垮。當然，負傷的陳洛軍只能在幕後督軍，未能御駕親征是一大關鍵。

大戰爆發一星期，各區夜店生意大受影響，其他社團的生意亦受到牽連。事件由「龍城幫」與「天義盟」而起，不同的社團為此大感不滿，促請他們儘快解決事情。

戰火亦因為外來壓力而暫遏。

這場仗只是剛剛開始，但「龍城幫」已經付上了大量金錢損失，除了生意受影響，還要付一大筆安家費、醫藥費等支出，金額達到七位數字。

每天都在燒銀紙，不能無了期的打下去。就在陳洛軍為未來的戰事大感苦惱之際，「龍城幫」內部亦出現了巨大震盪——

元老王狄秋認為信一管理不當，令社團地位大受影響，故跟一班元老召開了緊急會議，動議廢除信龍頭之位。

2.12 選龍頭

這邊廂「龍城幫」正與「天義盟」打大仗，那邊廂狄秋卻擺下毒計，集結一班新界元老勢力，打算強行把信一拉下馬，廢除他的龍頭之位。

事關重大，信一就算傷患未癒，也不得不負傷出院，趕往元朗。

元朗狄氏宗親會內，狄秋已經召集了多名不同幫會高層及十多名元老開會，包括他的胞弟狄偉、黃紙兄弟孟大成以及候任龍頭太子逆鱗。

除了「龍城幫」的人，還來了幾個其他幫會頭目。

「在座的都是『龍城幫』老臣子、開荒元老，『公司』所有的東西都是靠我們雙手打回來的。信仔當了龍頭只有短短日子，卻弄得滿城風雨，『公司』損失慘重，再讓他搞下去，不出半年『龍城幫』這三個字便會成為歷史陳跡！」孟大成聲如洪鐘：「我動議，廢信仔，即日開始，由狄爺接掌龍頭之位。」

孟大成的話，換來一班元老的附和，一致表決——**重選龍頭，廢信一，立狄秋。**

「信仔太年輕了，根本未夠火候。」

「沒錯，信仔算老幾？一點江湖地位也沒有，如何服眾？」

「就這樣決定叫信仔交出權杖，革除他所有職務。」

「好，我們現在正式投票……」

就在孟大成正想進行投票之際，信一及時來到選舉現場。

「投票也不等我？說到底我也是現任龍頭啊。」信一由近身阿鬼陪同下推門而進，來到現場。

信一在這個時候出現，坐在主席位上的狄秋卻不為所動，一副高高在上的架勢，似完全不把對手放在眼內。

「信仔，你來得正好，可以親眼見證選票結果。」孟大成：「贊成廢信一，立狄爺的人，請舉手。」

話語甫畢，孟大成便率先舉手，之後在場所有人，除了信一、阿鬼和狄偉之外，其他人都舉起手投下狄秋神聖一票。

「哈哈，投票結果相當明顯，一致通過，由狄爺接掌『公司』龍頭職務，即日生效。」孟大成笑說。

「你以為我會接受這個小圈子選舉嗎？」信一有點不悅。

「小圈子？在座全都是『龍城幫』的元老，個個份量十足，絕對夠資格重選龍頭。」孟大成句句有力：「這個選舉絕對公正、透明、具公信力。信仔，我勸你還是不要戀棧權力了，自動把權杖交出來，退位讓賢吧。」

「你們認為我不適合就拉我下馬，到下一個上場，突然不合意，又可以隨隨便便把他廢掉，『公司』有制度的，不是任由你們喜歡怎樣就怎樣。」信一沉住氣：「上場以後，我一直為『公司』打拚，你們沒有理據，也沒有權力廢我！」

「為『公司』？哈！信仔，你知否你上場以後，為『公司』帶來什麼麻煩事？我現在逐一告訴你吧。」狄秋淡然：「第一，你在位的日子，四處惹事生非，我已經多次被警方問話，他們跟我說，再把你放任，就會大力打擊『龍城幫』。第二，你好大喜功，搦戰雷公子。為求達到目的，妄顧同門死活，不理大局，一意孤行招惹他，令我幫兄弟受傷。」

狄秋振振有詞，字字鏗鏘，想必早已把「台詞」唸得滾瓜爛熟，倒背如流。

「第三，你急功近利，為了擴張自己的勢力，不斷拉攏其他幫會歸邊，本來這是好事，可你行事魯莽，一天到晚只顧打仗，連『公司』的生意也不管，令業績下滑，累及其他生意伙伴，這筆帳到頭來又算到『龍城幫』的頭上。你要記住，『公司』的錢，在座所有人也有份，再給你搞下去，不出半年我們便要乞食了。」狄秋瞪大眼睛：「憑這三大罪狀，就足夠理由將你降職罷免！」

狄秋一口氣說出這番「合情合理」的說話，一時間信一也沒有回應。

信一沒有反駁，不是他口才不及，而是他為狄秋的處心積累而感到失望。

「怎麼啦，無話可說了吧？」狄秋冷笑。

「我出去打仗，並非為個人利益，難道兄弟有事我袖手旁觀？『公司』被人壓在頭上，我還手有什麼問題？你們喜歡龜縮在元朗是你們的事，我只會繼續走我認為對的路。」

社團被雷公子不斷狙擊，狄秋身為元老不但沒有幫手，更在此時趁火打劫，信一的容忍已到臨界點。

面對信一的強硬態度，狄秋仍然一臉從容，就像早已料到信一的對白。

「你為兄弟當然沒錯，不過你營救的那個什麼AV，好像不是『公司』的成員。你要當英雄，是你自己的事，好啦，到頭來弄出個大禍來，卻要動員『公司』幫你收拾殘局，似乎說不過去啊。」狄秋一面嚴肅：「打仗的錢全都是『公司』數，你為了個外人，令我們損失重大，請問你怎樣向我們交代？」

「這筆帳，我會自己還給『公司』。」

「錢你當然要還。」坐在信一對面的逆鱗說：「不過你仍然要讓出龍頭之位。因為我們一致認為，這個位不適合你坐。」

「你是誰？有什麼輩份跟我說話？」信一盯著逆鱗。

「說輩份嗎？論資排輩，你跟龍捲風，我是狄爺的直系，大家也是第二輩，你頂多職位比我高。」逆鱗意態囂張，全不把信一放在眼裡：「不過今晚過後，說不定我的位置比你還要高呢。」

「……」狄秋之子不分尊卑，一副不可一世的模樣，信一的怒火已燒著了。

「信仔，不必多言了，接受現實吧。」孟大成一喝：「我代表『公司』宣布，秋爺即日上任『龍城幫』龍頭坐館。」

「大成叔，你什麼時候當了『龍城幫』代言人？」信一正色：「你們喜歡搞小圈子選舉是你們的事，總之今日的事我絕不會承認！」

「你說我們小圈子選舉？哼，你又何嘗不是搞黑箱作業？龍捲風去世那天只有你和陳洛軍在身邊，除了你倆，根本沒有人知他臨終前說過什麼，說不定他叫你把權杖交給我，你深深不忿，篡改遺言。這都不緊要，如果你有能力，我叫你阿大也沒關係，重點是你管治不力，除了我們新界線之外，其他幫會的大哥也對你處事手法很不滿。」狄秋望向坐在長桌最末的一人：「『長興社』昌哥，你說句話啦。」

「信仔，最近你們日日打架，殃及池魚，尖沙嘴的生意大受影響，這樣下去，我們的場子肯定要關門大吉。」年約五十、頭頂光禿禿的昌哥說。

「華樂幫」龍頭大哥權接話：「你們的家事本來輪不到我們插手，不過信仔你既為龍頭，行事就該有分寸。動不動就出兵，弄得全城亂七八糟，烽火連天，太不成熟了。」

大哥權跟狄秋份屬好友，是上一輩江湖人物，對新一輩的作風總是看不順眼，況且他早已對信一帶有偏見，認為他年紀太輕，沒資格跟他在江湖平起平坐。

接下來，其他社團的高層你一言我一句，大數信一不是，看來今日不但是新界線的小圈子選舉，更是狄秋擺下的一個局——秋後算帳，公審信一。

「信仔，這樣下去你早晚成為江湖公敵，說到底也是一場同門，秋叔也不想見死不救。」狄秋義正詞嚴：「我以『龍城幫』大元老及龍頭身份降旨，由即日起罷免信一所有職務，限你一星期之內交出權杖、名冊及數簿。」

狄秋擁兵自重，自立為帝，在場又全是狄秋的人，信一處境惡劣，站在他身旁的阿鬼，從未試見面臨如此嚴峻形勢。

以前有龍捲風壓場，江湖沒有人敢找「龍城幫」的麻煩，信一等人度過了好一段風平浪靜、順風順水的日子。不過人總要成長的，長輩不可能罩你一世。

龍捲風的死，留給信一的，不只是龍頭大位，還有令他必須急速成長的覺悟。

能做事不如會作勢，欲成事不如先造勢；一旦失勢，就算拿著巨大的籌碼，也會輸得乾乾淨淨。

此刻的信一怎會不緊張？但他記得哥哥曾説過，無論情形有多惡劣，你有多緊張也好，也絕不可以讓你的對手看穿，輸人不輸勢。

信一吸一口煙，終於吐出話：「八國聯軍？好，我就豁出去跟你們玩！」

信一身處劣勢卻處變不驚，雙目突然開了光，吐出逼人寒芒。

「『長樂社』對我不滿，打！『華樂幫』對我不滿，打！『和聯勝』對我不滿，打！『勇義會』對我不滿，打！」信一怒視狄秋：「自己人對我不滿，還是這一句——打！」

既然再無道理可説，信一便向各大社團下戰書，他媽的打個稀巴爛吧！

「哼！你以為自己是RAMBO，可以憑一己之力打垮整個江湖？」狄秋怒喝：「你要打，好，那就開戰吧！以前我處處對你忍讓，今日開始我不會再留情面給你，一直打，直至你交出權杖——撒出九龍城寨為止！」

「終於説出心底話了，你根本一直想借機會，重返九龍城寨。」

「九龍城寨是我跟龍捲風打回來，他死了，我們奪回屬於自己的地方，有什麼問題？」

「跟你多説也浪費時間，總之權杖跟數簿我一定不會交出來，有本事你就殺了我，自己入城取。」

信一轉身就走：「在座有誰不怕死就儘管放馬過來，九龍線的人出名好戰，我信一出名爛打，我連命也不要跟你們打！」

信一向全場人放下了一封極具火藥味的戰書，一眾幫會的頭目，無一不被信一的氣勢所震懾。

「今次是我們『龍城幫』之爭，與其他人無關。」狄秋瞪向信一：「信一，一戰之後，再沒有什麼九龍』、新界線，誰打輸了，就要——永遠退出『龍城幫』！」

「一言為定。」信一：「戰場見。」

拋下一句話，信一與阿鬼便告離去。這一次的注碼巨大，誰也輸不起，輸掉的一方，將會把所有江山也斷送給對方。

會議結束，最終得出四個字的結論——勝者為王。

2.13 分裂

這次不愉快的會面結束後，信一便立即趕返九龍城寨。

「沒有轉彎餘地了，開戰吧。」陳洛軍：「我們跟『天義盟』正打個日月無光，狄秋卻趁這時候來謀朝篡位，重選龍頭，居心叵測。」

除了信一與陳洛軍，十二少、細寶、阿鬼也在賭館內開會。

「九龍城的地下檔口只有自己人知道地址，『天義盟』何以能在一夜間連環掃平？明顯就是狄秋通風報信。」陳洛軍續道：「狄秋已經跟『天義盟』達成協議，聯成一線夾擊我們。」

勾結「天義盟」，即是跟雷公子脫不了關係，私通外敵跟出賣同門，乃遭五雷誅滅的嚴重罪狀，信一最不想發生的，看來都已經發生了。

「狄秋明知我們跟雷公子水火不容，還要跟他結盟，已經超出了我們的容忍界線。狄秋不惜一切拉你下馬，他不念同門情義，我們也沒理由讓他好過，這一戰只有其中一方死掉才能了結，我們再沒有其他選擇——殺了狄秋吧。」陳洛軍望向信一：「你認為如何？」

陳洛軍跟狄秋沒有交情，當然可以不顧情面，去得很盡。可狄秋始終是信一的「長輩」，這場由雷公子而引發的同門內戰，實在很為難，很難打啊。

信一吸著煙，腦海思索著今次的事件……

「雷公子曾經嘗試過取下我的性命，又害死了洛軍跟藍男的骨肉，他與『龍城幫』之間，就只存在著不共戴天的仇恨。秋叔公然彈劾我、罷免我，到底有沒有想過我的感受？我是哥哥的指定承繼人，我下台，連龍捲風的聲名也會受損，我又怎可以隨隨便便交出權杖呢？為什麼秋叔你不可站在我的立場著想？為什麼我們兩幫人一定要兵戎相見，流血收場？」信一想。

這場內戰，牽連重大，未得到信一下旨，陳洛軍也不敢為他拿主意。

信一吸了一口又一口煙，神色從未如此凝重。

從來天塌也不當成什麼回事的信一，這次真的到了人生交叉點。

直至手中的香煙熄滅，終於有結論了。

「洛軍，就照你的意思去做。」信一捻熄煙：「不用顧慮什麼，放盡去打，直至把狄秋派系打垮為止。」

為了大局，縱然千萬個不情願，信一最終也下了這個無奈的決定。

聖旨一出，便如覆水，一發難收。

陳洛軍又怎會不知好友的難處，只是事情來到這個局面，已經不能再以和平方式來解決。是狄秋不仁在先，那就莫怪我們無情不義。

「十二少，這已經演變成我們『龍城幫』的家事，這場戰爭，你暫時不便出手。」信一。

「嗯，我也明白你們現在的處境。不過你和洛軍的傷勢還未痊癒，我怕你們不夠人手打這一仗……」十二少想了想，望向身旁的細寶：「我派細寶過來幫你們吧。」

信一與陳洛軍同時望向細寶，只覺眼前這個年輕人很俊秀，帶點斯文，完全不像出來混的樣子。

「細寶比吉祥更早跟我，後來他退出了，所以你們沒有見識過他的身手。放心，有他幫手，你們一定可以打高一線。」十二少對陳洛軍說：「細寶早就退出『架勢堂』，如果你沒問題，他可以暫時加入『龍城幫』，當你門生。」

「那就辛苦你了。」陳洛軍拍拍細寶的肩膀。

「別客氣，洛哥，要打架，你隨便叫我動手可以了。但我想你答應我，『天義盟』的虎青，一定要留給我。」

「你與虎青的過節很深？」

「當年他因為阿大、吉祥和我而入獄，對我們懷恨在心，他一出牢便找我報復，把我的一位好朋友強姦了。」

江湖有句話：禍不及妻兒。雷公子的人卻一再傷害女人，簡直人神共憤、天地不容！

「放心，虎青一定會留給你。」陳洛軍說出要害：「但現階段，我們先要解決內部問題。狄秋挑起戰火，雷公子應該會暫時收手，看定情勢才出招。也就是說，雖然狄秋跟雷公子合伙，但雷公子暫時會按兵不動，由得我們『龍城幫』自相殘殺，待我們元氣大傷才加入戰線。」

「洛軍，這場戰事由你指揮，採用什麼策略，如何調兵遣將，由你全權負責。」

「收到。」信一把權力下放，是因為他知道萬一兩方到了生死關頭，他會因私人感情而壞了大事。陳洛軍跟元朗的人沒有瓜葛，所下的決定一定會比信一更狠更爽快。

陳洛軍獲任元帥，議程將進入戰略部署一環的時候，陳浩南卻突然出現，進入這間臨時會議室內。

「阿南？」這一次會議陳洛軍並沒通知陳浩南，看見他前來，也有點出奇。

「我有話要跟你們說……」陳浩南面帶歉意：「我們這邊暫時不能出手了。」

陳浩南不請自來，陳洛軍已大概猜到不會有什麼好事。

「宋人傑找過我們的龍頭蔣先生，自動交出灣仔五間酒吧保安權給『洪興』，另擺廿圍酒席，作為談和的條件。」陳浩南：「本來蔣生並不理會我跟『天義盟』的事，但宋人傑認了錯又給『洪興』賠償，所以蔣生就答應下來，就此算了。」

「宋人傑自動投降，如果蔣生還要作狙擊，就顯得太沒氣量。」信一乾笑：「宋人傑視錢如命，突然如此豪爽？哈，肯定又是雷公子的意思啦。」

「嗯。『天義盟』跟『洪興』本就沒什麼深仇大恨，宋人傑給了蔣生十足面子，所以我們這邊也不得不停手。」陳浩南無奈：「洛軍，認真抱歉，之後的事我幫不了你們。」

「別這樣說，你保住了廟街，已經幫了很大的忙。」陳洛軍：「以後的事就交給我們吧。」

「如果日後真的有什麼需要，一定要找我幫手。」

「好！」陳洛軍笑說：「你放心，我答應過你的事，一定會信守，他日我們把『天義盟』轟出銅鑼灣後，他們的地盤會歸你們『洪興』。」

「這些小事，以後再算，目前最要緊的，就是如何打這一戰。」

「我們跟新界那邊已經正式宣戰，接下來就是我們『龍城幫』的內戰。所以不單只有你，連十二少他們也不便幫手。」

「洛軍，我看好你，專心打好這場仗。」

「承你貴言。」

陳浩南走了。多年沒見，陳洛軍跟他之間還是好像有一堵牆隔住，令二人的關係不能躍進。

陳洛軍跟信一、AV、十二少、吉祥之所以能成為好友，大概大家都是同一類人，對朋友，可以推心置腹，毫無保留地把心底話說出來。

大家也擁有一顆赤子之心，行事和想法也比較簡單直接。

陳浩南就不同了，他是一個有城府、有野心、有計算的人，雖然不會害朋友，但處事手法卻狠辣。

在江湖混，狠辣一點當然也是人之常情，否則如何能在這個複雜的地方拚搏？

這一次陳浩南退戰，一方面是因為上頭施壓，但最重要的，是他錯判了「天義盟」的實力。起初他以為可以很快收拾他們，然後把其地盤鯨吞。打下去才發覺，不是想像中般容易，他雖有信心最終也能將對方壓下，但要付出的金錢與人力，也是無法估計的。

宋人傑求和，絕對是一條很好的金樓梯，好讓他能退下戰線。

陳浩南擁有陳洛軍沒有的心計，所以如果鬥手腕、鬥政治，陳洛軍是會輸給他的。

而亦因為陳浩南夠狠又夠實力，多年之後才能得到蔣天生的賞識，由他接棒，當上「洪興社」龍頭，成為香港黑道、無人不識的當世梟雄。

陳浩南離開之後，陳洛軍等人繼續商議對策。另一邊廂，狄秋亦在元朗祠堂作「香堂」，進行簡單的升職儀式。

狄秋是老派江湖人，雖然幫會正處於內訌分裂，但他既然成為了新界線的龍頭，就算再簡單也好，做過了儀式，他才能名正言順，黃袍加身，坐上幫中最高領導者的「山主」寶座。

登基儀式結束，狄秋與狄偉兩兄弟來到一棵參天巨樹下乘涼。

「阿偉，我知你不想我跟信仔開戰，不過人在江湖，身不由己，有些路不得我們挑選，是時勢迫你這樣走，避不了。」狄秋撥著蒲扇。

「哥……有心避怎會避不了？」狄偉一臉憂色：「我總覺得，我們不該跟那個姓雷的聯手對付信仔。」

「大哥跟你血脈相連，怎會不知道你的想法？你認為信仔是我們的後輩，又是龍捲風的親信，盡可能都要留一線。」狄秋沉聲：「我不是沒給他機會和平共處，但當日我們第一次談判的時候，信仔的態度強硬，親口對我說要出兵打我們，打足三百六十五日，直至把整個新界線連根拔起為止。你也該記得吧？」

沒錯當時信一是說過這種狠話，但前提是狄秋當日咄咄逼人，不仁在先。

狄偉沒當面說出狄秋不是，只因他清楚這位大哥的性格，令他難以下台，對事情並沒好處。

「九龍跟新界一向相安無事，其實只要取得平衡，大家不一定要兵戎相見。」

「怎樣平衡？」

「我們可以推行雙龍頭制度，一個九龍，一個新界，各自管理自己的地方。」

「雙龍頭？信仔什麼輩份？哪有資格跟我平起平坐？就算我首肯，信仔也不會答應。」狄秋臉上變色：「他權力慾太大了，一心想把我們壓下來，所以你不用再為他說話了。」

狄秋這番話，其實是他心底的想法，不想跟人分享龍頭寶座的，是他自己才對。

「阿偉，念舊情是好事，不過我覺得你應該面對現實，我們跟龍捲風的情義已成過去，毋須再理會他門生的感受。」

「不過……」

「不過什麼？我有說錯嗎？由我們從九龍走回新界那天開始，我們的關係亦到此為止。」狄秋放下扇子，劃火柴燃點了長煙斗：「況且，龍捲風根本不是你想像中那麼重情重義，他明知傳位給信仔會惹起我不滿，何以仍要作這決定？全因他心術不正，用人唯親！信仔當了龍頭，『公司』就一直落在他派系手上，龍捲風的名字就能歷久不衰，永遠跟『龍城幫』掛勾。哼，臨死還能想出如此毒計，剛愎自用，這種人值得你尊重嗎？」

「在你心目中，老大真是這種人？」

「對。」

「他以前為我們做過的事，你一點也沒記在心上？」

「沒有。」

「哥，我知你口硬心軟，我肯定你不會忘記，老大當日如何在九龍城寨把你們從震東手上救出來。」

聽到震東這個名字，狄秋瞳孔放大，心有餘悸，思緒跌入了三十多年前，那一個叫他畢生難忘的黑夜……

——**隔離病房**——

「十二仔，你對我真好；我有傳染病你也來探我……」

「霍亂事小，吊幾天鹽水就好，反而全身骨折要點時間才能癒合。」

「你那麼關心我，不枉我當你是『半邊仔』；好啦，我恩准你約會喵喵啦！我想通了，女大女世界，你一表人才，做我女婿都算及格。」

「吓……」十二仔一定是太驚喜太高興了吧，所以接不上話？

女大當婚，雖然我不捨得女兒出嫁……或許，到時候十二仔肯入贅？

「爸爸，你亂說什麼啊？我跟十二少沒有關係啊！」

「嘻，不用害羞啦！女孩子說沒事，就是有事；說無所謂，就是有所謂；說不喜歡十二仔？就是喜歡啦！」

「爸爸，真的沒有啦！我當十二少是哥哥而已。」女兒嘟起嘴，大發嬌嗔。

「真的不是嗎？那……你喜歡什麼樣的男孩子？洛仔已有兒媳婦了，我不許妳做二奶，破壞人家家庭幸福啊！」

「我也當洛哥是哥哥而已……其實呢，洛哥跟十二少也是華 DEE 的類型，我喜歡的，是像張國榮那一類的男生呢！」

十二仔像華 DEE 嗎？我覺得我比較像啊。（我瞄了十二仔一眼，他雖然木無表情，但我看得出他內心正在沾沾自喜！）

「張國榮？那……只有死鬼龍捲風才相似！可惜他又沒生兒子……」

2.14 神人

時光回到五十年代中期，一個黑白不分的亂世時代。當時最具勢力的「青天會」壟斷了九龍區大部分的黑道生意，無人不懼，橫行黑道。

「青天會」之所以能夠獨霸天下，除了龍頭雷震東擁有澎湃實力，更重要的是，有他堂哥總華探長雷樂作後盾。

一個黑道霸王，一個白道皇帝，二人在黑白二道呼風喚雨，幾近是香港幕後管治者。「青天會」如日中天，誰敢招惹他們，等同以卵擊石，只有落得粉身碎骨的下場。

那時候，江湖上還沒有「龍城幫」，九龍城寨乃「青天會」的地盤。

龍捲風與狄秋等人開始在江湖打拚，雖然龍捲風曾囑咐他們千萬別獨自惹上「青天會」，可有些事情就好像宿命一樣，按照軌道而行。狄秋與孟大成始終開罪了「青天會」的人，被活捉到九龍城寨。

雷震東找人通知了龍捲風，令他隻身前來取人……

龍捲風來了，雷震東當然不會就此放人；當日雷震東開出一個狠辣盤口——龍捲風、狄秋與孟大成各自留下一條手臂才可以離開。

「只留下一隻手，會否太便宜我呢？」站在巷尾的龍捲風點起香煙笑說：「東哥，我管教無方，願意一力承擔。東哥不嫌棄的話，不如用我這條爛命贖罪，好不好？」

「老弟，你想跟我玩什麼玩意啊？」坐在巷子盡頭的雷震東，望著前方的龍捲風說。

「我用一條命，換他倆完好。」龍捲風：「不過即使要死，我也希望東哥能給我一個垂死掙扎的機會。」

「說來聽聽。」雷震東說。

「你身後的兄弟該有十數人，他們各執傢伙，我赤手空拳入巷，如果僥倖死不了，給我帶他倆走，可以嗎？」

「我欣賞你的膽識……」雷震東詭異一笑：「我只准許你用一隻手，如何？」

「要以單手迎戰廿名刀手，強如老大也沒有十足信心，但他卻一口答應。結果挨了十七刀，走到雷震東面前。」狄偉：「他為什麼要押上自己的命？還不是為了營救你們！我想你並沒忘記老大為我們付出的一切！」

狄秋沒有回話，他只有皺著眉，吸著長煙斗。

「那次之後，我們便成了雷震東的打擊對象，他還跟雷老虎夾擊我們……你被誣告傷人藏毒入罪，在監牢給雷震東的人日打夜打，不到一星期已給打斷了肋骨。我記得我跟老大探監，你哭著跟老大說，要他無論如何也要把你救出來，否則早晚會被活活打死，最後老大也不負所望，真的把你和大成救了出來……」狄偉激動起來：「我永遠不會忘記，那一年是一九五六年，香港爆發『黑幫雙十大暴動』，就是這一場暴動，令龍捲風這三個字變成了黑道神話！」

狄秋並沒有遺忘龍捲風的恩義，只是他刻意把過去的事情埋藏，經狄偉一說，那一段跟隨龍捲風打拚的畫面，便不斷在腦海中湧現。

他們之間，的確曾經有一段深厚的友情，若非發生了「那件事情」，「龍城幫」相信不會分裂。

「出獄之後，你跟我說，老大有勇有謀，重情重義——今生今世都以他為首。」

「夠了！」

往事就如利刃，一刀一刀刺入狄秋的心坎。他實在不願回想，因為一想到曾經欠了龍捲風的大恩，便不能硬起心腸，全力應戰。所以他只好阻止狄偉說下去。

狄秋兩兄弟相視無言，靜得只有夏蟲的叫聲，恰巧逆鱗與孟大成在此時出現，打破了尷尬的氣氛。

「老爸，偉叔，神神祕秘的在商量作戰大計嗎？」逆鱗走到狄秋面前。

「只是閒聊而已。」狄秋轉換話題，盡量令自己抽離回憶：「逆鱗，我想知道你對這場仗有何看法？」

「九龍那班人嬌生慣養，這些年都待在城寨，過慣了安穩日子，除了信一和陳洛軍之外，我實在數不出哪個有份量的明星級大將。」逆鱗不疾不徐：「他們之所以有勢，只是挾著龍捲風的餘威，但經過澳門一役後，已大傷元氣，我認為要收拾他們並不困難，只要把握好一個機會，就可以將他們打個無法翻身。」

「你有什麼好計策？」孟大成。

「打仗從來都是打勢，信一他們已是強弩之末，你看他在宗親會上被彈劾時怒氣沖沖，卻沒有即時行動，一味虛張聲勢，根本無計可施，顯然大勢已去。」逆鱗繼續道：「我們就不同了，老爸榮登龍頭，勢頭大好，應該恃勢來個速戰速決，相約他們決一勝負。」

逆鱗這新一輩頭腦清晰，行動快捷，做事絕不拖泥帶水，他認為信一正處於弱勢，就應該再下一城，一口氣把落水狗打個不能翻身。

「你想何時開戰？」狄秋抽著長煙斗。

「三日後。」

「這麼快？我們夠時間部署嗎？」

「同樣只有三日時間，我們不夠用，信一他們同樣也不夠。」逆鱗：「他們個個負傷，現在不打，難道等他們復元才打？」

「但他們會應戰嗎？」

「他不應戰，我便揮軍直搗九龍城寨，逼他出手。」

終於到了正面交鋒的時候，狄秋口裡雖然很想打垮信一，但剛才狄偉的一番話，的確牽動了他的情緒。到了下決定的一刻，狄秋還是鐵不了心，猶豫起來。

「老爸，還猶豫什麼？我們跟信一已經不可能言好，除非你願意放棄龍頭，否則這一戰一定會發生，只是由誰先走出第一步。」

「……」狄秋在沉思。

「哥，你要想清楚，一旦決定了，便回不了頭。」狄偉想制止。

「老四，你真窩囊，都發展到這種地步，我們還會走回頭路嗎？」孟大成在推波助瀾：「先下手為強，後下手遭殃。我贊成逆鱗的説法，就決定出兵。」

狄秋亦有了打算，道：「好，無毒不丈夫，此戰之後，我就要成為『龍城幫』唯一龍頭！」

有了決定，當下逆鱗便致電信一，跟他直接——下戰書。

「喂。」信一拿起電話接聽。

「信一，我是逆鱗。」

「有話便說。」

「我們這邊不想浪費時間，反正要打，不如速戰速決。三日後，錦田廢車場，各自準備三十人，一戰定江山，如何？」

雙方難免一戰，可戰期就在三天之後，真叫信一措手不及，一時間答不上話。

「為什麼不出聲？堂堂龍城第一刀，不是怕了我們吧？如果你不敢來元朗，地點可由你定。三天不夠，不如三個月，又或者三年後再打好不好？」

「你要自殺，我就成全你。三日後，叫狄秋準備替你收屍。」

信一掛線，眾人都感受到他的怒火。

「狄秋打給你，約你開戰？」陳洛軍。

「是他的兒子，逆鱗。」信一：「他約我三日後錦田一決勝負。」

「三日？」陳洛軍一愕。

「我知道他是想趁我們弱勢打垮我們……」

「信一哥，我不是質疑你的決定，但你為何明知他們的動機卻仍答應？」阿鬼憂心。

「因為逆鱗的確說中了要害，『公司』處於劣勢，如果連戰書也沒膽接，我怕我們的士氣會一直低落，最後連信心也輸掉。」

信一的擔心不無道理，如果這次他拒絕接戰，一旦傳到基層成員的耳中，到時候又會出現很多流言蜚語，一定會囤積很多負面情緒，再一步影響內部士氣。

自從澳門那一役後，信一就好像一直行背運，事事都不如意，幫會內憂外患，煩得他頭都快爆了。

「龍城幫」內戰已經是鐵一般的事實，既然對方主動提出戰期，那就如他所願，速戰速決吧。

只有平定內亂，他們才可以專心對付雷公子。

但最大的問題是，信一可以派誰領軍出戰？

細寶剛剛加入，實力未明，暫不能委以重任。

阿鬼跟隨信一最久，又是「龍城幫」的核心成員，但他的實力平平，加上沒有領袖魅力，難以在戰場上穩住軍心。

信一的視線落在陳洛軍身上，他是領軍的最佳人選，可腳傷還未痊癒，又如何把擔子扛在他身上？

「這一戰由我帶隊吧。」陳洛軍又怎會不明白信一的心意：「我落場，只是要穩住軍心，如非必要我是不會出手的，你可以放心。」

「我跟你一起去帶兵。」信一眼神少有的茫然。

「你是龍頭，不可以隨便出手。況且，萬一，我是說萬一，我發生了什麼事故，城寨也有你挺住。」陳洛軍維持冷靜：「何況你剛才已說過這一次由我全權負責，你還是不要想太多，交給我吧。」

身為一幫之主，真的不可以動不動便親自落場，他是精神領袖，就算天塌也要有泰山不倒的氣概。

那麼，這個重擔，唯有陳洛軍扛起了。

「洛軍，你真的不用我幫手？」十二少。

「你幫手，就算我們打贏了也會遭人話柄，到時候他們不但不服輸，更會指責我們私通外人打同門，那麼，就算他們跟雷公子光明正大合作，我們也奈何不了他們。」

陳洛軍的處境很不樂觀，十二少當然希望可以跟兄弟並肩作戰，但客觀因素卻不容他這個「外人」參戰，實在情非得已。

「阿大，你放心，這一戰我定會拚盡。」細寶對十二少說。

「由現在開始你要改口，陳洛軍才是你的阿大。」十二少。

「……」細寶望向陳洛軍，帶點不自然：「我可以叫你洛哥嗎？」

「沒關係，什麼也是一句。」

「洛軍、阿鬼、細寶，這次就辛苦大家了。」信一只能把希望交給他們了。

會議就這樣結束，信一等人個個懷著不同的心情，迎接三天後的大戰。

2.15

陳洛軍之父

會議結束後，陳洛軍回到他與藍男同居的家。

環顧四周，陳洛軍突然覺得身處的地方很不真實，眼前掛在牆上的BB海報、一室重新上漆的粉色牆、剛組裝好的嬰兒床、預先準備好的嬰兒衣物和用品，全都是這幾個月來，兩口子為迎接家庭新成員來臨而添置的。忽然之間，這些平淡而幸福的日子，彷彿遠去而變得虛幻。

陳洛軍記起，上一次跟藍男一起在這斗室，明明還滿溫馨的，怎麼同一間屋子，此刻會變得如此冰冷？一陣強烈的空虛感襲來，令陳洛軍很不自在，非常難受。

本來正值人生高峰的信一，亦在短短的日子裡經歷了最大的起伏，還差點命喪澳門。連十二少也被波及，一浪接一浪的沖擊，叫陳洛軍覺得，他們似乎正被噩運纏身。

人有三衰六旺，當走背運時，真的萬事不順，任你如何努力，也難以扭轉，能夠做的，就只有等待那股黑氣遠離。

本來明知道運氣不好，最好養尊處優，以逸代勞，等待下一個出擊的時機，可命運不得我挑選，世事也難如人意，噩運來的時候，所有的麻煩事就是接踵而來，逃不過、躲不了，逼你去面對。

雷公子與狄秋這兩場戰火，也不是由陳洛軍他們挑起的，但所有的事情都在同時間爆發，實在招架得有點吃力。

這次陳洛軍所承受的壓力無比巨大，情況好像比當年大老闆下了江湖格殺令更不樂觀。那一役他幾乎掉了性命，一夜間變得一無所有，不是也可以樂觀面對嗎？明明敵眾我寡，強弱懸殊，卻依然勇字當頭，力戰到底。為什麼此刻卻不容樂觀，異常憂心？只因為今天的他，已有了家庭，而信一亦有了權勢。

一個身無長物的人，往往可以不顧一切的去拚，就算跌倒了也可以再站起來，反正本來就什麼都沒有，輸得起，可以輸很多很多次，只要一個機會，就可以把一切贏回來。

這一戰，關乎「龍城幫」九龍線的存亡，一輸就把所有的東西輸掉。

他實在輸不起啊！

那一夜，陳洛軍不能成眠，在家一直待到天亮後，便走到阿柒冰室吃早餐。就算外面戰火連天，阿柒冰室卻一如以往，有一種安寧的感覺，叫陳洛軍煩亂的心情稍為平伏。

「火腿雙蛋熱奶茶。」老闆阿柒親自為陳洛軍送上愛心早餐。

「老闆。」見到阿柒，陳洛軍終露出久違了的笑容。

「你已經不是這裡的員工，不用叫我老闆了，叫我柒哥就可以了。」阿柒放下早餐，然後就一屁股坐在陳洛軍對面。

「嗯。都是一句吧。」陳洛軍的笑容一閃即逝。

「我知道最近你們『龍城幫』發生了很多事。我不是江湖人，你可能覺得我不理解你們的煩惱。不過我也曾年輕過，當然跟你一樣遇過煩惱。」阿柒點了煙：「我輸過，輸得乾乾淨淨，一無所有，人生跌入了谷底，那段日子我過得很痛苦，人如失去了靈魂，每一日都在行屍走肉。」

陳洛軍眼中的阿柒，是個不拘小節、什麼事都可大而化之的隱世奇俠，沒想過這位不吃人間煙火的高人，也有過失落失意的日子。

「就算你是天下無敵，也會有力盡之時。有些人年輕時太輝煌，從沒想過自己會失敗，到一天從高處跌下來，就跌個焦頭爛額，翻不了身。所以任你的力量多大也好，面對大戰，除了歷練，更重要的就是先得學會承受。」

怕失敗的人永遠難以成功，要成大業，首先就要學會接受失敗。

「只要還活著，雄心不滅，鬥志不屈，就有反敗為勝的一天。可一旦死了，便什麼都沒有了。所以無論什麼情況也好，切記量力而為。」阿柒瞇著眼，吸著煙：「人生，除了地盤與地位，還有很多值得你去珍惜的東西。」

「柒哥，我明白你的意思。」

「你是聰明人，這些簡單的道理又怎會難倒你？只是你思緒太紊亂，令你一時間遺忘了。」阿柴站起來：「保持頭腦清醒，就是致勝的關鍵。」

處境愈是惡劣，愈得保持鎮定，才能歷劫渡險，飛越巔峰。

說完，阿柒又走回廚房去了。

跟阿柒一席話後，陳洛軍彷彿想通了什麼。他決定先擱下多想也不能解決的煩惱，獨自到海灘游水。

運動可以令腦袋分泌腦內啡和血清素，會令人心情愉快，頭腦自然也清晰。就正如當日他在「練功房」出關後，他第一件事就是去跑步，令自己的思路疏通，心無雜念，以迎接最佳作戰狀態。

腳傷影響，不能跑步，所以他選擇了游水。不停躍動四肢，配合呼吸吐納，只須注意節奏，所有雜念都拋諸腦後，整個人是絕對的放空。腦袋變澄明，心情也變開朗。

游了兩小時，陳洛軍前去醫院探藍男。

經過休養，藍男身體上的傷大致已經康復，至於心靈的傷害，則只能留待時間治療。

瞧見陳洛軍，她還是可以由衷地笑出來的。

「你有工作在身，不用花時間來看我了，我可以照顧自己的啊。」藍男展露了一個陳洛軍最喜歡的微笑。

「我剛才問過醫生，他說你康復情況很好，隨時可以出院。」陳洛軍笑說：「我們很久也沒試過逛街看戲了，我想跟你盡情玩一天。」

「但你不是有要事在身嗎？」藍男口中的「要事」，當然是指兩天後的大戰。身為江湖「阿嫂」，藍男的消息自然靈通。

「工作也要娛樂吧。況且我是高層來的，高層的意思是，人工高、福利多、工作少；瑣碎事留給下屬做就可以了。」陳洛軍露出一張白癡的鬼臉：「快點換衣服啦，我好想吃軟雪糕和爆谷啊。」

這個男人，在她的面前，好像永遠都沒有長大，有時甜言蜜語，有時善解人意，但大部分時候，都是低能兒般的笨模樣。只對她展露傻氣的陳洛軍，藍男是抗拒不了的。他向來是她的軟肋。

藍男辦理出院手續期間，陳洛軍跟阿鬼聯絡過，讓他挑選三十精兵，為兩天後之戰做好準備。

之後，陳洛軍跟藍男便開始了一趟吃喝玩樂之旅。他們先去了荔園，餵了大象天奴吃香蕉，坐上了圍繞整個遊樂場而行的半空觀光飛船，還有情侶必坐的摩天輪。除了較為刺激的過山車及碰碰車外，他們差不多玩遍全場。

「我們去玩『神祕洞』吧。」藍男站在巨型恐龍的神祕洞前，準備入內。

「等等……什麼神祕洞啊……」陳洛軍昂首，望著那個嘴巴一開一闔的恐龍，竟然卻步，道：「明叫神祕洞，入口卻以恐龍招徠，到底是看恐龍還是看鬼怪？」

「除了恐龍之外，神祕洞裡面什麼也有，有鬼怪有殭屍還有殺人分屍的場景，很搞笑的，進去啦。」

「搞笑？」陳洛軍冒了汗：「既然你已玩過，那就不要重複玩吧……時候也不早，不如我們去看電影，好不好？」

「玩過可以再玩啊。去啦！」

「吓……」陳洛軍臉色變青。

「你幹嘛？怎麼臉色大變？」藍男眼珠轉了轉：「我知道了，你怕鬼！」

「我怕鬼？哈哈哈哈哈……藍男姐，你真會說笑。」陳洛軍邊說邊拉走藍男：

「你知不知我小學時有個綽號叫陳大膽，我三歲開始玩筆仙，五歲就玩碟仙，六歲玩銀仙，玩到出神入化，可以隨時同鬼溝通！」

「嘩，好犀利呀，失覺失覺。」

「我一直不跟你說，是因為我為人低調，難道我跟星仔、華仔、發哥合作拍電影又到處跟人說嗎？」

「陳大膽先生，剛剛想起來，原來我跟你是小學同學，怎麼從沒聽過你有這個綽號的？」

「剛才不是說過嗎，我為人是很低調的……」

只有在藍男面前，陳洛軍才可以暢所欲言，毫無顧慮地盡說些沒營養、白癡的小學雞才會說的話。

——世上只有藍男可以令陳洛軍變回那個憨憨的陳靜兒。

離開荔園，陳洛軍帶了藍男去「歡笑天地」擲公仔。藍男從來都不喜歡這些玩意，但陳洛軍想去，她就陪他好了。

今日藍男才知道，原來陳洛軍的眼界如此厲害，幾近百發百中，這個大男孩，無非要在藍男面前一顯身手。

然後他倆隨便看了一齣電影；散場後流連旺角街頭「掃街」：臭豆腐、雞蛋仔、牛雜、魚蛋、燴魷魚、碗仔翅……藍男一向也喜歡吃街頭小食，在懷孕期間她努力戒口，今天終可得到大解放，不理健康，盡情大吃大喝。

玩了一整天後，二人返回城寨。

「這幾天你留在家中，不要理江湖的事，不論後天的戰果如何，之後我會一直陪著你，你想去哪裡就去哪裡，玩個夠為止。」

「嗯。」藍男點頭微笑。

陳洛軍後天便要踏上戰場，她當然知道此戰關乎重大，戰果將影響「龍城幫」以及信一派系的命運。眼前的男人正承受著無比巨大的壓力。

陳洛軍自從當上「龍城幫」的核心成員後，一直為「公司」發展業務，陪伴藍男的時間少得可憐，在澳門與信一度過了一場險死還生的大劫後，他才驚覺跟藍男相處的時間太少，所以結束了「龍城」內戰後，他決定要跟最愛的藍男私奔出走，走到天涯海角。

這一夜，陳洛軍擁著藍男入睡，睡得香甜。有她在懷裡，陳洛軍終於可以熟睡。

他已經很久沒試過如此酣睡。

第二天早上，陳洛軍跟藍男吃了早餐，便離開了城寨。

還餘下一天便要跟狄秋交鋒了，陳洛軍只想盡量放鬆心情，迎接這決定性的一戰。

上一次決戰大老闆，陳洛軍穿起了哥哥送給他的皮衣，打倒了大老闆與王九，這一戰同樣不容有失，所以陳洛軍再次穿上那件幸運戰衣，祈求龍捲風給他力量，並肩而戰。

他駕著車子漫無目的四處兜風，兜了一個多小時，不知不覺來到了故居。

眼前的唐樓，就是陳洛軍成長的地方，也是他跟亡母生活了廿多個寒暑的安樂窩。

重臨舊居，陳洛軍感觸萬分。屋內一磚一瓦，甚至裝潢陳設都沒有多大不同。

望著身前的木凳，小時候的回憶便在腦海中湧起。他記得曾經貪玩，站在木凳上扮超人，從凳上跳下來，結果撞甩了一顆大牙。

還有那張放在母親房間裡、相當廉價的梳妝枱；其中一隻枱腳已經爛了，搖搖晃晃的並不穩固，可陳洛軍媽媽生前卻不捨得丟棄，因為這張梳妝枱是陳洛軍第一次當暑期工，賺取工資後送她的禮物。

陳洛軍以指頭掃了掃桌面的灰塵，現出玻璃桌面下的懷舊照片。

那是陳靜兒跟母親相依為命的童年印記。

這些照片中只有他們兩母子，印證了陳洛軍的生命中，從來沒有父親的參與。

只因他是遺腹子，由母親含辛茹苦養大成人。

他並沒忘記母親曾說過，自己的爸爸叫阿JIM，也是混黑道的，且並非普通的小混混，而是位居權重的天王級人馬。

年輕時的阿JIM是匹野馬，有過很多很多女人；放蕩不羈的浪子，喜歡四處流浪，最後卻邂陳洛軍的母親，而安定下來。兩人相戀後，阿JIM一度拋下江湖事，跟她離開香港，移居台灣，過了好不愉快的一段平凡日子。

可惜人在江湖，更多時都是身不由己。某年某日，阿JIM收到消息，他的老大要跟對頭來一場生死鬥，於是他便不得不踏上回港的路程。沒料此去便是死別，阿JIM再沒歸來；據說他死在對頭的手上，屍體更淹沒在大海之中。

那時候少女已身懷六甲，得知愛人死訊，直如五雷轟頂，痛不欲生。可因為找不到阿JIM的屍首，她仍抱存一絲希望，於是急急返回香港，祈望可以等到奇蹟出現。但隨著日子過去，等了一年又一年，終究還是由失望轉至絕望再到死心。孩子漸漸長大，她把精神託付在孩子身上；眼淚流乾，成了個堅毅樂觀的好媽媽。而陳洛軍對於生父的認識，從來就只有一堆舊相片。

陳洛軍打開抽屜，取出相簿翻開，活頁貼滿發黃了的老照片。

從照片的景物以及人物服飾，可以看出時為五、六十年代。

當時的媽媽，確實是個美人兒，且笑容無比溫柔，難怪可以令浪子定性。

照片中的父親，一身皮衣，年紀雖然不大，但已滿頭銀白髮，一臉滄桑，卻難掩帥氣。

翻了一頁又一頁，突然之間，陳洛軍心頭一動，眼神停留在其中一張照片。那幀照片，有兩個男人，一個是他的父親阿JIM，另一個竟然是陳洛軍最敬重的人物，神人——

龍捲風。

2.16 宿命

這本相簿以往陳洛軍曾經看過幾次，但當時年紀還小，而且未認識龍捲風，所以並沒把照片上的人記住。如今再見這幀老照片，除了震撼，還覺得有一種宿命的羈絆。

自己的父親原來跟哥哥早已相識，老照片在一間舊式影樓所拍，看起來感情還好像不錯。

他倆到底怎樣認識，又有一段怎樣的過去？陳洛軍好想知道答案，但母親和哥哥已經死了，關於他們的故事，會否永遠塵封成謎？

望著相片中的父親，陳洛軍發現了另一樣東西，就是他所穿著的皮衣相當眼熟，細看之下發現，跟自己身穿那件非常相似。

如沒猜錯，那件皮衣是阿 JIM 送給哥哥，哥哥又在不知情下，把它轉送了給陳洛軍。

三人的關係，就好像被一條無形的線所牽引，在緣份與命運的撥弄下，把他們的故事無限伸延。

一隻蝴蝶拍翼，能在彼岸引起海嘯，有誰會想到，當日阿JIM送給好友的皮衣，最終會落到兒子的手上。他當然亦沒有想過，這個流著他血脈的兒子，將會把他那段「未完的故事」延續下去。

一切恍似——整定。

翻閱舊相簿，就像打開一段段鮮為人知的故事。生父跟哥哥相識，已叫陳洛軍感到震撼，想不到更震撼的事接踵而來，陳洛軍發現另一張相片中，父親跟兩個男人在一房間合照，其中一人身穿高級警服，一臉英氣，非常有神，牆壁上貼滿了英勇錦旗及獎牌，細看之下，見到錦旗的下角，繡了一個無人不知、震懾黑白二道的名字——雷樂。

阿JIM曾在雷樂的探長室與他合照，可見二人關係相當密切。除了阿JIM與雷樂，照片上另一中年男人，看上去大約三十五、六，雖然掛著笑臉，卻掩蓋不了那張狂霸氣，一看而知，他絕對是個生人勿近的狠角色。

此刻的陳洛軍當然還不知道，這個一臉惡相的男子，就是當年跟龍捲風鬥個日月無光的黑道皇帝——雷震東。

而他，卻是阿JIM的拜把兄弟。

三人的關係錯綜複雜，他們之間的恩怨情義，將會延續至下一代，由陳洛軍來個徹底終結。

陳洛軍帶著連串問號離開了舊居，到底他的生父跟龍捲風有著一段怎樣的過去？這段過去，會否永遠石沉大海？

黃昏時分，陳洛軍回到城寨，便拿出照片，把發現告訴信一。

「這張照片的哥哥只有廿多歲，我連胎也未投啊。」信一看著照片：「相片中二人似乎真的很要好。但自我懂事之後，也沒見過世伯。」

「嗯。」陳洛軍：「先別說這件事，有什麼事，過了明天再說。」

「洛軍，完成了這一戰後，你帶藍男離開香港，去哪裡都好，到處散心，喜歡去多久就多久。」

「就算解決了狄秋，還有個雷公子……」

「經歷此事，藍男身心重傷。別看她在逞堅強，其實她的傷心，我怎會不知道。我一生最疼就是這個妹子，她有事，我不會放過你的！」信一：「我們跟雷公子是一場長途戰，放心啦，我會搞定的。」

「嗯。」

「明天之戰，你有何打算？」

「那三十人由阿鬼及細寶帶隊，我主力對付逆鱗。」陳洛軍：「射人先射馬，只要打敗他們的頭兒，軍心必散。」

「但以你現在的狀態，可有信心勝得了逆鱗？」

「來到這個時候，已不可以想太多，又沒有『時間囊』讓我慢慢修練，難道我要露出個敗相，在你面前顫抖又手震嗎？」陳洛軍笑說：「我們有什麼風浪未遇過？還不是一關又一關給我們度過了嗎！可以做的，就是什麼也不想，保持十足信心打這一仗。」陳洛軍的笑容，有著強烈的感染力，叫人感到安心。

「總之，萬事小心。」信一認真地望著陳洛軍：「還有就是量力而為，不要做得太盡，輸一兩次不算什麼，無論情勢怎樣，都不要拿性命來賭，我不想藍男怨我一世呀。」

「知道啦。」陳洛軍望了望手錶：「時候不早，我要走了。」

「明天便要開戰，你不好好休息，還要去哪裡啊？」

「澳門。」

「去召妓嗎？怎麼不預我？信不信我向藍男告發你！」

「放心，召妓一定算上你。」陳洛軍動身：「今晚我去見一個很重要的人物。」

「誰啊？」

「賭王賀新！」

這一晚，是賀新六十大壽的重要日子，多年來，他都有個心願，就是一家三房人，可以聚首一堂，開開心心吃一頓飯。

不過三房人互不對盤，從來沒試過齊集共食。

在賀新而言，今天是個大奇蹟日，因為三房人歷史性破冰，一家人齊齊整整、有說有笑的為賀新慶生。

縱然賀新知道，她們並非出自真心聚在一起，但已叫他感到相當喜悅了。誰有此能耐，令這三房人聚首？賀新當然心裡有數。

吃過晚飯，賀新回到他的大宅，陳洛軍早已在會客室等待著他。

上一次因為賀心儀的關係，陳洛軍才得到面聖的機會，這一次卻是賀新親自邀請他會面的。

「哈哈哈哈，小鬼，你確實有點本事！」賀新拿起一支紅酒：「上次你跟我說，可以為我完成這個心願，說實話，當時我不相信你可以做得到，不過世上沒有百分百不可能的事，所以就儘管信你一次，結果你真的做到了。」

「都是因為賀生你給我機會。」

「不用說客套話，亦不用謙虛，只有不才的人才會說虛偽話，你沒這必要。」

賀新為陳洛軍斟酒：「當老闆的，想到什麼難題，就要下屬給我去解決，他們用什麼方法處理問題，我從不過問，只要結果。不過這一次，我真的有點好奇，想知道你到底用了什麼手段完成這項事情。」

「每個人都有其喜好，我只是投其所好，對症下藥，說不上什麼手段。」陳洛軍呷了口紅酒：「大姨太是位大善長，沒爭勝心，最易說服。我知她信佛，答應動用過萬門生抄佛經，然後迴向給她。這個舉動，足以令她有興趣交我這位朋友。」

「哈哈，動用過萬黑社會抄佛經，陳洛軍，你這招有創意呀！」

賀新知道大姨太為人最和善，能打動她並非天方夜譚的難事，難搞的還在後頭。

「二姨太那邊，有心儀為我作說客，她最疼這個女兒，有她幫忙，總算順利過關。」

「三姨太又固執又專橫，決定了的事情，從來沒有人可以改變她的主意，就連我也拿她沒辦法。你是怎樣說服她的？」

「這個嘛，其實也不算說服……每個人都有弱點，三姨太的弱點就是你們的小兒子家禧。」陳洛軍放下酒杯：「賀生，別怪我直言，家禧年紀還輕，愛玩，自然容易誤交損友，上星期令公子跟幾個朋友去了一個私人迷幻派對，他吃了些藥，跟幾個名流二代搞在一起，被人拍了批寫真，恰巧我收到消息，為他取回了照片。三姨太還我人情，答應出席你壽宴。」

賀新這個兒子，嫖賭飲吹樣樣皆好，經常帶給家族麻煩的傢伙，賀新早就想把他好好教訓，可三姨太偏偏又對他溺愛非常。

「哈，你真有辦法，連哪幫人拍照片也可查得出來。」

「好運氣而已。」

陳洛軍能起回這批照片，真的單憑運氣嗎？世上，哪有這麼多的巧合啊？以賀新的智慧，又怎會不知道整個局也是由陳洛軍設計！

家禧的那幾個朋友及拍照的人，都早已被陳洛軍收買。

賀新笑而不語，他明白有時候行事非得要些小手段。像他這種見慣風浪的大人物，當然也曾用過不少手段鞏固自己的利益與勢力，只是不曾試過用在自己的家人身上。

古惑仔也好，大財閥也好，在非常時候，就懂得行霹靂手段。陳洛軍這一著漂亮而俐落，並沒超過了賀新的底線，恰到好處。賀新對他的評價又更高了。

「我知道你們『龍城幫』忙著開戰，也知道姓雷的那頭瘋狗在背後操縱了『天義盟』，他到底跟你們有什麼大仇，寧願放棄澳門建立的一切也要跟你們打仗？」

「我也想知道答案……」

「這頭狗，沒人性的，一旦發癲就沒有人可以壓得住他。不過我看好你，這場仗打下去，你一定贏。」賀新滿意地望著陳洛軍：「我不是因為你幫了我才這樣說，由我認識你那天，就知道你將會有一番成就。成大事者，除了要有智慧、有眼光、有手段之外，還要膽識、自信以及耐性。憑你當日鍥而不捨，想盡法子也要見我，我就知道你是那種不到黃河心不死的人，為了達到目的，會扭盡六壬，無所不用其極做到為止，我說得沒錯吧？」

「賀生過獎了。」

「上次我幫不了你，現在到我欠你一個人情。」賀新把一張名片遞給陳洛軍：「名片上有我的私人電話號碼，以後你有什麼事可以直接找我。還有，姓雷的已被踢了出賭廳，待你打完仗後，我想跟你談一下接管賭廳的事宜。」

沾手澳門賭廳，絕對是晉級億萬富豪的門檻，賀新這個人情，果然貨真價實。

「好好打這一仗，別令我失望啊。」賀新舉杯。

「多謝賀生。」陳洛軍舉杯。

噹——

酒杯交碰，為陳洛軍未來事業奠下重要的里程碑。

人生，只要抓住一個機遇，隨時可以一躍龍門，天子門生。

2.17 前夕

大戰前夕，這一晚除了陳洛軍開始感到壓力之外，他的對頭人亦已磨拳擦掌，為明天之戰做好準備。

狄秋派系一直在元朗養尊處休，鮮有參與大型武鬥，空有蠻勁，卻欠缺了實戰經驗，為了增加勝算，狄秋便向雷公子提出借兵。兩幫人的命運已綑綁在一起，不然新界線若吃了敗仗，對雷公子也沒好處，故雷公子亦爽快地答應了狄秋的要求。

「雖然我從未跟陳洛軍交過手，不過關於他的事也略有所聞。」逆鱗面對前面的精兵說：「根據往績，陳洛軍向來出戰毫無部署，亂衝亂撞。這種人好大喜功，以為明知不可為而為就是英雄，其實只是頭蠻牛，死不了是因為他好運。不過他的運氣也差不多花光了，明天他就交給我，你們去對付其他人。記住，我們要先聲奪人，一口氣狂攻猛打，一定要在最短時間內把他們的軍心擊潰。頭勢一失，他們想反敗為勝就難了。」

逆鱗相當進取，似乎志在必得，定要以最短的時間內結束一戰。

「明晚之戰關乎我們兩幫人的命運，打勝了仗，我們便可在九龍樹立旗幟；輸了就以後再沒有立足的地方！」

逆鱗十歲左右便在荷蘭生活，人離鄉賤，在那邊不夠狠根本難以立足。試過被幾個黑人打了一身，當晚他拿著一把小刀闖進對方的籃球場，把其中一個黑人的眼睛刺破。

當時對方有五六人，但看見滿臉鮮血的逆鱗卻不敢近身，被他的狠勁嚇怕。那幫人的老大找上逆鱗，面對那個惡人，逆鱗竟然沒露出怯意，那頭兒就知道他是個狠角色，不但沒有殺他，還邀請他加入自己的幫會。

逆鱗知道，如果不答應，很可能會死在他的手上。但又不想從低做起，於是開出盤口，要當個小頭目。老大沒有拒絕，但還是想試試他的實力，要他以一敵五，如果能打下五個人，便答應他的要求。

最終，逆鱗住了一個星期醫院，同時成為一幫的小頭兒。

逆鱗就是個硬性子，一旦要做那件事，便會豁了出去，但他不是瞎撞的，最起碼他要知道自己是有勝算才會放膽一搏。必死無疑的事，他絕不會逞英雄。

當他決定要跟信一開戰，已經知道不可以顧念同門之情，一定要做到最盡。逆鱗說著作戰計畫的時候，狄秋一直都在祠堂門外監聽，他以為已很了解逆鱗，但原來這個兒子的成長，比他想像中還要急速。他的果斷、他的狠勁，早已超出自己的預期。

看他剛才下達指令的氣度甚具大將之風，勝任有餘。但狄秋的臉上卻帶點憂心，好像有什麼事放心不下似的。

會議結束後，祠堂只餘下狄秋逆鱗兩父子。

「仔，我知道此戰對我們相當重要，不過他們始終是『龍城幫』的人，可以的話，留他們一命吧。」狄秋漫不經意：「免得他日我們一統『龍城幫』之後，這班人會在背後說你心狠手辣。」

「老爸，你總是口硬心軟，你並非怕閒言閒語，只是不想對同門下殺手，我說對了嗎？」

狄秋沉默不語，似乎被逆鱗說中了。

沒錯，面對信一的時候，他的確是咄咄逼人，只因在他眼中，信一永遠是他的後輩，所以他總是把自己處於高位，不用對信一留情面。

但其實，他也並非鐵石心腸、不近人情，只是老一派的頑固個性，叫他不能放下身段，容讓信一壓在自己頭上。

撇開這一點，狄秋並沒有對信一派系太大仇恨，有的只是一段悶在心底的鬱結。

事情走到了這地步，過了明天，一切就可以來個了斷，輸贏也好，總算有個結果。論牌面，狄秋的勝算是比較大的，他理應以興奮心情迎接一統「龍城」的一天，但他偏偏就不能展顏。

「老爸，仁慈也要看對手，你對他們留手，你以為他們會多謝你嗎？你輸了，他們明天便會開香檳慶祝了，到時候還可以明正言順地把你壓在頭上，我們以後還可抬起頭來嗎？況且，信一根本不值得你留手，他派陳洛軍落場，全因為他對我們毫無感情，打起來可以毫不留情，從這一點就可以知道，信一最終目的，是想把我們徹底瓦解。」逆鱗理直氣壯：「樹倒猢猻散，這一次我們輸了便什麼都沒有了，你在『龍城幫』也再沒有任何地位。」

逆鱗雖然說得誇張了點，但也全非毫無根據，輸了這一仗，整個新界派系便歸信一所有，狄秋留下來，就只會是個被斬去四肢的失敗者。

「仔，你想怎樣就怎樣，我只求一個目的，明晚之後，我要成為『龍城幫』唯一龍頭！」

最終，狄秋也把對信一僅有的舊情拋諸腦後，為登至尊無上的龍頭寶座，他決定狠下心，把所有注碼都押在這一局上。

另一方面，雷公子答應借兵，當然是因為他也希望狄秋一方可取得勝利，但借出精兵，就可保證穩操勝券嗎？

可別忘記，陳洛軍絕非善男信女，就算有傷在身，他的爆炸力仍然極具威力，隨時可把一支強兵炸成灰燼。

雷公子不敢看輕這個對手，故此這一晚他煞費思量，務必要想出一條十拿九穩的作戰對策。

除了殺人和吃人肉之外，雷公子跟大部分男人一樣也喜歡跟女人交歡，在性交的過程，他的腦袋特別靈光，每當大腦想不出東西時，他都會褻玩女人來刺激腦轉數。為了想出一條可以置陳洛軍於死地的絕世點子，雷公子召來了幾名高級妓女，在酒店房內跟她們輪流交合，幹了一次又一次，短短兩小時內，足足幹了五次。

然後，他把所有妓女遣走，叫了邢鋒到來。

難道……女人已經不能滿足他？

「邢鋒，明天之戰，有何看法？」只穿內褲的雷公子問。

「龍捲風在位的日子，沒有人敢挑戰『龍城幫』，把他們養成驕兵，實戰經驗不多，任他們再有天份，我想也不敵我們借給狄秋的越南仔。」

邢鋒口中的越南仔，是專為雷公子進行暗殺任務，個個都殺慣人，出手俐落凶狠，是一班為錢效命、對任何生命體都沒有感情的殺人機器。

「如果你還不放心，我可以落場助戰，那就可以保證，陳洛軍一方必敗無疑。」

「你一個打九個，有你落場，不用派出那班越南仔，也一定能打勝仗。」既然雷公子信心十足，那還有什麼難題？不過滿肚密圈的他，由一開始跟狄秋合作已經有所圖謀，又怎會全心全意幫助這個萍水相逢的老人家？

「陳洛軍戰敗是必然的事，但無端白白讓狄秋登上龍頭位，我又覺得太便宜了他。」雷公子一臉不順：「沒錯，根據我的劇本發展，狄秋是一定要打垮信一，把他們攆出九龍城的，不過這老頭對我的態度實在太專橫霸道，恃老賣老，要我仰他鼻息。一想到他登基時那個意氣風發的樣子，我便想作嘔！我要讓他知道，沒有我雷公子，他什麼也不是！我想啊想，想啊想，到底有沒有一個既可以打敗信一，又可以痛擊狄秋的絕世點子呢？邢鋒，你有沒有什麼好提議啊？」

「雷公子，我的腦袋沒你那般靈活，不要考我了。」邢鋒望了望垃圾桶旁幾個開了封的避孕套，道：「你的難題其實已經想通，不如你直接告訴我吧。」

邢鋒跟雷公子獨個兒會面，不但沒有半點壓力，說話更好像不用遷就。伴君如伴虎，邢鋒伴著的更是一頭嗜血嗜殺的瘋虎，但他卻全不忌諱這頭老虎發瘋似的。

「我是老闆，理應是由你們給我解決問題，而不是我告訴你答案。不過我跟你沒關係啦，誰叫你是我最信任的心腹好友。在我告訴你之前，我想跟你說說其他事情……」雷公子抓抓下體：「邢鋒，你跟了我多久？」

「五年了。」

「你覺得我的為人如何？」

不少老闆也喜歡向下屬問這個問題，他們當然只想聽自己心中的答案，答錯了一句，便很有可能給打入冷宮，能力再好也再無用武之地。

「無可否認，你是一個喪心病狂。」邢鋒頓了頓，又道：「不過在我眼裡，你是一個好老闆，更加是我的恩人。若不是你幫忙，我老婆早已死了。」

「哈哈哈哈，邢鋒，我就是喜歡你為人夠老實。」雷公子大笑：「一個肝而已，不用放在心上。」

雷公子雖然癲狂，但也是個惜才的人，邢鋒是個難得一見的高手，而且忠心，對他甚為器重。

邢鋒怎會不知雷公子的為人，只是對方在他人生谷底曾助他一把，救活了自己的老婆，從此便為虎作倀，但跟雷公子相處久了，二人之間卻竟然產生了互信，令這段主僕的關係產生了一份友情。

起初，邢鋒只是為了報恩而跟隨雷公子，到後來，已經演變成真心為他效力。

曹操亦有知心友，關公亦有對頭人。或許有人會覺得邢鋒不分是非，但在他知道太太的身體出現了問題的時候，他的世界變成了黑暗，沒一人伸出援手，也沒人幫他一把。他急需要一個肝救活他的太太，就在這時候，雷公子出現了。

從此，這個變態魔頭就成了邢鋒的救世主，令他灰暗的人生塗上了顏色。

雷公子當然因為看中邢鋒的身手才幫他，可當他跟邢鋒相處過後，竟慢慢地開始信任他，視他為心腹。任雷公子如何惡毒，他始終也是人，也需要朋友。他這種人是沒有人敢接近他，當然也沒有人敢逆他的意思，只有邢鋒曾經作出反建議，那時候開始，雷公子便開始聆聽對方的意見，兩人之間的互信，亦漸漸展開。

「得我之助，我保證狄秋必可取勝，不過就算他贏了這一場仗，也不能好好入睡，因為……」

雷公子把他想出之毒計告訴邢鋒，一聽之下，邢鋒臉色一變，從他的反應就可以知道，雷公子想出來的是一條超級毒計，將會把「龍城幫」兩大陣營同時陷入萬劫不復的死地。

大人物有大人物的部署，小人物也有小人物的煩惱。

同一個晚上，北角街市內所有的店門已經關上，只有鱷魚的檔口仍亮著燈。他正跟同門好友B輝商討作戰大計。

「阿B，我倆在『天義盟』已經是元老級人物，但是外間就沒有人看得起我們，無論我們如何出色，總是得不到認同，就因為我們入了『天義盟』。」鱷魚舉起啤酒，灌入喉嚨。

「我們十二、三歲就入社團，懂什麼呢？只知道有老大罩，可以讓我在學校橫行霸道就是。」B輝感慨萬分：「哪會想到，原來我們的領導人是個窩囊廢，一點爭雄之心都沒有！」

「我們明明有狠勁有些實力，卻一直沒有更上一層樓的機會，我受夠了，明天之後，我要全港黑道都知道我們的名字！」鱷魚吼道：「阿B，只要殺掉陳洛軍，我們的名字便會響起來！」

殺陳洛軍？那絕對是一個瘋狂的念頭，要知道近年陳洛軍的名氣跟他的實力一樣強大，當今江湖能與之匹敵的人寥寥可數，B輝並非白癡，他當然知道自己沒有刺殺陳洛軍的實力。

B輝沒有回話，鱷魚續道：「為什麼靜了下來？難道你不想出人頭地嗎？」

「出來混，哪個不想闖出名堂？可我們明天可否落場還是個未知數，雷公子剛才打電話給我，說另有任務交給我倆，叫我們按兵不動等待通知……似乎不想我們參與這場『龍城內戰』。」

「做人要懂變通的，否則跟一部抽濕機有什麼分別？我們要他另眼相看，就得自己爭取機會。」鱷魚大聲說：「明天我倆就決定潛伏在戰場附近，待逆鱗跟陳洛軍打個兩敗俱傷時，我們便來個獅子撲兔，把陳洛軍殺掉。」

鱷魚的所謂部署，漏洞甚多，而且一廂情願，這一場戰鬥變數重重，又怎會如他所說，發展成兩敗俱傷的局面？

鱷魚思想偏向單細胞，但B輝卻不同，凡事也是想多一層。陳洛軍雖然帶傷，但其爆炸力卻是難以估量，雙方之爭，不一定會兩敗俱傷，還有更多更多的可能性，逆鱗或會處於下風，陳洛軍也有可能會敗倒，兩個結局都有機會出現，萬一逆鱗輸了，事情會怎樣繼續呢？他不相信雷公子沒有部署，所以他認為，胡亂動手隨時壞了大事。

「鱷魚，我知道你的心情，你認為錯過了明天，再難有此成名的機會，對吧？」

B輝：「但我還是覺得我們不應魯莽行事，雷公子應該有他的打算，如果我們壞了他的部署，不但成不了名，最怕連地位也保不住。」

「你怕死的話，就當沒聽過我的話，明天我自己一個行動好了！」

「我怕死？是啊，我怕死得不明不白！我們一直被瞧不起，不想到生命結束一刻還未幹出一番大事呀！」B輝激動：「空有一股傻勁衝衝衝，只是一頭沒腦袋的野豬，死了也不會受到別人的尊重呀！活著已經如此平庸，我不想死也沒一點價值，你明不明白呀？」

B輝的吶喊喚醒了鱷魚，眼前的人何曾如此激動？一直以來，他也是不慍不火，鱷魚以為，他早已經看透世情，接受了退休般的日子，原來他底裡還有火，還想可以在群雄割據的江湖上佔一席位。

「阿B，我明白了……」

「你要記住，出手的機會或許只有一次，一旦錯過，我們便可能再沒機會，所以我們要看準時機，勢必要一擊即中。」

B輝是個有耐性且謹慎的人，這種人會裝出一副沒殺傷力的模樣，如變色龍般把自己隱伏在叢林中，一直等待，一直等待，直至等到最佳的時機才出手，然後一舉成名。

B輝與鱷魚，到底能否出手？還是繼續等待下去？明天自有分曉。另一邊廂，最近備受雷公子器重的士撻，也為著明天而感到興奮。

他跟二人一樣，同樣要等待明天雷公子通知才知道自己的角色崗位。

不知哪裡來的自信，士撻總覺得雷公子定會委以重任，已安排了重要位置給自己。

這一夜，他亢奮得難以入眠，返回了出身的屋邨。他跟大部分的古惑仔一樣，在青少年時期已經聯群結黨，在邨內蝦蝦霸霸。當年他曾跟一班童黨鎮日惹是生非，多數向一些中學生下手，向他們索取保護費，付不起錢的就被他們拳打腳踢。

他們的惡行終於引起了邨內一個名叫泰臣的惡人注意。泰臣人如其名，是個相當魁梧、而且很會打的人，他是邨內最有名氣的黑道份子，無人敢惹。

泰臣對士撻的行為極為不滿，當晚就狠狠地教訓了他們一頓，還迫他們跟隨自己，當他的小門生，為他做事。

小小年紀的他們，沒能力走出屋邨，只好成為泰臣的小奴才，當他的跑腿，為他「走粉」，每日都鋌而走險，卻沒有得到應得的回報。士撻曾耐不住跟他作出理論，希望可以爭取應得的報酬，結果又換來了一輪毒打。

士撻受夠了，決定離開屋邨，立誓闖出名頭之後，回來向泰臣報復。

士撻雖然還未成名，但在幫中已有位置，加上深得雷公子讚許，他認為自己將會平步青雲。

是夜，他突然好想重返舊地，找泰臣一雪前恥。

他帶了六名門生，回到屋邨，在泰臣以前流連的公園尋找他的足跡。遇不了泰臣，卻遇上一班全新面貌的童黨。童黨一見士撻那不可一世的眼神，囂張的步姿，以及一眾門生，就知他來意不善。

「你是誰呀？」

看見士撻如此陣容，一頭綠髮的少年竟然毫無懼意，來個先聲奪人。

今時今日的士撻，當然忍不了綠髮少年的無禮。他走到少年面前，二話不說就摑了他一巴掌。

同伴被打，其餘童黨立即有所行動。他們還未有機會動手，便被士撻的門生先發制人了。打了近一分鐘，童黨全不知發生什麼事便被打個頭破血流。

「大哥……有事好說……別再打了……」綠髮少年已經被鮮血染成紅髮，弓身倒地。

「下次看見我，別再對我不敬無禮了，知道了沒有？」士撻那種恃勢淩人的本性一直都很貫徹。

「知道了……」

「那就乖了。起身，士撻哥有事要問你。」士撻抓起綠髮少年的衣領，把他抽起：

「知不知道泰臣在哪裡？」

「泰臣……應該在美國吧。」

士撻給了綠髮少年一記耳光：「很好笑嗎？多給你一次機會，泰臣在哪裡？」

「士撻哥，我不是開玩笑啊，我真的不認識什麼泰臣，求你放了我們吧！」

「不認識嗎？」士撻頓了頓，突然大吼：「給我打，打到他知道為止！」

之後的一分鐘，少年們便再次被士撻的門生亂轟一通，最後還是問不出泰臣的下落。

士撻再去了幾個以前泰臣出沒的地點，但也遍尋不獲，納悶的士撻來到邨內公廁小解。

如廁期間卻聽到其中一廁格內傳出微弱的呻吟聲，走過去一看，原來有名道友在吸食白粉。

士撻瞄了他一眼便沒有理會，但想了想，又覺得那人很眼熟，回頭細看，竟發覺那個瘦弱的道友跟泰臣很相似。

「泰臣！」

道友以那雙沒有神采的眼睛望向士撻：「泰臣……已經很久沒人叫過我這個名字了，這位兄弟，既然大家一場相識，不如借幾百元給我吧。」

「你記得我嗎？」

泰臣望著士撻，卻已沒法認出他了：「不記得啦，有沒有錢啊？我還未上夠電，你借錢給我『開餐』，有了精神或者就會記得你呢。」

眼前那形同喪屍的道友，就是昔日的大惡霸。無論你以前有多惡多勁也好，一旦放棄了自己，沉淪毒品，什麼雄心與尊嚴也被磨蝕得一乾二淨。

「泰臣，我是士撻，當日在邨內曾給你威迫幫你做事，我跟自己說過，只要有一天混出名頭，一定會回來找你算帳！」士撻挨近泰臣：「你現在記得我啦？」

「原來是士撻哥，以前有什麼開罪了你，我向你賠不是吧，如果你還不滿意，我可以給你叩頭認錯，幫你『吹簫』也可以啊。」泰臣說罷隨即向士撻叩頭：「士撻哥大人不記小人過，原諒我這個不識時務的人渣敗類啦。」

泰臣真的認得士撻嗎？士撻已經不想作深究，看著泰臣這個模樣，他甚至打消了復仇的念頭。就算你毒打了他一頓又如何？士撻找上泰臣，本來是要告訴他，當日給你欺壓過的小鬼頭，已今非昔比，在外頭混得風生水起。不過，現在就算讓眼前這個過氣老大知道自己很犀利很有勢，那又如何？還有什麼炫耀的價值？

離開前，士撻真的放下幾百元。

泰臣如餓狗搶屎般雙眼發光拾起地上的鈔票：「多謝！多謝！多謝士撻哥！你簡直是再世神仙，觀音菩薩啊！」

為了幾百元，可以賤賣尊嚴，士撻明白，要上位，就要爬得更高，好像泰臣這種高不成低不就，只能在屋邨當山寨王的，隨時都會跌入低谷。

「只要明天殺掉陳洛軍，我士撻的名頭便會震動江湖，什麼吉祥十二少也給我壓下去了！」士撻如是想。

士撻的梟雄夢能否達成，還看明天。這個晚上，還有很多人因為明天之戰而不能入睡。

細寶雖然是「龍城幫」的外援，但對於復出的第一戰，心情複雜，他之所以再涉足江湖，關鍵在於睡在他身旁的淇淇。

兩人雖非情侶，但事件卻因細寶而起，身為一個男人，他無論如何也得介入，為這個可憐的女孩討回一個公道。

這一夜，細寶走到淇淇的家，睡在一起，成為了她的男朋友，然後就可以名正言順為她出頭。

這幾年細寶成熟了也沉澱了，做任何事都為自己找個理由，說服了自己才會行動。當年他因內疚而退出江湖，其實有點不負責任，這些年來，偶爾也會回想當日跟隨十二少的日子，那段歲月裡，每一天就跟一班好友混在一起，生活沒有太大壓力，實在是一段美好的時光。

復出這個字眼，在他腦海出現過數百次，可他又難以說服自己，更加不知如何面對昔日的兄弟。

十二少叫他復出助拳，細寶怎會不想，只是當時他實在不知應否再踏足江湖，想不到一時拿不定主意就害了淇淇。

如果他再為自己找逃避的藉口，還算什麼男人？

細寶只是做了錯事，並不是壞事。錯事，不知而為之；壞事，明知而為之。這兩者有很大的分別。

陳洛軍跟十二少關係密切，輸了這一仗，連帶「架勢堂」也會深受影響，所以為了十二少，也為了昔日的同門兄弟，細寶必定要全力協助陳洛軍，挽回失勢。

各人以不同的心情度過了決戰前夕的一夜。

第二晚，出發前兩小時，阿鬼在家中跟母親共進晚飯。

阿鬼有個習慣，就是如何忙碌也好，每天都盡量留在家中吃老母煮的飯。

「阿鬼，慢慢吃，別急，小心嗆到啊。」

「媽，你當我是小孩子嗎？我會小心的了。」阿鬼吃著牛腩：「好美味，媽煮的牛腩當真是世界第一。」

「好吃便慢慢吃。」

眼前三餸一湯，雖然只是平常的住家菜式，阿鬼卻吃得津津有味。

「不知為何，今日的菜好像特別好味，連白飯也香軟無比。」

「傻孩子。」阿鬼的母親笑了笑，突然想起什麼：「呀！」

「什麼事啊？」

「我突然想起，我還有條魚未蒸啊！真沒記性呢！那條魚是游水撻沙，很難得才買到啊。你最喜歡吃撻沙，我現在去煮了牠。」

阿鬼的手提電話響起來。

「喂。」

「阿鬼，差不多要出發了。」電話的彼端是陳洛軍。

「知道。」

掛了線，阿鬼飲了口湯便穿上了外套準備離開。

臨行前他對母親說：「媽，我吃飽了，你先養起牠，留待明晚吃吧。」

「那……好啦。」她有點不安：「仔，工作小心……」

「知道了。」阿鬼笑說：「那條撻沙，要清蒸啊。」

說罷，阿鬼就踏出門口。

他當然知道，即將來臨之戰對幫會相當重要，但他似乎預料不到，自己很可能永遠吃不到這條游水撻沙。

2.18

人在風暴中

決戰在即，以陳洛軍為首的陣營，包括阿鬼、細寶以及另外挑選的廿七名門生已經聚集在信一的賭館，等待元帥下達指令。

「待會我們將分四輛車前往戰場，一台房車，三台輕型貨車。阿鬼，你負責駕駛的房車不用載人，帶頭便可。細寶的車跟著阿鬼，我押後。」陳洛軍正色：「所有武器都放在我的車子內。」

「為什麼要這樣？」細寶。

「馬路上隨時有警察的路障，如果給他們截到車上有武器便麻煩，所以細寶你的車作先鋒，以作探路，如果遇上路障，便以對講機作通知，我可繞路而行。」

「但你的車放滿武器，萬一在另一條路給截停，豈不是也很危險？」

「如果我真的給車截住，也有信心可以甩掉他們。」

誰都知道，陳洛軍把武器放在自己的車內，風險最大，但他是這場大戰的統帥，誰敢質疑他的決策？

場中，應該只有一個可以。

「我不太贊成你的做法。」

信一答應過，把決策權交給陳洛軍，不過來到這個重要關頭，發現了問題，也不得不提出適當的意見。

「你是此戰的主將，不該冒這風險。」信一抽著煙，皺著眉：「我認為，你該跟阿鬼交換位置。」

「不過……」

「不用不過了，就這樣吧。」信一斷言：「細寶，有沒有問題？」

「沒問題。」細寶轉望陳洛軍：「洛哥，我也覺得這個安排比較恰當，放心，我會隨機應變的。」

「那你自己小心。」

這個安排本來是合情合理，萬無一失……

以陳洛軍的作戰經驗，區區一個逆鱗和一班新界幫，又怎會令他感到憂心，但不知何故，此刻的他總是有點心緒不寧，總覺得今晚會有什麼事故發生。

信一也同樣惴惴不安，香煙一支接一支抽個不停。這根本不是什麼大戰役，輸了的話，大不了讓出龍頭寶座，重新再起步，我們還年輕，怕什麼啊？

信一愈想催眠自己，就愈是覺得不妥……

「洛軍……」

信一叫住正踏出賭館門口的陳洛軍，心裡想：「不如算啦，不要打了，我把龍頭讓給他們就是。」

這念頭一閃即逝，連他自己也不知道為何會想說出這番窩囊消極的話來。未戰先降，以後信一和陳洛軍還如何抬起頭做人？況且他知道，來到這一步，陳洛軍是絕不肯退戰的。

所以他收回了心裡的說話，換了一句：「小心。」

陳洛軍笑笑：「不用擔心。」

留下一句話，陳洛軍離去了。

房間內，只餘下獨自抽煙的信一。

另一邊廂，逆鱗與其精兵亦已整裝待發。

臨行前，逆鱗跟一眾人等在狄家祠堂上香，祈求一戰功成！

上過香，一眾人等各自上車，狄秋卻叫住了逆鱗。

「逆鱗，此戰無疑重要，但性命更加緊要，千萬別做得太盡。」

狄秋這句話有兩個意思，他叫逆鱗不要做得太盡，是對自己，也是對敵人。

逆鱗當然理解，不過他卻始終認為，對敵仁慈，只是對自己殘忍。自己的老爸一直屈在元朗，未能壯大版圖，就因為太過仁慈。

一代新人勝舊人，逆鱗深信這是他們衝出新界的最好機會，留手，只會苦了自己，沒有人會可憐我們！

「爸，放心交給我吧，你別想太多了，明天日出之前，你就會成為『龍城幫』唯一龍頭！」

逆鱗知道這是一個讓狄秋派系揚名立萬的最好機會，所以無論如何，今晚都會豁了出去，勢要以狄秋旗號，打一場漂亮勝仗。

逆鱗大軍已經上車，準備出發之際，一名拿著手提電話的門生，一臉錯愕的走到逆鱗身前：「逆鱗哥……」

「什麼事啊？」

「剛才收到雄仔來電，他說教育路大坑渠那邊的檔口來了一群人搗亂，為首的人自稱是陳洛軍啊！」

「他媽的！我們早已約戰廢車場，那班九龍仔卻用這下三濫的手段！」逆鱗生性火爆，一知道這消息，怒火大盛：「今晚就要你們死無全屍！」

說罷逆鱗便往又名大坑渠的元朗中心地帶進發。

進攻大坑渠的，真會是陳洛軍一伙？他從來都是個明刀明槍的人，說好了約戰地點，絕不會臨陣變卦。逆鱗不清楚陳洛軍性格，總覺得信一那幫人古古惑惑，加上怒火中燒，已經不能冷靜分辯真偽，全速趕往大坑渠。

來到目的地，只見大坑渠旁邊的大街上，正有一班戴著口罩、手持鐵棒的人在狂毆另一伙人。

被打倒在地上的十數人，全屬元朗「龍城幫」。

一見此情景，逆鱗二話不說就提刀衝殺上前：「要打就跟我打！」

其中一名特別健碩的口罩男見逆鱗衝至，即祭起鐵棒迎戰。「好呀！我陳洛軍有戰必應！」

陳洛軍不是正與阿鬼等人前往錦田廢車場嗎？怎會無故在這裡挑起另一場戰火？

刀棒交擊，雙方均被對方的力量震開。

甫一交手，二人同感對方臂力驚人。

眼前的人雖然戴了口罩，逆鱗卻看出他有一張國字臉，目露凶光，絕對是一個好勇鬥狠的角色。

擁有這張暴烈面相的人，根本不是陳洛軍，而是「架勢堂」的叛將虎青。他假冒陳洛軍身份在狄秋的地頭生事，無非就是要把逆鱗引離真正的戰場。

逆鱗從未見過陳洛軍與虎青，勢估不到雷公子會派人偽裝陳洛軍。

雷公子這一著，用意何在？

「明明約好了在錦田，你卻乘我出發轉攻我另一地方？你們這班九龍仔還有沒有口齒？」

「地方由你選，怎知道你會否在那邊佈下陷阱？」虎青一笑：「在這裡打我就可以安心了。」

「你們喜歡使詐，就以為個個也是這樣子！」逆鱗再度提刀：「我們新界人做事一向光明磊落，不像你藏頭露尾！我現在就過來把你轟爆！」

「轟爆我？」虎青同時撲殺上前：「你這二世祖有能力嗎？」

兩大巨頭，再度拉開戰火！

元朗大街爆發戰事的同時，真正的陳洛軍正駕車向錦田進發。

陳洛軍以時速八十公里在公路上行駛，由九龍駛至屯門公路，路程算是順利，並沒有遇到路障及其他事故。安全起見，領頭的陳洛軍一直與阿鬼的車輛保持距離，萬一遇上路障，陳洛軍也有足夠時間通知阿鬼繞路。

駛進入元朗路段，陳洛軍駛經一個迴旋處，在第一個出口駛出，進入了一條單程小路，駛至中段竟真的遇上了警察路障。

陳洛軍立即拿下對講機，通知阿鬼及細寶：「阿鬼，細寶，我遇到路障，你們由迴旋處第二個出口駛出，不要跟我走同一條路。我們在廢車場會合。」

陳洛軍以正常車速駛近路障，車外的交通警揮手示意他把車子靠旁停下。沒有超速，車上也沒有違禁品，警員只會循例查看陳洛軍的車牌及身份證，沒事就可以離去。

一交通警用手電筒照了照陳洛軍，讓他把車窗放下。那交通警跟陳洛軍四目交投，即翹起嘴角一笑：「原來是洛哥，什麼風把你吹到新界來啊？」

陳洛軍認得他，幾年前這名警員下班後走到陳洛軍做保安的夜總會喝得爛醉，粗暴對待場中的某位小姐，還要霸王硬上弓，欲在房內把她強暴。陳洛軍發現了他的獸行，把他毒打了一頓。被打得毫無還手之力的警員，亮出了委任證，陳洛軍不但沒有收手，還下手更重。

那警員理虧在先，所以被打了一身也不敢發難，屈了一肚子氣，便無可奈何地離去。

事隔多年，冤家路窄，好死不死的在這裡遇上了當日開罪過的警員，陳洛軍就知道他一定會找自己麻煩。

「洛哥，入新界談毒品生意嗎？」

「阿 SIR，我約了朋友，你要查看我的身份證及駕駛執照的話，麻煩快一點。」

陳洛軍準備在錢包取出身份證。

「你很趕時間？還是你車上有違禁品，想儘快脱身？」

「阿 SIR，如果我以前有什麼地方開罪了你，我向你賠不是。」陳洛軍沉住了氣。

「我這種廉潔警員又怎會跟社會敗類扯上關係啊？」

「……」陳洛軍繼續忍。

警員冷笑，以手電筒照向車身：「我懷疑你的車子非法改裝，現在請你把引擎關掉，然後下車。」

「你食屎啦！」本已著急的陳洛軍，面對眼前公報私仇的警員，容忍力已經到了臨界點，怒火令他踏下油門，不顧一切地衝開路障。

陳洛軍這一著無疑是很衝動，也很不理性，但如果今晚他被扣押了，便會後悔一世！

所以就算要承受任何後果，無論如何也要擺脱這班警察。

陳洛軍衝出路障，幾輛警車同時啣尾直追。

陳洛軍跟阿鬼分別後大概十分鐘，阿鬼等人已經來到了約戰地點。

車子進入廢車場的閘口，大門上方有部閉路電視鏡頭，對方大概已知道自己已到達。

阿鬼的車子駛到廢車場的中心，一眾步出車廂，前方及左右兩邊被一堵七八層樓高的廢車鐵牆包圍，猶似處身一個鬥獸場。

不遠處有個大型貨倉，倉門從內打開，一人走出來向他們招手，示意阿鬼等人進內。看來這個貨倉才是今晚的真正戰場。

對方早已在主場等待，但陳洛軍還未出現，阿鬼此刻實在進退維谷。

待在原地，似乎表現得太窩囊，氣勢蕩然無存。

進去？領軍的元帥失場，這一場仗，誰來指揮大局？

阿鬼嘗試致電給陳洛軍，卻沒人接聽，他開始急了，但總不能一直待在這裡。

「鬼哥，找不到洛哥嗎？」細寶。

「他沒接聽電話。」

「那我們現在怎樣？」

陳洛軍是帶隊的頭兒，他不在這裡，阿鬼就成了暫代決策人。

「洛軍應該在路上了……」阿鬼急了：「站在這裡也不是法子，進去吧。」

以前面對重大的決策，總有信一作主，阿鬼只須好好充當一個執行角色就可以了。

踏入貨倉，內裡是個近萬呎的密室，燈火暗淡，敵陣大約有廿幾人，個個身型健壯，站在中間的一人，一身西裝，根本不似開戰的衣裝。江湖人的直覺告訴阿鬼，這裡的氣氛有點不妥，有一種請君入甕的感覺。

雖然瞧不清楚他們的模樣，但阿鬼卻感覺到那個西裝男，周身散發著一種強大的氣場，相信是他們的頭領。

跟阿鬼對峙的，當然不是逆鱗，而是雷公子的頭馬邢鋒。

站在邢鋒身邊的，還有「天義盟」的主將，包括：B輝、鱷魚和士撻。他們下午才收到通知，將跟隨邢鋒踏上戰場。他們得償所願，以為終等到一舉成名的機會，誰知「龍城幫」的陣營卻不見陳洛軍的蹤影。失望之餘也感到錯愕，因為陳洛軍一向義字當頭，應該不會扔下兄弟不顧的，難不成有什麼詭計？

未曾見過陳洛軍的邢鋒向身邊的士撻查問：「誰是陳洛軍？」

「全都不是，陳洛軍沒有到場啊。」

「……」邢鋒皺眉。

陳洛軍在場的話，一定會打高兩級。這一場關鍵之戰，又怎會沒有他的份兒？

「你是領軍的人？」邢鋒望著阿鬼。

一時間，阿鬼也不知道如何回話，認了頭，那便要開打了；否認，那麼又怎樣解釋陳洛軍的下落？

「鬼哥，這個擔子我們扛不起的，一定要等到洛哥到來啊。」

細寶曾經因衝動而壞了大事，他知道下錯了決定，隨時恨錯難返，萬劫不復。

「洛軍雖然帶傷，但有他在場，士氣必定會提升……」阿鬼心道：「細寶說得沒錯，這個擔子我們扛不起，還是先等洛軍來吧。」

阿鬼正要回話，才看清士撻的樣子。

「士撻怎會在那邊的？難道逆鱗向『天義盟』那邊借將？」阿鬼冷汗直冒。

阿鬼猜對了，只是他想不到連逆鱗也被擺了一道。

阿鬼打量著邢鋒，一臉狐疑。他雖然未接觸過逆鱗，但以他所知，逆鱗只有二十多歲，而眼前的西裝男看起來卻很成熟，已經年過三十，與他所想像的逆鱗落差甚大。

對方的陣勢愈看就愈覺古怪。

「你們不是狄秋的人！」

邢鋒望了望錶，時間是十二點十分，比指定約戰的時間過了十分鐘。

邢鋒踏步，跟身邊的人說：「虎青那邊已經開始，我們也沒太多時間，動手。」

頭領動身，身旁的人亦已手握刀刃，準備對「龍城幫」進行——屠殺。

2.19

局

邢鋒有所行動，阿鬼自知沒有回頭路，一退，「龍城幫」的招牌即被蒙羞。

「兄弟們，讓他們見識一下『龍城幫』的實力！」

無論心底裡有幾多憂慮，也不能在敵人面前表露。阿鬼振臂高呼，牽動了一眾情緒，提刀迎上。

在阿鬼身旁的細寶，留意到阿鬼的額角冒出了冷汗，看出阿鬼只是強裝勇敢，其實相當緊張。

「鬼哥，我跟你一起上！」

身旁有個共同進退的手足，的確可以令巨大的壓力得以減輕。細寶的一句話，已經發揮了很大的作用。

邢鋒沒有拿起任何武器，那雙冷漠的眼睛緊盯阿鬼，他已鎖定了目標，準備大開殺戒。

「你們搞定其他人，這個留給我。」

邢鋒往前一躍，人如魅影，眨眼間已來到了阿鬼前，身法快得驚人。

「一刀砍死你！」

阿鬼反應也不算慢，一臂拉弓，打算橫砍邢鋒面門，可還未送出刀鋒，下顎卻中了一記重擊，痛感尚未傳到大腦，手臂便被一股衝力擊中，手中刀甩飛。

邢鋒冷冷盯著阿鬼：「你很弱，你這種貨色也可以帶隊，難道『龍城幫』除了信一之外，個個都是廢柴？」

說著同時，邢鋒的拳已瞄準阿鬼胸口。

如雷動般的重拳即將命中阿鬼之際，其急疾的去勢竟被攔截。

錯愕的除了阿鬼，還有邢鋒。他的手腕，被細寶握住了。

邢鋒直視細寶：「看來『龍城幫』並非全部都是窩囊廢。」

細寶二話不說，一刀向邢鋒疾砍。刀鋒以破風之勢來到對手面前，不到半秒，就可以把眼前人的頭顱橫砍兩半。

像邢鋒這種頂級角色，又怎會如此容易被殺敗。細寶的刀雖快，但邢鋒的動作更快。

邢鋒的一腿後發先至，在刀鋒快要砍到其面門的電光石火之間，朝細寶的前臂疾踢，握刀之手失控般盪歪，邢鋒左膝一低，刀光在他的頭頂劃過，乘細寶還未能回神，邢鋒的拳便落在他的腹上。邢鋒的拳並無大開大闔的起手式，卻力發千鈞，中擊的細寶就如被一個巨靈重鎚擊中，退了十幾步，甫定神，便見邢鋒晃身前躍，再起攻勢。

同一時間，阿鬼從橫撲向邢鋒。

阿鬼並無任何習武經驗，憑其渾身是膽的狠勁，曾在多次街頭巷鬥中取得不少漂亮戰績。他的狠勁，用來對付普通的古惑仔可能起到作用，但今次面對的，是絕世邢鋒，這種攻擊，在他的眼中根本像個小朋友。

邢鋒輕描淡寫的就擋下了阿鬼一拳，順勢就推出一肘，猛力落在他太陽穴上。

阿鬼一陣暈眩，腳步蹣跚的左搖右擺，看似快要倒下，兩者實力相距甚遠，邢鋒亦不屑追擊，視線從阿鬼身上移開，正想對付細寶，便看見一道疾快的刀光斜劈向自己的身前。

此刀比之前的還要快還要狠，邢鋒眉頭緊鎖，並沒閃躲之意，雙目盯著眼前的銀光，竟伸出雙手硬擋來招。

邢鋒不是白癡，就算對自己的實力十足自信，也不會用血肉之軀硬擋利刃。

他看準刀刃的方位，雙手朝刀身一夾，竟來一招空手入白刃，把刀鋒鎖在雙掌之間，雙臂往橫一扭，邢鋒便把細寶的刀扯飛。

對方這一著實在令細寶有點愕然，就憑剛才的交手，細寶就知邢鋒是個極難應付的超級高手。

但細寶跟他阿大一樣，都有一顆遇強愈強、永不後退的鬥心，掉了武器，細寶便祭起手刀，砍向邢鋒。

「空手道。」邢鋒冷冷道。

細寶掌刀劈向邢鋒的頸項，卻被邢鋒輕易避開。習武的人都知道交手時要制敵而不能被敵人所制，誰先搶得進攻，就能取得優勢，所以細寶雖然一擊落空，卻不斷竭力進招，腳步加快，手刀揮擊，欲以連環攻勢令邢鋒受制於自己。

邢鋒只守不攻，擋得極之從容，就像看穿了細寶下一個動作。久攻不下，細寶的招式亦開始急起來，心一急，破綻便容易敗露。

邢鋒擋開細寶的手刀同時，已準備發動攻勢。回了氣的阿鬼本想上前助攻，卻聽到己方兄弟的慘叫聲，放眼一看，只見好幾名「龍城幫」的人馬倒在血泊上，其餘的人也被敵軍攻個潰不成軍，情勢極不樂觀。

阿鬼的心又慌又亂，正不知如何是好，便聽到細寶的吼聲：「鬼哥，不用理我，你去幫其他手足啦！」

這一句話把不知所措的阿鬼吼醒，兄弟們正處於水深火熱的險境，輩份最高的阿鬼絕不可以在這時候亂了陣腳。

「細寶，你自己小心。」阿鬼拾起地上的刀，便殺入敵陣：「要打就跟我打！」

面前正有三個兄弟被六、七人圍劈，慘痛的叫聲和著血花飛濺。

阿鬼提刀就砍，砍中一人，便即向另一個再砍。沒有回氣的空間，也沒有招路可言，總之見人就砍。

面對這種大混戰，一定要夠狠夠快，殺得一兩個，令他人感覺到自己的勇悍，嚇唬他們，就可以一鼓作氣地殺下去。

同一戰場，另一戰線的士撻亦殺得性起，吸食了大量迷幻藥的他，壯大了膽，拿起雙刀殺入敵陣，癲狂式的狂砍，把凶殘暴戾的獸性完全展現。砍了一刀又一刀，恍似有用不完的力氣，背門中了一刀，卻因毒物影響，麻醉了痛覺，令他很快地做出反擊。

士撻本來就是希望藉此一戰成名，所以他早已打算豁了出去，殺得理性全失，也全不當身上傷勢是一回事，只顧著瘋狂揮刀，盡情砍殺。

除了士撻，B輝與鱷魚其實也有著同樣的想法。本想殺敗陳洛軍，名動江湖，最終目標卻沒出現，令他們極度暴躁，一口氣把積存已久的憤怨怒氣都爆發出來，用敵人的鮮血來泄憤。

B輝與鱷魚的實力雖然跟陳洛軍、十二少等江湖戰神有段距離，但說到底也是「天義盟」的高層，有一定的實力，再加上爭雄的決心，使二人戰意大勇，超出狀態。

二人甚有默契，當B輝面對危機，鱷魚便出手替他化解，到鱷魚面對攻擊時，就到B輝出手相助，合拍非常，轉眼已把四名對頭砍至倒地不起。

B輝與鱷魚殺紅了眼，阿鬼看見立即往前猛衝，用刀鋒斬出一條血路，直殺向二人之處。

殺得性起的兩人，回頭一看，見阿鬼從身後撲殺過來，不約而同露出殘酷的目光。

「阿B，殺不了陳洛軍，殺了這傢伙也算有點交代！」鱷魚轉身，望向阿鬼。

「陳洛軍怕死不敢來，你就代替他給我倆打死吧！」B輝混濁的眼神吐出殺人紅芒。

阿鬼渾身是膽，猛吼一聲，勇悍地繼續往前衝。

B輝與鱷魚亦往阿鬼撲殺過去。

兩方都充盈著狂暴的殺氣，一心想把對方殺之而後快。

沒有任何妥協餘地，勢要以敵人的血，來餵手中的刀。

「吼——」

無意識的咆哮同時從三人的喉頭發出，緊接下來便響出一聲刺耳的兵器交擊聲。

以一敵二，阿鬼無疑處於劣勢，然而他沒有懼色，勇猛揮刀，硬擋二人。

一身蠻力的鱷魚，自信憑一己之力便可殺敗阿鬼，豈料這一次跟B輝合擊，竟也不能令阿鬼後退半步。

鬥心激發了力量，阿鬼也知道自己算不上什麼驚為天人的重要角色，信一的刀法，永遠也望塵莫及的了，但他卻傳承了信一的勇與狠勁。

阿鬼也記得陳洛軍說過，奇蹟只會發生在有夢想的人的身上，如果連自己都不相信可以做得到，又怎可在複雜的江湖中踏出自己的天地？

阿鬼一直記住了陳洛軍的話，自己雖然並不是什麼大人物，但並不代表他就不可引發奇蹟。

B輝與鱷魚猶如跟一顆巨石比力，任他們如何使勁，也不能前進半步。

「怎麼合我們二人之力也不能把他逼退？」使盡力氣的B輝心道。

不可能的事情，就在這刻發生，阿鬼猛一呼氣，爆發出超越想像的巨大力量。

一股如惡浪般的衝擊力自阿鬼身上引爆，野蠻地向二人冚噬，把敵人撞得頭昏腦脹。

當中粗獷如牛的鱷魚，更失去了重心，四腳朝天的跌倒地上。

這是個千載難逢的機會，眼前就只B輝站著，只要一鼓作氣地衝上解決了他，便有機會扳回劣勢了。

戰意大勇的阿鬼吸一口氣，便瞪大雙眼，提刀直衝，大有神阻殺神的威猛氣勢。

「殺了你！」

B輝甫一停住身影，便見阿鬼發出暴吼，想也不想橫刀就擋。

兩刃交碰，B輝只感到一股震動從刀柄傳至虎口，令他手中的刀差一點掉下來。

「這傢伙的力氣當真大……」

B輝還未回過神，阿鬼便發狂地向他連砍出三刀。

阿鬼每一刀都是雷霆萬鈞，B輝招架得喘不過氣，相當勉強。

第四刀來了，B輝繼續機械式的舉刀抵擋。

又響起一記刀聲，這次B輝終於抵抗不了這道撞擊，手中刀飛脫了。

阿鬼當然不會放過這個最佳的殺敵良機，手臂橫張，準備砍出第五刀。

阿鬼深信，這一擊，定可把B輝一刀斷魂！

B輝正被一股死亡殺氣包圍，強烈的懼意侵襲，四肢繃緊得如被鐵鍊牢牢緊鎖，他沒想過自己會裁在這個名不見經傳的阿鬼手上。

「我不是要名動江湖嗎？怎麼可以就此敗下？」B輝心道。

B輝不甘心，也不相信會命喪在對方刀下，用盡最大力氣彎身拾刀。可手還未觸到刀柄，阿鬼的刀已砍到自己的頭上。

這個距離，B輝絕難閃避，也無可抵擋，他的命已經控制在對方手上。一聲慘叫響起，叫聲卻不是來自B輝，而是如火車頭般勇往直前的阿鬼。

悽慘的鮮血從阿鬼背門噴灑而出，原來剛才倒地的鱷魚再次站起，並在最緊急關頭砍出要命的一刀。

這一刀不但救了B輝，更改寫了二人的命運。

死不了的B輝撿起地上的刀。同一分秒，阿鬼腰隨身轉，手臂順勢往後拉，打算先把偷襲的鱷魚了結。

阿鬼往後砍之時，不知為何突然覺得手臂好像變得很輕，輕得有點不尋常。

他只看見自己握刀的一臂偏離了預期的軌道，愈飛愈遠……

「怎會這樣的？」

眼前的畫面實在太過詭異，血肉相連的手臂怎會不受控的甩開？

阿鬼一時間腦海一片空白，思考能力停了下來，直至他看見臂膀的位置湧出大量血水，他才知道一個殘酷的事實——

我的一臂，被無情地砍離身體了。

2.20

命運之相遇

阿鬼的一臂被B輝砍下，鱷魚看見對手慘況，當然不會抱以同情，隨即在阿鬼的肚皮橫抹一刀。

「吔——」

悽慘叫聲響徹全場，正在跟邢鋒一戰的細寶循聲一望，瞧見阿鬼斷了一臂，全身血淋淋的正被二人狂砍。

細寶不敵邢鋒，索性棄戰，幌身飛躍到三人血戰之處，只想把阿鬼救走。

「救人？吃屎啦！」鱷魚的刀向細寶迎頭砍來。

鱷魚臂力雖大，卻並無章法，一刀落空便胡亂揮斬，細寶一一避過。

細寶看準一個機會，便往鱷魚手腕劈出急勁的手刀。手一痛，刀便落地。下一秒，鱷魚的喉嚨便中了另一記手刀。

細寶成功為阿鬼解圍，正要把他扶起，卻見倒地的他全身有數不清的刀傷，動也不動的，似乎已經不行了！

細寶愣住了不到兩秒，回神之際，面門先中一拳，接著肩膀、胸口、腹部、大腿……身體各處被又快又密的猛拳擊中。

想反擊，可雙手總是在未出招前給對方打回去。

身體多處遭連環炮轟，細寶被打得毫無還手之力，非常狼狽，意識已漸覺模糊，支持他撐下去的只是意志。

他很想還招，可還未祭起手刀，又要面臨另一輪密集的狂攻。面對密不透風、機關槍式的瘋狂掃射，細寶只能挨打。

細寶一直認為，自己的格鬥技算是不錯，就算未達一級高手之列，勉強也算是個角色吧！怎想到眼前對手如此強大，封鎖了自己發招的空間。

細寶被打得全身是血，豁盡所能也無法還上一拳，骨折聲啪嘞啪嘞的響起來。

最後，連提起雙手的力量也失去，其澎湃的鬥志已被擊潰。

「鬼哥已經輸了，我不可以倒下……」

縱有不滅戰意，可肉體卻承受不起邢鋒的絕命重擊。細寶終於也暈倒地上，躺在阿鬼身旁。

「我要把你砍成肉碎！」深深不忿的鱷魚，提刀衝向細寶之處，打算把他砍個稀巴爛來泄怒火。

「夠了。」邢鋒橫臂一張，阻止了鱷魚的去勢。

「他早晚都要死，何不給我砍碎他？」

「我說不行就是不行。」

不慍不火的邢鋒，從來都是以實力來震懾對手和下屬。何況他是領軍的主帥，一干人等哪敢抗命？

邢鋒放眼看去，見我方人馬正把「龍城幫」人馬壓著來打，敵方兩名主將已經倒下，軍心大失，敗象已呈，只能負隅頑抗。

邢鋒看了看錶，開戰至今過了十分鐘。

「動作太慢。」邢鋒心道。

邢鋒一閃身，以極快的身法闖入戰場助戰，對準敵方的太陽穴上出拳，一擊即中，命中的人隨即暈倒。

邢鋒的強，絕對超級，不消一刻便把「龍城幫」的人全數打倒。

邢鋒讓幾名手下從暗角取出一桶桶汽油，向他們擺了擺手，手下便把汽油淋在貨倉四周。

「走。」邢鋒冷冷地拋下一句，就帶頭離開貨倉。

當所有人都踏出貨倉之後，邢鋒便擦著手中的金屬打火機，把它往內拋，然後便關上鐵門，上鎖。

貨倉裡面瞬間火海一片，暈倒的人，均被火燙的灼痛感弄醒，發出悽慘的吼叫。

火勢迅速蔓延，有幾人已全身冒火，神仙難救，但求痛快一死。

較好運的，只燒到手腳，死不了，隨即弄熄身上的火種，拯救其他同伴。

幾個撲熄身上火種的人，被濃煙嗆得難以呼吸，他們也知道這樣下去，不被燒死，也會被嗆死，於是便朝鐵門衝至，打算一口氣把門撞開。

「大門被反鎖了呀！」

「繼續撞吧！」

幾人用身體死命地撞，猛力地撞，卻徒勞無功。火勢愈來愈猛，濃煙也愈來愈稠密，室內的空氣也快要耗盡。剛才猛力撞門的幾人已經不支倒下，再沒有力氣做出求生。

一直失血的阿鬼卻在此時醒來，一張開眼便被火海與濃煙包圍，不知多少個兄弟已成火人，慘叫聲聽得人心也寒了。阿鬼猶如置身在人間煉獄，一時間也不知眼前的景象是否真實。

幾秒過後，阿鬼終於回了神，看見躺在地上的細寶，立即拍打他的臉。「細寶，醒呀！給我醒呀！咳咳咳……」

細寶沒有反應，室內濃煙嗆喉，已經沒有時間繼續拖拉，這樣下去，大家就會「一鑊熟」。

「龍城幫」已經一敗塗地，最起碼，要保住兄弟的性命吧。

阿鬼瞧見雜物堆中有一台手推車，想也不想就衝過去，甫一觸及手柄，一陣熱燙感便從鐵手柄傳入掌心。他忍痛把車子推到細寶身旁，以外衣包裹著他，再以獨臂把細寶抬上鐵車上。

阿鬼不知哪裡來的力量，把一個又一個暈倒的人抬上車。

「兄弟，撐住呀！」

阿鬼的手再次握住了赤燙的手柄，撕心劇痛無阻他救人之心，吸一口氣便往大門直衝，妄想把大門撞開。但是大門卻牢不可破，阿鬼被反震開去。

同一時間，陳洛軍幾經辛苦終於把警車甩掉，正以極速趕往戰場。

心急如焚的他狂踩油門，在靜夜的公路上疾飆。

此時，另一條行車線的遠處，迎來幾台對頭車輛。

這個時候，除了飛車黨外，該不會有如此陣容的車輛行駛。

陳洛軍一見眼下景象，便大感不妥，他的車輛繼續往前駛，跟對方的距離漸漸拉近。

兩車擦身而過的一刻，兩個男子，四目交投，在電光石火的一瞬間交換了眼神。

陳洛軍瞧見駕駛座的男子，木無表情，雙目卻如利刀般充滿靈氣。

同樣地，那個人一見陳洛軍，就知道他絕非善類，幾乎百分百可以肯定，對方是個不凡的人物！

——這一次，是陳洛軍與邢鋒首次相遇。

陳洛軍跟邢鋒不曾見過，但他們均已認定，總有一天會再次遇上。

今天的陰差陽錯，或者是命運安排，兩人根本未到交鋒的時候。

他們之戰，留待下一次才爆發。

邢鋒的車隊沒有停下，陳洛軍的車跑得更急。跟對方的車隊擦身而過之後，陳洛軍的腦海不禁生出多個假設。

假如剛才那幫是狄秋的人（陳洛軍還未知狄秋的人沒上戰場），那就表示大戰已經結束，他們並不是落敗的模樣，那麼我方的人相信已打敗了仗。

我方吃了敗仗嗎？敗得難看嗎？他們誰個會葬身戰場？

說到底，對方也是「龍城幫」的人，應該不會下手太狠吧？

敗了就敗了，我們是有能力的人，大不了便跟信一重頭起步，沒有事情是解決不了的，只要留住性命，就是天塌下來，我們也可以挨得過……

沒事的……沒事的……

陳洛軍終於抵達了目的地，當他步出車子，魂魄幾乎被嚇得飛了出來。

沒錯，只是留住性命，任何難關都可以撐過來，可如果他們的兄弟全軍覆沒，這一關，又如何度過？

眼前的貨倉滲出了濃煙，陳洛軍知道裡面起了大火。

怎會這樣的？明明只是一場同門內鬥，有需要做得這麼絕嗎？

陳洛軍急忙在車裡取出一支鐵撬，走到大門前把鎖頭破開。

打開大門，隨即湧出一陣巨大的熱氣與黑煙，然後就見到一個背門著了火的人把一架手推車衝出來。

陳洛軍脫下外衣，把阿鬼的火撲熄。

但他已再沒有任何反應……

阿鬼死了。

陳洛軍瞧見他斷了一臂，另一隻手的皮肉如香口膠般搭在鐵手柄上。

手推車上幾名兄弟的命應該保得住，陳洛軍想入倉營救其他人，卻已太遲，裡面已經被大火吞食，燒得火光熊熊，依稀看見地上一具具燒焦了的屍體。

裡面的人是救不活了，眼下這幾個或者還有一線生機。陳洛軍把幾名兄弟抬到貨車上。保不了阿鬼的命，至少也要把屍體帶走。

元朗那邊，逆鱗跟虎青之戰正鬥得如火如荼。

逆鱗的刀橫劈虎青的臉，刀光閃過，虎青急忙退後，顴骨位置被拉出一記刀痕。

「你竟敢弄傷我俊俏的臉孔！」虎青張大口：「我要跟你拚命呀！」

虎青因「俊俏」的臉容被劃了道口子而憤怒起來，猛力一刀直劈，逆鱗舉刀就擋，手中的鋼刀竟抵受不了巨大的衝力而碎開。

眼見這一刀將要落在逆鱗的臉上，逆鱗卻在千分之一秒間蹬腿，轟中虎青下腹，虎青一退，劈向逆鱗的一刀僅從他的臉上擦過。

只差半厘米，逆鱗就要變成疤面煞星。

逆鱗乘勢而上，一個躍身，連踢出兩腳。第一腳把虎青的刀踢落，另一腳直印在他的面門。

「又打臉！」虎青暴吼。

虎青雖是個老粗，但似乎相當愛美，被逆鱗連番打了兩次臉龐，終於惹起了他的真火，雙拳拉弓向逆鱗施展猛烈攻擊。

虎青化身成人形坦克，雙臂同時發動密集式的連環炮轟，逆鱗被攻打得難以回招，只能交叉著手，擋下對方的猛轟。

虎青這一輪沒頭沒腦的瘋狂猛打，轟得逆鱗難以喘息。

「這小子也相當挨得。」虎青心道。

虎青雖然好像把他壓著來打，但這種急攻極耗體力，不能在短時期內轟倒對手便會被對方反擊。

虎青的攻勢慢下，逆鱗就看準一個機會，立地一躍，以飛膝直撞向虎青的下巴。中擊的虎青，不住往後退，氣勢已被擊潰。可逆鱗也沒乘勢追擊，因為剛才虎青的一輪急攻，的確打得逆鱗全身疼痛，那一記飛膝已用上他僅有的力氣，如果落空了，相信倒下來的將會是自己。

至於虎青，他一直盯著逆鱗，並沒有做出新一輪攻勢，突然笑了一聲就轉身走了。

「收隊！」

他不是不能再打，而是他的目的已達，沒必要跟逆鱗瞎打下去。

戰鬥正酣，虎青無故撤兵，一時間逆鱗也不知發生了什麼事，只覺得事不尋常，剛才風風火火的，根本沒有時間讓逆鱗思考，此刻冷靜下來，腦海才生出一個令他冷汗直冒的疑問……

剛才跟我打的，真的是陳洛軍嗎？

陳洛軍把同門送往城寨的地下診所。

幾名兄弟及細寶算是命大，保得住一命。

信一甫踏入診所，雙目圓瞪，簡直不敢相信眼前的景象。

「為什麼會這樣的？」

幾個兄弟躺在床上，死不了，卻一臉疲憊，一看就知已經敗得徹徹底底。

己方三十人出發，最後就只有幾人有命回來！剛才之戰到底是什麼一回事？狄秋那邊真的那麼厲害嗎？何以可把我方人馬轟成這個模樣？

站在一旁的陳洛軍，難過非常，如果他能早一點擺脱那班交通警，趕往戰場，結局又會否改寫？

信一望了望大廳，不見阿鬼，走到陳洛軍身旁問道：「阿鬼呢？」

「死了……」

陳洛軍把信一領到一間房，停在門外，信一知道，阿鬼就在房內，他也知道，他的死相絕不會好看。但當他打開房門，看見躺在床上的阿鬼時，信一簡直魂不附體……只見阿鬼背部朝天，一手垂在床邊，另一條臂被斬斷了，整個背門沒有完好，被烈火燒得稀爛。

幾小時前，阿鬼明明還活生生的，怎麼只過了一陣子，會變成如此模樣？

「到底發生了什麼事？」

陳洛軍把剛才發生的一切告訴信一，信一聽後，久久不能說話。他的心，好痛好痛，是他叫阿鬼跟陳洛軍位置對調的，如果他沒有下這個決定，阿鬼或許可以逃過一劫。但就算換了陳洛軍在現場，以他此刻的狀態，又可以把結果改寫嗎？

他不肯定，這個結局，是他不曾預想過的，就算是幫會內訌，狄秋跟信一的仇恨，也不至於要下這種程度的毒手吧？

望著那個不似人形的阿鬼，陳洛軍跟信一一樣，相當痛心，而且內疚。

如果自己能早一點趕往現場，戰局又會如何？陳洛軍是那種不要命死拚到底的人，若果他剛才也在戰場，一定會跟邢鋒拚至筋竭力疲為止，最後很大的可能是死在對方的拳下。

錯過了這一戰，該說陳洛軍幸運還是不幸？

信一與陳洛軍不發一言，氣氛被一股死寂與黑暗籠罩。望著阿鬼的屍體，信一在想：就算他能活下來，此生都成廢人，日常起居生活都成問題，生活變成了生存，每一天都活在痛苦的輪迴圈上、每一夜都被大戰的陰霾侵襲，從此活在恐懼中，不敢面對人群，沒有歡笑，沒有色彩，比死更慘更殘酷。

阿鬼的武值不是特別高，頭腦也不是特別靈光，但他卻一直是信一最信賴的門生，只因一直以來，阿鬼都對自己相當忠心。

如果信一跟陳洛軍的關係，是生死相隨的兄弟，那麼，信一跟阿鬼，就是超越了主僕關係的親信，他早已把阿鬼當作家人般看。

沒有人可以體會到信一的心情。他沒有激動，也沒有暴跳如雷的吼著要為阿鬼報仇。

只是相當平靜地打了一通電話。

2.21 相忘

「秋叔，恭喜你，你打贏了。」

狄秋沒想過信一親自「報喜」，一時間也不知如何反應，拿著話筒，答不上話來。逆鱗真的贏了嗎？錯不了，信一絕不會拿這個來開玩笑。

我方贏了，狄秋憋在心裡廿多年的悶氣，終於舒了出來。從今以後，「龍城幫」就是屬於狄家的了。

本該很激動的一刻，狄秋卻沒有表現出興奮情緒，因為他隱隱覺得，事情並不會發展得如此順利。

「信仔，既然你輸了，就儘快把權杖交出來。你喜歡的話，可以繼續留在『龍城幫』，以後以我馬首是瞻，我保證絕不會為難你。」

「留在『龍城幫』？我還有面目面對死去的兄弟嗎？」信一平和地說：「秋叔，想不到為了贏這一仗，你可以對我們下此毒手，說到底大家都是同門，有需要用火攻嗎？」

聽到火攻二字，狄秋的心揪了一下，出發之前明明叮囑過逆鱗，讓他不要做得那麼盡，他竟然對同門用上火攻？實在做得過了火，但不想發生的已經發生了，狄秋唯有撐下去。

「落場無父子，如果你寄望對手會留手的話，那麼一早便不該答應出戰。吃了場敗仗，就當買個教訓，以後記得三思而後行。」

「真想不到你可以說出如此涼薄的話。這個教訓令我失去了廿幾個兄弟的性命，我一定一生銘記！」

為了贏這一戰，逆鱗竟奪去同門廿多條人命，狄秋已經思考不了，只能強裝鎮定。

「信仔，你不是想賴帳吧？」

「願賭服輸，我不夠狠，輸得口服心服，一定會交出權杖。」信一呼一口氣：「不過從今以後，你再不是我尊敬的長輩……狄秋，只會是我信一的敵人。」

掛了線，狄秋腦海仍然不能好好思考，他雖然是個頑固又愛面子的老頭，但仍然保留著老一輩的傳統思想，沿用了家長式的管治方法。同門犯錯，執行家法就是，就算犯了彌天大錯，頂多也是把他逐出幫會，鮮有對同門下殺手。

本是同根生，狄秋又怎會想到，逆鱗竟會如此狠毒。

狄秋終於得償所願，黃袍加身，成為「龍城幫」第三任龍頭，可此刻的他卻沒有半點興奮，只有內疚……為了迫使信一退位而弄至這個局面，是否值得？

狄秋放空了好一陣子，逆鱗終於回來了。

「老爸！」

逆鱗氣喘吁吁，滿頭大汗，恍恍惚惚地走進狄秋的房間。

一見逆鱗，狄秋本想破口大罵，不過他連罵人的勁兒也提不起來，只無奈地望著他。「我知道，你打贏了……」狄秋沒了神采。

「老爸，我們被坑了！」逆鱗把剛才決戰「陳洛軍」的戰況告訴狄秋：「那個陳洛軍突然棄戰，我已經覺得很不妙，於是立即趕回廢車場，發現那裡已被燒光了。」

聽完逆鱗的話，狄秋舒了口氣，自己的兒子，還不至於泯滅人性，但隨即就想到更嚴重的問題了。

「跟你打的，根本是雷公子的人，他調開了你，再對信一的人下殺手，把所有的責任後果推到我方身上，令兩方關係進一步破裂，自己就來個隔岸觀虎鬥！」由一開始，雷公子找上狄秋，就已經設下了這個局，讓兩方自相殘殺，轟個兩敗俱傷，然後再出手攻打餘下的一方。

所以狄秋絕不希望往後會跟信一交戰，但發生了今晚的事情，信一又豈會罷手？

信一出手，狄秋反擊，便正中了雷公子的下懷。

不反抗，任人宰割？更加不可能！這個局，好難拆啊。

「老爸，我知道你擔心什麼，未發生的，暫時別想太多。」逆鱗冷靜下來：「我在想，是否跟信一解釋一下……」

「解釋？」

狄秋才剛剛在電話跟信一鬧得不愉快，而且把一切都扛起了，此刻向他說出真相，他會相信嗎？對方只會覺得自己想置身事外。

就算他相信了，己方跟雷公子勾結是鐵一般的事實，信一只要咬著這關節不放，理虧的是我方啊。而且，就算不是他親自出手，也因為「引清兵入關」而發展成這個局面，造成同門死傷這條罪狀，狄秋百口莫辯。

權衡利弊，狄秋還是不能承認勾結雷公子這條彌天大罪。

「不！我們不能讓信仔知道真相。」

「雷公子坑了我們，難道我們什麼也不做？」

這口氣怎能嚥下？當下狄秋便致電雷公子相約會面，半小時後，狄秋便跟逆鱗來到「天義盟」灣仔的夜總會。

二人一步入夜總會，便見大廳有大班舞小姐向他們響炮，還有樂團奏樂，熱烈歡迎二人。

雷公子在台上拿著咪高峰，喜氣洋洋的揚聲：「歡迎今晚兩位主角，『龍城幫』

新任龍頭狄老大，還有他的公子，未來黑道大哥大逆鱗。」

雷公子說罷，舞小姐們就向他們投懷送抱，狄秋把她們一手推開，走到雷公子的身前。「狄老大，我已包了整個場子，付了費，你有能力的話，今晚可以一個打十個呀，哈哈哈哈哈哈哈哈……」

浮誇的笑聲，極度討厭的臉孔，看得狄秋眼火爆了。

「我有話跟你說。」

狄秋領著雷公子入房間，逆鱗尾隨。

「狄老大，恭喜你。」

「你行！你真行！」

「我當然行啦，否則你也不會跟我合作啦。」

「你引開逆鱗，怎麼事前不跟我說清楚？」

「我做事，從來都只求結果而不理過程。我知道你未必會認同我的手法，才沒告訴你。現在這個結局不是你想得到的嗎？打擊信一，接任龍頭，我統統為你達成了，但你不用感謝我啊，以後我們還要多多合作呢。」

「陷害了我們，還把自己說成聖人一樣，你真的當我們是白癡嗎？」逆鱗滿身怒火。

「喂，你是傻的嗎？我幫你們打敗了信一，這叫陷害你？」雷公子點了根雪茄：「你兩父子是不是開心得過了火，燒壞腦呀？」

「雷公子，你自己幹過什麼，心知肚明。我們是贏了，但殺害同門這條罪也由我們扛起了，外面只會說我們為了贏，竟連半點情義也不顧……」

「狄老大，我已經說過，我雷公子做事從來不計較過程，做大事當然會有死傷啦，又要贏又要做聖人，等於淫娃要立貞節牌坊，世上哪有如此便宜的事？」雷公子向狄秋噴出一口煙：「總之你放心，假若信一向你動手，我雷公子一定會出手相助的！」

雷公子的囂張跋扈，跟之前相邀狄秋合作時的態度截然不同，差在未直認：你的利用價值已經沒有了。

生性火爆的逆鱗又怎容忍得了這種不可一世的嘴臉？拳頭握得勒勒作響，正想出手，就有個大漢走進房間。

逆鱗回頭一看，他認出這雙眼睛，正是那剛才跟他一戰的「陳洛軍」！

「是你！」逆鱗的火更大。

「我給你們正式介紹，他是我重金禮聘邀請加盟的新成員，虎青。」雷公子走到虎青身旁，望著逆鱗：「你倆已認識啦。我已吩咐了虎青千萬要給你留手，逆鱗老弟，希望他沒有弄傷你啦，哈哈哈……」

「放心啦，我已留了手，否則的話他已經橫屍街頭啦！」虎青不屑一笑。

「我現在就跟你再打！」

「別打了。」逆鱗踏步，卻被狄秋攔住，然後對著雷公子說：「姓雷的，你給我記住，從今日開始，你我各不相干，你千萬別走來惹我，否則我一定會跟你拚到底！」

拋下一句話，狄秋跟逆鱗就走出房間。

踏出房門時，逆鱗跟虎青四目交投，火藥味極濃，可以預見，不久的將來，他倆將會在戰場上再續未完之戰。

今天，狄秋借雷公子之力擊敗信一，登上「龍城幫」的權力頂峰，完成多年來的心願，可發生了這次慘劇，狄秋再也笑不出來。最叫他後悔莫及的，是搭上了雷公子，他知道，從此以後，將會寢食難安，噩夢纏身！

2.22

江湖再見

大戰結束後一個月。

狄秋以為信一會做出報仇反擊，信一也以為雷公子會有狙擊行動……

出乎雙方的意料，這一個月，非常風平浪靜。雷公子再沒有興風作浪，信一亦沒有對狄秋有什麼行動。

雷公子跟「天義盟」結盟，在銅鑼灣大展拳腳，沒有趁信一弱勢加以狙擊，一反常態，只專注夜場業務，像個大商家般躊躇滿志，雄心勃勃為「天義盟」注入新構思，出錢又出力，像要在香港展開其商業發展大道。

沒有人猜度得到雷公子在想什麼，這個人本來就是喜怒無常，不按章法出牌，但可以肯定的是，他現在所走的每一步，都充滿了計算和部署。

早晚有一天，會為「龍城幫」帶來新一浪的衝擊。

接任龍頭的狄秋，這個月來精神也處於緊張狀況，日夜提防著信一的來襲，直至信一派人把權杖交給狄秋，他才覺悟，信一的確是個願賭服輸的人。

因為信一比狄秋年輕得多，而且他又看著信一出身，在他的眼中，信一永遠是當年的那個乳臭未乾的小子，早認定他沒能力沒資格坐上龍頭寶座，但原來對方已在這十多年來急速成長，其處事手法相當成熟，亦有領袖魅力，最重要的是，他輸得起。

哪個梟雄人物，不是在大風大浪中熬出來！學會承受，才有機會攀上高峰。

只要有信心不滅、熱情仍在，有什麼失去了是不可以重頭再起的？

換了是狄秋，如果他輸了這一仗，一定會不惜一切做出反擊，因為他已再沒有輸的籌碼。年事已高的他，再沒有青春和歲月，去讓他等待下一個十年。

大戰之後，狄秋受盡流言蜚語的折騰，說他為了這一仗，竟全不講江湖道義，不少門生對他的行為非常齒冷，退出幫會。

最愛面子的狄秋，阻止不了流言擴大，自己儼然成為幫會的邪惡軸心。

造成這個局面，又可怪誰，要怪，就怪自己搭上了雷公子。

得到了權杖，登上了夢寐以求的龍頭寶座，卻感到無比失落與空虛。

如果再給他選擇一次，他絕不會跟雷公子這個魔頭暗渡陳倉。

如果再給他選擇一次，他亦不會跟信一鬥個你死我活。

不過世上哪有如果？抉擇了的事情，又豈可回頭？

歷此一役，信一陣營元氣大傷，隨著處理好死去兄弟的身後事，這一場大戰算是正式落幕。

信一不但交出了權杖，還撤出九龍城寨，脱離「龍城幫」。

樹倒猢猻散，信一退會，其直系門生也都意興闌珊，大部分都無意留在「龍城幫」，有的過了「架勢堂」，有的去了「暴力團」，只餘小部分繼續跟隨信一，助其開展黑道以外的事務。

這一戰，每一個人都經歷了不同的創傷，包括藍男。

當日在廟街痛失胎兒，若非邢鋒改變了主意，她已落入雷公子手上，陳洛軍將會跟AV一樣，永遠尋不著自己最深愛的人的下落。

每當想起那一次的險死還生，藍男都心有餘悸，心跳手震。

藍男外強內柔，鮮有在人前流露懦弱的一面。但陳洛軍跟信一最了解她，自從經過一場災禍，她的笑容勉強，眼神失去了昔日的光彩，常常不經意流露惶然。二人知道，藍男還未能脱開這場夢魘。

要讓她除去這個夢魘，除了時間，最好的方法就是帶她遠離這個傷心地。

陳洛軍本想消除了雷公子才離去，但這並不是一朝一夕的事，況且信一派系已經解散，要對付他就更加難。趁著兩方的戰爭還未展開，信一就勸陳洛軍儘快跟藍男離開香港療傷。

今日，正是陳洛軍跟藍男離港的日子。

「信一，這次離去，不知什麼時候才回來，總之你有事，一個電話，我會儘快回來。」

站在啟德機場內的陳洛軍跟藍男告別眾人。送行的有他幾個好兄弟，信一、十二少與吉祥，當然少不了他的「乾爹」大老闆。

「你以為自己是什麼東西呀？我信一有什麼風浪經不起呀？就算有事，我會找十二少啦，你去旅行就別理會香港的事，給我盡情玩啦。」信一撥了撥劉海。

陳洛軍笑了笑。

「洛軍，不用擔心太多，莫要忘記我們還有個超強外援大老闆嘛。」十二少。

「沒錯了，萬大事有我扛起！」大老闆挺胸：「你跟新抱仔玩得開心點！」

「你不要再亂吃東西了。」

陳洛軍今日一去，連他自己也不知道何時會回來，當然會心繫香港的事情，但既然在場的兄弟都想他了無牽掛地離開，他還婆婆媽媽的就對不起大家了。

「OK，那你們不要催我回港了，我會跟藍男遊山玩水，總之玩到累了厭了，才會回來。」

大老闆突然眼泛淚光，熊抱陳洛軍：「契爸很不捨得你，去到台灣，記得要自己照顧自己，別吃檳榔，那些檳榔西施很壞的，有次她們把我拉入店內，對我毛手毛腳，我全身也給她們打掃得一乾二淨了。」

「嘩！是你把她們捉入房吧！」

「我絕對沒有說謊！」大老闆望向藍男：「新抱仔，你要看緊他一點啊，那些檳榔西施真的很厲害的！」

藍男一笑：「知道了。」她轉向堂兄：「還有，記得幫我們照顧小白啊！」

「嗯。」信一。

「這次去台灣，我有兩件事是必須要做的。」陳洛軍：「第一件事，我會找雷樂，追尋有關我父親的過去。」

「第二件事呢？」

「我收到消息，有人見過ＡＶ在台灣的地下拳賽出現，我一定要把他帶回來。」

「發生了那次事情，ＡＶ大受打擊，我們不會知道他的心理狀況怎樣……」信一：「但無論如何，你都要扶他一把，一定要令他振作起來。」

「這個當然啦！」ＡＶ一直是個慘情悲劇人物，遇上了陳洛軍他們，生命才總算有了點希望，可命運多舛的他又怎會想到，當他開始重燃了生命的時候，更恐怖的噩夢卻突然來襲。

這一次，陳洛軍又會否找得著好友？再一次把他從地獄帶回人間？

「入閘了。」

「嗯。」

「一路順風。」

「別那麼老土！不帥了！」

臨行前，陳洛軍拍了拍信一的肩膀，望了望吉祥與十二少。幾個人的默契，已經升華到另一個境界，一切心照不宣。

陳洛軍拖著藍男步入機場禁區，有點茫然，這一次敗走離去，失去了城寨這個根據地，「龍城幫」兄弟各散東西，輸得徹徹底底……

死了的兄弟，已經是無可挽回的事實，陳洛軍一直耿耿於懷，總覺得自己要負上全責。但，傷感歸傷感，他卻沒有沉溺，也沒有輸了信心。他的心，仍然火熱。

陳洛軍跟藍男的身影終於消失在信一等人的視線。

此行一別，信一不知道何時可再跟陳洛軍見面，但他知道，當我們下一次再重聚時，就會是——

雷公子末日的倒數。

——天主教墳場骨灰龕場——

洛仔和新抱仔為他們未出生的兒子立了龕位，就葬在他嫲嫲旁。

在他們出發去台灣前，我跟著二人去拜祭。

「媽媽，我和藍男要離開香港一段日子，會有一段日子，來不了探你啊！」孝順的洛仔說。

小意思啦，這個忙我可代勞！

「伯有，不用掛心，你兒子和新抱仔快要去台灣散心，我有空就會來探你啦。你看，今天我帶了你最喜歡的麥記早晨全餐來孝敬你！」那時困住了伯母一整年，說起來，其實我跟她的感情還算是不錯的啦，連她的喜好也一清二楚。

我瞥見新抱仔望著兒子的靈位在發呆，眼紅紅的，真是怪可憐；我都快看不下去了！

「小子啊，你在嫲嫲旁要乖呀，還要保佑你爸爸媽媽，讓他們在台灣平平安安，然後回來為你報仇……可以的話，就快些再去排隊，下一世再投胎做我的乖孫啦，嗚嗚嗚……」我在心裡默唸，眼角已經滲出了英雄淚。

別要問我為何如此鐵漢柔情，我本來就是個情感滿瀉、重孝道的感性漢子。

第三章

CHAPTER 3
1991

3.1 雷樂

「沒想過可以跟你玩得如此盡興。」藍男望著淡水的海港，露出丈夫最喜愛的燦爛笑容：「這三個月，我真的過得很快樂，謝謝你。」

「傻瓜，說什麼謝謝啊！這幾年不是追殺別人就是被人追殺，我也很久沒試過可以安安樂樂的遊山玩水了。而且，你快樂，就是我快樂。」

「洛軍，我已經沒事了，如果你有事情要做，就去做吧，不用擔心我。」藍男正色：「伴在你身邊，我希望永遠都能為你帶來力量，而不是變成負累。這次來台灣，你不是有兩件事要做嗎？」

「嗯。」陳洛軍望著藍男，又往下望向她的肚子。

「放心啦，這次我一定會照顧好我們的孩子，不會讓他有半分損傷。」藍男摸著肚子說。雖然想起那失去了的，藍男仍然會揪心，但人總得往前看，沉溺在悲傷中，只會令自己和身邊的人萬劫不復。

陳洛軍抱緊藍男，心滿意足，笑得像個大孩子。這個飽歷滄桑的江湖老大，同時也是個人所共知的愛妻號。

在她面前，他仍會流露出最無邪的一面。

藍男依靠在陳洛軍身旁，望著眼前的景致。大海平靜無紋，像她刻下的心湖，也像目前的生活……但她知道，天不會常藍，好快，狂風將會大作，波濤將會變得洶湧。

只因身邊這個男人，天生就是一匹野馬，總不能一直把他困在沙圈。而且有些大事情，必須由她的男人去幹。即使過去、未來，要承受多少磨難，她都會跟他共同進退。

「請你不須顧慮我，狠狠地去大幹一場吧！」剛烈的藍男，最終吐出這句話。難得的悠長假期結束。

一星期後，陳洛軍來到了台南一幢豪華大宅。

陳洛軍被一名園丁帶領，穿過萬呎花園，才來到大宅大門。還未入屋，他便感覺到裡面有一股巨大氣場。

園丁為他推開大門，陳洛軍步入宅內，看見一個身穿睡袍、滿頭花白的背影坐在椅子上，掌心把玩著兩個圓鐵球。

雖然還未見到他的樣子，但陳洛軍已經肯定這個人就是他此行求見的人物。

「LOK 哥。」

「很久沒有人這樣叫我了。」

LOK 哥緩緩回首，是個年約六十的老者，雙目卻非常有神，眉宇間更流露出一種懾人威勢，一看便知絕非尋常角色。

這個隱居台南的老者，就是曾經橫行黑白二道、五十年代香港無人不識的警界皇帝——雷樂。

「你這小子，倒有點本事，知道我跟賀新有交情，竟可令他致電給我，相約這次會面。」雷樂打量著陳洛軍：「我已經很少接見外人，但我又很好奇，很想知道能令老鬼新賣帳的人，到底是什麼模樣？果然一表人才。」

「多謝 LOK 哥肯跟我見面。」

「別說客套話了，有什麼事，快說。」

陳洛軍走上前，在雷樂身前停住，把一幀照片放在他的眼前：「LOK 哥，你跟相片中的男人很熟稔嗎？」

是那幀在舊居發現的雷樂跟陳洛軍生父的合照。

看著老照片，雷樂微感錯愕，目光一直沒移開，出了神地望著。

「你跟阿 JIM 是什麼關係？」雷樂的視線落回陳洛軍身上。

「他是我的父親。」

雷樂一聽到這句話後，臉上神經抽動了一下。

他一直盯著陳洛軍，神情帶點不可置信。

「你是阿JIM的兒子？怪不得一見你，就覺得很眼熟，好像在哪裡見過你似的。」雷樂眼角瞄向陳洛軍：「但，我認識阿JIM以來，從沒聽過他有兒子，你是從哪裡鑽出來的？」

「其實我也從來沒有見過他，在我出生之後，他就一直沒有回來找我母親。他留給我的，就只有幾張舊照片，還有謎一樣的過去。」陳洛軍：「我還是最近才知道，他跟我恩師龍捲風原來是舊識，和你，似乎也有一定的關係……」

阿JIM年輕的時候有過不少女人，所以對於他有下一代，雷樂並不太愕然。

「你想知道你父親的過去？」

「嗯。」

「你想知，我就要講？你當我是榕樹頭的講故事阿伯嗎？」

「龍捲風死了，知道我父母過去的，就只有你，我真的沒有其他辦法才找上你。」

陳洛軍懇摯：「LOK哥，我知道你是潮州人，潮州人除了團結和有義氣外，還很重親情。我從沒見過父親一面，機緣巧合下讓我知道你倆是認識，換作是你，我想你也會不惜一切尋找答案。」

「的確有點口才，難怪連老鬼新也會為你說好話。」雷樂放鬆一笑：「不過別以為幾句話就可以說服我，我跟賀新不同，不會白幫人的。」

「那 LOK 哥你怎樣才可以幫我這個忙？」

「我可以把 JIM 的過去告訴你，但你欠我一個人情，永久生效，無論我叫你做什麼，你都不可推辭，怎樣？」

雷樂說得輕鬆，但陳洛軍知道，一個「人情」，可以好簡單，亦可以是天大的事情，但來到這個情勢，陳洛軍還有選擇嗎？

「好，我答應你。」

「答得如此爽快，如果我要你殺掉信一，你也會應承？」

「我相信 LOK 哥不會要我幹一件我無法完成的事，如果你真的要我殺信一，那我只好用我自己的命來交換。」

「面對難題也可如此從容、處變不驚，你跟你父親的確很相似……」

面對雷樂，誰都會感到壓力，陳洛軍的淡定，其實只是強裝出來。

雷樂拿起照片，深深凝望良久，思緒被牽動，沉吟良久。

往事如煙，回憶的時光機，把雷樂送返三十多年前。

「看見這張照片，從前的畫面如電影片段湧入腦海，一切就好像在昨天發生一樣……」雷樂眼光放到老遠：「我永遠也不會忘記那一段——爭雄歲月。」

3.2 祖與占

「阿JIM有膽識有智慧，乃『青天會』悍將，幫會遇上什麼問題，只要落到他手上都可以迎刃而解，當年『青天會』之所以能夠成為第一大幫，阿JIM絕對居功至偉，故深得龍頭震東器重。

「生性放浪不羈的阿JIM，經常神龍見首不見尾。跟他情同兄弟的震東曾跟我說，阿JIM不喜歡長時間待在同一地方，江湖風平浪靜時，喜歡四處遊歷……不過只要幫會有事，或者震東叫到，他即使身在老遠，都會義不容辭趕回來。而最轟動的一仗，應該算是發生在一九五六年，那一場黑幫雙十大暴動……

「當時我的外籍頂頭上司勒令進行除三害行動，要我掃蕩賭檔粉檔妓寨，黃賭毒統統不留。那個時代，根本黑白不分、警黑勾結，這事談何容易……而且別以為老頭有擔當真的想打黑、想做出什麼翻天覆地的改變，他只是表面上是要我打擊黑幫活動，但內裡打的如意算盤，是想藉此事削我權力。不過這個老頭太天真，他不知道沒了我雷樂指揮的地下秩序會亂成什麼模樣，所以我就跟震東合謀——發起一場暴動，在三日之內，將香港弄至天昏地暗，日月無光。

「本來一切都在我的掌握之中……如果最後不是來了個龍捲風，這一仗之後，應該連港督也怕了我雷樂。算了，這個不談了！總之，那一役之後，龍捲風冒起，正式跟震東宣戰，那時候，兩大陣營鬥智鬥力，鬧得翻天覆地，風起雲湧！精彩又戲劇的突破這時來了，那時候，阿JIM一如往常回來助拳，豈料一交手，才發覺陰差陽錯，龍捲風是他早前結識的一見如故的莫逆之交！兩人的友情自難再續，不過阿JIM心腸軟，向震東求情，懇請他不要跟龍捲風鬥下去。震東惜才，開出了盤口，只要龍捲風肯歸順，『青天會』便既往不究……

「只是如日方中的龍捲風哪肯就範？震東體諒阿JIM的尷尬處境，最終親自出手，跟龍捲風一戰定江山，怎料到這一戰，震東大敗，就在龍捲風要對震東下殺手之際，阿JIM趕到，救回了震東一命……命保住，但江山就要拱手相讓給敵人了。龍捲風亦由那時開始，成為了黑道第一人。」

「之後，我父親便退隱江湖，銷聲匿跡？」

「嗯。那一戰後，阿JIM離開了『青天會』，過著四處飄泊、居無定所的生活。震東亦撤出香港，過了台灣。」雷樂皺著眉頭：「後來，阿JIM偶爾會回來跟我一聚。」

「你最後見他是何時？你知道他去了哪裡？」

「大概因為震東在台灣吧，他後來有一段日子，也在台灣定居。我聽聞那時有個女人跟他一起的。不過他的身邊一直就有很多女人，從來沒有一個可以留住他的，所以我也沒記在心上。不過印象中，他應該蠻喜歡那個女人……」

陳洛軍記得自己的母親說過，她曾和父親在台灣生活過。他猜想，雷樂口中的女人，應該就是自己的亡母了。

「直至有天，震東突然從台灣回來，意圖東山再起，四周挑起戰火。可時不與他呀，一個是當紅炸子雞，黑道新天王；一個則是落水狗，夕陽遲暮，瞎子也知道勝算如何！我不斷勸他收手，叫他韜光養晦，潛龍謀定後動，但他不聽勸阻，誓要向龍捲風再下戰書！龍捲風本不欲應戰，但震東卻一再相逼，最終二人終於一決死戰。當日阿JIM在場，眼看震東不敵，便在最後關頭挺身而出為震東擋下了龍捲風的致命一拳。可惜，阿JIM就算犧牲自己，亦救不了震東。那一拳威力太大，二人同時被轟進大海。兩日之後，震東的屍體給沖了上岸，至於阿JIM，相信已屍沉大海。」

龍捲風與占的故事，大致都跟雷樂所說的相同，除了大戰結果的「真相」。找不著屍體，根本不可以斷定父親已經死掉。可是母親苦候多年，他都沒有回來……

陳洛軍總算知道龍捲風與自己生父的過去，縱然那是一段不堪回首的往事。

「小子，我聽過你們跟雷公子的事，嘿，你知否他為何要不斷狙擊你們？」雷樂饒有深意。

本來沉思中的陳洛軍不禁揚眉，全身汗毛直豎，雷樂居然連這個也知道？

陳洛軍直勾勾地望向雷樂，逼切希望聽到答案。

「因為我是震東的堂兄——

「震東全名雷震東，雷公子就是雷震東的兒子。」

真相，終於大白！

兜兜轉轉，終教陳洛軍知道，雷公子不斷挑釁信一、雷公子殘忍殺害自己的兒子的實情，原來是關乎一段跨越兩代的恩怨。

陳洛軍望著雷樂，立即意識到另一個更大的問題，他是震東的堂兄，即是雷公子的堂伯父。他們那一代人最是團結，一定會站在雷公子那一方。

「我知道你的心在想什麼，我既然對你說出這段故事，就不會插手你們的恩怨。」雷樂淡然說：「你是阿JIM的兒子，都算是我世侄，所以這一次，我誰也不幫。」

「多謝LOK哥。」陳洛軍：「雷公子一心找『龍城幫』麻煩，我們一日未死光，他都不會罷手，所以這一戰，只有其中一方被徹底打垮才能停止。」

「世侄，我剛才説過，我把事情告訴你，你欠我一個人情。」雷樂直視陳洛軍，霸氣外露：「我要你除掉震東之子雷天恩，成為這一戰的最後勝利者！」

對於雷樂的要求，陳洛軍先是一愕，但隨即心領神會。看雷樂説出雷天恩三個字的咬牙切齒，他就知道，二人之間應該已經斷絕血緣親情。

像雷公子這種無定向喪心病狂，先天就少了條筋，欠缺同理心，對任何人也會幹出意想不到的惡行，説不定，他也曾對雷樂幹下了什麼人神共憤的事情。不過陳洛軍沒那麼八卦，今日他知道的內情已經夠多，不想再添一樁。

就算不是雷樂所求，「這個人情，我必會奉還！」陳洛軍狠狠立下誓言。

得知父親跟龍捲風的過去，陳洛軍離開雷樂的住所後，打了一通電話回港，把所知道的一切事情告訴了信一。

「原來世伯以前也是江湖人，而且跟哥哥是深交，難怪我跟你也一見如故啦，有些事真的是早有定數。」

「也總算知道了雷公子咬著我們不放的原因。這幾個月他有沒有什麼行動？」

「暫時沒有，香港仍然風平浪靜。」

「我肯定他還會有下一步行動，你別掉以輕心。有什麼事立即通知我。」

「知道啦。你跟藍男在台灣過得怎樣？」

「很好，告訴你一件事情，你很快便要當舅父了。」

「哈哈，厲害，這麼快又搞大了藍男的肚子！」

「還有一事，我收到消息，聽說最近幾個月台灣地下拳賽來了個身型異常巨大的人，我看很可能是AV……我會全力尋找他的下落，一定要把他找出來。」

3.3 黑洞

往後數月，陳洛軍走遍了台灣的地下擂台，尋找AV的下落，可一直都失望而回。到底AV是否真的來了台灣？又是否出沒於地下拳壇？陳洛軍也不能百分百肯定。但一年前，他的門生的確曾在台灣街頭見過AV。陳洛軍盤算，只要AV仍然身在台灣，地下擂台就是他最可能出現的地方。他依然認為，AV體內流著戰鬥的血液，就算他意志跌到谷底，但本能還是會帶他回到擂台的。

這天，又有消息傳開，說一個逾六呎高的狂人在中正區的地下拳場中出現，傳聞還說，此人來自香港，言之鑿鑿。

陳洛軍急不可待地走到那裡。他到場時，由於時間尚早，所以現場還未有任何觀眾。

那是一個非常舊式的場地，擂台圈劃地為界，簡陋而糜爛，但陳洛軍卻覺得很親切，因為這裡跟九龍城寨的競技場很相似。

陳洛軍記得，當時他第一日踏入城寨，就在競技場上遇到了AV，二人不打不相識，曾經在那裡生死相搏，拚個你死我活，陳洛軍還給他打崩了門牙，然後才巧遇藍男。

於陳洛軍而言，那個競技場是他第二人生的起步線，若非踏上那擂台，之後或許很多事情都不會發生。

陳洛軍很期待能再一次在「競技場」上遇到AV。他相信，AV既然再踏戰場，鬥志想必未滅。

地下拳賽大多都是晚上十點後才進行，距離正式比賽還有點時間，陳洛軍百無聊賴的在附近看看。

他走到一間簡陋的房間，應該是拳手的休息間。

AV平時就在這裡準備比賽嗎？陳洛軍如是想。

他真的非常非常期待AV站在戰場上，技壓全場的樣子。

「先生，你是誰啊？」一個聲音從門口傳來。

陳洛軍循聲而望，看見一個二十出頭、大概五呎七吋、鋼條身型的男人步入。直覺告訴陳洛軍，他應該是拳賽選手。

陳洛軍打量著他，心想：這種角色，AV一拳便可把他轟死吧。

「哩姣，禾是從腥港奶的。」陳洛軍用極爛的國語說。

「哦，想不到我飛輪哥在香港也有粉絲，哈哈，想索取簽名嗎？」飛輪哥一臉得意。

「是……是啊……」陳洛軍尷尷尬尬的，從口袋隨意取出一張鈔票：「請你簽在這裡吧。」

「哈哈，這張鈔票必定升值十倍啊！」飛輪哥在銀紙簽名。

「飛輪哥，請問這裡是否有一個來自香港的拳手？」

「香港拳手？」

「他大概六呎三吋，身型魁梧，拳頭非常有力的。」

「六呎三吋……」飛輪哥忽然想起什麼：「你是說拳王吧？他整天戴著口罩，沒朋友，像個啞巴一樣，不喜歡跟人說話，你是他的朋友嗎？」

飛輪哥所形容的人，跟陳洛軍初相識的ＡＶ極相似。

「是他了，你跟他交過手嗎？」陳洛軍難掩喜色：「他今晚會出賽嗎？」

「交手？」飛輪哥皺起眉頭，把簽了名的紙幣還給陳洛軍：「他雖然曾經跟我站在同一擂台上，但嚴格來說他不算跟我交手，他只是我的拳靶。」

「他不是……拳王嗎？」

「對啊，挨打拳王呀，哈哈！」

「！」陳洛軍心道：「ＡＶ當你的拳靶？你以為自己是什麼東西啊！」

陳洛軍不相信AV會當這種角色的拳靶，更加不相信他會是什麼挨打拳王，當晚他混在觀眾群中，希望可以再見AV的風采。

愈是接近開賽時間，陳洛軍的心情也愈是緊張。他是非常非常期待跟好友重聚，但當他思索著剛才飛輪哥的話後，不安感便上升。

如果AV在這裡成了地下拳王，那個什麼飛輪哥斷不會夠膽胡亂吹噓，侮辱AV。

莫非AV真的當上了拳靶？那也非全無可能，因為AV失意於香港，相忘於江湖。經歷了那段人間悲劇，鬥志與雄心或許已經完全磨滅了，來到了台灣，無非是逃避。

AV失去了鬥心，也失去了爭雄之心，為了生活當拳靶，也是合情合理的事。

人生總有機會遇到令你失落失意的事，寂天寞地，沉淪黑間是必經的過程，有些人可能會從此一蹶不振，跌入了萬劫不復的深淵，能否再次站起來，還得看意志與機遇。

於是陳洛軍轉念又想，就算AV當了拳靶也沒什麼值得訝異，起碼他還有求生存的動力，算是很好了。

在這個情況下相遇，或許會令AV難堪，所以陳洛軍混在觀眾裡，打算不動聲色地觀望AV的狀況，只要證實他在這裡，之後再找一個較適合的會面時機吧。

一陣歡呼聲響起，拳手終於出場，首先進場的是飛輪哥。

下一個進場的，會是AV嗎？

即將與好友重聚，陳洛軍的心跳不由自主地加快。

陳洛軍看見一個披著連帽斗篷的身影從正前方排開觀眾而入。由於他的頭套著帽子，所以看不清其五官。

當他踏入戰圈後，徐徐把連著帽子的斗篷脫下，終於露出了樣子。

不是AV。

那個拳手不算高大，其實單看身型就知道他不是AV。

陳洛軍失望地呼了口氣，然後便安靜地看完這場拳賽。

看完了第一場比賽，陳洛軍耐心等待，期望可以在下一場賽事中遇見故人。

等了一場又一場，直至全晚所有賽事結束，陳洛軍始終等不到AV出場。

或者消息有錯，AV根本不在這裡當拳靶。

又或者，他已經離開了。

陳洛軍步出場地，再次經過那個休息室時，聽到裡面傳出一個聲響。

「大灰熊，我要吐了，快拿袋子過來！」

陳洛軍被大灰熊這名字吸引住，往內一看，只見一個拳手正要嘔吐，另一人匆匆忙忙地急找袋子。

「快一點，我忍不住了！」

大灰熊找不著袋子，急急忙忙地走到拳手身前，跪下來，竟然用雙手接住了拳手的嘔吐物！

「咳咳……算你敏捷，否則弄污了地面，霞姐便要你用舌頭把穢物舔乾淨啊。」

大灰熊不發一言，盛著嘔吐物，機械式地走到一角把穢物倒入廢物箱。連毛巾也懶得取，把掌心的穢物抹在衣衫上便算了。

陳洛軍怔住——

因為眼前這個被人作賤輕蔑的大灰熊，就是他最寶貴憐惜的摯友！

陳洛軍終於找到好友，可他實在沒料到AV會淪落至此，從前那個競技場之神，遭遇大劫後，所有的鬥志已被磨蝕得一乾二淨，眼前這個人，眼神沒有神采，沒了靈魂，只是一具掏空了的失魂落魄的軀體。

陳洛軍想叫住他，只是但覺喉頭很緊，鼻很酸，視線很模糊，滿腔苦水，他知道，若踏前一步去相認，只會落得非常難過的場面。

這不是一個重遇的好時刻，所以陳洛軍選擇咬緊牙，在AV並未發現自己之前離開。

至於AV，上星期他的確還在當拳靶的，後來卻因為他被打了幾拳就挨不住，所以他便連被打的資格也失去。

AV打掃完休息間，領著跟豬餿差不多的廉價飯盒，走進一條又暗又濕的巷子。巷心有一以木料搭建的木箱，AV走到木箱前面，拉開前方的木板，立即湧出一陣霉味，還有幾隻老鼠鑽了出來。

AV若無其事地走進那狹小的「房間」，撥走了床上的老鼠屎，就坐下來吃著飯盒。

下雨了，雨水沿著木縫一滴滴的落在AV的身上，床板跟飯盒都被雨水弄濕了，可是他仍然不當一回事。

跟這裡相比，AV以前在城寨的天台屋簡直是豪宅。

自親歷小優被肢解那天起，AV的人生已跌入黑洞，活得再沒尊嚴也沒關係，就算被那班小嘍囉侮辱，甚至跟老鼠同眠，又有什麼所謂？

反正他的人生不再有任何色彩，以後的日子，就如一頭行屍般活著就算。

其實陳洛軍並沒走遠，他一直在遠處望著AV，看得心如刀割。

他很想很想走上前把AV帶走，但又不知該怎樣開口說第一句話。

AV雖然鬥志全失，但他會想讓昔日的朋友瞧見自己這個樣子嗎？

在這情況下重逢，一個搞不好，AV隨時會一走了之。若再一次失去他的蹤影，又不知要花多久才能找得著他。

這個人曾經奮不顧身地跟我同生共死，與我度過了一個又一個的難關，如今他弄成這個模樣，我卻只能呆呆地站在遠處，什麼也做不了。

我，還有什麼資格跟他稱兄道弟？

那一晚，陳洛軍最終也沒有出現在AV面前。

第二晚，AV依舊在那間骯髒的休息間打掃。

拳賽班主走進來，拍打了AV背門一下：「大灰熊，你走運了，小鋼炮的對手臨時無法上場，你頂上吧！這是你再次進軍拳壇的好機會，一定要有好表現啊，別像上次那樣，三拳便給打倒，最起碼也要捱上兩個回合呀！」

AV聞言，沒什麼反應，繼續打掃。

班主一手奪去AV的掃把，一腳踢向他的屁股：「立即給我換上拳手衣服出去比賽！撐不到兩個回合的話，你便準備收拾包袱，回去吃屎吧！」

為了可以繼續做這份工作，AV縱然萬個不願，也都換了衣服，再踏擂台。

AV的對手小鋼炮比他矮了一截，鋼條身型，是個輕量級拳手。

論體型，小鋼炮輸了九成，可他面對著AV不但沒有怯意，還十分囂張地在對手面前揮空拳。

「大灰熊，拿出你的本領來，別太快倒下啊！」小鋼炮笑說。

賽事開始，小鋼炮搶先進擊，在AV身上打出一輪快拳。

小鋼炮一連打出六拳，速度是有的，力度也不俗，但跟AV相比，還是相差甚遠。

不過AV已經不再是昔日的AV，竟被這種力量打得節節後退。

一輪猛擊過後，下一輪攻勢又再來了。

又是一陣快打，浪接浪式轟在AV的面門。

不斷地命中，不停地噴血，曾經稱霸城寨的競技場之神，如今就如死魚般，任人魚肉。

也不知中了多少拳，AV終於感到一陣暈眩，半昏半醒之間，腦袋出現了往昔的片段，全都是他跟小優的畫面。

他與她，跟很多尋常戀人沒兩樣，吃飯、看電影、到遊樂場玩過山車、偶然會因生活的小節吵架。

她會手忙腳亂地為他煮一頓飯。

他也會在特別日子做些小手工。

沒有驚天動地的轟烈情節，只是人世間幾十億人中平凡的一對。

活得簡單，卻開心。

他們本可快快樂樂地走下去。

現在，卻只能夢中重聚。

是雷公子，把AV生命的全部都奪走！

一想到雷公子，AV的情緒終於出現了起伏。

放鬆了的手，似乎想再次握緊，可其中一掌，卻好像使不出勁來。

當日AV在澳門為了與信一取得逃生機會，不惜以鐵鎚把自己的掌骨砸碎。

他的左手，至今還未復元？

人活在世上，絕不可欠情。有了情，人就會發光，有衝勁，有動力。

AV斷定了此生再也找不到一個可以令他動情的女人。那麼，他的餘生還有什麼意義？活下來還有什麼價值？

如果可以，就把有關小優的記憶都刪除了吧，沒了那段生命中最快樂的時光，就不會過得如此痛楚。

但回憶卻很恐怖，愈想忘掉，愈是蝕骨。

從前一起走過的每條街道，都充滿了小優的影子，如今卻只得AV孤獨面對。

AV必須要逃離充滿了小優氣味的地方，卻原來，逃到哪裡都沒用，那些片段還是一直追隨著他。

身受密集轟擊，AV感到頭昏腦脹，迷迷糊糊。

就這樣被轟死也不錯啊。

相忘過去……

快把我轟死吧。

我好想可以再次見到小優，好想可以離開這個世界。

我已經生無可戀，為何還要讓我活著？

如果要死，AV大可選一座高樓大廈跳下去，一了百了，所有的恩怨與煩惱也都煙消雲散。

未走上輕生這一步，只因他還有未了的心願。

大仇未報，死也遺憾。或許連AV自己也不知道，在他體內的復仇之火其實還沒完全熄滅，只是等待一個重燃的機會。

不知中了多少拳，AV終於倒下。最終他還是挨不到一個回合。

「你這個廢物真沒用，連一個回合也挨不了！」

休息間內，班主大動肝火，對AV大吵大鬧，拳打腳踢。

「我給你工作，給你食宿，你連一個回合也挨不了，你還有什麼面目留在這裡？你這廢物給我滾！」

「老闆……請再給我一次機會……」

「機會是留給有準備的人！並不是留給你這個廢物！滾！給我滾得遠遠的！」

班主一腳踢向AV的屁股，AV連爬帶滾地走出休息間。

步入後巷，AV準備取回屬於他的那張被鋪，然後又再漫無目地找上另一個落腳點。

他的住處傳來了一陣味道，竟令墮落了的靈魂，重現生氣。

這個味道，AV一生都不會忘記。

床板上，放了一個尋常飯盒，旁邊還有個破舊的面具。

平凡的飯盒，卻裝住了千金不換的事物。

AV拿起飯盒，淚水模糊了視線。

世間還有什麼東西可令AV動容？

抖震的手緩緩把飯盒打開，一陣熟悉的叉燒味道湧入鼻腔，叫AV全身的神經也跳動起來。

在其他人眼中，這盒只是個比較出色的叉蛋飯，但對AV而言，卻意義重大。

因為內裡記載了他們一起流過熱血熱汗的友情故事。

AV拿起了筷子，慢慢吃著這盒飯。

每一口，也都叫AV回味無窮，也都叫他難以忘懷，喚起了他一段記憶。

在他失落的日子裡，有一個人曾經伸出援手，讓他重拾希望。

AV抬頭，這個人又再一次在自己人生最黑暗無助的時候出現。

陳洛軍露出了苦澀的微笑，淡淡的道出一句：「兄弟，吃飽了，我們就走吧。」

AV的淚水不能自已，湧出了眼眶。

到底一個大男人，情緒激動到哪一個點才會在另一個男人面前落淚？

那感受，相信非筆墨所能形容。

走過崎嶇，踏遍泥濘，AV的人生嚐盡了苦頭，直到此刻，他還是可以抬起頭來，因為就算失去了所有，在他的人生裡，有幾個朋友始終未曾離棄他。

——**醫院**——

「醫生，他的身體沒大恙嗎？」我閉著眼睛，矇矓間聽到陳洛軍的聲音，似遠還近，疑幻疑真。

「這大塊頭……呃……你朋友的復元能力很好，送來時是營養不良，吊了三天點滴，已經沒事了。拳頭的斷骨，也癒合得很理想。只是……」別吵，我好睏，讓我睡。

「只是什麼……」聲音變小，大概是洛軍拉著醫生走遠了，「……為何他好像總是迷迷糊糊、神智不清的？」我想回答洛軍我沒事別擔心，但話哽在喉頭，無力開口。因為我真的好睏，讓我睡吧。

「一切都檢查過了，應該跟生理無關。那就是說，是心理問題，看來轉由精神科醫生診治會比較好……」我瘋了嗎？不管了，好睏好睏好睏，讓我一直睡下去吧。

小優在喚我，說要去找她呢！

3.4 藥引

重遇AV後的兩個月。

陳洛軍離開香港已經一年了。

自「龍城幫」龍頭爭戰結束後，香港江湖平靜了好一段日子。

狄秋因雷公子的關係打敗信一，為免欠了雷公子，於是便把收回來的地盤，把三成割讓給「天義盟」，還了這筆孽債，從此各不相干。

雷公子心裡奔湧著黃金血脈，躊躇滿志，誓要在香港黑幫幹一番轟轟烈烈的偉業，遂大打銀彈政策，廣納人才，一年間已羅致了百多名甚有名氣的江湖明星加盟。

「天義盟」有財有勢，霸氣大盛，已不再是當日的夕陽幫會。

此刻「天義盟」已可跟「龍城幫」、「架勢堂」並駕齊驅，擁有黑道大幫的架勢。

雷公子用一年時間招兵買馬，加固勢力，目的就是要為下一輪戰事做好準備。

時候已差不多，沉寂多時的江湖，在這個烏雲籠罩的黑夜裡又再泛起暗湧。

「架勢堂」叛將士撻，水鬼升城隍，被雷公子委以重任，成為九龍城區的頭目，每晚伙同B輝及鱷魚在區內招搖過市，霸道橫行。

這夜，三人由一班門生簇擁，在九龍城區內一間酒吧消遣，個個酩酊大醉。天快光，他們卻如死魚般躺在大廳的沙發上，沒有離場之意。

一名酒吧長髮保安走到士撻面前：「士撻哥，我們打烊了，麻煩你們先結帳吧。」

「你說什麼？最近耳屎多，聽不清楚你說什麼，給我大聲點再說一次。」

「我說我們要打烊，請你們連同前兩天的帳一同算清，然後離開！」長髮保安大聲說。

士撻突然站起，對長髮保安大吼，食指直戳他的胸口：「這麼大聲，耳膜也給你震破了！」

「你敢在我的地方動手動腳？你知不知道我長毛是誰呀？」長毛撥開士撻的手：「我是逆鱗哥的門生呀！」

「逆鱗？誰呀？」士撻問門生：「你們有沒有人知道逆鱗是誰？」

士撻門生聳肩搖頭，一副全不知曉的樣子。

「喂！沒有人認識你老大呀！你凶什麼？站著等拍照嗎？滾去後台啦！」士撻突然驚覺：「我想起了，對不起、對不起，我記起逆鱗是誰了，是『龍城幫』的龍頭太子喔。」

「不想逆鱗哥出手，你最好就結帳，然後滾出門口。」

「『龍城幫』？以前就惡，被『天義盟』打殘之後已經變成了夕陽幫會啦。現在九龍城是我們的天下！」士撻氣焰十足：「我士撻做好心才來這個爛場沖喜一下，你還敢向我收錢？別拿逆鱗來壓我，在我眼中，他只是一個靠老爸罩的裙腳仔！」

一句「裙腳仔」叫長毛難以再忍，當下就發難，向士撻動手。

這下中正士撻下懷，他的橫蠻挑釁，為的就是要惹火對方。

「要打嗎？正合我意！」士撻二話不說執起酒樽，往長毛的頭砸下去：「吃屎啦！」

士撻出手的同時，B輝與鱸魚亦加入戰陣，向另外幾名保安動武。

「天義盟」早有開打的打算，故一動手便執起酒樽或長凳作武器，毫不留情地轟砸對頭，不消一刻便把長毛的人打個落花流水，離開前還大肆破壞一番。

「以前聽人說過，『龍城幫』猛將如雲，個個都很會打。哈，時移勢易，在我們跟前，你們連屎也不如呀。叫你那個什麼威威老大儘快執包袱回新界吧，市區的路不適合你們！」

拋下極盡侮辱的話，士撻等人便大剌剌地步出酒吧，留下了一條引爆新一場江湖風暴的導火線。

火爆的逆鱗得知此事，怒得全身毛孔噴火，立即請示狄秋，要求出兵反擊「天義盟」。

老圍村內，參天樹下，狄秋、逆鱗與孟大成進行內部會議，只要狄秋首肯，逆鱗就向「天義盟」發動戰火。

自從信一打敗了仗，撤出陣地後，九龍城就換上逆鱗坐鎮，狄秋則照舊留守元朗。

「『天義盟』擺明就跟我們對著幹，以為信一敗走，九龍城就是他們的天下！」逆鱗大動肝火：「不用說了，打吧！」

狄秋反應平靜，呷了口茶，淡淡的說：「士撻顯然就是想惹你出手，難道你看不出來？」

「當然看得出啦！那又如何？我們正好藉此機會跟『天義盟』攤牌，順便把他們轟出九龍城！」

逆鱗望向孟大成：「大成叔，你認為如何？」

「廢車場一戰，『天義盟』令我們揹上殺害同門的污名，我早已想跟他們開打了！」孟大成吼道：「我贊成逆鱗出兵！就決定開戰啦！」

「老三，都一把年紀啦，脾氣還是一點也沒變，衝動只會蒙蔽理智。這一次或許是個別事件，我們就這樣向『天義盟』開火，就隨時會演變成一場幫會戰爭。」

狄秋放下茶杯：「最大問題是，一旦開打，你們有多大信心可以取得勝利？」

雷公子這一年不斷招兵買馬，加上邢鋒、虎青、King Kong等強將坐陣，「天義盟」的確已經不可同日而語。相反「龍城幫」除了逆鱗之外，好像沒有什麼有實力有台型的明星級人物。

其實狄秋不是沒想過加強幫會的陣容，可一年前的大戰，雖贏了場仗，卻輸了名聲，就算用上甘詞厚幣，也未能邀到強手加盟。

「龍城幫」落到自己手上後，整個幫會就好像被一條大鐵鍊綑綁著一樣，任他如何努力也難有發展。

這就是命運，生來沒有帝皇命格，就算給你登上天子帝位，也只會影響國運，令朝代腐敗，遺臭萬年。

已活到人生的最後一站，理應過著平淡而快樂的退休生活，可就因為憋在心裡的一口氣，令狄秋一直未放棄過逐鹿江湖的野心。

最終如願以償，登上了龍頭大位，才知道高處不勝寒。地位攀得愈高，便愈喘不過氣。

事實上，狄秋根本不夠魄力去面對這個紛爭不斷的江湖，也適應不了那個詭譎多變的世界。

事已至此，狄秋可以做的，就是盡量不往負面方向去想，麻醉自己說，這只是過渡吧，當一切重上軌道，萬事就會順暢起來。

他深明打仗不僅是拼頭腦及實力，還要拼雙方領袖的意志與運勢。既然今日運勢偏向對方，就沒必要跟他們硬碰。

當下狄秋便致電宋人傑，希望儘快平息事件。

「宋人傑，一早說好了我們兩邊在九龍城各自發展，互不相干，你們『天義盟』卻無端生事，士撻今晚打傷了我的人、搞砸了我的場子，你如何交代？」

「狄爺，別動氣，我了解過了，這次的確是士撻有錯，唉，年輕人血氣方剛嘛，一衝動就亂打一通，我已經訓誡了他，希望狄爺海涵，原諒他一次啦。我會賠償你一切損失。」

「錢，我們從來不欠缺。最大問題是長毛被士撻轟個頭破血流……」

「明白明白，打傷了你的人，是我們不對，過幾天我給狄爺擺幾圍和頭酒，當面向你賠罪好嗎？」

「嗯，別再有下次。」

「絕對不會，嘻嘻。」

老人家總要顧全面子，加上他本來就不想開打，宋人傑的低姿態，狄秋怎會不接受，立即步下台階？

「怎麼啦，狄秋這臭老頭一聽你低聲下氣，是不是怒氣全消了？」

「雷公子果然料事如神，什麼事情都逃不過你的法眼。」

銅鑼灣麻雀館內，幾個「天義盟」核心角色，雷公子、宋人傑、士撻、邢鋒及虎青在商議幫會下一輪發展大計。

「我聰明已是人所共知，不用你多說了。」雷公子叼著雪茄：「我們肯擺和頭酒，臭老頭一定會以為這次是個別事件，哪會想到我有意對付他。擺和頭酒，即是公告天下，我把他們壓著來打，這麼顯淺的道理也不知曉，狄秋就注定要當我扯線公仔，被我一直地牽著走呀，哈哈。」

「哈哈，沒錯沒錯，誰跟雷公子鬥，都只有死路一條啊。」宋人傑陪笑附和，然後看了看腕錶。

「幹嘛你一直看錶，很趕時間嗎？」

「我媽媽進了醫院，所以……」

「宋人傑，你幾時做了醫生？」

「哦？」宋人傑一臉不解：「我沒有做醫生啊。」

「你既然不是醫生，你老母入了院與你何干，你能夠醫治她嗎？」

「我……只想去看看她……」

「你知不知道你每月收我多少錢？現在開會，你竟跟我說去探病？你有這麼孝順嗎？」

宋人傑臉色一沉，垂下頭默不作聲。

「怎麼啦？板起臉，對我很不滿嗎？」雷公子突然站起大喝：「我問你是不是很不滿我呀？」

「不……」

「雷公子，別動氣。」邢鋒把雷公子的怒氣壓下：「這個會有我和虎青就可以了，不如讓他走吧。」

「這次你走運，有邢鋒替你說話。」雷公子坐下來：「滾！」

宋人傑垂頭喪氣地退場，離開前，望了邢鋒一眼，以眼神報謝，若非邢鋒，今天定難走出這個房間。

「廢人走了，我們繼續。」雷公子：「『龍城』那邊蜀中無大將，狄秋那老鬼比老油條還要老，根本無力擴展。不過逆鱗血氣方剛，只要我們再主動出擊多一兩次，他肯定不理狄秋，向我們出手。」

「下一步，你想我們怎樣做？」虎青。

「士撻，這幾天你什麼也別做，每一晚帶幾個手足到『龍鳳茶樓』飲茶食包就可以了。」雷公子蹺起腿：「虎青，明天你跟B輝鱷魚繼續在逆鱗的地盤鬧事，務必要把他惹火為止。」

「你叫我做善事就難，惹是生非我最在行！」虎青露出令每個孩子都會作噩夢的笑容。

「邢鋒，這幾天你可以歇歇，很快就有讓你發揮的機會。」

「知道。」

「我敢保證，不出一個月，狄秋便會把『龍城幫』的地盤輸得乾乾淨淨——九龍城寨將會落在我雷公子的手上！」

雷公子正為鯨吞「龍城幫」的大計而感到興奮。

但「天義盟」傀儡龍頭宋人傑卻不在狀態，離開麻雀館後，飛奔到醫院去。

「媽媽，你今日精神好像不錯啊。」

「是嗎？」宋母臥在病床，氣若游絲：「傑仔，我知道你工作繁忙，如果沒空就不用每天來看我了。我也快八十歲了，活到這把年紀已經很足夠。醫生說我大概還有半年時間，我不想做化療了，讓我舒舒服服地走完餘下的日子吧。」

「嗯……」

一想到跟母親的相處日子已經不多，宋人傑一陣哽咽，說不出話。

宋人傑雖然視錢如命，陰險奸惡，但卻是個孝順兒，自兩個月前得知母親患了癌症，已花了近百萬醫藥費，再忙也好，每一天都抽出時間探望母親。

為了見母親一面，試過失約雷公子，被慘罵了一頓。

接下來「天義盟」將要跟「龍城幫」打大仗，必定要跟雷公子頻頻開會，偏偏母親又在這個時候患病，叫宋人傑好不頭痛。

「叮叮……」

宋人傑的手提電話響起，嚇得他的心跳也急了。

這個時候會是誰打來？宋人傑當然心裡有數。

「喂。」

「喂，廢柴，我們開完會，現在去按摩，出來啦。」

「雷公子……」

「別跟我說沒空啊，快出來。」雷公子說完便掛線。

宋人傑望著瘦弱的母親，真想放下幫會業務陪母親走完最後一段路，可他知道，若跟雷公子提出請假，不但會被否決，從此更會事無大小也找他一輪。他當然並非看重宋人傑的能力，而是世上有不少老闆，明知你有要事，他反而會在這時候加重你的工作，讓你分身不下。

「傑仔，你快點去工作吧，下次再來探我。」宋母慈祥一笑。

「嗯，那你好好休息。」

宋人傑步出醫院，心仍繫著母親的病情，每一次離開，他都好怕會是永遠的別離，所以他真想可以在餘下的時間裡，多一點留在母親身邊。

奈何他搭上了一個全無同理心的喪心病狂，可說惡果自招。

3.5 備戰

虎青坐言起行，第二天就帶著一班同門在逆鱗的地盤大搖大擺，儼如土皇帝出巡。走了一陣子，終於在街頭上遇到逆鱗門生長毛。

「龍城幫」活躍於這一帶，虎青要製造這一場狹路相逢，並不是難事。

昨晚被打了一頓的長毛，一見虎青，那股無名火立即湧上來。

狄秋不想跟「天義盟」開打，故此著逆鱗向門生下令，就算遇上了「天義盟」的人，也不要跟他們作正面衝突，待和頭酒之後，這宗小磨擦自會化解。

這當然是狄秋一廂情願的想法。

上頭有令，長毛唯有生吞怒火，把對方當作透明便算。

兩幫人在狹窄的街道碰上，只有一方讓路，另一方才能通過，否則兩方便會碰個正著。

虎青仰首闊步，趾高氣揚，就算跟他沒有過節，看一眼已經有打他的衝動，何況長毛。

兩幫人愈行愈近，虎青是沒有讓步的意圖了。

至於長毛，他知道繼續往前走的話，兩方一定會有身體接觸，難免動武。對方人強馬壯，一旦打起來，自己可以應付得來嗎？再打輸，不但會一再影響「龍城幫」牌頭，還會被上頭降罪。虎青走到長毛面前，長毛想了想，雙腳往橫站開。

算了，還是忍一時風平浪靜吧。

虎青在長毛身邊經過時，斜睥一眼：「垃圾幫會出垃圾。」

「你說什麼？」長毛一怒。

「Sorry，我說錯了話，更正一下，我不是單單針對你啊……」虎青把醜惡的臉壓向長毛：「我想說，你們全部都是垃圾。」

「你食屎啦！」

任長毛如何能忍，也吞不下這口氣，他已管不了己方的實力，向虎青出手。

這就正中了虎青的下懷了。

一小時後，長毛一眾被打得鼻青口腫，回到九龍城寨，把剛才的經過告知逆鱗。

得知事發經過，逆鱗不發火才怪。當下就動身發動大反擊，帶了十幾名門生直搗「天義盟」九龍城區的檔口，掃平了幾間夜場。

與此同時，虎青亦率兵攻打元朗，以雷厲風行的手段，夜襲「龍城幫」地盤。

雙方人馬各有各掃，虎青逆鱗兩大主將始終「緣慳一面」，沒有碰上。

一夜之後，整個江湖都瀰漫著一陣嗆鼻的火藥味。誰都知道，「龍城幫」與「天義盟」的戰爭即將升級。

這次反擊，逆鱗事前並沒有知會狄秋，狄秋深知如果不介入，大戰的火頭肯定會愈燒愈紅，當下致電宋人傑問明事況，但一直未能跟他聯絡上，老江湖知道對方有意迴避，事情似乎已脫離自己所能控制的範圍。

第二日狄秋急召逆鱗回巢，共商對策。

黃昏時分，宗親會內，除了狄秋、狄偉、逆鱗、孟大成幾個核心人物外，還有幾名資歷深厚的元老級角色。

一片吞雲吐霧，個個神色凝重，只因幫會正要面臨一場狂風暴雨。

「我早就說過，『天義盟』不懷好意，不用跟他們客氣！」孟大成火氣十足。

「虎青明顯有心搞作對，我們不反擊，『龍城幫』三個字以後放在哪裡？」逆鱗怒氣沖沖：「不用再考慮了，打吧！」

「老四，你有什麼看法？」狄秋吸著長煙斗，強自鎮靜望向狄偉。

「我覺得虎青只是執行指令，真正想搞事的人是雷公子。」狄偉。

狄偉所說的，狄秋當然也想得到，只是他很不希望自己猜中。

不想發生的事，始終也要來了。由當日雷公子借意近身開始，計畫便開始進行，跟狄秋翻臉也是按照劇本發展，接下來便要展開兩幫大戰，終極目標就是要打垮整個「龍城幫」。

想到這裡，狄秋心中冒汗，如果以上的全部成立，那麼大戰就無可避免，最大的問題是，我方到底有幾多籌碼跟對方打？

「狄爺，你還想什麼，既然姓雷不仁在先，我們便決定奉陪，趁機打爆『天義盟』！」孟大成聲如洪鐘。

「我怕被打爆的是我們啊。」狄偉。

「你說什麼呀！你怕死可以縮入被竇，反正我也沒有算上你會落場！」孟大成說得面紅耳赤。

「現在是否要狗咬狗骨？你是不是覺得我還不夠煩，要為我增添麻煩？」狄秋怒目圓瞪，大力拍桌。

「對不起……」

「老四，繼續說。」

「我們元朗的兄弟甚少參與大型武鬥，雖然逆鱗及老三的手下比較會打，但只限於部分人馬，但我們只擅打短途戰，只怕這場仗一旦持續下去，會不利我方。」

「都說你不懂，誰跟他們打長途戰？『龍城幫』專出武將，我們從來都是以快打快，靠拳頭打下整個江山！」

孟大成振振有詞，狄秋、狄偉兩兄弟卻不發一言，因為他們都知道，「龍城」的確是靠拳頭打響旗號，不過靠的卻是龍捲風的拳頭啊。

狄秋一直眉頭緊鎖，遲遲未能作出決定。

此刻的狀況，實在叫他好不煩惱，剛上任龍頭不過是一年時間，當然不想在位期間有任何大事發生。但「天義盟」一再挑釁，選擇沉默，幫會便淪為笑柄，以後都抬不起頭來。

選擇開戰，又有多大勝算？逆鱗加上孟大成，會是邢鋒、虎青之敵嗎？

狄秋憂心什麼，逆鱗早就知道，但來到這個情勢，其實已經沒有回頭路可以走，唯一能夠做的，就是拚盡全力迎戰「天義盟」。

「老爸，有些事是無法避免的，想求安穩的話，不如去做政府工。既然選擇這一條路，就預了在刀口過活。」逆鱗：「相信我，給我們打吧。」

「好吧……」狄秋已經沒了主意：「這不是一場易打的仗，你有沒有什麼策略？」

「『天義盟』於九龍城的地盤集中南角道，我收到消息士撻每一晚都跟幾名同門在『龍鳳茶樓』喝夜茶。我會兵分兩路，第一戰線由我帶隊，殺上酒樓，一口氣把他們趕盡殺絕！」逆鱗早有打算：「另一隊人由大成叔領軍，守住下面，防止『天義盟』湧上來幫手。士撻是他們的主將，只要把他轟個一敗塗地，定能大挫『天義盟』的氣焰。打仗從來都是打勢，只要成功造勢，我們就可以逐步打下去。」

狄秋對逆鱗的戰略似乎不表樂觀，打敗了一個士撻，還有虎青、邢鋒、King Kong……逆鱗可有能力一層一層打上去？

但事到如今，還有什麼更好的辦法？就算避戰，「天義盟」始終會找上門來。放手一搏，或許會有勝利的機會，最起碼，可以守住尊嚴。

當年龍捲風不是以弱勝強，把比他強大的對手打垮嗎？說不定逆鱗能創造另一段江湖神話。

「逆鱗，這一戰就靠你了。」

一錘定音，此戰由逆鱗擔當領軍元帥，揮軍直擊「天義盟」巢穴！

3.6 生擒

「龍鳳茶樓」內，士撻跟幾個門生坐在正中央，高談闊論著自己近年的豐功偉績。

「『天義盟』之所以能躋身江湖大幫，其中原因，當然是我士撻的加盟！不是我自誇啊，這一年有我參與的戰役，全部大獲全勝。那一次在廟街，若非邢鋒出手阻止，吉祥已經死在我的刀下，不過來日方長，殺吉祥是早晚的事，就讓他多活些日子吧！」士撻意氣風發：「『龍城幫』已近夕陽，很快我便可以把他們打垮，從此九龍城由我們『天義盟』作主！哈哈哈哈……」

士撻大笑的同時，逆鱗帶同十幾名門生，手持武器殺上酒樓。

「士撻，我現在便來收你！」逆鱗大吼：「兄弟們，上！」

「龍城幫」來了，士撻等人立即從桌底下抽出利刀，迎戰逆鱗。

「你以為我會中門大開等你來嗎？」士撻持刀衝向逆鱗：「打敗你之後，整個九龍城就是屬於我士撻的！」

士撻自吹自擂，面目可猙，逆鱗甚覺討厭，今天就算不殺他，也一定要斷其一臂，好讓他知道「龍城幫」並不好惹。

逆鱗力聚一臂，劈出勢如破竹的一刀。

士撻雖見逆鱗的刀勁厲烈，卻自信可以把它擋下來。

「兵」的一聲，兩刀交擊。士撻一擋之下，人如炮彈般往後急飛，直至撞上一道樑柱才能停下。

未跟逆鱗交手前，士撻還以為他只是個靠父蔭上位的富二代。交過了手才知道，逆鱗的確擁有當江湖大哥的實力。

逆鱗提刀再上，欲以最短的時間把士撻砍個倒地不起。

士撻一直矮化「龍城幫」，逆鱗早已瞧他不順眼，此刻就要把積儲的怒火發泄在士撻身上！

逆鱗殺氣暴現，直奔士撻之處，突然感到腦後有異，正想回頭，頭顱卻被一個茶壺砸個正著。

茶壺爆破，熱水撒滿頭上，如被火燒的灼痛感覺湧上臉上。

「上次本大爺讓賽才令你脫身，今次無人可以再救你！」

逆鱗認得出那個聲音，他就是當日在元朗自稱陳洛軍，跟自己一戰的虎青。

逆鱗睜眼一看，面前除虎青外，還有三十多名刀手從廚房步出，已知著了對方的道兒了。

「裙腳仔，你以為自己好聰明，帶十幾個嘍囉來便可以打倒我士撻嗎？空有一股蠻勁有什麼用，出來混最重要的就是懂得用腦。」士撻一見己方形勢大好，就露出不可一世的臭臉：「你沒有我士撻的才智，就注定要吃敗仗！兄弟們，把他們殺個片甲不留！」

「我就先殺了你！」

兩幫大戰展開，八分鐘後，「龍城幫」大軍不敵，不少成員倒在血泊中。最少中了二十刀的逆鱗已成血人，他知道己方再沒有勝算，只希望把重傷的兄弟救出戰場。

大勢已去，加上敵眾我寡，這一戰已經有了結果，身處困獸鬥的手足們，早晚也會死在亂刀之下，要全身而退近乎沒可能了，至少要讓還沒倒下的兄弟走出戰場。

逆鱗心中吶喊：「救得一個是一個！」湧起一股力量，反手按著桌底，猛力一抽，便把桌子翻起。

掙脱窘境，逆鱗便即拾起一刀，想也不想就往前衝，以最快的手法把刀鋒砍入敵人肉體。

逆鱗就似迴光返照，全身突然注滿了能量，出手極快極狠，斬倒一人，隨即抽刀砍在另一人身上，相當俐落。

不斷揮刀的逆鱗，只為兄弟殺出血路，右手握刀狂砍，左手抓住同門的臂膀，一個一個的把他們推到樓梯間逃生。

「走呀！」

救了幾人後，逆鱗漸覺乏力，定下神來才發現自己滿身是血，原來剛才混戰期間，在砍人的同時，也身中了對方十幾刀，只是強大的意志充當了麻醉劑，暫時忘卻了痛楚。

但劇鬥撕裂了傷口，痛感升起，令逆鱗的戰鬥力大減。

逆鱗停下手，喘著氣，他一個人，一把刀，面對的是一班大漢，一個死局。

「裙腳仔，我看你還可以往哪裡跑？」士撻得戚一笑：「放下武器，跪下來，叫一聲虎青哥和士撻哥，我答應饒你一命。」

面對眼前這個絕境，逆鱗的眼神仍然有神，強大的鬥志並沒熄滅，只被困在這副傷了又傷的軀殼之內。

畢竟是血肉之軀，任你鬥心如何澎湃旺盛也好，始終也有耗盡元氣的時候。

難道我今天真要葬身此地？就算要死，也不能死在那班狗奴才的刀下！

「士撻！」逆鱗盯著士撻，把手中刀飛擲出去，直取賤人。

鋼刀飛向士撻面門，嚇得他雙手抱面蹲下，及時避開了，卻大出洋相。

「殺了他！」

士撻怒喝的同時，逆鱗已一腳踹破了身後的窗戶隨即往下跳。

位處二樓，跳下去最多受傷，總好過在這裡被亂刀斬死。

下面正好停泊了一輛車，逆鱗著落車頂，大大減輕了衝力，看來命不該絕。

落到地面，逆鱗放眼一看，瞧見孟大成帶來的人馬七零八落地倒在地上，全軍覆沒。

邢鋒站在不遠處，冷冷地望著逆鱗，不用解釋，逆鱗已經知道孟大成等人是被邢鋒打垮。

邢鋒一臉氣定神閒，從容不迫，毋須大吵大嚷，卻已叫人大感壓力。

虎青一眾從樓梯走下來，站在邢鋒身後，等待他發施號令。

「這麼多人也攔不住你，看來你有點實力。」邢鋒。

「你的目標是我，可不可以放了他們？」逆鱗。

「可以。」

「不要食言！」

一言甫畢，逆鱗便往前疾衝，準備跟邢鋒交手。

經過連場戰鬥，逆鱗渾身是傷，這一戰他自知是敗定的了，只要餘下一口力氣，他也決意要奮戰到底，要讓「天義盟」知道，「龍城幫」的人是絕不會坐以待斃，任由宰割！

邢鋒的氣度顯然跟其他人不同，淡定得叫人大感不安。

他自知就算十足狀態也未必可以打得過他，何況五勞七傷。現在唯有以快打快，勝不了也要讓邢鋒嚐點苦頭。

逆鱗的動作以快見稱，一埋身就猛地出拳。

一口氣打出了十幾拳，但不是被邢鋒避過了，就是給他用手背擋開，佔不了一丁點便宜。

「不夠快，再來。」

邢鋒一副把對方吃定的態度，沒有絲毫壓力，鎮定自若。

一輪急攻後，逆鱗轉了口氣，再來。

然後，又是一陣快攻。綿密的快拳，浪接浪般向邢鋒轟擊，卻始終未有一擊命中。

逆鱗只好強運力氣，不斷再發拳、發拳，再發拳。

「一味催谷，你的體力只會流失得更快。」邢鋒眉頭一緊：「到我了。」

一直只守不攻的邢鋒終於出手，他輕吸一口氣，雙手便同時出拳。不及反應，也不及抵擋，逆鱗全身上下如遭機關槍式掃射。想還招，一舉臂就被對方的拳打回去。

痛感傳到大腦，逆鱗咬緊牙關，希望可以撐得住這一輪狂轟。可邢鋒就好像有用不完的力量，狂風式的連射無間斷地炮轟在逆鱗身上。

逆鱗是沒有可能扳回劣勢的了，可天生硬性子的他，卻死命地撐下來。鬥志可加，換來另一輪更快更狠的拳擊。不知道吃了多少拳，頑強的逆鱗終於頹然倒下。

逆鱗敗倒了，但他的志氣卻叫邢鋒感到佩服。

一戰結束，邢鋒沒有食言，除了逆鱗之外，他把「龍城幫」所有人都放走。

孟大成大敗而回，把今晚發生的一切告訴了狄秋。

得知逆鱗落入對方手上，狄秋慌張得雙手不住抖震，腦袋無法運作，靈魂如像出了竅，愣在當場。

過了一分鐘，狄秋接受了這個事實，心情穩定下來，便致電雷公子及宋人傑，可二人的電話卻同樣未能接通。

狄秋急得如鍋上螞蟻，正想通知下屬發散人手追尋逆鱗下落，但卻被狄偉阻止。

「大哥，逆鱗被擄後，便跟雷公子等人失去聯絡，明顯就是有意避開我們，目的是想你心煩意亂，我們若失去方寸，就正中他們的下懷了。」狄偉：「冷靜啊。」

宗親會內，只有孟大成、狄秋、狄偉三人。事件未發生前，孟大成一定會大聲的駁斥狄偉，但吃了敗仗的他，此刻只有無聲坐著，什麼火氣也給熄滅。

「逆鱗落在他們手上，生死難測，你叫我如何冷靜？」

「說實話，我們已經是被動一方，可以做的，就只有等待。」

狄秋已被雷公子拑制著，正如狄偉所言，除了等待，真的一籌莫展啊。

漫長的一天過去了，第二日，「龍城幫」戰敗的消息傳遍江湖，流言蜚語滿天飛，大量負面消息在道上流傳發酵，一個傳一個，把故事版本扭曲得體無完膚。

有說逆鱗為求自保不惜跪地求饒。

亦有傳他戰至最後不支倒地，被虎青的尿液弄醒。

最新的版本是，被捉走了的逆鱗，給多名同志輪流「進入」他的「祕密後花園」，菊花也給玩爆了。

在任何社群裡，總會有幾個是非精，喜歡在人家背後說三道四，彷彿身在現場，把事情放大幾倍，加入自己的創作把實情變成故事說出來。

不論那些流言可信性有多高，「龍城幫」大敗，卻是鐵一般的事實。

狄秋一夜無眠，直至大戰過了二十多個小時，終於等到了雷公子的來電。

「狄老大，我是雷公子啊。」

「你搞什麼啊！立即給我放了逆鱗！」

「你也知道逆鱗在我手上啦，那麼請你跟我說話客氣一點，萬一你惹火了我，我不保證令公子會否有什麼損傷的呀。」

「你想怎樣？」

「客氣點，再問一次。」

「雷公子，你想怎樣？」

「雷公子？你好像有求於我啊。多給你一次機會。」

「雷……雷大哥，你想怎樣？」

「Good boy！你不用擔心，我不會餓壞你的寶貝兒子的，這兩星期你可安心當你的龍頭，還有好好保存著『龍城幫』的權杖，我會再跟你聯絡。再見。」

雷公子語畢隨即掛線，狄秋連多問一句的機會也沒有。

狄秋腦海不斷重複著雷公子一句話：「這兩星期你可安心當你的龍頭」那是否

意味著，自己的龍頭大夢只餘下十數天？

兩星期後，我會被拉下台？「龍城幫」將會毀在我狄秋的手上嗎？

狄秋意識到，雷公子不是說笑，這次當真大禍臨頭了！

逆鱗被捉，狄秋如涸轍之鮒，除了任由敵人擺佈，什麼也做不來。

狄偉瞧見狄秋面如死灰，已知事情已走到無可挽回的絕望境地。

要救逆鱗，要救「龍城幫」，就只一個方法——

「大哥，我們不如找信一幫手吧！」

3.7 火兒

逆鱗戰敗，引來一道強烈的熱帶氣旋，最後結聚形成了凶猛無比的颶風，向香港江湖迎面吹襲。

香港黑道風雲色變，台灣黑市拳壇亦刮起了一陣小旋風。

在這幾個月間，台灣地下格鬥場流傳了一個傳説。

一個身份神祕的人物空降戰場，取得一場又一場的勝利。

稱霸了一個場地，便走到另一區挑戰不同對手。

有傳聞他的拳頭有如鋼鐵般堅硬，跟他對打過的，總要骨折離場。

亦有傳説，他的拳速快得可以撕裂空氣。

級數較低的人，還未看清來招，便已身中多拳，戰敗當場。

較有實力的，頂多也只能捱上三分鐘。

沒有人知道他有何目的，也沒有人知道他的背景，只知道他的國語很爛，估計是來自香港。

他的名字叫——火兒。

這一夜，台灣某地下格鬥場，觀眾席上擠得水泄不通，人聲鼎沸，個個露出極度興奮的神情，相當期待即將來臨的賽事。

首先進場的，是今晚的挑戰者暴龍。

此人一身黝黑皮膚，體型巨大，比AV的個子更高，肌腱似鋼，一雙拳頭大得能抓緊一個籃球。

濃眉大眼，殺氣騰騰，就算他在街上把你撞跌，你也肯定不敢叫他道歉。

暴龍本來是個職業拳手，拳力超猛，曾奪得三屆拳王金腰帶。

人到了頂峰，追求的已不是勝利，而是尋得一個可以讓他感到痛快的對手。

就好像那些在武俠世界裡的武癡，但求一敗。

當他知道火兒的傳説，就想盡辦法跟他對決，今天終於如願以償。

接著出場的，是個比他矮了一截的男人。

他一出現，觀眾就高叫著他的名字。

就如演唱會的歌星出場，受盡歡呼。

戰場，就是他的舞台。

他就是火兒。

火兒走到戰場中央，站在暴龍面前，要仰首才能跟他對視。

「你是我遇過最高大的對手。」

「你就是火兒？」

火兒左望右望：「還有其他人嗎？」

「你很矮。」

「高矮跟會不會打好像沒有關係，《龍珠》的菲利也很矮，但也很會打。」火兒淡然伸懶腰：「況且我不算矮，只是你太高，高得不正常、不好看。」

「別廢話了，打吧！」

開打了，暴龍一拳朝火兒的頭頂打下，卻落了個空，拳勢直轟地面，把石地也轟出個凹洞。

暴龍瞪向身側的火兒：「你竟然避？」

「有賽例列明不可以閃避嗎？」火兒輕鬆地說：「暴龍哥你的拳力如此巨大，連地面也轟凹了，被打中隨時變白癡，還是避開為妙。嘻嘻。」

「懦夫！」

一擊落空，暴龍隨即向火兒打出連環重拳。

火兒交叉雙臂，硬接暴龍轟轟隆隆的炮拳。

只擋不攻，火兒似在測試對方的拳力。

「不錯，拳拳有力。」火兒依然輕鬆：「不過要打倒我，你要再加把勁啊。」

十數記重拳也不能把火兒擊倒，暴龍被激得漲紅了臉，狂吼一聲便力聚一擊，一定要狠狠地把眼前的矮個子好好教訓！

「從來沒有人可以抵得住我的『死亡之拳』！」暴龍打出猛拳。

「竟然有招式名，哈哈！『死亡之拳』？好老土啊！」火兒做了個鬼臉。

死亡之拳轟在火兒的臂上，力度果真非同小可，終可令火兒有痛的感覺。不過，仍未能令他倒下。

全力一擊未能得到如期效果，暴龍急了，又再換上密集攻勢，拳如雨下，一定要令對方吃不消。

「看你可以擋到多少拳！」

也不知打出了多少猛拳，暴龍的拳開始老了，也始終未能擊倒火兒。

「你的骨頭是鐵鑄的嗎？怎麼中了我近百拳仍可若無其事？」暴龍喘著氣説。

「哈，我的骨頭是否鐵鑄，你嘗嘗就知道啦！」火兒一笑：「你今日吃了飯沒有？」

「沒啊，你想請客？」

「請吃飯當然沒問題，先讓我幫你清乾淨腸胃吧！」

火兒出手了，沒有大開大闔的前奏，微一吐勁就把拳頭送出，暴龍不及擋架，肚腹已中拳。

看似不帶勁度的一拳，威力卻大得驚人，暴龍如被一個幾百磅的鐵球轟中，胃一痛，把大量嘔吐物吐出來。

火兒在同一位置再打出一拳。中了第二拳的暴龍，連隔夜飯也吐出來啦。

火兒避開嘔吐物，隨即在暴龍身上各處轟出爆炸力十足的鋼拳。

記記大注，連碩大無朋的暴龍也發出慘叫。

中等身材的火兒，拳勁卻十分霸道有勁，步法及出拳的動作更與AV有點相似。

身中了十數拳的暴龍，終於也支撐不住，跪倒地上。

「火……兒……果然名不虛傳。」

「你也算是很不錯了。」

火兒笑了，他的笑充滿了陽光，充滿了希望。

這張自信的臉，散發著一種獨特的生氣，彷佛任何難題落在他身上，也變得不是什麼回事。

賽事完畢，他回到休息室，穿回便服，戴上了一隻鮮黃色哈哈笑手錶。

熟悉的手銬，熟悉的表情，火兒就是陳洛軍。

陳洛軍跟藍男在台灣過了好一段遊山玩水的日子，養好了腳傷，便開始做正事。他們跟雷公子的恩怨還未了結，總有一天兩幫人會再次火拚。當日輸了一仗，信一退出「龍城幫」，門生四散，沒有兵馬在手，要開戰就麻煩了。

陳洛軍洞悉到問題所在，於是便積極為未來部署。

原名陳靜兒的他，出道後曾改名為火兒，那是他最拚搏、最有活力的時期，以一個勇字，一雙拳打響了名字。

在這段年少氣盛的輕狂歲月裡，遇上了問題就用武力解決，非常火爆。之後道上的人便給了他火兒這個名號。

對於陳洛軍來說，「火兒」有一定的意義，這個名字屬於他那段怒火青春的人生領域。

雖然那時候的他乳翼未豐，處事不成熟，但無可否認，那段日子，是他最有火的。

他要在台灣重頭起步，就要把那頭埋藏在身體暗處的野獸釋放出來。

所以，他再一次用上火兒這個名字。

在短短的日子裡，火兒已成台灣地下格鬥場的神話，不少自負了得的拳手都對他臣服。

陳洛軍已暗地裡把這班壯漢收歸旗下，為即將來臨的世紀大戰做好準備。

3.8

劫數

拳賽結束後，陳洛軍回到九份租住的家。

那是一間樓高三層的舊式住宅。

陳洛軍一踏入家，就聽到一陣孩子哭聲。

一樓大廳內，藍男手中抱著一嬰兒，嘟嘴：「阿B剛才明明很乖，你一回來他就哭了。」

「怎會啊，阿B那麼喜歡我，一定知道我回來，喜極而泣！」陳洛軍從藍男手上接過了嬰兒，摸了摸他的前額，甜笑：「一看見爸爸就笑了。」

「每次摸他額頭，他就自然笑了，阿B真乖。」

陳洛軍赴台不久，藍男便再次懷下身孕。為安全起見，二人決定留在當地誕下麟兒。轉眼間孩子已經出世。

孩子取名念祖，是為紀念一代神人龍捲風。

自從有了念祖之後，藍男每一天便在家中照顧孩子，還有煮飯洗衣等日常家務，廚藝已精進了不少。

撚手小菜已不只滷水雞翼。

每一天，藍男也會做好餸菜，等待陳洛軍「下班」回來。有時候沒有賽事，陳洛軍還會親自下廚，飯後就無聊的一起看電視。過得很簡樸，卻是藍男一直嚮往的生活。

這一年，實在是她自重遇陳洛軍以來，過得最快樂最安穩的時光。

如果可以，她真希望可以一直留在這裡，平平淡淡地活著就好了。

但是她和他甚至他們的孩子，都注定不是尋常人家。始終有一天，他們都會回到屬於他們的地方。藍男心想，這樣也很好，只要一家齊齊整整的，就夠了。

凌晨時分，孩子睡著後，陳洛軍跟藍男就像平日那樣，躺在沙發上，看看電視，說說瑣碎事。

「工作辛苦嗎？」

「辛苦？哈哈，打架對我來說等同你大便一樣，舒暢、痛快又必須。」

「說話別那麼噁心啦！」

「很噁心嗎？說算大美人也要大便啦，生理需要，噁心什麼！」

「總之不要拿我的大便跟你的工作混為一談。」

「好啦好啦。」

「今日信一跟我通過電話，他說狄秋那邊跟『天義盟』開大戰，狄秋輸了，連逆鱗也被捉走。」

「活該！姓雷的心狠手辣，跟他合作早晚出事。狄秋勾結外敵打自己人，現在終於惡果自招了。」陳洛軍看著電視說：「雷公子一心借狄秋之手狙擊信一派系，目的達到之後，狄秋就等同抿完屎的廁紙一樣，用完即棄，毫無價值。」

「又講屎尿！」

「你不覺得這比喻很傳神嗎？」

「的確很貼切的……」

「哈哈。」陳洛軍摸摸手中的孩子：「信一還有說什麼？」

「他說逆鱗被擒，雷公子必定會再一步進逼狄秋，直至把他打至倒台為止。」

「狄秋落得這個結果，絕對不值得同情。不過隨著他垮台之後，『龍城幫』亦很可能從此絕跡江湖。」

於陳洛軍而言，狄秋有此下場是咎由自取的，不過一想到哥哥的心血成為陪葬，就感到茫然唏噓又不忍。

陳洛軍刻意轉了話題：「AV還是這樣嗎？」

「嗯嗯，他一直都把自己困在房子裡。」

「經歷如此大劫，他沒有自殺已經很厲害了。」陳洛軍把手中的孩子遞給藍男：「我去看看他。」

陳洛軍走進第三層的一間雜物房，裡面另一堵暗門，把門拉開就是AV的睡房。房內只有睡床，並沒有其他雜物。每一天除了如廁和吃飯外，AV便窩在這裡，倒頭大睡。

每一次走進房間，陳洛軍都好希望可以看見AV振作的樣子，可每一次，他只看見AV捲曲身子，失去靈魂似的一直沉睡。

能夠把他帶回家，陳洛軍已經感到非常幸運，至於如何才能令他回復鬥志？確實是沒有半點頭緒。

他不時會想，如果當日藍男在廟街被雷公子的人捉走，從此就跟藍男永別，更甚者，陳洛軍連她的生死也不會知道，每一天也在追尋她的下落。

一年、五年、十年過去了，也很可能找不著藍男的消息。

一想到此，陳洛軍就感到無比可怕。嘗試代入AV的處境，他就能感受到他的痛苦。

換轉是自己，他相信一樣會失去鬥志，甚至連復仇的火焰也會熄滅。

除了等待時間過去外，陳洛軍真的想不出任何辦法了。

不過他相信，只要AV仍然生存，總有一天會因為某個契機，令他重燃鬥志，然後親口說出陳洛軍一直等待的話……

沉睡的AV何時才會甦醒？陳洛軍又能否等待到那句話？暫時無人可預測，可以知道的是，贏了一仗的雷公子雄心勃勃，將會再下一城，在香港江湖繼續壯大勢力。

麻雀館的經理房內，宋人傑面前放了一張港幣二千萬的支票，可貪財的人卻笑不出來。

「雷公子，這是什麼意思……」

「我說最後一次，我要把你整個幫會買起。」

「其實大家一直合作相安無事，你繼續當你的太上皇，在幕後運籌帷幄，我不介意一直當你的傳話筒。」

「你當然不介意啦，有錢賺又可以出風頭，你怎會不快樂？」雷公子揚起一眉：「你宋人傑就威風，但我得到什麼呢？『天義盟』始終不是屬於我，所以我覺得始終也要樹立自己的旗幟。兩星期後，我會在九龍城寨搞造勢大會，宣布我們兩幫人正式合併，『天義盟』改名為『青天會』，到時候，再無你我之分，你說多美好呢，哈哈哈。」

宋人傑沉默了一會。

「怎麼啦，對我的建議有異議嗎？」

「雷公子，你這個決定，等同宣布了『天義盟』死刑。當日你跟我說，只是租用『天義盟』跟『龍城幫』開戰，沒有說過會把整個幫會吞併。」

「哼，若不是我打救你，『天義盟』早就給『龍城幫』、『架勢堂』剿滅！況且『天義盟』由你掌舵的日子，一直死氣沉沉，滅亡是早晚的事，現在給你一個重生的機會，你不但不感恩，還板著臉對我？是不是嫌錢少？」

「不是錢的問題……」

「那就沒問題啦！」

「問題是，造勢大會之後，江湖便再沒有『天義盟』……」宋人傑吞吐：「我雖然是個唯利是圖的小人，但你要把『天義盟』埋葬，我又怎能應允？不如這樣吧，我把龍頭位交給你，以後『天義盟』由你掌舵，你喜歡的話，我繼續留在你身旁當你的助手，不喜歡的話，我可以在你面前消失也可。」

「你以為我會希罕『天義盟』這個招牌嗎？你這個爛幫會，在我眼中根本一文不值，如果你不答應，我會收回你面前的二千萬，然後把『天義盟』的人挖走，只留那些沒用的廢物，到時肯定一擊即潰，『天義盟』同樣毀在你手，不過你卻得不到任何利益，而且是成為我雷公子的敵人，想走哪一條路，你自己選。」

與狼為伍，就注定沒有好下場，無論你對他多忠心，當失去了利用價值，便如同糞土，宋人傑如是，狄秋如是。

宋人傑根本無可選擇，只有不情不願的把支票收起。

「怎麼苦口苦面？收了錢你不感到開心嗎？」

「開……開心，當然開心啦。」宋人傑強裝一笑。

「開心就說句多謝啦。」

「多謝。」

「乖！哈哈哈哈！」

宋人傑憋了一肚子的氣，可既然不能與雷公子翻臉，就唯有繼續忍氣吞聲，虛與委蛇。

「雷公子，以我所知『青天會』在六十年代已經沒落，但你剛才說以『青天會』的旗號立足江湖，這是什麼回事呢？」

「到了這時候也不妨告訴你，我老爸雷震東以前是『青天會』的龍頭，當年整個九龍城都是屬於他，包括九龍城寨！後來龍捲風出現，用奸計毒害他，鵲巢鳩佔，鯨吞了『青天會』的地盤，我要代我老爸奪回屬於他的一切。」

宋人傑終於知道雷公子入侵香港江湖的原因，原來是一段禍延兩代的復仇故事。

雷公子雖然說得理直氣壯，但老奸巨滑的宋人傑又怎會不知道，雷公子只是為父親的落敗找藉口。

誰的實力夠強，就能夠在道上立足。一代新人勝舊人，並不存在什麼鵲巢鳩佔，輸了就要離場，江湖從來都是這樣。

就好像今次「龍城幫」戰敗，也不能為自己找任何藉口開脫，不夠對手心狠手辣，又可怪誰？

叩叩——

房外響起兩下敲門聲，一個高頭大馬的男人推門而入。

來的是雷公子的另一名心腹King Kong。

廟街一役後久休復出，見他一身肌肉比之前更結實，似乎傷勢痊癒後有努力鍛煉。

「雷公子，查到了，原來陳洛軍走到台灣，現在以火兒的名字生活。」

「哈，原來學人隱姓埋名。」雷公子：「知道他的地址嗎？」

「知道！」

「Good！想辦法引走他，然後把藍男擄走。」雷公子伸出舌頭：「只要他的女人在我手上，我要陳洛軍、信一互舔屁眼都行呀！」

「陳洛軍跟信一已經退出了江湖，有需要去理會他們嗎？」宋人傑問。

「我老爸生前跟我說過，不要低估你的對手。他們上次輸了一仗，一定會等待時機再戰江湖，現在他倆只在隔岸觀火。我不出手，就是令他們以為我全力對付狄秋，無暇理會其他人。現在他們應該很鬆懈了……」雷公子信心十足：「上次讓陳洛軍的老婆脫身，我總是很不自在，這次無論如何也要把她活捉到我面前，我要看著她被人二十四小時不停玩弄，整個『青天會』的人都有份，我要陳洛軍跟我們『青天會』的人做襟兄弟啊！哈哈哈哈！」

心腸歹毒的雷公子，就是喜歡向敵人的家人下手，他認為，殺一個人太容易，太沒趣，何況有些人根本不怕死，所以他才特別喜歡對付他們在意的人，只有這樣才能徹底摧毀對手的意志，令他們生不如死，沒有比這更痛快。

「這一次派邢鋒去嗎？」King Kong。

「邢鋒雖然會打，但不夠狠，上一次若不是他臨時善心大發，現在藍男的器官已成為我家中的珍藏品了。」雷公子望著King Kong：「你有沒有信心完成這項有意義的任務？」

「當然有啦！」King Kong淫笑：「我和我的同鄉最喜歡就是中國女人洞穴！」

「哈哈，我就喜歡你夠老實夠賤格。」雷公子大笑著：「想辦法引開陳洛軍，待藍男落單後，你們就讓她嚐嚐非洲大蕉的滋味。記得把整個過程錄下來，我要留給陳洛軍欣賞啊。嘿嘿……我想陳洛軍一定會邊看邊哭……知不知他為何會哭？」

雷公子未讓King Kong答話，搶著道：「看見你們的大蕉，他自卑得無地自容，像個死小孩般鬧彆扭啊！哈哈哈哈哈哈哈哈哈哈哈哈哈哈哈哈哈哈！」

3.9 骨肉

十二少、吉祥、信一難得聚首，在廟街唐樓天台BBQ。

「逆鱗被雷公子捉了，你覺得劇情會怎麼發展？」正在燒雞翼的十二少望著信一說。

「雷公子一心利用狄秋來對付我，狄秋完成『任務』，就再無利用價值，再下一步，他就應該要剿滅『龍城幫』。」

「嘩！這個雷公子好像對『龍城幫』的仇恨很深。」吃著燒香腸的吉祥說：「信一哥，你們『龍城』是不是搞了姓雷的老婆啊？」

「差不多啦，不過並不是搞他老婆，而是他的老爸啊。」

「信一哥難道喜歡男人？」吉祥心道。

之後，信一便向二人道出龍捲風跟雷震東的恩怨。

「兩代鬥爭，《射鵰》一樣啊！」吉祥笑說。

「『龍城幫』始終是龍捲風的心血，如果狄秋向你求救，你會否出山？」十二少。

「當日我在宗親會被他們彈劾的場面，現在仍歷歷在目，他們落得這個下場，我想開香檳慶祝啊！」

「真的嗎？我看你只是口硬心軟，如果狄秋向你斟茶認錯你也無動於衷？」

「絕對不會！」

「我總覺得你口不對心，直覺告訴我，你一定會出手。」

「嗯，阿大，我也有同感！」

「你兄弟倆現在算什麼啊？心有靈犀大合唱嗎？」信一認真地說：「我現在告訴你倆，我絕非口不對心，也絕對不會心軟！否則……」

「否則什麼，小心說過頭話啊。」十二少冷笑。

「既然決定了不出手，那麼發誓就可發毒一點啊！」吉祥附和。

「好！如果我出手，就以後溝不到女！活生生禁慾至死！」

十二少與吉祥笑了笑，信一的電話就在此時響起。

「喂。」

「信仔，我是偉叔。你在哪，我有要事找你。」

「我在廟街 BBQ，你喜歡可以過來。」

二十分鐘後，狄偉到達現場，一見面就單刀直入，道明來意。

「什麼，我沒聽錯吧？你想我出手救逆鱗？不可能啦！偉叔，當日狄叔彈劾我時你也在場，我想你也不會忘記他如何對待我吧？現在出了事就向我求助，你以為我會出手嗎？」信一冷冷一笑：「況且我現在已經『改邪歸正』，良民一名，如果你有朋友想入娛樂圈的話，我還可以扶他一把，你們黑道的事，我真的愛莫能助啦。」

「信仔，大哥之前的確過分了點，不過他已知道錯了，你也清楚他的性格，若非事情到了無可挽回的地步，他又怎會求助於你……『龍城』是龍捲風的江山，你也不想看見它垮下吧？」

「你不用拿哥哥的名字來壓我。當日哥哥要我接棒，到最後是誰把我拉下台？又是誰勾結外人對付我？阿鬼死了，我不要秋叔填命已是仁至義盡了。逆鱗是生是死，與我無關。」信一態度強硬：「偉叔，我知道你對我不錯，所以我一直很尊重你，不過我也希望你可以尊重我，『龍城』的事，真的別再找我了。」

信一的決絕，超出狄偉的預期，他的心當真焦急起來，想說下去，但礙於十二少和吉祥，又欲言又止。

「信仔，我可不可以跟你單獨說幾句？」

精明的十二少正想跟吉祥自動離場，卻被信一阻止。

「不用走。」信一：「他們都是我的兄弟，有什麼話，隨便說就可以了。」

狄偉無可奈何下，終於吐出一句震撼當場的話。

「信仔，這一次你絕不可以袖手旁觀，因為——**逆鱗其實是龍捲風的親生子。**」

狄偉說完這句話後，換來一陣沉默。十二少與吉祥當然答不上話，連信一也不知如何接下去。

良久，信一開腔：「偉叔，別拿哥哥來開玩笑。」

狄偉急道：「我不是説笑，逆鱗的確是哥哥的骨肉，不過這個祕密連逆鱗自己也不知道。」

信一皺眉，點了香煙，重重吸了一口，才再問道：「我認真問你一次，你有沒有騙我？」

「沒有，我向你保證，我所說的一切，都是實話。」

「逆鱗怎會是哥哥的兒子？這到底是怎麼一回事啊？」

「我記得，那件事發生在六十年代末期……」

狄偉呼了口氣，便再次揭開那段埋藏已久的故事。

六十年代，『青天會』敗走，『暴力團』崛起不久，大老闆野蠻霸道，日夜挑起戰火，終踩到『龍城幫』的頭上。龍捲風出手，把『暴力團』轟個潰不成軍。兩大頭目相約一戰，可最後老大卻沒赴約，因為就在決戰當晚，龍捲風的女人突然病發。

那一晚，龍捲風一直留在太太床邊，直至到她離開了這個世上。

每一次出門，她都擔心丈夫會有危險，縱然龍捲風的實力超然，她都很怕他會出事。

所以在她臨終前，龍捲風答應她，從此不問江湖事。由那天起，龍捲風便下放權力，把幫會交給狄秋主持。

狄秋成為龍頭接班人，但江湖上大多數人只認識龍捲風，沒有人把狄秋放在眼裡。他認為自己也是有實力的人，因為龍捲風的鋒芒太露才會把自己的功勞蓋過，所以他便要做些成績出來。

狄秋一鼓作氣，帶著一班兄弟，南征北伐，不斷擴大幫會的版圖。

狄秋連贏了幾仗，打下了九龍區幾個地盤，愈打愈心雄，他以為打下去，遲早可以把整個九龍打下來。

可他終於惹上了一個麻煩人——喪波。

狄秋殺入喪波地盤，打倒了喪波幾名兄弟。及後當晚跟老婆宵夜的時候，便被喪波的人捉到觀塘巢穴，綁起來毒打。

「喪波，要不你就把我打死，要不就立即放了我，否則我一定要你後悔！」

「唬我？你傻的嗎？我喪波連警察也敢殺，你以為我會怕你這條魚毛嗎？」喪波執起木棍想也不想就砸在狄秋的面上：「別以為有龍捲風罩你，就可以橫行無忌，夠膽踩入我地盤，今晚我不止要搞你，還要跟你老婆慢慢玩呀！」

「你別亂來，你要打就打我，放了我老婆……」狄秋頭破血流，一陣暈眩。

「哈哈，懂怕了嗎？」喪波咧嘴一笑：「你沒有資格跟我談判，打電話給龍捲風，我要見他。」

龍捲風接到了狄秋的求救來電，隻身來到了喪波的地盤。

隱居多時的龍捲風因為狄秋再次露面江湖，在他眼中，喪波是個不入流的下三濫角色，當年雷震東夠惡了，龍捲風也可以在他手上救走兩名兄弟，這個喪波，又惡得到哪裡？

「龍捲風果然勇，叫你一個人來，你就真的一個人來，厲害！」喪波邊喝啤酒邊豎起拇指。

目睹龍捲風真身，喪波霸氣全失，對他恭恭敬敬。

「我兄弟呢？」龍捲風身在一間貨倉，站了十幾個喪波的人馬，卻不見狄秋夫婦。

「放心，今晚我一定放人，不過龍捲風今日大駕光臨，小的真的感到非常興奮，想跟你把酒談歡，其實我一直以來都很仰慕你，很希望可以交你這個朋友。」喪波舉起啤酒，吃吃笑道：「我敬你一杯！」

見慣風浪的龍捲風全不把喪波放在眼裡，他舉起桌上的啤酒，跟他碰了酒樽，就把啤酒灌入喉嚨。心想飲完這支啤酒喪波還不放人，便什麼也不用說，打！

可這一次，聰明一世的龍捲風竟著了對方的道兒，喝下整支啤酒後，便感全身發熱，神智亦模糊起來。

沒多久，龍捲風便漸漸失去了神智，仿如進入了五里雲霧，意識徘徊在現實與夢境間，在一片混混噩噩底下，龍捲風感覺到身體被一股暖流擁抱，叫他相當舒服。

那股暖流來自一個赤裸裸的身軀，她是狄秋的女人丁丁。

他撫摸著丁丁的肉體，愈來愈亢奮，沒意識的在其身上擺動著身軀，汗水與呻吟聲充斥著整個房間。

喪波等人看得津津有味，一邊發出嘲弄笑聲，一邊為龍捲風「吶喊打氣」。

除了他們之外，還有一位特別觀眾……

狄秋被喪波封住了嘴巴，綁在凳上，迫他直擊著整個過程。

一個是自己的老婆，一個是自己的大哥，兩個一生中最重要的人，此刻在他的面前，赤裸裸地「糾纏肉搏」，狄秋想衝上去制止事情繼續發生，卻任他如何費勁也掙脫不了枷鎖。

任何男人都不可能接受到這一幕，何況是「龍城幫」的第二把交椅。

狄秋很想破天大吼，希望可以把二人喚醒，可嘴巴卻被封住，連哼也哼不出一聲，只能在內心呼天搶地。

他發狂地掙扎，如被萬隻螞蟻爬滿身體，心房更像給一隻有力的手掌捏著，生出了超出肉體所能承受的痛感。

全身肌肉與細胞都在嚎哭叫喊，毛孔噴出了憤怒的火焰。不過用盡了全身力氣，也未能掙脫雙手的繩索。

最終狄秋只有哭著接受這殘酷的事實。

二人完事，狄秋亦停止掙扎，哭光了淚。

雙目失去焦點，靈魂游離九霄，只餘一個心死的軀體，木無表情的頹然坐著。

放空了的腦袋，久久不能思考，腦子卻浮現了一句話——

我大哥幹了我的女人！

本以為這段慘絕經歷告一段落，但自己的老婆竟又再擺動著身子，雙唇貼向龍捲風，露出一副極度渴求的樣子，一直往下吻……

她的苛索，得到了龍捲風的「回應」，二人又再一次幹起來。

狄秋閉起了眼，不忍看下去。不過喪波卻不容他錯過這場精彩動作場面，強行撐開他的眼皮，迫他繼續收看。

今天對狄秋來說，是一個永世不忘的屈辱，亦將嚴重影響他和龍捲風的兄弟情。

喪波下了重藥，龍捲風跟狄秋的女人度過了好幾小時迷失時光後，才終於悠悠醒轉。

一覺醒來，喪波等人已經離開，龍捲風見到眼下情景，心知出事了。

鬆了綁的狄秋，第一時間就是為妻子穿回衣服，沒有望過龍捲風一眼就離去。

縱然他知道錯不在龍捲風，但也不能當什麼事也沒發生過。

當晚，龍捲風找上喪波，鮮有出刀，因為他要確保得知今晚內情的人統統滅口！

第二天，有人發現喪波與十數名門生的屍體被斬個稀巴爛，內臟與血肉混成一團，死狀恐怖，行凶手法殘忍。

從此，這事件就成了三人心中的祕密。

龍捲風與狄秋之間築起了一道鴻溝，二人再沒有跟對方說過一句話，彼此均知道，昔日的情義已到此為止，已不能像從前一樣稱兄道弟了。

這段尷尬的關係維持了兩個多月，直至狄秋知道了一件震撼的事，他便拉隊離開九龍城，回到元朗。

「之後⋯⋯秋叔老婆有了身孕？」信一淡定說。

「嗯。」狄偉點了一下頭。

「但也不能斷定那是哥哥的骨肉。」

「大哥告訴我，發生那件事之前的日子，他根本沒有跟嫂子『好』過，之後更沒有……所以那絕對是老大的兒子。」

真相往往都是殘酷的，如非迫不得已，狄偉也絕不會把那段不堪回首的事情告訴信一。

信一終於也明白，好端端一幫人，何以會分裂成兩個陣營。

「其實也不是哥哥的錯，大成叔當日又為何肯跟秋叔離開呢？」

「老三根本不知真相，他只知道大哥跟老大無故不相往來，大哥突然撤離九龍城，他當時也有追問原因，可大哥一直支吾以對，避開話題，但老三的脾氣又怎會罷休，一怒之下，大哥便說出了一個謊言……他跟老三說，老大勾義嫂，幹了他的女人。」狄偉黯然：「如果我不是他的親兄弟，我想他也不會把真相告訴我。」

信一嘗試代入狄秋，如果事情發生在自己身上，信一也未必可以大量到把真相告訴身邊的兄弟。畢竟那事件的起因是因為狄秋惹上了喪波，落得這個結果，他也有一定的責任。

逆鱗是哥哥的兒子，是不能不救的，不過信一似乎還有一個關口要過。

「當日秋叔為了打贏我，不惜勾結雷公子，害得多名兄弟被燒死，我現在出手幫你們，怎對得起死去的手足？」

「其實那一戰，我們全部都是輸家！」

當下，狄偉便把雷公子設局嫁禍狄秋一事和盤托出。

信一聽後，如釋重負。

太好了，秋叔沒有下令殺過我的兄弟，萬事就有商量了。

「逆鱗是哥哥兒子一事，只有你們三個知道？」

「沒錯，就連老大和逆鱗也不知。」狄偉：「信仔，你會不會出手？」

「會！今次就算要我成世溝不到女，我也可要救出逆鱗——」信一望著十二少與吉祥，然後說出一句激動人心的話：「**力保『龍城幫』江山！**」

龍城重組，黑道變天！

信一重出江湖這個決定，將會帶來一場轟動後世的絕地反擊戰！

3.10 遺願

事不宜遲，信一答應狄偉出山後，便即駕車前往元朗。

自從上一次的彈劾大會後，信一已經沒有見過狄秋。這一次再會故人，信一的心情不禁有點緊張。

當日雙方關係惡劣，信一被一眾元老公審，哪有怯過？

就算澳門那一次，他跟AV在那棟神祕恐怖大廈險死橫生，也本死無大害，毫不緊張。

一個連死也不怕的人，還有什麼事物會令他緊張起來？

每個人的心中，總有一些人是你覺得重視、值得尊敬的長輩。儘管你是上市主席還是集團財閥，就算見慣了大風大浪，對過了無數大鱷，始終有些長輩，每次見著都會不知不覺令他們流露出純真一面，會無故緊張起來。

不一定是害怕，那是一種奇妙的情感。

往元朗的路程上，信一的思緒墮入了某個盛夏的童年。

那一年，信一六歲。

信一父母離異，自小就由叔父藍森照顧。

藍森乃當時的華探長，是龍捲風的拜把兄弟，亦是藍男的生父。

某年某月，藍森因有要事離港，故把信一暫託龍捲風家中。

九龍城一酒樓內，龍捲風帶同信一跟狄秋茶聚，那時候二人還未決裂，龍捲風過著半退休的悠閒生活。

「老大，何以當起帶子雄狼來啊？」狄秋摸著小信一的頭：「這小孩一副精明相，哪裡鑽出來的？」

「他叫信仔，是阿森的侄兒。」龍捲風喝了口茶：「阿森舉家去馬六甲探親，他死要留在香港，所以就交給我照顧。」

「如此有個性？」狄秋輕力捏著信一的臉蛋：「叫我一聲秋哥，待會請你食雪糕。」

信一一手架開狄秋的手：「別碰我。」

「別看他小小年紀，聽阿森說，他不只淘氣，還很有火，不時跟人打架打到滿身瘀傷。有次以一敵三，把對手打倒，連大牙也給他打飛出來！」

「嘩！犀利啊，有膽識又長得帥，待他長大就踢他入會，說不定可以成為『龍城幫』的未來巨星！哈哈！」

信一沒理會狄秋，逕自吃著叉燒包。

龍捲風說得沒錯，信一既有火亦好戰，來到九龍城第二日已經在球場跟人發生碰撞，二話不說就動起手來。雖然對方人數眾多，但信一卻了無懼意，打了再算。

結果幾個街童給他打得連爬帶滾走出球場，贏了一場架，換來的代價自是一身損傷以及……

一頓「藤條炆豬肉」。

龍捲風知道他跟人打架，當晚就以藤條狠狠教訓信一。

「叫你不要跟人打架，你卻不聽話，還把別人的大牙打脫！」

龍捲風邊說邊揮動藤條，信一的屁股挨了十幾藤仍不哼一聲，相當忍得。

「這小鬼很能忍啊，犀利！」狄秋笑說。

「再有下次，我連手也打斷你！」龍捲風放下藤條：「今晚罰企，不准吃飯。」

小信一雖然反叛，卻對龍捲風很是敬畏，不敢違逆他意思。

當晚就一直站在大廳，直到狄秋吃完晚飯回來，他仍然不哼一聲，站在原地。

狄秋拿著一紙袋在信一面前搖晃：「小鬼，你一定肚餓，只要你叫我一聲秋哥，這個熱騰騰的叉燒包就屬於你啦。」

信一餓得很，但性子極硬，低著頭，沒有接受狄秋的憐憫。

「難道你不肚餓？」狄秋打開紙袋，傳出叉燒包的香味：「真的好香喔，你真的不想吃嗎？」

信一雙手卻抓著褲子，強忍衝動。

「這個叉燒包真的很好吃啊，你再不出聲，我就要把它吃光了。」狄秋拿出一個叉燒包作勢放入口中。

信一很想一手把叉燒包搶過來，不過一再壓住了動作，忍得淚水都流出來了。

「倔強小鬼。」狄秋把那袋叉燒包放在信一的腳邊：「肚餓不吃東西會餓壞的啊！」

說完狄秋就走進房間。信一眼角不時望著腳邊的叉燒包，露出一副垂涎欲滴的樣子，餓到臨界，卻還在死忍。

幾分鐘後，龍捲風拿著一樽藥酒回來。

一見龍捲風，信一立即挺直腰板，站得直直的，生怕會被責罵。

龍捲風望著那袋叉燒包：「為什麼不吃？」

那袋叉燒包其實是龍捲風叫狄秋帶給信一的，他比狄秋遲了回來，就是想讓信一把叉燒包吃掉。

想不到小信一卻比起想像中還要倔強，餓了一整天還要硬撐。

「你不准我吃東西嘛……」

「傻孩子，坐下來，坐下來吧。」

信一甫坐下來，便覺屁股一陣熱燙，咬緊牙關，不哼一聲。

龍捲風坐在信一身旁，讓他背部朝天躺在自己的雙腿上，然後為他塗藥酒。

「痛不痛？」

「不痛。」

「餓不餓？」

「餓。」

「祖哥哥帶你去吃東西好不好？」

「好！」

「想吃什麼？」

「熱騰騰的叉燒包！還有凍奶茶！」

「哈哈，年紀小小口味卻像個成年人一樣。」龍捲風挽著信一的小手步出門口：

「祖哥哥打你，你有沒有惱我？」

「沒有！」

個性倔強的信一，對龍捲風十分尊敬。

膝下無兒的龍捲風也相當疼愛這個頑皮小子，兩個沒有血緣關係的人，卻可以產生一份獨特感情。

或者這就是人與人之間的微妙緣份。

信一受了教訓，果然學乖了，接下來的幾天，他也沒有惹是生非，可好戰的他，始終也有忍不住的一天。

這一日，他被幾個街童挑釁，先是口角，繼而動武，信一以一敵三，把他們打個連爬帶滾，自己呢？則換來一臉瘀傷。

信一獨個兒坐在公園，一想到將會被龍捲風責罰，就怕得不敢回家。

待了兩小時，狄秋恰巧經過，看見信一的模樣便知道他又跟人打架了。

「又跟人打架！」

信一望了狄秋一眼，便垂下頭來，不發一言。

「你死定了，今晚肯定又會被祖哥哥大打一頓！」

信一還是繼續沉默。

「倔強小子……」

狄秋正要轉身離去，卻被信一抓住衫角。

無計可施的信一，終於放下倔強，換上一張楚楚可憐的表情：「秋哥，你可不可以幫幫我……不要讓祖哥哥知道我打架？」

「哈，你這小鬼終於會驚了！」狄秋蹲下來望著他：「你一臉瘀腫，就算我不說，你祖哥哥一看就發現！」

「你幫我想想法子啦。」

狄秋想了一會，突然靈機一觸：「啊，我有辦法！」

當晚，狄秋與信一吃過了晚飯後，便買了個超人面具給信一。

信一戴著超人面具站在門前，仍難掩緊張之色。

「秋哥，你的法子可行嗎？」

「放心啦，一會你千萬別除下面具，儘快上床睡覺，祖哥哥便不會發現了。」

「嗯。」

狄秋打開大門，見龍捲風坐在凳上看報紙，信一雙腳就抖震起來。

「別露出馬腳，自然點，進去！」

信一吸一口氣，衝入屋內，對著龍捲風擺出十字電光架式。

「十字死光，怪獸死清光！」

「鹹蛋超人！」龍捲風一笑：「快吃飯吧。」

「秋哥跟我吃了，我現在力量充沛啊！」

「哦？」龍捲風放下報紙：「那你玩夠就沖涼睡覺吧，祖哥哥先去睡了。」

「嗯！」

避過一劫的信一向狄秋翹起拇指。

狄秋也做著同一個動作作回應。

自此，二人就建立了一份信任。

其後，龍捲風與狄秋決裂，信一歸邊龍捲風，兩幫人便變得生疏。

踏入青春期的信一，每到大時大節，也會到元朗探望他，可每次都遭狄秋冷淡對待。

他並不知道兩幫人發生了什麼事故，總以為有一天會和解，但日子並沒有改變狄秋的強硬態度。

直到龍捲風過世，關係仍然沒有改善。

狄秋跟信一一樣，在此時此刻憶起那段前塵往事。

回想起來，自兩幫人分家以後，信一每年也攜帶了禮品來拜會自己，但每一次都被拒諸門外。

不知內情的信一，成了兩幫人的磨心，亦成了狄秋的發泄對象。

再想起早前對信一的所作所為，狄秋終於也感到內疚。信一有對自己幹過什麼大逆不道的事情嗎？似乎沒有啊。說到底，只是自己容不下這個小鬼成為幫中龍頭。

安靜的大廳，傳來了一陣開門聲，狄秋往門口一看，狄偉與信一來了。

新舊龍頭，再度碰頭，這一次沒有劍拔弩張的緊張氣氛，雙方都露出溫和的神色。

不過狄秋的臉上，始終有一點尷尬，這位老人家，口硬心軟，明明知道自己錯了，卻開不了口說一句抱歉。

信一哪會不知狄秋的尷尬心態，他笑了一笑，然後翹起了拇指。

那個小小動作，是建立兩人之間互信的橋樑，也表示信一一直沒有忘記當日狄秋那個「恩」。

狄秋一見，展顏一笑。

這個簡單的動作，便化解了尷尬氣氛，足見信一處事爽快，胸襟廣闊，所有事情也可大而化之。

相比之下，狄秋更覺自己的度量狹窄，實在羞愧啊。

望著眼前的信一，狄秋忽然發現，當日的倔強小鬼原來已經急速成長，舉手投足都有著龍捲風的氣度。

或許這就是自己一直所渴求擁有的——領袖魅力。

狄秋同樣翹起了拇指，二人相視而笑。

信一記得，龍捲風臨終前曾說過，「龍城幫」一直有一道大裂縫，他已無能為力修補，所以把這個重任交給了自己。

經歷過風風雨雨，信一終於不負所託，完成龍捲風的遺願了。

3.11 一切隨風

「信仔……請坐。」

信一坐下來，狄秋拿起茶壺準備斟茶。

信一輕力按著他的手背：「秋叔，讓我來。」

對上一次信一為自己斟茶，已經不記得是多少年前的事。想起當年初見信一，再到早前用盡方法把他拉下台，狄秋只覺萬分感慨。

「信仔，以前的事……」

「以前什麼事啊？記性不好，全都忘了。」

二人曾經因龍頭之爭而傷了和氣，如今事過境遷，已經不用說什麼抱歉話。

「信仔，我跟雷公子的事，你也略知一二吧？」

「知道，其實你知不知雷公子的真正身份？」

「他……不就是來自澳門的黑道嗎？」

「一個澳門黑道，何以要對我們『龍城幫』窮追猛打？」信一點起香煙：「洛軍查到了雷公子的來頭，原來這頭瘋狗是雷震東的親兒子！」

「他是雷震東的兒子？」

一聽到雷震東的名字，狄秋心有餘悸，想起了這個黑道霸王的種種惡行，便立即頭皮發麻。

在那一段火紅歲月裡，「龍城幫」跟「青天會」鬥個日月無光。雷震東的狠辣，狄秋早就領教過，想不到事隔三十多年，他的兒子竟然入侵香港黑道，上演一場復仇戲碼，向「龍城幫」討債。

雷公子跟「龍城幫」仇深似海，他又怎會放過逆鱗？

「秋叔，你放心，逆鱗對雷公子還有利用價值，我認為他暫時仍沒有性命危險。」信一續道：「他叫你這兩星期安心當龍頭，又叫你好好保存權杖，好明顯就是要你兩星期後用龍頭棍交換逆鱗。」

「龍城幫」的最高權力象徵一旦落在敵人手上，以後「龍城幫」還有何顏面在江湖立足？

救回逆鱗一命，卻換來幫中兄弟唾罵，狄秋確實好生為難。

「他給你兩星期時間，我想，雷公子也正在部署什麼。」信一吸了口煙，思索著對方的下一步：「雷公子這次回歸，目的是要為父報仇，取回屬於他的一切，包括九龍城寨，現在他勢頭大好，以為吃定你。接下來，他應該會樹立『青天會』的旗幟，並公告天下。」

「『青天會』已經瓦解多年，他又如何在短短日子重組勢力？」狄偉。

「組團結社最緊要的就是金錢與人手，雷公子為求目的不惜工本，以我估計，他會買下整個『天義盟』，來一個借屍還魂。」信一想了想：「他選擇『天義盟』為合作對象，除了看中宋人傑貪錢，更重要是幫會已近夕陽，方便接管。」

一理通百理明，信一的推測合乎邏輯，完全能掌握到雷公子接著的每一步。

「我想，雷公子很快會再找你，他會叫你撤出九龍城，然後在城寨舉行造勢大會。」

「那我們該如何應對？」狄秋甚為緊張。

「如果雷公子找你，並要求你撤走，你一定要表現得十分激動，經一番擾攘，最後都是無奈答應。」

「之後呢？」

「之後就見招拆招。」

狄秋一愕：「？」

見招拆招，那即是連信一也想不到對策？

「放心，只要確定雷公子向你提出這要求，我就知道下一步怎樣走的了。」

狄秋仍然難掩擔憂之情，此事關係到「龍城幫」與逆鱗的命運，如果有什麼差池，後果實在是難以想像。

「秋叔，相信我吧。」信一輕輕拍著狄秋的肩膀。

「嗯。」

當晚，狄秋召了孟大成回來，三老一少，冰釋前嫌，由狄秋親自下廚，在舊居飯聚，把近日的煩事暫且放下，吃一頓安樂茶飯。

難得聚首，晚飯過後，四人便喝起酒來，互訴這幾年間發生的事故。

信一說到龍捲風的最後一戰，狄秋的心便揪了起來。

自兄弟鬩牆後，狄秋一直都不能釋懷，鎮日愁眉不展，就算取得龍頭大位，也不曾展顏。

因為他始終放不下那個心結……

龍捲風是狄秋一生中最敬重的人，可偏偏又發生了那件男人絕不能夠容忍的事情，縱然狄秋知道不能全怪在龍捲風頭上，但也再難面對這位好老大。

狄秋的內心真的痛恨龍捲風？看來不盡然啊，否則他又怎會視逆鱗為親兒子般對待。

其實他早已原諒了對方，只是頑固的個性，叫他不能主動言和，想到跟龍捲風碰面的尷尬場面，他就覺得好為難。

日子久了，雙方的裂縫就愈擴愈大，誰也不想跟對方見面，怕見了又會「觸景傷情」。

不如不見。

隨著龍捲風之死，往昔的恩恩怨怨，也該來個結束，讓一切隨風吧。

不過，狄秋內心還有另一遺憾……

那就是他永遠也不能對龍捲風說句抱歉啊。

一念及此，狄秋不禁老淚縱橫。

信一本想安慰，隨即又停住想法。

狄秋的複雜心情，是旁人無法可以理解的，哭一場作宣泄了出來，總好過一直把那份鬱結壓抑。

「信仔，是我老糊塗，妒忌你當上龍頭才勾結雷公子迫你下台，我對不起『龍城幫』的兄弟，對不起你和的祖哥！」

狄秋甚是激動，終於一口氣把憋在心底的話吐出來。

「秋叔，別這樣，我沒怪你啊。」信一淡然地說：「哥哥跟我說過，就算何等聰明的人，也會有做錯事的時候，這是人生的歷練。所以他告訴我，做錯了事不要緊，最要緊就是知道自己錯在哪裡，以及如何彌補。」

「說得沒錯！」狄偉附和。

「雷公子以為吃定我們『龍城幫』，我就要讓他知道，他惹了一幫惹不起的人！」

形勢比人強，信一仍可處變不驚，淡定地說出這番話。瞧見他的神態，狄秋才知道，信一的確充滿了自信與活力，這也是自己一直所欠缺的。

時不我與，這個時代，是屬於年輕人的了。

「信仔，龍頭這個位，我沒資格坐，不如……」

「這些遲些再說，最重要的就是我們槍口對外，同氣連枝，大成叔，你說對嗎？」

「你這小子說話有紋有路，我大成之前看錯了你。」大成舉起酒樽：「我敬你！」

「大成叔，玩敬酒如此復古，那我就連連戲，回敬你一句：以前誰對誰錯也好，都當粉筆字般抹光了它吧！」

四人同時一笑，糾纏多年的龍城內亂，終於得到大和解，龍捲風如果能看到這一幕，相信會感到很安慰吧。

除了狄秋外，其餘三人都飲個酩酊大醉，睡在狄秋的老家中。

凌晨三點，正當狄秋熟睡，電話突然響起，是誰會在這個時候來電？狄秋心裡有數。

「喂。」

「狄老大，沒吵醒你吧？」電話彼端，是討厭的雷公子：「我知你老人家中意晨運，特意選這個時段打給你的，哈哈哈。」

「有話快說，你要怎樣才肯放了逆鱗？」

「放心啦，令公子現在吃好住好，我保證他比以前更加皮光肉滑。」雷公子的聲線和語氣討厭到一個極點：「其實我也很想放了他，不過我知道，現在我放人，你們肯定深深不忿，找機會報復。我只想和平共處，真的不想再打打殺殺了喔。」

「你想怎樣？」

「我想過了，為免我們兩幫人繼續打下去，我建議由你出面，親自對外宣布，『龍城幫』永遠撤出九龍城。只要我統一九龍城，這一區以後就可以天下太平。」

「你要我撤出九龍城？」

狄秋表現得相當緊張。此時，信一已經醒過來，坐在狄秋的身旁，翹起拇指，示意狄秋再激動一點。

「九龍城是『龍城幫』的根據地，你叫我撤出這裡，我們以後還有立足地嗎？」

「九龍區太刺激了，根本就不適合你們，我勸你還是乖乖地返回新界安享晚年啦。」雷公子：「就這樣決定吧，我給你三天時間，三日後，我們會全面接收九龍城。從今以後，城寨就是我雷公子的地方。」

「你……別太過分呀！」

雷公子突然強硬：「你不撤兵，三日後我就用我的方法把你們轟出城寨，結局還是一樣！不過到時我就不會保證你的寶貝兒子能否完好歸來。」

「你別亂來……」

「識趣的，就照我的話去做。」

「……好，我答應你……」

「Good boy！還有啊，我一個月後會在九龍城設宴，搞造勢大會，我要你拿龍頭棍來當賀禮，我收到你的賀禮，心情靚靚，自然會放人。」

「你……實在欺人太甚！」

「我就是要欺你，你奈何得了我嗎？我再說一次，三日後撤出九龍城，否則逆鱗就會在世上消失，清不清楚啊臭老頭！」

雷公子說完就掛線，狄秋呆呆地拿著電話筒，望著信一，一時間不知如何是好。

信一在狄秋手上拿過電話筒，放回原位，拍拍狄秋的肩膀，笑了笑：「放心，他的動作跟我所預期的相當接近。」

「那我們下一步該如何？」

「首先，千萬不可讓他知道我已經插手。」信一抓抓肚皮：「明天找人放個消息出去，說逆鱗落在雷公子手上，『龍城』內部正密謀對策。隔一天後，由我放消息你曾找我助拳，被我斷言拒絕。第三日，你無計可施，唯有屈服，撤出九龍城。」

「我們真的要撤出九龍城？一旦走了這一步，以後『龍城幫』還有何威信？」

「有沒有威信，就要看這誰是最後的勝利者。」信一眼珠一轉：「這消息傳出去之後，雷公子肯定開心到蹦蹦跳，以為你已經沒了主意，應該不會再出招。我們就要利用這段時間做好部署，營救逆鱗。」

3.12

訣別

狄秋照信一的計畫行事，第二天四出打探逆鱗的消息，表現焦急失措。

一晚過後，仍沒有任何消息，唯有硬著頭皮求助信一，卻換來對方冷言對待。

第三天，狄秋仍想不到任何對策，最終沒法子，迫於撤出九龍城。

「龍城幫」撤離九龍城一事震動江湖。自信一垮台後，「龍城幫」聲望已大不如前，嚴重內衰。想不到狄秋接掌不久，九龍城地盤竟被「天義盟」全權接收。曾經風光的「龍城幫」，已取代「天義盟」，變成了無人看得起的夕陽幫會。

「龍城幫」撤走，取而代之的就是由雷公子統領的「天義盟」大軍了。

第五天，雷公子帶著一眾門生，大剌剌地進駐九龍城寨，如皇帝般在城寨巡視了一圈，便來到「龍城幫」的賭館，坐在信一昔日的椅子上。

一坐下來，雷公子的激動情緒便湧上心頭。

這裡曾經是「青天會」的地盤，他記得兒時父親常跟他吃狗肉。在城裡簡直是小霸王，瞧見不順眼的人就動手打，看見哪個可愛的女孩就摸兩下，度過了好一段蝦蝦霸霸的快樂童年。

但自從父親吃了敗仗，一切開心的日子都結束了。

今天再次回到這個帶給他美好回憶的地方，雷公子實在難掩內心的亢奮。

差一點就要哭出來。

「『龍城幫』終於被我踹出九龍城，哈哈哈！」雷公子亢奮地說：「下個月就要在這裡大搞英雄宴，我要全江湖都知道，由我帶領的『青天會』載譽歸來，將會在香港幹一番驚人事業！」

雷公子躊躇滿志，矢志在香港黑道再起風雲。在場幾個心腹大將，邢鋒、虎青、King Kong、士撻、鱷魚，B輝打從心底替他高興，只有宋人傑心中有氣不能舒，不過事情已來到這地步，想改變也改不來，可以做的，只有陪笑。

「雷公子如日中天，『龍城幫』哪有能力跟你鬥？」虎青露出兩排煙屎牙。

「我有腦，也要靠你們一班實力派助陣才能成事。」

「英雄宴當日，你認為信一他們會否出來搞事？」

「信一現在沒財沒勢，只得一間爛公司，拍一大堆爛片，我知他現正忙著拍攝那部賀歲片，他哪有空來搞事？」

「那齣賀歲片找了幾個明星拍攝，聽說信一孤注一擲，把所有錢都押在此片，真的打算全力發展電影事業。」

「哈，外行充內行，早晚輸清身家。」雷公子不屑：「就算他真的夠膽走上來，我還有一項祕密武器，要他跪在我面前，舔我的鞋底！」

雷公子自信滿滿，對他的「祕密武器」胸有成竹，這次連邢鋒也不知他葫蘆裡賣什麼藥，但可以肯定，一定又是傷天害理的陰騭事。

宋人傑在會議過程也心不在焉，懶理雷公子有什麼計畫，反正「天義盟」早晚要拱手讓出，他現在就如一個對公司沒有歸屬感的打工仔，老闆說什麼就隨意附和，毫無熱忱，夠鐘就下班收工。

「宋人傑，我們開會，你卻魂遊太空，我請你回來發夢呀？」雷公子瞪著宋人傑。

「對不起……雷公子……」宋人傑囁嚅。

「又趕著去做孝順兒嗎？」

「對……」

「你母親患了什麼病？」雷公子平和地問。

「肝癌。」

「都一把年紀，死了也不可惜啦！」雷公子揚起一邊眉頭：「別誤會，我不是咒你老母啊，我真心覺得，一個人都活了這麼久，臥在病床都是浪費時間，倒不如早點了結，早走早好。」

宋人傑沉起了臉，想裝笑也裝不來。

「你老母一死，你又可以趁機會撈一大筆帛金，發達啦，哈哈哈！」

雷公子的話已觸及到宋人傑的神經，雙拳抓緊，很想破口大罵，可在這情勢下跟雷公子翻臉，自己將會一無所有。死忍嗎？又下不了這口氣。

宋人傑正處於進退維谷之際，雷公子揚手：「走走走，苦口苦臉的，破壞了大好氣氛！」

宋人傑點頭，起身就走。

「別理那廢柴，我們繼續。」雷公子：「King Kong，你那邊準備好了沒有？」

「一切妥當，兩天後便出發。」

「Good！這兩天叫你的同鄉不要去叫雞，留多點精力放在藍男身上。記得把輪姦藍男的過程拍攝下來，樣子要清楚點，性器官要多點特寫，多點動感，最要緊看見你們那黑色巨炮抽插的畫面，記得一定要見血！」雷公子抓著自己那話兒：「想起那些畫面，我的小弟便硬起來，哈哈。」

虎青用肘輕碰 King Kong 肩膀：「你真幸福，奉旨強姦，真想跟你交換啊。」

King Kong 咧嘴笑道：「來日方長，肯定還有機會。」

對於折磨女人這門技術，雷公子已經駕輕就熟，並已成癮。每次想起那些殘忍的虐待畫面，他就覺得亢奮。

除了虎青、King Kong和士撻在陪笑，其他人都沒有太大反應。他們雖然都是混黑道，但也很少會傷及對頭的妻兒，不至於泯滅人性。

尤其邢鋒，這個亦正亦邪的人，為打倒對方，可以把善良的一面完全隱藏，但他亦有人性的一面，否則當日就不會放過藍男。

邢鋒當然知道雷公子是個怎樣的人，不過他又確實有恩於自己，既然選擇了跟隨這個人，他的所作所為亦輪不到自己過問。

兩日後，台灣九份。

一個風和日麗的清晨。

陳洛軍在家中吃過了藍男為他做的早餐後，準備出門。

這段日子，陳洛軍為組織勢力，已打遍了台北的地下擂台，集結了一班拳手。

今日他的戰場將移師台南。

「吃飽了。出發前看看我的寶貝兒子。」陳洛軍看著床上熟睡中的兒子：「你看他長得跟父親一樣帥，長大必定也跟我一樣是個萬人迷！」

「哦？原來你是萬人迷，失覺失覺。」藍男打趣說：「那你一定有泡妞啦。」

「絕對沒有！全江湖都知我用情專一，所以那些慕名而來的粉絲大多都只是遠觀而不能接近我的。」

「哼！」藍男沒好氣，為陳洛軍穿上外套：「吃飽就起行，早去早回啊。」

「遵命。」

穿上外套，正想出門，不知怎的又走到嬰兒床前，再看看兒子，然後就定睛看著藍男。

「幹嘛？」

「你的眼睛很大啊。」

「傻瓜，我沒整容，眼睛一直是這樣子啦。」

「今天的你，特別可愛。」

陳洛軍輕吻了她的臉，藍男像個少女般羞澀一笑。

「突然好想留在家中陪你，不如叫暴龍代我出戰，你說好不好？」

「當然不好啦，別像個小孩子般要性子，早點完成工作，早點回來。我為你煮晚飯等你。」藍男笑道：「今晚煮滷水雞翼好不好？」

「好啊！」

陳洛軍踏出大門，回望了藍男一眼，她的淺笑，總是那麼好看。

誰又想到，這一次的分別，或成永訣。

3.13 大禍

一個多小時後，陳洛軍來到台北車站，同行的還有暴龍以及曾在地下拳賽跟AV交手的小鋼炮。

小鋼炮與陳洛軍交手後，被他的神技所折服，投其門下。

小鋼炮熟悉台灣地下拳賽運作，多場賽事也是他為陳洛軍安排，算是陳洛軍的一支盲公竹。

「火兒哥，還有十五分鐘上車，先喝喝水吧。」小鋼炮把一瓶礦泉水遞給陳洛軍。

陳洛軍接過水：「台南那班傢伙真的那麼厲害？」

「我上星期親眼看過他們的實力，每個都相當犀利，一拳便可把對手打昏。」小鋼炮手舞足蹈，七情上面：「如果火兒哥可以把他們納為己用，將會是你一大助力啊！」

陳洛軍瞄了小鋼炮一眼，並沒回話。自踏出家門之後，陳洛軍一直忐忑不安。

「火兒哥，你今天好像心事重重，沒事吧？」暴龍。

「不知怎的，今日總是心緒不寧。」

「既然狀態不好，不如你回家休息，我代你出戰吧。」

「不行啊！這幫人很難應付，一定要火兒哥親自應付啊！」

小鋼炮表現甚為緊張，這個反應令陳洛軍的不安感頓升。

「今天的行程取消，暴龍，我們走。」

陳洛軍正要動身離開，小鋼炮卻拉住了他：「火兒哥，這次機會很難得的……我們上車吧。」

陳洛軍瞥了小鋼炮一眼，一手把他推開：「走開！」

陳洛軍與暴龍正要離開車站，卻見十幾名刀手從四方八面突然撲出。

「暴龍，不用留手，給我盡情打！」

陳洛軍與暴龍開打的同時，安在家中的藍男還未知道，一場大禍已經悄然降臨。

以King Kong為首的非洲幫，一行十人，一身殺氣的走進九份大街。非洲幫個個惡形惡相，散發著一股生人勿近的邪惡氣息，旁人見著都往一邊避開，不敢跟他們有任何身體碰撞。

他們經過了一條長梯，穿過曲折的小溪，再步行一段小路，終來到一所舊式的住宅。

「是這裡了。」

King Kong停在舊宅的鐵閘前，從大背包中取出一個大鐵鎚，猛烈一撞就把破舊的鐵閘撞開。

「這裡偏離鬧市，附近又沒其他住宅，哈哈，待會可以玩得盡情一點。」

破閘聲響驚醒了午睡的藍男，自小在龍蛇混雜長大的她，養成了極高的警覺性，隨即開著監控電視，瞧見King Kong那班人正穿過小小的庭園，步向居所的門口。

身處大屋第二層的藍男知道大事不妙，首先考慮的，就是BB的安危。

該把BB藏在哪裡呢？刻下根本沒有太多時間讓她細想，於是她便抱起BB，走上第三層，打開儲物室的木門，再進入AV的房間，看見他抱頭大睡。

她腦中閃過一個訊號，就是求助AV，著他出手。

可現在AV的狀態，會有戰鬥能力嗎？如果連他也被發現了，有可能三個人一同送命。

權衡過後果，藍男決定還是把BB留下。

「兒啊，如果媽媽今日過不了這關……以後你要聽爸爸的話啊。」

藍男心裡說著告別話，便把BB放下，望著睡得香甜的他，眼淚已禁不住流下來了。

她多麼希望可以看著BB快高長大，然而她知道，到了此刻，這已是一個奢侈的渴望。

望了他最後一眼，藍男便轉身門上門，把雜物堆在門前，走出雜物房，往下層的梯級走下去。

對方是衝著自己而來，是殺是抓也好，只要完成任務，而又沒發現屋內還有其他人，BB的性命便保得住了。

藍男回到第二層，聽見樓下一陣沉重步履，她可感到，索命的惡鬼已近在咫尺。在小屋內找個藏身處是可以的，但對方有備而來，又怎會放過每個可以匿藏的角落？若因此發現了BB的位置，藍男將會更加後悔。

「碰」的一聲，二樓的木門被破開，出現在藍男眼前的，是個身型健碩的非洲大漢。

二人四目交投，沒有說話，整個空間也靜止下來，靜得能聽到藍男的心跳聲。幾秒過後，King Kong露出一個淫邪的笑容，吐出一句叫藍男心膽俱裂的話：「你很漂亮，還未脫光你的衣服，我已興奮起來了！」

藍男已被嚇得魂不附體，臉色頃刻發青。

那班人明顯是雷公子派來的，看其樣子已可肯定是一班毫無血性的惡漢。

她知道接下來將受到人間最慘痛的對待，那是比死還要恐怖百倍的遭遇。

King Kong正要上前，廳中的電話響起。

二人同時望向電話方向，King Kong指著那電話，示意藍男接聽。

藍男慢慢步向電話之處，視點一直落在King Kong身上。

她拿起話筒，彼端傳來陳洛軍的聲音。

「藍男，立即跟BB和AV離開……」

陳洛軍跟暴龍打退一眾刀手後，立即致電藍男，希望趕得及叫她離開，可還是遲了一步。

「洛軍……」藍男的聲線發顫。

King Kong步前，叫藍男把話筒交給他。

「陳洛軍。」

話筒轉了另一個男聲，陳洛軍全身寒氣直冒，如墜冰窟，緊張得雙唇顫抖。

「你們是誰？」

「我叫King Kong，是雷公子派我們來的。」

「你別亂來，敢動藍男一根毛髮，我保證，你的人生將會永無寧日。」

「哦？你在嚇唬我嗎？但為何我卻覺得你好像很害怕似的？聽到你焦急的聲線

我就安樂了，因為我知道你還有一段路程才能趕回來。」

「你……別亂來……」

「放心，我奉命活捉你老婆，她活著才有價值啊。臨走前，我會留下一盒錄影帶給你，以解你相思之苦。內容由我一班兄弟手足親自演出，沒有格仔，保證精彩絕倫，哈哈！」King Kong 發出叫人不安的笑聲：「別打算報警，只要我一聽到警車聲，就會把藍男的頭割下，再見。」

陳洛軍的心情從未如此焦急緊張，怕得整個心臟都要跳出來。

他已乘計程車趕回家，不過就算用極速行駛，最快也要四十五分鐘才到達。

四十五分鐘，足可令藍男來回地獄再折返人間！

3.14 入魂

掛了線，King Kong 以極度淫邪的目光盯著藍男。

藍男被盯得很不自在，正欲逃離，但被對方一手抓住。

外套更被 King Kong 粗暴地扯了下來。

藍男忍不住發出驚叫，她並不是怕死，只怕接下來發生在她身上的事情，更怕此生此世無法再跟陳洛軍相見。

遺憾不能一起把兒子養育成人。

樓下的叫聲傳到了上層的雜物房，驚醒了沉睡中的巨人。

藍男出事了，AV 理應出手，問題是如何令一個喪失鬥志的人，重燃生命火花？AV 的舊患復元了沒有？沉淪了一段日子，體力必然大不如前，又如何力敵一眾大漢？

像有感應似的，念祖這時也睡醒了。小小的他張開眼睛，第一眼看見的不是自己的父母，而是一個陌生人，但他居然並沒有哭，似是知道 AV 不會傷害自己。

AV 混濁的雙目跟念祖的清澈明眸對上，世界好像立即變澄明了。

念祖望著眼前人，竟還「咭」一聲笑了出來。

笑容可愛，充滿著生命力，無邪的純潔，如同一道和煦的陽光，衝破烏雲，打進早被污垢泥濘封鎖的內心。

命運安排他倆在這非常時刻擠在一起，必有其目的及意義。

念祖伸出小手——

當他的小小指頭觸及到AV手掌之時，AV感到一股暖流湧入自己的身體。

這暖流形成一股力量，在他的四肢百骸遊走。

誰又想到，一個小小的生命體，竟載著這股巨大能量。

為絕望的人注入力量。

令已死的心，再度躍動！

小指頭抓緊大手掌，AV知道，他的人生，有了新的意義！

當一個人跌入了谷底，對人生喪失了希望，能令他再次振作的，就只有另一個生命對他的依賴。

藍男咬向King Kong的手腕，掙脫了他，瞎衝入了廚房，拿起菜刀架在自己的頸上。

King Kong 冷笑：「割下去吧，不過我提醒你，最好割深一點，否則死不了，你將會非常痛苦。別妄想我們會就此放過你，傷口不斷流血的同時，下體也劇痛非常。你就算好運死了，我們還是繼續，更會把整個過程拍下來呀，哈哈哈！」

面對這班沒有人性的禽獸，藍男再沒有任何阻止他們的方法。

陷入絕望的她，忽然聽到一聲哭泣聲。

那是愛兒的哭聲！

King Kong 一眾朝聲音望去。

「我求你們別傷害他……你們想對我怎樣就怎樣，我不會反抗了。」

藍男放下刀，跪在地上。

「我求求你們……」

一個母親，為了自己兒子，可以不顧一切，可以放下自尊。

藍男已有被宰割、被蹂躪的覺悟。

哭聲漸大，藍男循聲而望，竟見AV一手抱著BB，另一手拿著面具，拾級而下。

無端鑽了個大男人出來，King Kong 一時間也愕住。

AV 走到第二層，沒望過任何人一眼，在 King Kong 身旁經過，步入廚房，蹲在地上，把 BB 交到藍男手上。

「嫂子，對不起，我不懂抱BB，一抱起他，他就哭了。」

這是藍男跟AV再遇以後，首次聽到他開腔說話。

藍男一陣感動，淚腺受到了刺激，眼淚失控地流下來。

哭聲夾雜笑聲，哭得像個大孩子。

BB在藍男的懷中，反而不再哭了。

他對AV一笑。

AV摸了摸他的頭。

「他很可愛。」AV望向藍男：「之後的，交給我。」

藍男哭得一臉都是口水鼻涕，然後又傻傻大笑。King Kong等人看得莫名其妙，他們當然不會理解藍男因何如此激動，也不會知道，自己存在世上的時間，餘下不足半小時。

AV站起來。

提起拿著面具的手。

再一次……

啪——

戴上面具！

——戰神入魂！

那個曾經雄霸九龍城寨的競技場之神，已經完全復活。

AV雙瞳再度燃起了能燒光一切事物的火焰，對King Kong說：「雷公子的人，統統要死。」

聽到這句話，King Kong雙臂的手毛豎起。

眼前的人渾身湧出一陣強大殺氣，猶如從地獄爬上人間的死神，King Kong對他也有點忌諱，但己方人多勢眾，他只一人，就算會打，也敵不過十人吧。

「全部上，先殺掉他！」

King Kong精明，大喝一聲，爪牙衝上，自己卻沒行動，讓他們做爛頭卒，試探AV的實力。

兩個不識死的爪牙撲前，各自在AV身上轟出一拳。

AV仿如銅牆，中了雙拳，仍不動如山。

「你們很弱。」

這是他倆在世上聽到最後的一句話。

下一秒，急風壓向面門，腦袋不知受到了什麼猛烈的轟撞，頭顱快要爆裂開來。

再過一秒，又是一陣劇烈的猛撞。

這一次他們可感到自己的鼻骨破裂，門牙掉落。

此刻才知道，他們的後腦，分別被面前這個巨漢抓住，剛才的兩擊，是面門跟面門撞擊的效果。

他們想求饒，卻太遲了，因為第三記轟撞已經來了。

碰！

再一記撞擊，把他們的面骨壓爆。

眼球、牙齒和著濃稠漿狀的血水同時飛濺出來，轟得面目模糊。

兩顆頭顱連著那條如腸粉般沒了彈性的頸項，失去意識地垂下。

就這樣死了。

AV如扔垃圾般把兩具死物棄掉，面具背後的瞳仁，一直緊盯著站在最後方的King Kong。

AV的殺氣把整個空間籠罩，就算是King Kong此等殺人不眨眼的狠角，也不禁生出一陣寒意。

King Kong大吼：「上！全部上！殺了他！殺了他！」

唯有大吼壯膽，才能勉強驅去內心那股怯意。

頭頭下令，那班亡命之徒就一擁而上。他們自恃人多，以為可以用人海戰術，令AV難以招架。

他只有一人，時間一久，必有力盡之時。我方卻可以互補力量，只要耗盡了他的力氣，就可反撲殺之。

這是他們一廂情願的幼稚想法。

事實是，AV的拳頭，威力好比火山爆發，每一擊都擁有能轟碎骨骼的超級爆炸力。

轟——轟——轟——轟——轟——轟——轟——

七擊，結束了七條性命。

亡命之徒，當真亡命了。

King Kong簡直不敢相信剛才所發生的一切。

「黐線！」

在他眼前的，根本不是人類，而是一頭殺人怪物！

King Kong真應該趁他剛才殺人的短短時光逃亡，錯失了，就再沒機會。

他彷彿預見了自己被那頭怪物撕斷四肢的恐怖景象。

「——仆街黑社會！到．你！」

兩者的實力與氣勢相差太遠，King Kong猶像一頭被猛獸盯上的小鹿，想走，但雙腳卻不聽使喚，使不出力氣，連逃跑的本能也失去掉。

AV已站在King Kong面前，死亡的氣息籠罩，叫King Kong雙膝一軟，跪了下來。

「大哥……冤有頭、債有主，害你的人是雷公子……今天我只是奉命行事……我發誓會棄惡從善、改過自新，請放我一馬吧……」

AV沒回話，只一手抓住了King Kong的頭髮，把他慢慢拉起。

AV把King Kong拉高到跟自己平視，跟手中的獵物四目交投。

King Kong已被獵人牢牢抓緊、盯著，叫他全身抖震，極度不安。乾脆的死其實並不可怕，最可怕是等待死亡的來臨。

AV沒任何動作，只不發一言的望住他，似在欣賞著這頓美味主菜。太快吃下肚，太沒趣味了，AV要慢慢享受捕食的過程，要看清楚這頭獵物瀕死時的恐懼模樣。

King Kong當然也知道對方的用意，到了這個時候，求饒已經失去了意義，要存活，就得用盡所有力氣，死命做出反抗。

為了活命，King Kong向AV打出一拳。

不過在恐懼與死亡的巨大壓力籠罩下，King Kong的拳又慢又沒力量，輕易就被AV一手截住了。

AV把他的拳頭包在掌心，另一手同時出拳，打在King Kong的手肘關節上，啪嘞一聲，骨骼便穿出皮肉。

驚見手骨破體而去，King Kong又痛又懼，發出悽慘的狂喚。

「吔——好痛呀！」King Kong痛得面容扭曲。

慘叫聲並沒有喚醒AV的惻隱心，反令他更加亢奮。

接下來，將會是更血腥、更暴力的限制級情節。

King Kong瞧見AV的手按住了那根穿體手骨，已知大禍臨頭。

「大哥……不要這樣……」

「有沒有後悔跟隨雷公子？」

「很後悔！我真的很後悔！我發誓以後會做一個好人！我求你放過我！放過我呀！」

「懂得後悔，很好。」AV雙目吐出精光：「但已太遲了！」

一語甫畢，AV猛力一抽，便把King Kong那根手骨扯離肉體。

那種痛楚，已經超越了人體所能承受的範疇，痛得King Kong死去活來，在地下猛烈滾動。

「瘋子！瘋子！他媽的黐線瘋子！死變態！」

求饒試過了，反抗失敗了，死到臨頭的 King Kong 唯一可以做的，就是破口大罵，圖以發泄來減輕痛楚。

這又是一個大錯特錯的行為。

AV 把手中的骨頭弄斷成兩截，往 King Kong 的雙膝插下去，換來更巨大的嘶叫。接下來的五分鐘，King Kong 不斷在劇痛與死亡邊緣中輪迴折返，受盡慘絕人寰的折磨，才得以死去。

AV 從地獄回到人間，在浴火中重生，體內的血液再度燃燒。

對朋友，他可以義無反顧，捨命相隨；對敵人，他卻化身成為凶殘惡鬼，為他們帶來連場噩夢。

誰害過他，定會血債血償，百倍奉還！

下面傳來一陣急速步履，陳洛軍從樓梯走上來，看見眼下血肉橫飛的情境，先是一愕，再見藍男與 BB 無恙，心情終於定下。

「洛軍……我和 BB 都沒有事啊！」

不久前藍男還以為會跟陳洛軍陰陽永別，差一點，自己就會落在那班禽獸的魔爪中。能度過這一大劫，是幾生修來的福氣。

陳洛軍雖然不在現場，但也絕對能夠感受到藍男的恐懼，因為他在趕回來的路程上，腦海閃出了無數畫面。

藍男落入他們手中，連生性樂觀的陳洛軍也感絕望，沒想到回來後，會出現這個驚喜。

除此之外，還有另一更大驚喜。

「AV……」

是AV拯救了藍男與自己的孩子。

二人目光接上，沒有對話，卻可感到對方體內，正在熱血沸騰。

良久，AV終於吐出一句叫陳洛軍雞皮疙瘩、等待已久的話——

「返香港！」

——飛機上——

「喂，小子你別吵啦。乭咕咕～乭咕咕～」大概是起飛時的氣壓，惹得念祖哭個不停，陳洛軍根本拿他沒輒。

「讓我來吧，寶寶乖、寶寶乖，媽咪錫錫～」這次念祖居然連藍男也不賣帳，小鬼哭得更大聲。

有時看他們兩個新手爸媽雞手鴨腳、手忙腳亂的，蠻搞笑。

「AV，笑什麼笑，讓你來。」藍男把哭鬧中的念祖交到我手上。

下一秒，我覺得我實在太犀利了！在戰場上，我也沒試過那麼自豪。

念祖止住了哭，向我咧嘴而笑，然後乖乖地伏在我的胸膛上，閉起眼睛睡著了。

3.15

重整旗鼓

King Kong 事敗的消息，當晚就傳到雷公子耳邊。

由於己方無人生還，雷公子只能靠台灣的眼線提供情報。

那一晚之後，陳洛軍一家便在台灣消失，雷公子的眼線也無法得知他的下落。

雷公子還未知曉 AV 已跟陳洛軍會合，只以為 King Kong 之死是陳洛軍所為。

他認為，陳洛軍的能力比自己預期更為強大。

雷公子除了著力追尋陳洛軍的下落之外，暫時也沒有進一步行動。

至於陳洛軍身在哪裡？當晚他已跟 AV 及藍男祕密回港，並跟信一聯絡，相約在元朗會面。

信一跟狄秋表面仍然不和，雷公子並不會想到兩幫人暗度陳倉，故此信一認為在狄秋的地頭會合陳洛軍，較為適合。

狄氏家祠旁邊的祖屋內，信一跟狄秋正等待陳洛軍前來。

自從陳洛軍離港後，二人便沒有見面，信一一直期待著他們重聚的一天，因為他記得當日在機場禁區跟陳洛軍道別時，心裡曾默唸：當我們下次再見時，就是雷公子末日倒數的倒數。

期待已久的時刻終於來臨，而且連另一個兄弟AV也再次振作，信一真想快點跟他們見面。

外面傳來兩聲敲門聲，信一一打開門，便見陳洛軍、AV、藍男，還有他的外甥。眼前的陳洛軍，比他離港前更健碩，看來他在台灣的日子下了很大的苦功。

之後，信一的視點落在AV身上。

脫下面具的AV，擠出淺笑，但信一仍可看到笑容的背後，發生在他身上的悲慘故事。

那段經歷就如烙印留在AV的皺紋上。

這個男人，曾經獨自留在絕望深淵之中，就連他自己也以為永遠被鎖在無底黑洞裡面。

可幸的是，他最終也被救贖。

「信一哥，請問看夠了沒有呢？看夠了的話，不如先請我們進屋吧。」抱著兒子的陳洛軍笑說。

「進來啦！」

步入屋內，狄秋釋出善意，走到陳洛軍面前。

「跟你們介紹，這位是狄秋。」信一一笑，望向陳洛軍：「他就是陳洛軍了。」

「狄爺，幸會。」

陳洛軍從信一口中得知兩幫人和解的經過，雖然陳洛軍還有點在意狄秋曾經搭上雷公子，不過既然信一已原諒了他，狄秋也認了錯，那就無謂再把舊事記在心，一笑泯恩仇算了。

「你叫我秋叔可以了。」狄秋有點尷尬：「陳洛軍……對不起……」

「以前的事，不要記在心了。」陳洛軍善意一笑。

「嗯。」

自從跟信一和解之後，狄秋霸氣全消，現在的他，表面看來跟一個尋常的老人家沒兩樣。

信一雙眼發光望著陳洛軍手中的念祖：「給我抱抱。」

「你小心啊！」陳洛軍把念祖交給有點笨手笨腳的信一。

「行啦！」

信一望著手中剛醒轉的念祖，水汪汪的眼珠眨了一眨，模樣可愛極了，信一跟他眼神接上，居然莫名感動起來。

「外甥多似舅，這小子雙眼跟我一樣迷人，長大後一定是個大帥哥。」

念祖像聽得懂信一的話，發出嘻嘻一笑。

「很可愛啊！」信一已被完全融化了。

看著信一這個傻樣子，藍男也泛起了笑容。

AV伸手摸著念祖的小腦袋，念祖以小小指尖觸及AV的指頭。

「這小子連AV也不怕，有美色又有膽識，似我啊！哈哈……」

AV心想，信一當然不知道，念祖就是我重生的動力，若不是這個小小的生命體，自己很可能仍然一蹶不振。

是他拯救了我啊。

信一把念祖交給藍男，便開始談正事了。

信一把連日來發生的事情概括說了一次，得知來龍去脈的陳洛軍，即時得出一個結論。

「在造勢大會來臨前，逆鱗的性命暫時不會有危險。」陳洛軍續道：「在他的眼中，現在的『龍城幫』已不成氣候，對他全無威脅。他最在意的，是龍頭棍，那是『龍城幫』的幫會信物，只要得到了它，他便永遠可把『龍城幫』壓在腳下。」

「既然他如此重視龍頭棍，何不一早叫我拿去交換逆鱗？」狄秋不解。

「第一，勝利已沖昏了他的頭腦，他認為你已再無反抗能力，所以不急於一時。

他要在『青天會』再次樹立旗幟之日，由你親手送上信物，這是對『龍城幫』最大的侮辱。」

「到那時候，『龍城幫』將會淪為江湖笑柄，我和逆鱗更成為過街老鼠！」狄秋怒火上升：「殺死我們太容易，對他來說太沒快感，他要我們活受罪，要我們成為其他幫會的恥笑對象！」

「秋叔，別動氣。」信一拍拍狄秋的肩頭：「我們已洞悉了姓雷的詭計，又怎會讓他得逞！逆鱗是他的唯一籌碼，只要在造勢大會前救出逆鱗，雷公子再惡也無法逼你交出龍頭棍。」

「但……逆鱗一定藏身在一個祕密的地方，我們可有辦法找出來嗎？」狄秋不禁憂心。

「距離造勢大會還有一星期……」陳洛軍自信地說：「一星期已足可把江湖弄至天翻地覆了。」

陳洛軍沒有正面回答狄秋，但他看來半點擔心也沒有，似乎很有信心可以在造勢大會前尋找到逆鱗的藏身處。

到底他是想出了什麼法子，還是只是在穩定軍心？

「不用想太多，一切就交給我們去辦吧。」陳洛軍：「秋叔，信一跟你和解以及我回港一事，是個重大祕密，除了幾個自己人外，千萬別向任何人透露，否則給雷公子知道，讓他有了防範，這場仗就難打了。」

「嗯，我已吩咐了大成跟狄偉守住祕密了。是了……」狄秋欲言又止，對信一說：「跟你們接觸過後，我知道自己真的落後了，『龍城幫』如果一直由我掌權，一定會逐漸褪色，直至失去光彩……我認真想過，待事情結束後，我便會退下來，把龍頭之位還給你。」

信一知道，狄秋這番話是發自真心的。一間公司，如果想持續，是絕不能欠缺活力與朝氣，一旦老化，便返魂無術，只會一直走下坡。

狄秋是對「龍城幫」有感情的，之前因權力而喪失理性，冷靜過後，反省過了，明白有些機會在年青時候錯過了，到了垂暮之年才苦苦追求，得到了也沒有好結果。

「我明白你意思，不過我有個建議。」信一：「如果你不反對，我想『公司』之後行雙龍頭制。」

「我說過了，現在是年輕人的世界，我不想阻礙你們發展。」

「秋叔，你誤會了，你是『龍城』的開山元老，地位永遠在我之上，我又怎可能跟你平起平坐呢？」

「到這個時候還顧及我的感受，信仔對我真的很不錯了。」狄秋心想，然後又道：「那你想找誰跟你搭檔？」

「龍頭這個三煞位，除了要夠江湖地位，更加要有實力、有頭腦。」信一頓了頓，望著陳洛軍：「陳洛軍是很好的人選。」

陳洛軍沒有驚訝，表現淡定。能攀上幫會權力高峰，是很多古惑仔的最大願望，但對陳洛軍而言，只要能助信一再掌「龍城幫」便已足夠。

一旦當上龍頭，就有千萬種事項需要處理，「龍城幫」經歷了一場大劫，內部已五勞七傷，整頓軍心、重組架構、財政處理等都是當前急務。

解決了內部問題，就要重建「龍城幫」在江湖上的威信與地位。

陳洛軍雖有點小聰明，但這些年以來，他都是靠一腔熱血、一雙拳頭來建立自己的聲名與地位。

成為龍頭以後，他就得玩政治、耍手段，到了非常時期，更有可能要做一些情非得已的決定。

還有，陳洛軍現在已非身無長物，他有了家庭，有了下一代，很多時候都要顧及另一半的感受。

藍男嘛，她既然是江湖阿嫂，就知道有很多時候，都是一句老話：人在江湖，身不由己的。

信一是她世上最信賴的親人，他這一著一定有其原因，總之不會加害陳洛軍就可以了，其他的事，也不能干涉太多。

藍男的微笑，令陳洛軍心領神會。

「信仔，你的決定，我沒異議。雖然洛軍在『龍城幫』的日子尚淺，不過只要解決了雷公子，樹立了威勢，我想沒有人會反對。」

「嗯。」信一再一次尋求陳洛軍答覆：「你認為如何？」

他知道，信一這個決定，有遠見，也有點私心。

經過狄秋的篡位事件，信一明白，自己的個人能力有限，有可能抵擋不了強大衝擊。

雙龍頭就不同了，就算其中一人出了狀況，另一人也可鎮守，所以他一定要找一個絕對信任的人來「共享成果」。

陳洛軍無疑是最適合的人選。

事到如今，他也很難推搪了。

「好，解決雷公子之後，我便跟你一起，共掌『龍城幫』。」

提到了雷公子，AV臉上的肌肉不由自主地揪了一下。

他知道，造勢大會當天將會跟雷公子碰頭，了斷所有恩怨。

至於信一，他不但要打垮「青天會」、清除雷公子的所有勢力，更要讓全江湖知道，龍捲風的門生後人，個個都獨當一面，實力澎湃，誰也招惹不起！

3.16 團聚

跟狄秋會面過後，陳洛軍、信一、AV、藍男下一站來到果欄與大老闆見面。

大老闆在果欄一單位內來回踱步，焦急之情表露無遺。

「爸爸，你別那麼心急啦，他們已在前來路上，你在我面前走來走去也不會提早見到洛哥跟藍男姐的。」坐在沙發上，正在看電視的喵喵說：「我要看張國榮啊，別擋住電視啦！」

「爸爸想見新抱仔跟乖孫兒也不行嗎？」大老闆氣道：「他是你的侄兒來的，難道你不想快點見到他嗎？」

「想啊，如果像你這樣走來走去可以快點見到他們的話，我照做便是。」喵喵視線沒離開過電視螢幕。

「你現在眼中就只有張國榮，再沒有我這個爸爸了！」大老闆突然暴怒，關了電視。

「你幹什麼呀！」喵喵彈起身，嗔道。

「喵喵，你以前怎會如此大聲跟我說話。你變了，你真的變了……你明明喜歡華仔，怎會突然轉了口味？」大老闆摸著光頭，一臉苦惱：「唉……少女心事，但願我亦了解我也能知！」

「變的不是我，是你才對。」

「我變？我哪有變？我還是跟以前一樣帥啊！」

「你以前總把我鎖在房間，又不准我跟男同學接觸，是個專制的恐怖大魔王。」喵喵：「不過自從我死過翻生後，你對我就完全不同了，所以我現在才可以跟你隨心說話啊！」

「嘻嘻，原來是我變了。」大老闆露出少男般的害羞傻笑（很噁心），突然又激動起來：「說起來真是多得洛仔把我罵清醒，我才能痛改前非。所以啊，現在我把他當成親兒子般看待。」

「不過洛哥好像沒有承認過這段父子關係呢。」

「你知道嘛，兩個沒有血緣的人能成為父子，跟見鬼一樣都是講緣份。」大老闆無視喵喵的話：「洛仔是你大哥，他的兒子就是長子嫡孫。」

「說不過你。」喵喵已沒好氣。

門鐘響起，大老闆如小朋友迎接聖誕老人般興奮開門。

一打開門，失望極了。

「原來是你們。」

來的是十二少與吉祥。

「洛軍還沒到嗎？」十二少步入屋內。

「還沒啊，我等到花兒也謝了啦！」

大老闆正要把大門關上，梯級傳來了回應的聲音：「什麼花那麼易謝啊？」

一聽見那個熟悉聲音，大老闆雙眼立即發了光。

「寶貝仔！」

久違了的陳洛軍終於出現，大老闆咧嘴大笑，走上前熊抱著他。

「哈哈哈哈，哈哈哈哈，哈哈哈哈……」

大老闆笑得合不攏嘴。

「喂，你別一味對著我『哈哈哈哈』啦，你笑起來的樣子很可怕，我怕我的兒子今晚會做噩夢呀！」

大老闆的視線落在陳洛軍揹著的念祖身上。

「他就是我的乖孫兒？」大老闆眼泛淚光：「好趣致啊！」

大老闆故意擠出善良一笑（相當恐怖），挨向念祖。

「喂，別挨得那麼近，你會嚇怕他的！」陳洛軍皺眉。

「小乖乖，你感覺到嗎？」大老闆依然故我，全不把陳洛軍的話聽進耳內：「我感覺到啊！」

「你又感覺到什麼啊？」

「血濃於水的感覺喔！」

「你黐線！血什麼濃，於什麼水啊？就算你是念祖的乾爺爺也沒血緣關係的！」

「呵！你終於承認你是我的乾兒子了！」大老闆一臉得意的看著喵喵：「喵喵，你聽到吧！是他親口承認的，我沒強迫他啊，哈哈！」

「有時候真不知你是真傻還是假癡。」

經過一輪沒營養的對話後，陳洛軍等人便步入屋內。

再見陳洛軍，十二少終於從他的臉上看出那份自信。他記得一年前「龍城幫」爆發內戰，個個如困愁城，無法展顏，身上好像被一股黑氣籠罩，如何努力也走不出陰霾。

士別三日，陳洛軍連帶那份失去了的光彩，一同回來了。

還有AV，曾經失去了生存意義的人，靈魂一度墮落地獄。

經過千載紅塵，歷盡人間滄桑，AV終於從黑暗走出來，再次輪迴超生。

我們總會在某個時候，遇上令人喪失鬥志的事情，那就像一股暴風惡浪，任你有多強大的能力，也難以抵擋它的來襲。

別妄想可以憑個人之力死命頑抗，那只會被淹沒得更快。

能夠做的，就是在那段時間韜光養晦，等待風暴過去。

然後，再一次起步、再一次重生。

陳洛軍五子由互不相識，到結為出生入死的好友，又在種種的際遇下，走上不同的路途，南轅北轍。各自經歷了人生低潮，度過了一段逆境日子。

但他們之間的友誼，卻沒受時間與地域限制，只要一息尚存，這份情義也永遠不會磨滅。

風浪過後，今天又再走在一起了。

陳洛軍等人加上大老闆圍著圓桌坐下，抱著孩子的藍男跟喵喵則坐在另一邊的沙發上，逗弄念祖。

陳洛軍由台灣發生的事故說起，再由信一接話，簡略地把「龍城幫」大和解一事道出。

「這一年發生的事當真峰迴路轉，去年你們跟狄秋還勢成水火，到最後竟然再次站在同一陣線。」十二少。

「人生就是如此奇妙。」信一從口袋正想取出煙包，望了望不遠處的念祖，便收起來。

「信一哥好像把世情都看透了。」吉祥打趣說。

「不能說看透，歷練而已。」信一笑說。

「哼！說歷練，老子比你多上幾億倍呀！」一見信一，大老闆就忍不住挑釁。

「幾億？知道了、知道了，知你有幾億精蟲無用處了！」信一輕佻一笑。

「什麼無用處呀？只要我願意，香港小姐也肯自願跟我交配呀！」大老闆激動。

「噗……」信一本想強忍，但過了兩秒就憋不住爆笑了：「哇哈哈哈哈哈哈哈哈哈哈哈哈哈哈哈哈哈哈哈哈哈哈哈哈哈哈哈哈哈哈哈哈哈哈哈哈哈哈……」

「你笑什麼笑？」

「哇哈哈哈哈哈哈哈哈哈……」信一淚水也飆出來。

「不准笑呀！」

「大老闆，我服了你……哈哈哈哈哈哈哈……我認輸了，連香港小姐也垂涎你的美色，我不認輸也不行了！哇哈哈哈哈哈哈哈哈哈……」

大老闆氣得一臉通紅，突然彈起身來，吼道：「收聲！我要跟你打！」

「打什麼啊？我剛才不是認了輸嗎？你溝女神功天下無敵，我怎敵得過你？」

信一拭去淚水。

「起身！我要跟你打呀！」

陳洛軍把大老闆按下：「大老闆，信一只是説笑，你不要動氣啦。」

「我不是説笑啊，我是真心佩服他的。」信一取笑中帶欽佩地説。

陳洛軍瞥向信一，用眼神傳話：「別再惹他了！」

信一聳肩，終於肯收口。

經陳洛軍一番安撫，大老闆暫且消了氣，乖乖坐下來。

又一輪小學雞鬥嘴後，正式進入會議重心。

「我們要在『青天會』造勢大會前，把逆鱗救出來。」陳洛軍説：「你們認為雷公子會把逆鱗困在哪裡？」

「最安全的，當然是他們的地頭銅鑼灣。」吉祥想了想又道：「不過好像太正路，雷公子妄自尊大，目空一切……所謂最危險的地方就是最安全的地方，他很有可能把逆鱗藏在九龍城！」

「吉祥説得沒錯，我看過一些犯罪書，裡面解讀過一些罪犯的心態，有不少智慧型罪犯都中意把藏參位置放在受害者家人的附近。」陳洛軍有條不紊：「他們覺得自己的智慧凌駕於其他人，把肉參藏在附近，到釋放他一天，就可以讓全世界人知道，跟他作對的警察有多無能，同時彰顯自己的智慧及膽識。」

「照這樣分析，逆鱗藏身在九龍城的機會比銅鑼灣大。」信一撥了撥頭髮：「就當他真的藏在九龍城，那裡一定駐重人手，就算我們知道藏參位置，要救逆鱗，難免有一場血鬥。」

陳洛軍接話：「能救走逆鱗，當然理想，但萬一失敗，讓雷公子發現我們原來已跟狄秋和解，有了防範，之後就麻煩了。更重要的是，雷公子一怒之下，很可能會殺掉逆鱗。」

「所以救逆鱗的最好時機，就是造勢大會當天。」十二少首次開腔：「我們要兵分兩路，救逆鱗與進攻雷公子，要同步進行。絕對不容有失！」

「還有另一問題，現在九龍城已經被雷公子佔據，我方人馬一旦出現在這裡，一定會很快讓雷公子知道，所以這次就連尋找逆鱗位置也要不動聲色。」信一補充說。

「救參一事，到時由我跟吉祥執行。」十二少：「雷公子那邊，留給你們『龍城幫』吧。」

雷公子跟「龍城幫」的恩怨橫跨兩代，在情在理，都應該由信一、陳洛軍來處理。現在最大的難題是，如何可以知道逆鱗被藏在哪裡？

眾人思考著這個難題，似乎在短時間內也難以得到答案。

良久，陳洛軍打破了沉默。

「在宋人傑身上下手吧。」

「宋人傑？」十二少疑惑。

「他跟雷公子的關係建立於金錢與利益之上，並無互信可言。」

「宋人傑的確是最大機會出賣雷公子的人。」信一想了想：「不過既然他跟雷公子沒有互信，未必會知道藏參位置。」

「這就要他自己想法子了。」

「看你一副胸有成竹的樣子，你已想出方法利誘宋人傑？」

「沒啊。」

「哦？」

「不過每個人都有弱點，只要找到它出來，對症下藥，我就不信收服不了他！」

「哈，我就是喜歡你夠自信！」信一笑說：「有實力又有頭腦，『龍城幫』有你這個未來龍頭，一定會更上一層樓呀！」

此言一出，十二少與吉祥同感愕然，大老闆更加暴跳如雷。

「什麼？你要當『龍城幫』的龍頭！」

「這是信一的意思，解決了雷公子之後，我就會跟他共掌『龍城幫』。」

「共掌『龍城幫』？即是雙龍頭？信一哪有資格跟你平起平坐？」大老闆心急：「你要當龍頭，我大可把整個『暴力團』交給你！」

「你的好意，我心領了，其實『龍城幫』經歷了內戰後，需要時間重整架構及軍心，如果我拍拍屁股走了，豈非很沒義氣？」陳洛軍努力安撫。

「講義氣當然對啦，但也要看對手。」大老闆煞有介事瞄向信一：「我怕你不懂帶眼識人，被人利用了也不知。」

「對啊，當初洛軍就是沒帶眼識人，才被人家下了江湖格殺令，避走進九龍城寨，跟我成為出生入死的好兄弟！」信一一臉得意。

「你幹嘛翻舊帳？對於那次事件我已經悔疚過，相當痛恨自己，你為什麼要在我的傷口灑鹽？為什麼要一再離間我們父子倆的親厚關係？」大老闆指著信一：「你的心腸很歹毒啊！」

大老闆愛惜陳洛軍，總希望有一天他能回心轉意返回「暴力團」，如果他成了「龍城幫」的龍頭，那麼這個願望就難以實現了。

他對信一其實不是憎恨，而是妒忌。

「別動氣，別動氣，信一無心的，別記在心。」

「洛仔，老實告訴我，你還有沒有怪我？」

「都過了這麼久，我早已沒放在心上啦。」

「那麼，你為什麼不肯回來『暴力團』？」大老闆將問題帶回原點。

「我都說過啦，『龍城幫』現在需要我嘛。」

「那……如果有一天……」大老闆欲言又止。

「如果什麼啊？」

「如果有一天……」

「說啦！」陳洛軍不耐煩。

「如果有一天——**我跟信一同時掉進水裡，你會救哪個？**」

全場靜寂。

然後——

「哇哈哈！」

這一次撲克臉十二少也忍不住笑了。

連AV也都笑得全身抖動。

笑得最誇張的信一，直接倒在地下，抱著腰在左右翻滾。

「哈哈哈哈哈哈哈哈哈哈哈哈哈，他媽的，快要笑死我了！」

「有什麼好笑？」大老闆又尷尬又憤怒。

「好笑過周星馳啊！哈哈哈哈哈哈哈哈哈哈哈哈哈哈哈哈哈哈哈哈哈哈哈哈哈哈哈哈哈哈哈哈哈哈哈哈哈哈哈！」

「不准笑呀！」

「哈哈哈哈哈哈哈哈哈哈哈……我不行了！很肚痛！我要快窒息了！」信一雙手按著肚皮，笑翻天：「不用選了，洛哥，如果有一天我跟大老闆掉下海，不用理我，你先救他吧！如此出色的笑匠，死了實在太可惜啦！」

笑彎了眼的藍男，突然覺得，眼前這一幕跟當年陳洛軍出關後，跟信一等人在阿柒冰室商議作戰計畫的情境很相似。

不同的是，當年他們的敵人是大老闆。

如今大老闆已淪為大家的恥笑對象。

「笑夠了啦！再笑就翻臉！」

笑過了後，又再返回剛才未完的議題。

「洛仔，你剛才好像漏了我的位置。」大老闆一副摩拳擦掌的姿態，似乎很期待大戰之日：「上一次我拉肚子才會打輸，這一次一定可以轟爆那個邢鋒跟雷臭B！」

在陳洛軍與信一的角度，這一次想以「龍城幫」的旗號跟雷公子作一死戰，就算十二少也只是作為他們的輔助支援。大老闆參戰無疑打高一線，但陳洛軍偏偏不想。

況且，他們已有共識，雷公子一定要留給AV收拾，大老闆一旦落場，誰都無法控制，隨時壞了大事。

要說服大老闆不要參戰，並非易事，一個搞不好，他又往一邊亂想，以為自己是祕密武器，到最後還是走到戰場亂搞一通。

大老闆一心跟他們共同進退，要勸服他留下來，難啊！

信一等人的目光同時投向陳洛軍，把這項艱鉅任務交給他了。

「大老闆，你不可以跟我們走上戰場！」陳洛軍直截了當。

「為什麼呀？」大老闆又再激動起來：「我知道你不想我受傷，我答應你，由今日開始直到決戰當日，我都不會打邊爐，那你可以放心吧！」

「你誤會了，我不是擔心你的身體狀況，而且我有另一個任務交給你。」

「什麼任務？」

「這個任務，我相信全江湖……不、不，是全世界，甚至全宇宙只有你一人才可以做得到。」

「哦？那到底是什麼任務？」

「保護藍男和你的乖孫兒！」

「吓？你要我做保護證人組？」大老闆揚起一邊眉毛：「我覺得有點大材小用。」

「藍男是我的心肝，念祖是我的命根，他倆若有什麼意外，我也活不下去。」陳洛軍認真道：「雷公子一再派人對付藍男，上次若非AV出手，她已經落在他們的手上……我怕他死心不息，誓要捉到藍男為止。」

「雷臭B這死變態！我操他媽的祖宗十八代！」

「大老闆，除了你，沒一個可以令我放心。」

「放心！契爺保證，新抱仔和乖孫兒在這裡絕對安全！」大老闆拍心口：「寶貝仔，保護他們的任務交給我！」

有大老闆這一句，陳洛軍真的可以放心了。

藍男最擔心自己會影響到陳洛軍的狀況，如今有大老闆作保護，就是最強的後盾，陳洛軍便可以無後顧之憂——全力一戰！

陳洛軍、AV、信一、十二少與吉祥，體內的血液正在翻滾燃燒，五人也在期待著大戰之日。

雷公子是邪惡的根源，一日不除，對眾人來說都是一大威脅。這一次不但要把雷公子殺掉，還要把他整個派系連根拔起。

當這五個大男孩聚在一起時，就會產生強烈的氣場，有一種能抵千軍萬馬、能改朝換代的大能。

他們已隱隱預見大戰那一天的沖天火焰……

那團烈火，將會把「青天會」的旗幟燒成灰燼。

距離這一日，已不遠了。

——大老闆家——

眼前的場面，相當夢幻。

我們五兄弟，跟藍男喵喵念祖，居然會和大老闆一起同枱吃飯。像個大家庭般。

枱上的餸菜，是一人一味煮出來的：藍男煮滷水雞翼、洛軍燒叉燒、十二少蒸開邊蒜蓉蝦，我燜了最拿手的南乳豬手。飯後，還有大老闆親手切的愛心巨型生果盤。

突然，吉祥怪叫：「大家來看。」

他像是非常吃驚的，指著墊枱的報紙。

我趨前一看，原來是張陳年報紙，上面，印著一個鬚刨廣告。

吉祥結結巴巴：「這……這個……男 model……好像……」他看著我。

「像我？哈，的確是我。沒告訴過你嗎，我以前兼職做模特兒。」

3.17 十二少的殺著

三日後，在宋人傑身上發生了一件震撼事情。

這一晚他到醫院探望母親時，發現她不在這裡。

宋人傑最著緊母親，對於這次失蹤，宋人傑認定是雷公子所為。

「天義盟」的壽命已在倒數，加上母親身體欠安，他已無心戀戰江湖事。對於「公司」的未來動向也再無任何意見，每次開會也心不在焉，料想因此惹起雷公子不滿，對他做出一點「教訓」。

雷公子雖是個喪心病狂，但宋人傑並非罪犯彌天，故猜想對方只是來個小懲大戒吧。

步出醫院，宋人傑正想致電雷公子認錯之際，一輛停在馬路旁的跑車打開了門。

「宋人傑，上車。」

宋人傑步前，彎腰一看，坐在車子裡的人赫然是十二少。

十二少跟信一等人同氣連枝，他無故找上來，似乎沒什麼好事，一時間，宋人傑也不知如何是好。

「你還想見你母親的話，就給我上車。」

「？」宋人傑即刻步入車內：「你捉了我母親？」

「沒錯。」十二少踩油門。

「你別亂來呀！你們跟雷公子的恩怨與我無關，更加與我母親無關……」

「一句無關就想撇清關係，世上哪有如此便宜的事？」十二少冷冷說：「雷公子壞事做盡，我好友那個未出世的兒子也是給他害死，你跟他合作，就算準了有一天會橫屍街頭吧。」

「好好！就算我跟他搭上了是做錯了，也是我宋人傑個人問題，你要復仇找我好了，別為難老人家！」

「想不到你也挺孝順。」

「別廢話，你要怎樣才肯放過她？」

「你放心，殺人父母此等行為，不是我們的風格。」

「那麼你到底想怎樣？」

「我想做件好事，為你母親延壽續命。」

「你說什麼？」

「令壽堂她患了末期癌症，留她在醫院，跟等死無異，所以今早我已把她送往泰國，求見白龍王。」

人稱生神仙的白龍王，曾經為多名絕症病人祈福續命，相信與否也好，反正得到他施福的人都能比預期活得久。

問題是，能夠獲白龍王接見的，都是非富則貴、有頭有臉的名人，十二少就算在香港混得再好，也只不過是名古惑仔，又如何能取得求見機會？

宋人傑即時生出這個疑問。

「我知道你想什麼，憑我一個十二少，白龍王當然不會賣我帳，但如果賀新出面的話，那就不同說法了。」

一言驚醒，賀新跟「龍城幫」關係友好，有他出手，一切就易辦。

「你為何要幫我？」

「開門見山，我要你告訴我逆鱗的藏身之處。」

「逆鱗是狄秋的人，何以十二少要插手此事……」宋人傑腦袋急轉，心想：「唯一解釋，就是他們已跟信一和好，而信一又不便出面，所以就派十二少出來。」

宋人傑雖然對雷公子沒好感，不過一旦讓他知道跟十二少暗度陳倉，後果實在難料。

「雷公子作風如何，你們也見識過了，這次如果我幫了你，若給他發現，就算有十個白龍王也保不了我的命啊！」

「你也知道雷公子是瘋的，你留在他身邊，早晚也要死。」十二少徐徐道：「看你能待到中秋，還是新年？」

宋人傑並不是蠢材，他也認同十二少的話，留在雷公子身邊，又豈會有好下場？只是要離開也要等待一個好時機，否則惹怒了他，後果也是難料的。

「我知道雷公子已把『天義盟』鵲巢鳩佔，我更知道他會在下星期搞造勢大會，這天之後，江湖就再沒有『天義盟』，雖然你凡事錢字當頭，但我想你也不會希望『天義盟』滅在自己手上吧？」

「你也跟雷公子交過手，也該知道他的處事手法。」宋人傑語帶唏噓：「被他壓在底下的感覺你以為好受嗎？每次被他當眾侮辱，我也很想反抗，也很想跟他翻臉，但奈何我已跟他搭上了，有什麼法子？」

宋人傑大概做夢也沒想過，自己竟有一天會向十二少吐苦水。

當一個人對前路感到茫然、找不到出路的時候，就需要找一個傾訴對象，把悶在心裡的事情訴説出來。

十二少雖跟自己不是朋友，但宋人傑最少知道，他絕非是個陰險小人。

「如果我給你一個奪回『天義盟』的籌碼，你有否膽量去賭這一局？」

「？」

對於一個瀕死的人來說，沒有任何話比「再活一次」更加吸引。

「不怕告訴你，我會在雷公子造勢大會當晚，來一場大龍鳳。」十二少字字鏗鏘：「我要把他的旗號一網打盡，永不超生！」

「你清楚雷公子的實力嗎？」

「比你更清楚。」

「那麼你……有多大信心？」

「百分之一百。」

十二少不是個愛吹噓的人，他說得如此有信心，想必已有部署，更大的可能是，「龍城幫」的人將會全力出擊。

整段對話中，十二少也沒有提過「龍城幫」，反而令宋人傑覺得，這場戰爭跟「龍城幫」脫不了關係。

留七分清醒以度生，留三分癡呆以防死。宋人傑清楚，什麼事情不該問，什麼事情不該說。在適當的時候裝蠢扮傻，絕對可以活得更久。

把雷公子連根拔起，對此刻的宋人傑來說無疑是個天大喜訊。

只要雷公子死了，「天義盟」又會再次落入宋人傑的手上，之前在雷公子身上賺回來的錢，更加可以袋袋平安，太划算了。

「我可以跟你合作，但問題是，我也不知道逆鱗被藏在哪裡。」

「你宋人傑詭計多端，要在幫會中找一個人的下落，又怎難得倒你？」

「嘿，你太抬舉我了。」

「世上沒有免費午餐的，你要奪回『天義盟』，自己也該出點力。」十二少：「還有一事，我必須要你答應，事成之後，你可以繼續當『天義盟』的龍頭，不過你們從此附屬『架勢堂』。」

附屬「架勢堂」，說白一點，就是要把「天義盟」的利益重新分配。

這個條件無疑辣了一點，但相比起一無所有，尚可接受。

「讓我考慮一下。」

「好，我等你答覆。」十二少：「待所有事結束後，我保證你們可以母子團聚。」

十二少把宋人傑母親留起來，是為己方買個保險。萬一宋人傑突然變卦，也有籌碼在手。

下車後，宋人傑在屋苑附近逛了一圈又一圈，他不斷消化剛才跟十二少的對話，又為大戰後的不同結局作預測。

十二少一方打勝仗當然是最理想，若然他輸了，又會如何呢？

讓雷公子知道自己出賣他，又會怎樣呢？

會是死路一條啊！

但一直留在雷公子身邊，失去尊嚴的活著又有意義嗎？選擇當一頭狗，雷公子會一直「善待」自己嗎？

不會，任誰都知道，看門狗，從來都是當權者政治的工具，當失去了價值，就會被棄用。

但以雷公子的作風，並不會就此放過宋人傑，只會把他如狗般畜養，閒來無事就來踐踏他的尊嚴，永世把他壓在腳下。

當不滿與委屈等負面情緒攀升到一個點，即使一直視尊嚴如無物的人，也會生出反抗的意志。

宋人傑那顆反抗的心，已經在躍動了。

不過，背叛雷公子始終不是一件小事，他還得好好考慮清楚，斷不可隨便下決定。

宋人傑思潮起伏間，電話卻在此時響起。

「喂。」

「廢柴，我是雷公子，半小時後在港澳碼頭集合。」

「啊……」

宋人傑還未有機會問話，雷公子便已掛線。

跑慣江湖的宋人傑依稀覺得，不會有什麼好事發生。

3.18 雷公子的溫馨密室

除了宋人傑，B輝、鱷魚、士撻、虎青等人亦接到雷公子的通知，夜赴澳門。

一到澳門，他們被安排坐上一台小型貨車，然後蒙著雙眼，開始這一趟神祕旅程。

車子開始走的是平路，後來顛簸起來，眾人也不知道目的地在哪裡，更加不知道雷公子何以把他們召集過來。

被蒙著眼，又不知道前往哪裡，難免會有點兒緊張。

畢竟雷公子是無惡不作的狂人，誰又知他會否想出了什麼邪惡點子。

不過雷公子正值用人，應該不會對他們不利吧？

眾人當中，宋人傑最為擔憂，私通十二少一事萬一被發現了，後果絕對不堪設想。

一想到雷公子的殘忍手段，宋人傑便感到膽戰心驚，未到目的地已經汗流浹背。

背後像有一隻惡獸盯著自己，叫他甚感不安，渾身顫抖，卻又無從逃避。

不足一小時的車程，宋人傑卻像經歷行刑般漫長。

車停下，眾人仍未可以解下黑布，一個跟一個被領著往前走。

他們雖然被蒙著眼睛，但卻知道進入了一個室內的空間，在這裡拐了幾個大圈，又沿著一道梯級往下走，一路走，直到平路，再穿過一條長長的路徑……

蟄伏在黑暗的惡獸，一直緊隨著宋人傑。

愈走愈近，等待機會，向前噬咬。

在黑暗中左拐右轉，加上無形的恐懼與壓力，弄得宋人傑的思緒一團糟，已不能好好思考。

正當宋人傑腦海一片迷糊，想不出任何東西來之時，便有人為他們脫下蒙眼黑布。

他們被領到一間房間。

「辛苦各位了！」

眾人雙眼未能適應光線，一時間難以視物，但卻認得這個聲音是屬於雷公子。

當雙目回復視力後，他們發現自己正身處一間約百多呎的昏暗房間。

房間並無特別，但不知何故，身處這裡，卻有一種叫人坐立不安的氣氛。

一身大汗的宋人傑，尤其緊張。

「各位手足兄弟，這段日子辛苦大家了，為答謝你們對『公司』的付出與支持，我今晚會送一份大禮給大家！」

聽到雷公子此話，宋人傑不禁舒一口氣，起碼他知道，雷公子應該沒發現他曾跟十二少會面。

但轉念又想，邢鋒是雷公子的心腹，要是有什麼大禮，又怎會沒他的份兒？

在場只有宋人傑暗感憂慮，其他人一聽到有禮物收，立即笑逐顏開，剛才的疑慮一掃而空。

「要大家遠道而來，這份禮物當然不會隨隨便便。」雷公子伸出舌頭，舔唇：「接下來你們將會看到一個特備節目，整個過程，你們也可以參與其中，絕對是一次有趣、好玩又刺激的奇妙體驗。」

雷公子說得甚是興奮，露出了一張狐狸臉，宋人傑看在眼裡，愈發心寒。

「要當這節目的現場觀眾，入場費最少也要一百萬，身份更要經過嚴格審核，真是有錢也未必可以買到入場券！」雷公子獰笑著說：「所以啊，你們是很幸運的人。」

看著雷公子的恐怖笑容，宋人傑可感到，接下來的「奇妙體驗」，絕對不是什麼好東西。

「相信大家也很心焦、很期待呢，我也不賣關子了，即刻為大家獻上——雷公子的溫馨密室！」

語畢，前方亮起幾盞大光燈，眾人透過面前的玻璃，瞧見細小的空間中央坐著一個手腳被上鎖的女人，神情十分驚慌地左右張望。

「這是單面玻璃窗，只有我們看得見她，她看不到我們的。」雷公子敲敲面前那片玻璃，笑了笑，又道：「除了我們之外，同時間還有其他觀眾參與這場精彩節目。」

女人前後左右都被鏡子包圍著，每一面鏡子的後面，正有不同的眼睛盯著她。

「未正式開始之前，我要告訴你們，以下是個非常精彩刺激的互動節目，雖然隔著玻璃，但你們是可以透過這東西親身參與。」雷公子拿著一個咪高峰說道：「跟我們一起玩的，都是社會上的富有人士，有的更是名流大亨，所以待會大家不用害羞，盡情玩，盡情開心就可以了。」

雷公子伸手入褲內，擼動下體，焦急之情在臉上呈現出來。

「還沒開始，我已很亢奮了，哈哈哈哈……」

笑聲未盡，密室內其中一面鏡子打開，一名上身赤裸、體型結實、頭戴摔角手面罩、下身只穿一條貼身內褲的大漢，雙手推著一張手術桌，走到那女人的旁邊。

摔角大漢望了女人一眼，然後徐徐地把手術桌上的布塊揭開。女人一看，臉容便失控地扭曲，淚水奪眶而出。

布塊上整齊地放滿不同的手術用具，還有一些不知有何用途的「器材」。

「求你們放了我……我發誓可以當作什麼事都沒發生過……」

慘絕的哀求當然不能令雷公子產生半點憐憫。她表現得愈驚慌，雷公子便愈感興奮。

「來來來，事不宜遲，房間A的朋友，你可以開始啦！」

接下來，一個經過變聲器發出的聲音從密室響起。

「小手術刀……尾指。」

此言一出，宋人傑等人無不感到訝異，只有雷公子以極度高漲的情緒期待著之後要發生的事情。

摔角男便執起手術刀，按照指令……

在場的雖然都是十惡不赦的惡人，但也從未試過這種體驗，一時間也不知如何反應，只覺得眼下景象很不真實。

這只是前奏，接著的尺度一再挑戰官能，連鱷魚此等狂人也差點看不下去，反而士撻臉上的肌肉抽搐了一下，嘴角泛起了殘忍的詭笑，似乎很對胃口。

至於另一惡人虎青，起初還有點愕然，但很快便已接受，而且覺得很好玩。

「到我們了！哈哈！」雷公子摩拳擦掌，對著咪高峰說：「我最愛的玩意，有眼無珠……」

冷血的一句話，叫女人失控抓狂，猛晃身體。

摔角漢開始動手……

宋人傑一直闔起雙眼，不敢直視。

虎青強裝鎮定，但心底裡卻是覺得這玩意兒很有趣、很刺激。

B輝、鱷魚冒起了冷汗。

士撻甚是回味。

「人人有份，別客氣，到你們啦！」雷公子望向宋人傑：「宋人傑，你先來。」

「好……好……」宋人傑走到雷公子身旁，對著咪高峰說：「打……」

「打什麼？」雷公子不耐煩。

「打……我棄權……可以嗎？」

「什麼？你知不知道幾多有錢人想參與也沒機會！你棄權？」

「我想像力沒你那麼多……想不出什麼其他手段了……雷公子……你就放過我吧……」

「你簡直無藥可救！」雷公子拍了宋人傑的後腦一下，然後望向士撻：「士撻，你玩兩次！」

除了士撻與虎青外，其他人實在不太想參與，但不出手就會惹起雷公子不滿，故只好收起僅存的人性，當一頭嗜血狂魔。

特備節目結束後，當晚各人也帶著不同的心情回港。

有人心有餘悸，一闔起眼就瞧見那女人的淒慘模樣；亦有人相當回味，像挑起了底裡的殘酷獸性，一發不可收拾，很想再嚐殘殺的滋味。

不管是惶恐與亢奮，經歷這一夜的人都不能入眠。

他們也有同一個疑問，雷公子的動機是什麼？

單細胞的虎青認為，雷公子勝仗連連，自覺居功至偉，得到特別的獎勵，是天經地義的事。

較有腦袋的B輝和士撻卻看深一點，他們認為，雷公子表面是給他們作獎賞，實際是要讓他們知道，我雷公子是沒人性的，出賣我及與我為敵者都沒有好下場。要他們乖乖地留在他身邊，對他忠心不二。

他們的想法一致，既選擇了與魔同行，便不要妄想可以走回頭路。

頭腦最靈光的宋人傑，則發現最核心的問題，雷公子不但是瘋子，更是一個喪心病狂，跟隨這種人，無論你如何忠心，最後都不得善終。

雷公子想威嚇他們，又怎會猜到，反令最膽小的人離心更重，加強了宋人傑的背叛決心。

3.19

計

想了一晚，第二日宋人傑致電十二少，答應跟他合作。

接下來，宋人傑就要想法子查探逆鱗的下落。

宋人傑雖不清楚逆鱗被藏在哪裡，但卻知道藏參處由士撻及他兩名手下輪流看守。

當晚宋人傑便約了士撻，像他這種笑裡藏刀的老油條，自然有其辦法在對方身上套取資料。

宋人傑相約士撻在九龍城區一露天大排檔見面，士撻遲了半小時才出現，明顯不把宋人傑放在眼裡。

「龍頭，約我出來有什麼好事呀？」士撻穿了一雙人字拖，昂首闊步，一副目中無人的樣子。

「不是一定有要事才能找你吧，大家聯絡一下感情不可以嗎？」宋人傑堆起了笑容。

「聯絡感情？」士撻一屁股坐在宋人傑對面，一臉狐疑：「我加入『天義盟』後，你好像也沒跟我說過什麼……怎麼突然約我出來？」

「其實我早已經留意你。」宋人傑笑道：「邊吃邊說吧。」

桌上放滿了鮮鮑魚、象拔蚌、巨大帶子、龍蝦等貴價火鍋食材，士撻看見已垂涎欲滴，老實不客氣，把大量食物放入鍋子裡。

宋人傑便為士撻斟酒，一杯又一杯，之後便隨意說說「公司」最近的事兒，不著邊際閒聊起來。

酒過三巡，酒精開始發揮效果，宋人傑要出招了。

「再過幾天，『天義盟』便完成歷史任務，我這個龍頭要功成身退了。」宋人傑苦笑：「以後是你們新一輩的世界啦。」

士撻笑了一聲，受用非常，他以為宋人傑自知幫中的地位早晚不保，所以巴結自己。

「傑哥，你真會說笑，『公司』有雷公子、邢鋒這兩個大人物，又怎會是我們這些後輩的世界了？」士撻的「謙虛」連三歲小孩也騙不了。

「雷公子志在打擊『龍城幫』以及樹立『青天會』的旗號，根本無意在香港黑道發展。」

「他花了那麼多錢，又招攬了那麼多人手，一定想在此幹一番大事，又怎會無意發展？」

「你也清楚雷公子的脾氣吧？為求達到目的，可以不計任何後果，甚至開罪賀新，退出賭業也在所不惜。所以他根本就不在意金錢，只在意『龍城幫』的存亡。如今『龍城幫』已四分五裂，不成氣候，最大的對手已經沒有了，你以為雷公子會一直搞下去嗎？」宋人傑一口氣說：「雷公子是個好勇鬥狠的人，他的狠勁因為跟信一互鬥而變得強大，鬥得愈狠他就愈興奮、愈有動力，當『龍城幫』倒下了，『青天會』抬頭之後，我相信他就會失去了當日的鬥心，也懶理幫會的發展。」

宋人傑這番話似乎不無道理，士撻未及消化，他又繼續說下去。

「所以很快雷公子下放權力，把『公司』交予有能力的。」宋人傑煞有介事：「邢鋒無意管理幫會，虎青、鱷魚空有蠻勁，並非管理層的材料，依我看啊，你跟B輝最有可能成為雷公子真正的接班人。」

宋人傑的話，的確令士撻內心一陣飄飄然。自大的士撻從沒有懷疑過自己的能力，經宋人傑一說，簡直有種一言驚醒的快意。

宋人傑有意無意把B輝拉下來，無非是令這番話沒那麼明顯，這又是一著高招。士撻從不把B輝當成一回事，所以他幾乎已認定自己是「公司」的未來辦事人。

酒精令士撻變得鬆懈，內心的喜悅完全在面部表情中反映。

看見士撻的滿足神情，宋人傑心中暗笑。他說那麼多，目的只是令對方的戒心減低。

接下來士撻毫無防範，跟宋人傑痛快暢飲。宋人傑順著對方的喜好，話題不絕，不時誇讚一下。

士撻警覺性大降，宋人傑便趁機為他不斷斟酒，一杯又一杯，士撻已大有醉意。

沒多久便完全失去正常的思考能力。

「士撻，你沒事吧？你住哪裡？我送你回去。」宋人傑攙扶著士撻。

「不用你送……我自己懂得回去……」

一身酒氣的士撻，甩開宋人傑，拖著蹣跚步履往前走。

一路上，士撻跌跌撞撞，碰到了路人，都會破口大罵一番，又不時吹噓自己將會是九龍城的領導人。

酒醉了，卻更加囂張跋扈，不可一世。

好不容易，二人來到區內一棟工業大廈，乘電梯到達目的樓層後，宋人傑繼續扶著士撻。

士撻在樓層繞了幾圈，終於在一單位門口停下。

「開門！」士撻猛按門鈴：「士撻哥回來了，快給我開門！」

一名門生從單位內打開門，宋人傑便放開他，由他步入單位內。

「你扶住他。」宋人傑說：「他喝得很醉呢。」

門生扶著士撻，正為宋人傑的出現感到疑惑之際，他已經轉身走了。

宋人傑倒也精明，明知進去會有可能被對方懷疑，故此把士撻送到門口自己就走了。

其實如果再保險一點，宋人傑應該從遠處目送士撻，知道他停留在哪個單位就算。

不過這樣就無法確定逆鱗是否藏身在這裡。

剛才他停留不過一陣子，但就在門生把大門打開的電光石火間，宋人傑已瞧見單位內有一個被黑布蓋著的籠子，他推斷，逆鱗被困在那籠子裡。

之後宋人傑便致電十二少，把剛才的事情如實告之。

「大家認為如何？」十二少掛了線，望著面前的信一與陳洛軍說。

果欄內，陳洛軍與藍男的住處，暫為十二少等人的臨時會議室。

「我認為宋人傑這次值得相信。」陳洛軍。

「宋人傑並不蠢，他也知道留在雷公子身邊早晚都沒有好下場，所以他是希望我們可以打勝仗的。」

「你倆覺得逆鱗藏身在那棟大廈的機率有多大？」十二少。

「應該有七成以上。」陳洛軍：「事到如今，我們也只好相信直覺，順著去吧。」

信一心道：「哥哥，你在天有靈，保佑我們可以把逆鱗帶回來。」

「這段期間，我和信一要繼續保持低調，到了那一天才可以正式出手。」陳洛軍：「十二少，大戰當天我們『龍城幫』會總動員出擊，營救逆鱗的事要拜託你了。」

「我保證，只要逆鱗在單位裡面，一定會把他安全救出來。」

為免打草驚蛇，三人暫時按兵不動，決定在造勢大會當晚，兵分兩路，一方面由陳洛軍信一帶領，正面衝擊雷公子。另一方面，十二少與吉祥就進行營救逆鱗行動。

散會後，單位內只留下陳洛軍跟AV。

會議期間，AV並沒有發表意見，因為嚴格來説，他不是江湖人，他關心的，只是復仇的事情。

「AV，我知你想什麼，放心，姓雷的人頭一定留給你。」

「嗯。」AV沉默了一會：「多謝你把我從台灣帶回來。」

「要説多謝的應該是我，若不是你出手，藍男和念祖相信已經死了。」

「做兄弟，有今生無來世，哪計得那麼多？況且如果要計，就要我跟你在城寨相遇那一日計起了。」

AV輕笑，可笑容背後盡是滄桑歷練。

「如果救不到逆鱗，到時候打還是不打？」AV。

這個問題，剛才AV一直想問，他並非關心逆鱗的生死，他只擔心到時逆鱗還在雷公子的手上，信一會否因此而受制於雷公子？

「信一他們立場如何，我管不了，我只知道，當日再沒有任何事情能夠阻止你殺雷公子！」

哥哥的兒子當然要緊，但這一戰關係重大，一旦落場便不能猶豫，否則被雷公子壓住了，輸掉氣勢，那就不好了。

所以陳洛軍知道，無論如何都不可以被任何事物影響到自己的決心。

萬一救不出逆鱗，那就唯有祈求哥哥在天有靈，保佑他的兒子度過這一關吧。

AV太慘了，若不能復此大仇，生生世世都會在痛苦的輪迴下度日。

只有親手殺敗雷公子，小優的靈魂才能安息，AV才可能繼續活下去。

作為AV的好友，陳洛軍已決定當日無論出現任何狀況，都不能阻止他們同行殺敵的決心。

就算犧牲逆鱗，也在所不惜。

「來，碰一杯。」

陳洛軍表明立場，AV沒有婆媽答謝，只用上最直接的動作道出感謝之情。酒樽交碰，二人把啤酒灌入喉嚨，在大戰前夕痛飲一場，為我們兄弟倆的一致決心乾杯。

然而，陳洛軍哪會想到，當日會出現意想不到的變數，令他的殺敵決心出現動搖。

3.20 青天會

烈日當空，無風無雲。

沒有任何山雨欲來的氣氛，也沒有狂風雷暴的戲劇效果。

很好的天氣。

今日，是雷公子期待已久的大日子。

站在天台上，腳踏城寨，俯瞰著眼下景色，雷公子心情從未如此舒暢。

他一臉躊躇滿志，雄心萬丈，彷彿已把眼下的整個九龍城握在手中。

城寨建築特殊，大樓與大樓貼近得幾乎相連，驟眼看下去猶似一個巨大空中廣場。

雷公子利用了這裡的地理環境，在幾棟大樓天台筵開數十席，作為樹立「青天會」旗幟的重要場地。

今晚過後，再沒有「天義盟」，也沒有「龍城幫」，香港江湖將要來個大洗牌，以後「青天會」就是上天下地、唯我獨尊的第一大幫。

雷公子難掩喜悅，一想起狄秋那失魂落魄的焦急樣子，他就禁不住由心發笑。

站在他身旁的邢鋒卻維持一貫漠然。

「邢鋒，怎麼總是繃緊著臉？你不為我高興嗎？」

「今天是你的大日子，我又怎會不高興？只是，我習慣了無時無刻都提高警覺。」

「狄秋那老頭手上無強將，連他的寶貝兒子也在我手上，他就如一隻被我折斷了四肢的蟑螂，只要我動一指頭就可以把他捻死！何用擔憂？」

「令我憂心的人當然不是狄秋……」

「你擔心信一會出現？」

「還有陳洛軍，他在台灣突然失去蹤影，我覺得他已經暗中回港。」

「信一、AV、大老闆也非你敵手，有你在場，有什麼需要擔心？」雷公子信心十足：「況且我有祕密武器在手，他們若出現，我保證他們會跪在地上，任我宰割。」

「哦？」

雷公子胸有成竹的樣子，似乎全不把信一當成像樣的對手。

他所說的祕密武器連近身邢鋒也不知是何物。邢鋒不禁在想，到底雷公子是托大，還是真的掌握了什麼驚人事物？

「我已跟『大龍堂』、『四海幫』、『忠義會』等幾個社團達成協議，他們之後會歸邊『青天會』，以我們為首。」雷公子輕視一笑：「世界上所有人都是看利益的，我答應他們之後一起打江山，打回來的地盤，五五平分，打仗所有的費用由我方負責，即是說，他們不用一分一毫，就可以得到更大利益。」

雷公子從來都不吝嗇金錢，他認為只要有花碌碌的銀紙，世上便沒有辦不到的事情。

如日方中的他拉攏到各大幫會，決意延續震東未圓的夢，在江湖上興風作浪。再過一陣子，城寨便會遭清拆，重奪九龍城寨只是意識形態，只為亡父出一口烏氣。

雷公子的計畫是，先打「暴力團」，再滅「架勢堂」，之後便逐區殺下去，直至打到一統黑道，制霸江湖為止！

今晚過後，雷公子就會正式以「青天會」的旗號，展開其黑道大業第一章。

晚上八點，各路人馬開始踏入城寨。

與此同時，十二少與吉祥已在工業大廈附近，準備營救逆鱗。

工廈某單位，一室窗戶全版黑布密封，大廳中央，逆鱗雙手被反鎖在椅背，一臉瘀傷，鼻孔還流著血。

「你也挺挨得，打了你十分鐘，連我拳頭也感到痛楚你還不哼一聲，犀利！」

士撻摸著右拳對逆鱗說：「跟你相處了十幾天，你今晚就要走了，臨走前，雷公子叫我好好招待你，但你一點也不感痛楚，我很難向他交代呢。」

「要殺就殺。」

「你知道嘛，你的命是很重要的，怎可以隨便就說死啊？」士撻亮出一把水果刀，不懷好意地笑著：「不如我們玩個遊戲，猜猜你接下來，你身上哪部分會脫離軀體？」

士撻二話不說，把水果刀戳入逆鱗大腿。

逆鱗繼續強忍。

皮肉之痛不能令逆鱗叫痛，士撻大感沒趣。

「果然能忍。」

三日前士撻在澳門玩了那個殘殺玩意後，意猶未盡，上了癮。看他不懷好意的表情，就知他要在逆鱗身上延續那邪惡玩意。

逆鱗雖然知道即將要面對痛苦酷刑，但雙目仍好比猛虎，炯炯有神，盯著士撻。

士撻非常討厭被盯著，明明自己處於強勢，沒理由會被對方嚇唬。

他走到逆鱗身後，手起刀落，在逆鱗的食指指頭上，劃了一道口子。

刀鋒前後拖拉，傷口愈割愈深，指頭被割開兩邊，皮肉分離。

逆鱗劇痛，仍不哼一聲，咬緊牙關。

「就不信你不怕痛！」

士撻抓住那片連著皮肉的半邊指頭，發力一扯，把那片皮肉強行撕離肉體。

「吔——」

十指痛歸心，逆鱗再能忍，也終於忍不住發出慘叫。

「哈哈，還以為你是鐵鑄，原來也會痛、也會叫。」士撻把撕下來的肉片掉在逆鱗臉上。

「你最好爽快殺了我，否則……」逆鱗目光如炬：「我一定會報復！」

逆鱗的話極具威嚇，士撻真想一刀把他刺死。不過雷公子說過要留他一命，士撻豈敢胡來？

「為何不動手啊？不是連殺我也沒膽量吧？」逆鱗訕笑：「我知道了，一定是雷公子不許你殺我吧！你這種看門狗當然不敢抗命啦。」

士撻氣得答不上話，只能緊握著刀柄，跟逆鱗對視。

「怎麼不出聲？給我說中了吧！看你像什麼，連個動彈不得的人也把你嚇唬，叫你殺我又不敢下手，頂多只能做些微不足道的小折磨，還有什麼伎倆啊？儘管拿出來啦，不過你要記住，今日你怎麼對我，我必定雙倍還給你！」

逆鱗的眼神相當淩厲，不是隨便說說就算。

士撻突然進退維谷，既不能下殺手，再折磨他又怕日後會被算帳。

「不知所謂的廢柴！」逆鱗鄙視著士撻。

「你雙眼好討厭！」士撻決定動手，提起刀，朝逆鱗臉上刺去：「我幫你挖它出來！」

十二少與吉祥已在單位門外。

他們找了個開鎖師傅靜悄悄地把大閘的鎖打開。

吉祥提起手中的大鐵鎚，猛力一踹，破開大門，衝進去救人。

單位內不見逆鱗，只見一人正在看色情電影。

地上有一個空著的鐵籠，跟宋人傑形容一樣，看來收藏逆鱗之處會不時變更。

「逆鱗在哪？」十二少一瞪那男人。

男人立即拿起身旁的對講機：「士撻哥！十二少來救……」

吉祥反應好快，上前奪去男人手上的對講機，然後把那他踢開。

「士撻，放了逆鱗！」

士撻正要對逆鱗施以酷刑，卻傳來吉祥的聲音。

士撻先是一驚，過了兩秒才定下神，知道吉祥應該去了另一單位。

「吉祥，你別這麼大聲呀，我一驚就會失控，失控就不知會發生什麼事！」士撻對著對講機：「你是不是想幫逆鱗收屍？」

明知逆鱗在對方手上，卻束手無策，吉祥當下急了。

最麻煩是，事情曝了光，士撻若通知雷公子的話，後果就不堪設想。

另一邊廂，陳洛軍、AV跟信一等人已蟄伏在九龍城，只要收到十二少救出逆鱗的消息便殺上城寨。

可等了又等，卻仍未有十二少的消息。

復仇心切的AV快要按捺不住……

3.21 救逆鱗

情況危急，幸好十二少臨危不亂，望向窗戶，眉頭一緊，似乎想出了什麼法子。

十二少奪過吉祥手中的對講機，走近窗口：「逆鱗，想辦法撞向窗口！」

十二少不知道逆鱗的處境，若他被困在籠子裡，根本沒可能脫身，但此際已到了刻不容緩的時候，怎樣也要搏一搏，成功與否，就是看逆鱗的命數了。

事實上逆鱗並沒有被困在籠中，只有手腳被鎖在凳上。

逆鱗知道機會只有一次，錯失了，就繼續淪為雷公子的把柄。

他這種人，天生硬性子，寧死不屈，想也不想便發力一蹬，連人帶凳撞向窗戶，用頭錘把玻璃窗撞破。

十二少探頭出窗，看見下面一單位玻璃窗爆破，認定那就是逆鱗的藏身地點。

「找到了。」十二少動身：「小吉，就在樓下三層！」

落在地上的逆鱗一頭是血，看來這一撞擊力對他傷害不少。但見他對著士撻發笑，笑得士撻心底一寒。

「你笑什麼笑……」士撻當然也知道大難臨頭。

「哈哈哈哈！」

士撻驚恐的表情已掛在臉上，逆鱗只笑得更加大聲。

「你以為我真的不敢殺你！」士撻抽起逆鱗，用手中的水果刀抵住了他的頸項。

「動手呀！」

只要失去理性，士撻就真會戳下去，但剛烈的逆鱗就算到了這種危險關頭仍不甘處於下風，相當逞強好勝。

門外傳來一陣巨大的轟擊聲，大門被破開，十二少與吉祥來了。

面對昔日的老大與「阿公」，一陣懼意湧上。

怎麼了，士撻不是已經今非昔比，在「天義盟」位高權重了嗎？為何面對著二人仍然會懼怕起來？

原因簡單，論詭計論心狠手辣，士撻或許在二人之上，但講到實力，又怎及得上他們？

就算單打獨鬥，士撻也沒信心可以壓過吉祥，更何況還來了個十二少。

他手上只有逆鱗這個籌碼。

「你們敢走前一步我就殺了他！」士撻把刀尖戳入逆鱗頸上。

「他不敢殺我的，殺了我，他不能向雷公子交代。」逆鱗一再挑釁：「更重要的是，我死了，你也出不了這個門口。」

逆鱗戳中了要害，士撻怒得漲紅了臉，真想一刀殺了逆鱗就算，但一時之快，卻換來無窮後果，士撻當然不會亂來。

士撻正苦惱如何走出這困局，吉祥開口了。

「放了逆鱗，你可以走。」

「！」

對士撻來說，這是個極之吸引的交易，巴不得立即放了逆鱗，離開現場。

不過，世上又哪會有如此便宜的事？

士撻猜想吉祥的下一步，可想來想去也想不到。

「不用想了，我吉祥一句就是一句。要殺你，機會多的是，用不著此刻出手。」

或者士撻可以放手一搏，跟吉祥十二少拚命，但勝算大概只有一百萬分之一，吉祥傲視士撻：「你沒有選擇的了，放人吧！」

搏不過。

正如吉祥所說，士撻再沒其他選擇了，放開人質，是唯一可以做的事。

別無他法，士撻放開了逆鱗，然後慢慢走向門口。

吉祥跟十二少站在門口前方兩旁，即是說，士撻要走出去必須要在二人中間經過。

他逐步向前行，手中一直緊握著那柄水果刀。

這柄刀當然對二人起不了任何威脅，只是當一個人被恐懼感包圍時，就要找些依賴。

士撻走到二人身前，心跳得很快，被他們的巨大氣場壓得幾近窒息，連抬頭的勇氣也拿不出來。

他曾在廟街一役差點可以把吉祥了結，此刻卻像個窩囊廢，只因他當日仗著King Kong、邢鋒在現場才有恃無恐，在敵方陣地耀武揚威，儼如江湖大哥大一樣，如今落單了，即打回原形，變回初出道的小混混。

失去了依靠，士撻根本什麼也不是。

士撻步出大門，終於可以呼出一口氣，然後發足狂奔。

一安全，惡念便生。他只想儘快會合雷公子，做出大反擊，用殺戮抹去屈辱。

士撻走了，逆鱗望著面前兩人。

這是他首次與十二少、吉祥見面，雖不認識，但從剛才在對講機上聽到了二人的名字，故知道他們的身份。

他們是信一與陳洛軍的朋友，如今前來營救自己，逆鱗大概猜到是怎麼回事。

「我老爸跟信一已經和好了？」

「聰明。」吉祥為逆鱗鬆綁後把他攙扶起來：「你大腿的傷可以嗎？」

「死不了的。」

「那就走吧，我送你返元朗。」

「等等……我知道雷公子今日在城寨搞了個造勢大會，你們選擇在這時候救我，信一應該在那一邊有所行動吧？」

流著哥哥血脈的逆鱗頭腦果然靈光，十二少凝視著他，突然生出了一份強烈的預感，這個叫逆鱗的小子，只要再加點歷練，他日定會在江湖有一番大作為。

「嗯，只要我通知信一把你救出，他便會立即動手。」十二少說。

「我跟你們一起去！」

「但你大腿還在流血。」

「如果這樣也撐不過來，我以後就不用出來混了。」

「走吧。」

即將爆發的世紀大戰，百年一遇，錯過了飲恨一生。無論傷成怎樣，逆鱗也希望在現場見證。

十二少也不拖拉，立即致電陳洛軍，告知他逆鱗已經安全。

掛了線，陳洛軍望向身旁的信一及AV，吐出一句話：**「現在就去殺個痛快吧！」**

振奮的話，激動二人，再蔓延至身後的 Happy 仔、暴龍，以及每一個來自台灣的火兒幫。

跟雷公子的所有恩恩怨怨，都要在今晚做個了斷。

逆鱗事情已經解決，陳洛軍再沒有任何後顧之憂，誓要把雷公子碎屍萬段。

3.22 祕密武器

城寨天台上，雲集了過百賓客，場面鼎盛，大部分都是有頭有面的江湖人物。

雷公子染指香港黑道短短日子，已把「龍城幫」轟個四分五裂，實力毋庸置疑。誰也不想開罪這聲勢浩大的狂人，故受邀者大多都賞面出席。

雷公子要成為香港第一人，總不能四面樹敵，於是他以銀彈政策，向一些二線幫會下手，把他們結集，欲擴大版圖，鞏固勢力。

打垮「龍城幫」令雷公子信心大增，下一個目標就是「暴力團」、「架勢堂」，還有「洪興社」，只要把這幾個所謂大幫除掉，一統江湖便指日可待。

他當然知道，這不是一朝一夕可以達成的事，在這之前，一定會經過無數場械鬥，所以他便要備好彈藥，準備迎接一場又一場的大戰。

雷公子是好戰的，一想到接下來將要爆發戰爭，他就感到興奮了。

「多謝各位大哥今日來臨，開始晚宴之前，雷某想說幾句話……」雷公子站起來，拿著咪高峰說：「相信不少人以為我是澳門人，但其實我跟大家一樣，百分百是來自香港。三十年前，家父地位崇高，德高望重。他為人重情義，喜提攜後輩，一生光明磊落，故深受各方人物擁戴。龍捲風知道家父個性率真，一次又一次挑釁他。我父宅心仁厚，不但放過他，而且還助他在自己地盤建立勢力，但龍捲風這小人卻以怨報德，有點勢力便囂張無度，挑戰家父。我父一時大意著了道兒，被這小人害慘，給攆出九龍城寨……不過邪不能勝正，『龍城幫』鳩佔了城寨多年，終於回到我手上，證明雷家才是這片地方的真正主人！」

雷公子振振有詞，內容雖然與事實有所出入，不過勝在七情上面，情緒高漲。

「我正式宣布，『青天會』的旗幟，由今日開始，再次樹立！我雷公子向大家保證，與我同路的，一定會比之前賺得更多！」

在座所有人都交足反應，聽完這番豪情壯語，同聲歡呼附和。

此時，跟雷公子同桌的虎青電話響起。

「虎青，出事了！剛才十二少帶了大班人來，我奮力迎抗可惜仍被他救走逆鱗！」

事態嚴重，虎青掛了線立即向雷公子匯報。

得知事情，雷公子沒有大怒，只翹嘴一笑。

「還以為他們已經無反抗能力，這下子好玩了。」

選擇在這天救人，雷公子當然猜到是「龍城幫」的部署，但他卻仍然擺出一副兵來將擋的姿態，似乎不把信一等人當成一回事。

連他身旁的邢鋒也不知道雷公子何以能如此淡定，但不管雷公子有什麼厲害法寶也好，邢鋒亦不敢鬆懈，他已進入戒備狀態，準備迎戰「龍城幫」。

上次在廢車場，陳洛軍沒有落場，只跟邢鋒的座駕擦肩而過。這次「龍城幫」反擊，陳洛軍必定會出現，邢鋒期待能在戰場上跟他相遇。

前方遠處傳來沸騰的人聲，邢鋒的視線穿過十幾張圓桌，瞧見幾個人帶著大幫人馬走到大台上。

雖然相隔了兩幢大廈的距離，但眼尖的邢鋒卻認出站在最前方的三人。

——信一！AV！陳洛軍！

在他們身後的，還有Happy仔、細寶、暴龍，以及一大群跟隨陳洛軍由台灣而來的打手。

「龍城幫」全員盡出，這一晚就要跟雷公子來一個終極大結算。

AV從遠處看見雷公子，眼球噴出了火，他已按捺不住，現在就要把他撕開千段萬段！

「龍城幫」跟雷公子之間，沒有任何談判或議和的可能性存在，陳洛軍祭起兵刃的同時，信一及其門生也亮出利刃。

其他幫會的頭目看此情勢，便知難免一戰。他們既已跟雷公子搭上，就不能置身事外。

在座來自不同社團的人，雖各懷鬼胎，但大多都不怕開打，因為從牌面來看，他們的確佔了優勢。

論人數，「龍城幫」那邊頂多三十人，己方是他們的幾倍，一個好運，把陳洛軍、信一此號人物扳下，身價便急升十倍。

萬一真的敵不過他們，也可留力自保，然後靜悄悄地退場，讓其他人上。

「兄弟們，上！」陳洛軍振臂高呼，帶頭上前。

陳洛軍有所行動，邢鋒亦準備動身。

雷公子卻按住了他，然後從地上的袋子裡取出一物，「碰」的一聲擺在桌上。

「給我站住！」雷公子拿著咪高峰，對信一等人大吼：「你們再敢走上前一步，我保證，你們會——終身後悔！」

距離太遠，信一根本看不清雷公子拿出來的到底是什麼事物，但雷公子的聲音好像吃定了他們，除非這是韜晦之計，否則那東西應對「龍城幫」相當重要。

事到如今，雷公子就算虛張聲勢，也只能拖延一會，但信一卻覺得對方似乎不是玩什麼嚇唬伎倆，而是胸有成竹。

信一腦子急轉，猜想那是什麼東西。

會是龍頭棍嗎？不可能，出發前已確定它仍在狄秋手上，而且保管得相當安全。

那會是什麼？信一見到那東西似是個圓盅，至於裡面藏著什麼，就不確定。

陳洛軍同樣不敢妄動，但AV卻如被勒住韁繩的野馬，想不顧一切地衝前，可他又明白，今晚除了是自己的復仇夜，也關係到「龍城幫」的生死存亡，己方兩大元帥停住了去勢，AV唯有跟隨。

「以為帶一大班人來就可以壞我大事？」雷公子把那圓盅的蓋打開：「你敢亂來，我就把裡面的東西沖水飲！」

雷公子要把盅內的東西飲掉又怎能威脅到信一？除非那是極度重要的事物……

信一與陳洛軍此刻終於知道，雷公子的把戲。

「雷公子，把你手上的東西還給我！」信一又怒又急。

「別天真啦！如果我會把它交給你的話，我又為什麼把它弄到手上呀？死蠢！白癡！廢柴！」雷公子怒罵，擦了擦鼻頭，趾高氣揚：「所以說『龍城幫』的人就是不會用腦！你兩個廢柴，給我下跪！」

要在眾目睽睽下跪地，信一和陳洛軍顏面何存？他倆是「龍城幫」的頭目，一旦跪下，這場仗未開打便輸了氣勢。

最大問題是，雷公子手中之物甚具威力，二人就好像被他綁住雙手，揑住了喉嚨，只要雷公子喜歡，隨時把他倆勒死，連反抗的能力也沒有。

「你倆好像聽不到我的話……」雷公子把盅內的粉狀物倒進清水的杯裡：「還不給我跪下，我就把龍捲風的骨灰飲進肚內，然後他便會成為我的一坨屎給拉出來！」

雷公子的祕密武器，原來是龍捲風的骨灰！

這一著好毒啊，試問信一又怎可以讓龍捲風受此屈辱？

雷公子一旦飲下去，便覆水難收，神仙難救。

信一和陳洛軍實在不能讓這一幕發生。

萬個不情願，二人也得放下手中刀，跪在地上。

「龍城幫」大軍氣勢一泄如注。

「哈哈哈哈哈！什麼龍城第一刀？什麼龍捲風傳人？在我雷公子面前還不是像隻雞仔一樣被我玩弄！只要我喜歡，我要你們幫我吹簫也行呀！」雷公子拿起手中的杯子：「陳洛軍，把刀拾起。」

形勢比人強，陳洛軍別無他法，只好照做。

「現在給我把信一的右手斬下來！」

此言一出，全場無人不感愕然，要陳洛軍親手斬掉信一的手臂，誰都知道那是沒可能的事，但不照做，雷公子便會把龍捲風的骨灰吞進肚內。

信一對龍捲風有一份深厚的感情，除了是自己的長輩，信一更加視哥哥為一生中最敬重的人物，把他當成父親一樣。

當年圍城之戰，龍捲風為保城寨安危，帶病上陣，最終戰死沙場。信一心裡向哥哥承諾，一定要將「龍城幫」推上更高峰。

如果他阻止不了這事情發生，連龍捲風這三個字也保不住，以後做什麼也是枉然了。

犧牲一臂，能保住龍捲風的威名，信一認為值得。

但斷了一臂，雷公子又會否信守承諾？

信一也想不出法子，望著陳洛軍，把決定權交到他手上。

「我數三聲，你不把信一的手斬下來，我就飲下去了！」雷公子拿起水杯。

「三……」

沒時間了，斬與不斬，現在就要決定！

「二……」

雷公子的杯子已貼近唇邊。

陳洛軍望著地上的刀，知道再沒有思考的時間了。

「——!」

3.23

開戰！

「你以為我不敢？」

雷公子拿起杯子，準備飲下！

「洛軍，動手呀！」

信一狂吼！

陳洛軍拾起地上一物，虎目盯住雷公子，力聚一點，手中之物如箭離弦，向前疾射。

陳洛軍的動作太快，正把骨灰水喝下的雷公子根本意識不到將要發生什麼事情，但身邊的邢鋒卻極度機警，雖看不清陳洛軍擲出所為何物，不過再細小的動作也逃不過他雙眼。

飛擲之物甚為快速，莫說是尋常之人，就連邢鋒也未能捕捉，直至那一物飛到眼前，他才瞧出，那東西是一枚筷子！

邢鋒伸手捕捉，五指一抓。

掌心卻空空如也，落了空。

一聲清脆的玻璃爆破聲，破空響起。

雷公子手中的水杯應聲破碎，還未把骨灰水灌進喉嚨，他便急急地把口腔的水吐出。因為玻璃杯爆開，幾塊碎片掉進他的口內，若非他及時吐出，喉嚨將會被割開。望著地上碎片，雷公子跟邢鋒一樣愣住了，剛才真的險象環生，差一點便一命嗚呼。

雖猶有餘悸，但雷公子很快已清醒。皇牌被毀，怒火難擋，一手拾起龍捲風的骨灰龕往地上砸去。

乒——

瓦龕爆碎。

骨灰隨風一吹，如星塵散落。

「殺了他們！我要『龍城幫』的人全部都去死！」

賓客們抽出桌底下的西瓜刀，向「龍城幫」撲殺過去，正式拉開大戰的序幕。

信一也不確定雷公子有否把骨灰水吞進肚裡，但事已至此，只要把這賤人殺掉，便可以阻止那件屈辱事情發生。

所以，雷公子今晚必須要死！

龍捲風的骨灰隨風飛揚，散落在信一等人的身上。

——就好像跟哥哥並肩而上。

「哥哥，你在天有靈，一定要保佑我們把那大賤人殺掉！」

信一拾回佩刀，同時間正有兩個手執鋼刀的人撲向自己。

二人眼神充滿殺氣，勢凶夾狼，好像跟信一十冤九仇。

信一在江湖也算是有名有姓，以往怎會有人敢如此「無禮」。

他們之所以敢動手，除了因為聽命於雷公子，更大的原因是，他們不把信一放在眼裡。

吃了一場敗仗之後，信一的名氣一落千丈，再加上沉寂了一段日子，大部分人都以為信一已經回塘，所以他的對手以為信一已經是過氣大哥，他的刀已經生鏽，不足為患。

但這個想法，只會令他們跌入萬劫不復的死地。

信一實在很不爽，他要以行動讓對手知道，龍城第一刀跟以往一樣，依然見血封喉，犀利無比！

來襲的二人，還未揮刀，就已經倒下。

信一的刀，今晚就要飲盡敵人的鮮血！

「龍城幫」另一核心人物陳洛軍，握刀在手，往敵人身上狂砍，砍得血花四濺，砍得慘嚎連連。

從前的陳洛軍，凡事都盡量留一線，很少做到趕盡殺絕，但這一次就不同了，跟雷公子對陣，留力只是迂腐的行為，隨時讓仁慈壞了大事。

眼前的雖然不是直屬雷公子，但他們為虎作倀，也是死不足惜。

陳洛軍手起刀落，每一刀都看準了敵人的要害，務求用以最短的時間解決對手。數秒間已令幾人倒下，猛如烈火的氣勢直殺入敵陣，出手俐落，開膛破肚。

他收起了慈悲一面，把體內那頭野獸釋放，變回了那個初出道、為求完成任務可以不顧一切的狠角！

除了「龍城」兩大戰神猛虎出柙，另一個重要角色也殺入戰場。

AV等了這一日已經等得太久了，在他避走台灣，最失意失落的日子裡，真的曾經打消過復仇的念頭。那時候他失去了鬥志，過著行屍走肉的生活，終日與痛苦為伴，每當合上眼，就想起小優在他面前被肢解的畫面，在萬劫輪迴下活著，活得沒有尊嚴，活得沒有意義。

他有時候也會問自己，既已對人間再沒有任何留戀，何以還要貪戀人世？

死了就一了百了，告別苦痛，把前塵往事作了結，總好過痛苦地度過每分每秒吧。

或許連他自己也不知道，在潛意識裡，那股復仇之火從沒熄滅，一直在等……等待再次爆發的一天！

面對眼前敵人，個個手持利刃，但AV從來都不喜歡舞刀劍，就算面對千軍萬馬，依然故我，在戰場上只會用上最原始、也最具爆炸力的武器——拳頭！

不世仇人就在眼前咫尺，誰敢阻他的去路，他就用拳頭把攔路者逐一轟爆！

他要盡情發泄，發泄再發泄！

聽著敵人的骨折聲，AV異常亢奮，把積存已久的負面情緒訴諸暴力，用敵人的鮮血，來祭小優的亡魂！

幾個主將戰意大勇，大大提高了「龍城幫」的士氣，Happy仔、暴龍、細寶以及一眾人馬跟隨而上，殺入敵陣，展開混戰。

戰幔一拉開，「龍城幫」就佔盡頭威，雷公子看在眼底下當然不爽，但他卻沒有泄了氣勢，因為他還未使出邢鋒這隻皇牌。

現在跟「龍城」開戰的都是其他幫派外援，雷公子一直按兵不動，本意想借助他人之手削減敵方實力，但那些人似乎不太中用，再打下去只會增加「龍城幫」的氣勢，不出手不行了。

「給我把那班廢種砍個稀巴爛！」

雷公子一聲令下，虎青就如甩開枷鎖的猛獸向前撲殺。

手執一柄巨大開山刀的他，粗暴地撞開己方人群，直闖敵陣。

虎青的視線鎖緊細寶，殺了他，十二少必定痛心非常，只要令十二少痛苦的事，虎青都會出盡全力去做。

「細寶，虎青爺爺來殺你了！」

虎青雙手握緊刀柄，砍向細寶。

虎青本已相當慓悍，再加上殺氣騰騰，令面容更加猙獰凶惡。

大刀橫劈，勁風撲面。

實刀未至，細寶已可感到此刀勢道極猛，故不敢怠慢，提刀迎擋。

「噹」的一聲，兩刀交拼，為二人之戰敲響鐘聲。

虎青率先攻入「龍城幫」陣地，「青天會」的人馬也殺入戰場。

B輝與鱷魚搭檔上陣，他們一直都在等待一個吐氣揚眉的機會，今日如果爭取得好表現，只要殺敗一兩個「龍城」要員，便可在江湖立威，抬起頭來，躋身江湖大哥大的行列。

「青天會」的喜宴被「龍城幫」搞得一片混亂，雷公子卻沉住了氣，沒有動怒。

他只在想，是誰把逆鱗的藏身之地供了出來？

雷公子心中有了一個人的名字，怒目四顧，卻已發現宋人傑在混亂之間不知跑到哪裡。

雷公子不怒反笑，笑自己的失策，他沒想過宋人傑膽敢出賣自己，這又讓他上了一課，如何忠心的狗，也有反撲自己的可能。

宋人傑一定要死，就算他走到天腳底下，雷公子也會找到他出來。

不過目前要解決的，是這班戰意如虹的「龍城幫」。

雷公子的人數比「龍城幫」多出幾倍，照理應該佔上優勢的，但眼下情形，「龍城幫」的人好像戰意旺盛，全沒有因為人數問題而影響戰意。

「打垮一個『龍城』仔，賞金一萬！殺一個大將，一百萬！」雷公子拿著咪高峰大吼：「陳洛軍、信一、AV的狗命，每條五百萬！」

這班人全都是因為利益才跟雷公子走在一起，利字當頭，一聽到雷公子開出的盤口，個個眼目都發出精光，注入了銀彈力量，再續未完之戰。

現場一片混亂，身為雷公子的近身，邢鋒當然要保護他的安危，故他一直都站在雷公子身前，還未參戰。

「邢鋒，你上。」

雷公子知道，「龍城幫」人數雖少，但他們團結，打下去，給他們打出個士氣來，實在不利自己。

所以邢鋒必須要落場，只要他出手，定可敲山震虎，震懾全場！

——天下無敵的絕世邢鋒，終於踏上戰場了。

3.24

廝殺

邢鋒隨手拿起一張摺凳走進人群，一見敵人就揮動武器，身手之好，令同伴喝采，敵人抹把汗。摺凳在他手上猶如靈蛇擺動，對方還未瞧到他如何出招，頭顱便給砸個正著，或頭破血流，或昏死地上。

不及抵擋，就已命中。

落點奇準，一擊即中，不消半分鐘便把十幾名「龍城」人馬轟下。

高手，有著高手的氣場，邢鋒的強大，已達「屈機」的級數，散發出來的氣勢，連相隔幾十米外的陳洛軍也可感受得到。

眼見邢鋒如狼入羊群，把己方兵馬宰殺，陳洛軍只想儘快破開人海，上前營救。

奈何敵軍人數甚多，要殺出血路，也非一時三刻可以做到。

陳洛軍一急，手臂竟被劃了一道口子。雖不能造成太大傷害，卻叫他們知道，陳洛軍並非想像中厲害，也會受傷，只要把他的力氣耗盡，便可以將之擊倒。

邢鋒殺得天昏地暗，把敵方打個潰不成軍，把「龍城幫」浩浩蕩蕩的氣勢擊碎了。

人海中，有個大塊頭特別強悍，中了邢鋒的攻擊竟沒有倒下，雖然給砸個一頭血，雙目仍然有火有神，不屈不折。

「你不是無名小輩，你叫什麼名字？」

「暴龍！」

報上名字，暴龍祭起拳頭向邢鋒轟過去。

以暴龍的體型來說，動作已經不算慢，但在邢鋒眼中，他仍然是不入流。

邢鋒一動，暴龍便感到一陣勁風撲過來，他知道，自己的腦袋將被炸裂。來到這個時刻，任暴龍如何閃躲，也不能阻止將要發生的事情，因為邢鋒的快已超越尋常人的想像境界。

除非，有一個比他更快的人出手。

錚——

暴龍的耳際響起了一道清脆的金屬磨擦聲。

張目一看，眼前出現如煙花的燦爛火光。

那是凳柄與鋼刀擦出的火花。

誰有能力在那千分之一秒間擋住了邢鋒的攻擊？

邢鋒自然心裡有數。

「很久不見了，龍城第一刀。」

邢鋒泛起了一個跟故人久別重逢的笑容。

「別來無恙嘛？」

信一仍舊從容。

「你若非『龍城幫』的龍頭，我們或許是朋友。可惜。」

邢鋒掉下摺凳，在地上隨手拾起一刀。

「人生有一兩件憾事，才有意思。對嗎？」

信一緊握刀柄。

「沒錯。」

邢鋒收起了笑容。

「不過你是雷公子的人，所以我們永遠不可能是朋友！」

信一殺氣外露。

「來吧。」

邢鋒手中閃出寒芒。

他們差不多在同一分秒向對方展開攻擊。

疾風迅雷的剎那間，二人已交了好幾十刀。

乒裂——

直至邢鋒的刀抵受不了猛烈衝擊碎裂，急速的交拚才暫遏。

「你的刀不行，再選一把。」信一說。

邢鋒在地上再拾起一刀。

然後——

又是一輪交擊。

兵裂——

尋常的鋼刀還是碎開。

論速度論招式，二人只在伯仲之間，不分軒輊。

「再選一把。」

撇開立場，邢鋒的而且確是個難得的對手，信一寧願公平一戰，也不要在兵器佔上便宜。

他把佩刀棄掉，跟邢鋒一樣，隨便在地上挑一把刀。

邢鋒與信一吸一口氣，便迎向對方。

提刀而起，又再展開疾烈無比的激戰。

兩柄鋼刀於彈指間碰擊了超越三十次，雙方的出手都是又快又烈。

在未遇上邢鋒前，信一以為自己的刀法在江湖上已幾近橫掃，論刀法，連龍捲風也未必勝得了他。

如今眼前的對手竟可以和他鬥個難分難解，激起了那股遇強愈強的爭勝心。

雙方交了近五十刀——

每一發攻擊，都如狂風暴雨，勢如破竹。

每一記抵擋，都不可以有半分差池，否則將命喪於對方刀下。

二人已在對方的刀口度過了生死邊緣五十次。

他們同樣驚訝，對手的實力竟可跟自己如此接近。

信一愈攻愈急，刀勢愈來愈猛，反之邢鋒雖然似被壓下，但他的神色卻不慍不火，全沒半點壓力。

邢鋒明白，當兩人的實力相差無幾，刀法上的變化與速度，其實也不會有太大的距離，到了這個時候，就得看誰先找到對方的破綻。

保持冷靜，就是致勝關鍵。

邢鋒留意到，信一每次出刀後，回刀時右胸位置都露出缺口，他看準了這一道破綻，乘信一回刀時，便出手突襲。

上一秒還在擋格，下一秒已變招反擊，這一下變化來得極之突然，信一一眨眼便見那道寒芒撲噬過來。

在那幾近不可能反擊的機率下，信一的刀竟然可以在極刁鑽的角度接下亡命一刀。

信一的反應與刀法，又一次令邢鋒感到愕然與佩服。

既然沒有破綻可尋，接下來便以快打快，雙方都毫無保留地做出進擊。

刀光與火光在天台上閃耀飛濺，沒有任何巧妙招式，純粹是力度和速度的比併，誰的刀制住了對方，誰就是勝利者。

兵——

又是一記慘烈的刀碎聲。

這一次，兩柄刀同時破碎。

二人鬥得火紅火綠，信一也懶得再換另一把，拋下斷刀，就往前衝。

邢鋒也棄掉手中刀，穩住下盤，擺下防守架勢，迎接信一攻勢。

信一轟出兩拳。

邢鋒以前臂擋住。

「再來。」邢鋒。

信一的拳被輕易擋開，心中有火，猛一吐勁，便力聚雙拳，一口氣向邢鋒狂打。

但邢鋒的雙臂卻像一堵銅牆鐵壁，把拳勁一一擋住。

連打出了十數拳也徒勞無功，邢鋒的防守仍然穩固，無堅不摧。

信一不忿，打得更快更狠，但任他如何費勁，還是未能轟破那堵牆壁。

「沒刀在手，你還是不行。」

一輪快打後，信一出招已變慢，接著就是邢鋒出手的時間了。

鬥刀法，邢鋒壓不住信一，但比拳腳，邢鋒自然信心十足。

邢鋒的拳，疾如電，暴如雷，信一招架不住，心口中拳。

沒有驚天動地的架勢，卻有著驚天動地的威力。

力發千鈞，把信一打退了十幾步。

正想上前再戰，卻被一手按住。

「你幫其他兄弟。」陳洛軍盯著邢鋒：「這個人，留給我。」

陳洛軍來了，來跟邢鋒一決生死了！

望著邢鋒，陳洛軍腦內閃出了藍男當日在醫院痛哭的畫面。

若非邢鋒受命挾走藍男，她便不會遭到小產的慘痛經歷。

身為藍男的男人，身為「龍城幫」的戰神，他要——

親手了結邢鋒！

3.25 吉祥的刀

虎青力度極猛，細寶雖然舉刀擋下，但仍被迫得不住後退。

細寶一退，虎青便如蠻牛猛進，揮刀狂砍。

論體型論力氣，虎青都在細寶之上，故露出一副吃定了對手的狂妄姿態，一味猛攻。

細寶只守不攻，擋得甚感吃力。

「手軟腳軟，你怎能跟我鬥？」虎青咧嘴大笑：「我不但幹你的女人，現在連你也幹掉，好讓你倆相映成趣呀！哈哈哈哈……」

這番話任誰聽了也沒有可能不動怒，細寶一身是火，擋下了虎青一刀，竟然不顧一切，用頭頂撞向虎青面門。

「虎青，我跟你拚命！」

這一著是不理智的，但怒火中燒的細寶已管不了那麼多，既然力氣拚不過他就來個硬碰硬。

面門被撞個正著的虎青，鼻孔出血，驚魂未定，又中了另一記猛撞。

二不離三，細寶拚了命地正打算發出第三記撞擊，卻被什麼力量勒住了衝勢。

「你很喜歡這玩意嗎？」虎青棄了刀，一手抓住細寶的頭髮說：「我就跟你玩個夠！」

「再來！」

位置互換，虎青往後仰，猛力發勁，頭如炮彈炸向細寶面門，轟得細寶鼻骨爆裂。

第二擊已把細寶轟至半昏迷。

但虎青意猶未盡，正打算轟出第三擊，似乎要把細寶活生生撞死！

正要發擊，一個聲音喝住了他。

「虎青！」

虎青認得這聲音，那是他的宿敵十二少。

虎青在監房的日子天天都希望親手殺掉十二少，如今十二少來了，虎青對細寶興趣頓失，手一甩，把他放開。

「這條死魚，我送給你！」

吉祥上前扶住細寶：「撐住啊。」

細寶無力一笑：「放心，我死不了……」

「你兩個給我滾開！」虎青拾起地上的刀。

十二少踏前一步：「小吉，讓開。」

「阿大，這一戰，請讓給我……」吉祥瞪著面前的虎青：「我要跟虎青打。」

當年一戰，虎青刺破了吉祥一目，成了他一世最大屈辱，不時也會在夢中重現這慘痛一幕。

要拭去夢魘，吉祥必須用自己雙手，手刃仇人。

「單眼仔，你要送死，我虎青一定成全你！」虎青猛吼，就往吉祥之處衝殺過去：「我就先殺你，再殺十二仔！」

「小吉，阿大撐你！」十二少遞出佩刀。

吉祥握住刀柄，從劍鞘抽出十二少的武士刀，順勢橫劈。

兩刀撞擊，爆出刺耳聲響。

甫一交擊，吉祥已知自己跟虎青的力量有差距，但吉祥有的是那種年輕人打不死的鬥志，明知硬碰硬不是好法子，他也無懼一切，一拚過後，深深吸了口氣，便發動密集狂攻。

也不知砍出了多少刀，虎青竟被那綿密攻勢打得難以還手。

「單眼仔怎會如此敏捷？這幾年他進步了不少！」虎青心道。

虎青跟很多上了位的大哥大一樣，總是看不起新一輩，在他眼中，那些後輩角色永遠都是小混混，不曾想過時間是公平的，你在前進的同時，其他人也在成長，你慢下來，便被後浪湧上、超越。

如果你一直恃老賣老，以為可以一世把後輩壓住，那就注定要給拉下馬了。

「碰」的一聲，虎青的面門竟然中了吉祥的飛膝。

這一飛膝力度出乎虎青意料，中招後連爬帶滾的往後翻。

吉祥順勢而上，雙手握刀，一躍而起，然後往下直砍。

「虎青，你玩完了！」

吉祥俯劈而下，躺在地上的虎青及時橫刀在前，擋住了吉祥的刀。

「單眼仔，你以為吃定我？」虎青暴喝，一腳踹在吉祥的下體：「我連春袋也踢爆你呀！」

下體重創，吉祥全身無力，痛得按著小弟弟狂飆淚水。

在失去了戰鬥力的瞬間，已足夠讓虎青來個大反擊。

寒芒直取吉祥腹部，站在後方的十二少緊張非常，想上前阻止，卻已鞭長莫及。

血花在吉祥的身上濺起，但虎青卻一臉愕然。

「單眼仔……」

吉祥一手是血，他竟徒手握住了虎青那柄刀的刀身，阻截了它的去勢。

把握著那千分之一秒的機會，吉祥抽刀向虎青迎頭劈至。

虎青一時間不知如何反應，失去方寸，舉臂就擋。

下劈之勢既急且烈，把虎青的前臂斬下來。

斷口狂噴血水，虎青眼見這個情景，只感到一切來得很不真實。

幾秒之前明明自己佔著優勢，怎麼此刻會這樣？

直到痛感傳上腦袋，他才知道，自己的人生正步向滅亡。

「單眼仔……吉祥……說到底大家也是同門一場……」

虎青正想求饒，眼前便閃出一道銀光，頭頂只感一陣清涼……

腦海一片空白。

之後出現在他眼前的，是一個荒謬的畫面。

虎青的視點在半空不斷旋轉，然後掉在地上，轉了好幾圈才停下。

最後，與頭部分開的身體也都倒下來了。

吉祥戰勝了，但剛才硬接虎青一刀的傷勢也不輕，十二少撕下衣服一角，為他包紮。

「小吉，沒事吧？」

「沒事。」吉祥望著細寶：「你又如何啊？」

「撐得住。」

「既然你倆都沒事，那我們三兄弟就一起上吧。」十二少說。

這個畫面是十二少期待已久的，自從跟細寶分道揚鑣後，已沒想過可以跟他站在同一個戰場上。

如今，他們三個又可以像昔日一樣，並肩同行。

虎青陣亡，但「青天會」不止他一人，其他戰鬥還在不同的角落上演。

士撻從工廈回到天台，甫一回來便見大戰展開，他便隨手執起一柄鋼刀，混入人海，參與大戰。

還有鱷魚和B輝，他們要一夜成名，故拚了命的狂砍，愈戰愈勇，雖也有中刀，但已傷了十幾名「龍城幫」人馬。

他們倆相當合拍，互補不足，狀態佳勇。二人也相信，只要維持著這個勢頭，就算遇上陳洛軍，也未必會敗在他手上。

但他們未遇上陳洛軍前，先遇上他的門生，暴龍與Happy仔。

鱷魚和B輝交換了個眼神，就算殺不了陳洛軍，幹掉他們一兩員大將也算是有個交代。

殺念一動，二人便提起傢伙衝向敵人。

「Happy 仔，今日我就要把你砍個稀巴爛！」

面對昔日門生，鱷魚又妒又恨。自 Happy 仔跟隨陳洛軍之後，名氣日盛，風頭早就蓋過了自己。

鱷魚不甘，更加不忿，何以當日那個不起眼的小鬼頭，轉眼間可以成為黑道天王的接班人？

還不是他死好命，遇上了陳洛軍！

鱷魚絕不承認 Happy 仔的實力，為了證明自己一直都在 Happy 仔之上，鱷魚一定要把對方殺之而後快。

「呀！」

鱷魚挾著怒潮咆哮之勢揮刀砍向 Happy 仔，Happy 仔卻不為所動，右腳往後踏，眉頭一緊，提刀，一蹬而起。

兩柄鋼刀在疾風迅雷間交鋒。

二人的身影在對方身旁急速掠過。

一刀過後，一切回歸平靜。

鱷魚感覺有異，垂頭一看，驚見肚皮被劃了一道血痕，一條長長的物體在那缺口擠出體外。

Happy 仔那一刀，把自己開膛破肚！

鱷魚到了此刻才記得，一年多前曾敗在對方手上，Happy 仔的實力早已被印證，只是自己一直不願接受才再一次低估了他，所以亦再一次敗在他的手上。

今次一敗，連命也賠了。

瞧見鱷魚倒下，正跟暴龍展開劇鬥的B輝也分了心，面門中了暴龍的重拳。

「鱷魚！」

摯友被擊倒，B輝戰意大減，雖然不敢確定鱷魚生死，但已知他受傷不輕，只想儘快帶他逃出戰場。

可中了暴龍的重拳，整個腦袋都在晃動，步履蹣跚，連站直身子也感困難。

這時候暴龍再發一記重拳，B輝終於不支暈死過去。

那是兩幫生死相搏的一戰，上了戰場，就要有陣亡的覺悟，強存弱亡，要怪就只能怪自己實力不夠。

B輝鱷魚相繼敗陣，「青天會」另一當紅人物士撻卻正在陣上殺得性起。

走上戰場之前士撻已經吃了大量軟性毒品來麻醉自己，故雖然身上中了幾道刀傷，仍好像不感痛楚，在戰場上瘋狂揮斬。

他愈砍愈狂，面上呈現出嗜血狂魔的猙獰相，分不清對方是敵是友，總之見人就斬，斬斬斬！

只有在失去理性的血腥殺戮裡頭，才能壓得住他對十二少與吉祥的恐懼。

「殺！殺！殺！殺！」

抓狂中的士撻突然覺得揮刀的手臂不聽使喚，如何費力也使不出勁來。

瞧清楚才發現自己整條臂膀不見了。

我的手臂呢？

怎會這樣的，上一秒明明還連著身體的……

藥品不止麻醉了他的痛感，連思考的能力也變慢，士撻還未意識到自己的臂膀已被斬下，他只覺得這個畫面好奇怪。

他望了望膊胳的斷口，又望了望前方，才發現眼前站了個人。

那個人又動了手中的刀，再一刀就已經割破了自己的喉嚨。

跟十二少走上戰場的逆鱗剛好看到這一幕，出刀之人雖背向自己，但他認得這個身影。

一年前自己還跟他鬥個你死我活，沒有跟他正式交手，真是幸運。

那個男人的刀法早已名動江湖，只是沒有親眼看過，不知是否如傳聞中般神。

如今親眼目睹，果然貨真價實，名不虛傳。

男人回頭，跟逆鱗目光交接。

兩個男人，在血肉橫飛的戰場上相視微笑。

隨著這一笑，以前的針鋒相對，恩恩怨怨也化作了雲煙。

「死不了吧？」信一笑說。

「『龍城』仔有那麼容易死嗎？」逆鱗帶點輕佻。

「哈！」

眼前的逆鱗，雖然仍有點稚氣，但看真一點，他的眉頭眼角，自信的笑容都跟故人很像、很像。

「這種場面，百年一見……」信一望著逆鱗大腿上的傷口：「你撐得住嗎？」

「可以！」

「好！」信一與逆鱗踏步：「那就跟我一起見證雷公子的末日吧！」

「青天會」的要員或死或敗，情況好不樂觀。但別忘記在他們的陣營中還有一個絕世邢鋒！

只要他還未敗陣，誰也不敢斷言「青天會」已經輸了。

陳洛軍跟邢鋒的生死決展開，他們雖然站在不同陣營，但彼此也視對方為難得一見的對手。

知己難求，找個讓他們看得上眼的對手更難。難得遇上，他們也不想在兵器上佔便宜，所以用上最直接、最公平的對決方式。

——拳與腳。

雙方交了十數招，邢鋒一直處於守勢，他這個人，能忍，也沉得住氣，時機未到，他可以一直忍、一直等。

像獵豹捕捉獵物，可等上大半天。只為等到一擊撲殺的機會。

邢鋒出手了，就在擋下了陳洛軍攻擊後的一瞬間，便向陳洛軍胸口轟出了一記實而不華的日字衝拳。

霸道如大老闆也抵擋不住邢鋒的拳，陳洛軍中了那一擊，便淩空往後飛。

三米、五米、十米，退勢仍然未盡。

陳洛軍退勢未止，邢鋒卻已趕上。

「你輸了。」

邢鋒語調淡然，但陳洛軍可感受到，這句話不是說笑的，因為接下來，邢鋒的攻勢，威力將會好比十級颶風般暴烈恐怖。

3.26

龍城稱霸

邢鋒的攻勢來了，一口氣轟出了如黑色暴雨的超猛快拳。

當日他轟敗逆鱗的打法，如今施展在陳洛軍身上，他深信，陳洛軍的結局將會跟逆鱗一樣。

邢鋒雖知陳洛軍相當耐打，但他對自己的實力有絕對的信心。

第一輪攻勢未能將對方擊倒，換了口氣，便再打出第二輪快拳。

面對這輪又暴又烈的連打，陳洛軍只能交叉雙手抵擋，無法找到反擊的機會。

邢鋒就是要把對方的所有動作封死。

已經到了第四輪的攻擊，陳洛軍雖然仍處於挨打狀態，但卻沒有倒下的跡象，任邢鋒的拳再密再猛，始終未能扳下他。

自信十足的拳勢竟攻陷不了防衛，這是邢鋒出道以後從未遇過的事情。

一向深藏不露的邢鋒鮮有地露出殺意，就連跟大老闆對陣時，也是從容不迫，氣定神閒。

但面對陳洛軍，他真的感到壓力，自知不加把勁，是難以把他打倒。

換了口氣，緊了眉頭——要來真的了！

「就不信攻不破你！」

碰碰碰碰碰碰碰碰碰碰碰碰碰碰碰碰—

碰碰碰碰碰碰碰碰碰碰碰碰碰碰碰碰—

碰碰碰碰碰碰碰碰碰碰碰碰碰碰碰碰—

碰碰碰碰碰碰碰碰碰碰碰碰碰碰碰碰—

碰碰碰碰碰碰碰碰碰碰碰碰碰碰碰碰—

碰碰碰碰碰碰碰碰碰碰碰碰碰碰碰碰—

轟了不知多少拳，還是未能把陳洛軍擊倒。

拳頭仍然在瘋狂猛打。

在未打倒對方之前，邢鋒是絕不會停手。

噗——

猛烈的衝勢，在千分之一秒間被截下。

就連邢鋒差點也不敢相信，他的右腕竟然被陳洛軍扣住。

萬分愕然的邢鋒愣了半秒……

未及回神，面門便似被一記鐵鎚擊中！

陳洛軍反擊了，那一拳挾著怒潮咆哮的氣勢打在邢鋒面門上！

吃個正著的邢鋒強忍痛楚，隨即反擊，日字衝拳結結實實打在陳洛軍的胸口。

邢鋒精通中國武術，出招其疾，變化其精，加上輕靈身段及空明澄澈的頭腦，故出道以後未逢敵手，絕對是百年一遇的武學奇才。

論底子論招式，邢鋒無疑在陳洛軍之上，可在台灣的日子裡，陳洛軍差不多每天都參與地下拳賽。

每一場比賽都是進修的經歷，不同的對手，有不同的長處，只要將其吸納再融會貫通，便能將戰鬥力提升。

當與無數拳手對決之後，不論戰技、速度、力量和反應，陳洛軍都進入了另一個境界。

最重要是，他是龍捲風和阿柒的傳人。

陳洛軍與邢鋒同時放棄了防守，抓狂似地揮拳猛砸！

他們便如兩頭史前野獸撲噬向對方。

再沒有留力餘地，豁盡所有力氣——不拚腦子，只拚力量，直至打倒對方！

不知轟爆了多少個對手，也不知道身上添有多少道刀傷，AV的拳仍然一直地轟，一直地轟。

他的目光，一直死盯著前方的雷公子。

兩方的距離不斷拉近，很快就可以把那個不世仇人殺個痛快。AV的眼神充滿了仇恨，也充滿了期待。

那雙眼盯得雷公子怒火上沖，恨不得把AV的眼珠挖出來！

「誰給我打垮AV，我給他一千萬！」

一千萬是一個相當驚人的數字，不少被AV嚇怕了的人，也因為這個銀碼而重新注入力量。

貪婪遮蓋了理性、壯大了膽子，明知衝過去是以卵擊石，也甘願當炮灰，如飛蛾撲火。

「他再能打也只是一個人，一起殺上去呀！」

「殺呀！」

這群人喪失了常性，妄想爭得一個機會，殺敗AV，從雷公子手上取得豐厚獎金，一夜盡收名與利。明知實力不足，卻振臂吼叫，企圖提高士氣，情緒一下子被這種群體互相激發的熾烈氣氛拉高，做出單獨時絕不會做的自殺式行動。

不停出拳的AV，雖然耗了不少體力，但仍拳拳有勁，每一擊都命中，將撲過來的嘍囉打飛。

嘍囉再多也只是嘍囉，雷公子當然沒期望過他們可以殺得了AV。

在雷公子眼中，這群人全是沒腦袋的貪錢怪，存在就是被支配、被利用。

他們的作用就是阻擋AV，消耗他的體力。

不自量力的人何其多，如蝗蟲撲向AV，或被打飛或給轟個暈死，纏了好一陣子也沒有人傷得了他。

AV無疑是能打，但說到底也是副血肉之軀，鐵鑄的身體也有乏力之時，就在力量下降一刻，終被趁虛而入，大腿中了一刀。

刺中AV的人笑容還停留在臉上，人已被轟到老遠。

這一刀雖未為AV帶來嚴重創傷，但卻製造了一個缺口，令其他人可以成功近身。血花在AV身上濺出，中了幾刀的他暴喝，一口氣打退了幾人，然後又換上了另一批人過來。

一浪接一浪，以人海戰術纏死AV，打算把他的力量耗盡為止。

AV萬料不到雷公子竟主動出擊，混入人群，趁AV忙於應戰之際，一刀刺入他的腰間！

「我今生今世也吃定你呀！」

刀鋒直送入腰，AV忙以左手握著雷公子的手腕，止住去勢。

右手拉弓，正想出拳，背門又被偷襲，給劃上一道長長的傷痕。

背門一痛，抓住雷公子的手也鬆開，轉身打出一記橫鎚，把後方的人轟開。

精明的雷公子一擊得手便即退了。

「哈哈哈，那大塊頭體力已耗得七七八八，送他一程！」

牆倒眾人推，AV一失勢，那班人便一併湧上。

對方人數太多，就算AV有強大的實力，也難免會給纏至筋疲力盡，到那時候，伺機而動的雷公子便又會伸出魔爪。

陳洛軍愈打愈有，愈轟愈烈，每一擊都猶如一枚小型炸彈，似要把邢鋒的筋骨炸碎！

再持續這種節奏的互相轟擊，邢鋒實在沒有把握可以勝得了他。

邢鋒是「青天會」的靈魂人物，一旦敗下，己方陣營便成骨牌效應，逐一倒下。

所以無論如何邢鋒也絕不可輸！

「陳洛軍！跟你拚最後一回！」

劇痛刺激起邢鋒的神經，令他潛伏於體內的力量也一下子迫發出來，聚於一拳。

蓄勢待發的一拳，藏著能粉碎所有血肉之軀的巨大爆炸力！

同一時間，陳洛軍亦祭起霸拳。

至剛至烈的一拳，注入了把眼前事物燒成灰燼的火紅熱血！

陳洛軍之前已經輸了很多，廟街之戰輸掉了未出世的兒子。

元朗一役賠了阿鬼和一眾兄弟的性命。

「龍城幫」失去了太多，這一次再也不能再輸呀！

陳洛軍與邢鋒各中了對方近百拳。

劇戰至此，雙方均知道已差不多到了最後階段。

到了這地步，除了看自己的拳打出去有多重，更重要的是能承受到幾多衝擊。

誰抵得住對方的強大轟擊，誰便是這一戰的最後勝利者。

使出了全力的邢鋒，始終未能把陳洛軍扳下，他開始擔心，那一雙天下無敵的拳頭，是否遇上了打不倒的對手？

當邢鋒出現這個念頭時，打出的拳已經失去了「勢」。

莫論單打獨鬥還是兩軍交戰，致勝的關鍵，往往取決於哪一方的「氣勢」較強。

邢鋒失了「勢」，相反陳洛軍卻氣勢如虹，大有氣吞天下的張狂霸氣。

就算技術比不上邢鋒，此刻的他，已把對方壓下來了！

碰／碰——

兩記重撞聲爆響，陳洛軍與邢鋒的拳同時落在對方面門上。二人也被強大的撞擊力震退。

陳洛軍的鼻孔狂噴鮮血，耳膜內不住響起嗡嗡聲，眼前的事物模糊扭曲。

這一拳雖未能擊倒陳洛軍，但肯定為他帶來了相當嚴重的傷害。

邢鋒的情況也好不到哪裡，雙手抱頭，痛得失控地狂嚎。

挺直的鼻樑作不尋常的扭曲，面骨破裂，雙目溢出血水，眼球幾乎給打了出來，腦袋像要內爆似的。

爆頭般的撕心劇痛，叫未嘗一敗的強人直認——我敗了！

人總會在某些階段，遇上不同的挑戰，任你何等聰明絕世或蓋世無敵，也有機會面臨超出預期的巨大衝擊，就好像骨牌一樣，如何奮力抵抗，也無法阻止倒下的命運。

——**絕世邢鋒終於跪倒地上，落敗戰場！**

陳洛軍一步一步的走到邢鋒面前，只要再補一拳，便可把他的神話轟個灰飛煙滅。

拳頭握得勒勒作響，本應毋須再有任何考慮，但陳洛軍卻在猶豫。

邢鋒跟隨雷公子為虎作倀，殺死了阿鬼，但在廟街那一役，他最終也放過藍男，令她逃過大劫。

如果藍男落在雷公子的魔掌上，下場可能比小優更恐怖、更慘痛。

藍男的命運，只是一線之差，當時邢鋒若狠下了心，陳洛軍和藍男以後便再沒有故事。

陳洛軍俯視邢鋒，心想這個人還未至於滅絕人性……雷公子今晚是死定了，你邢鋒沒了這靠山，也休想可以在香港立足。

「雷公子一定過不了今晚，你給我滾到老遠，別再讓我在香港看見你，否則我一定會親手殺了你。」

擺下驅逐令，陳洛軍在邢鋒身邊經過。

重創的邢鋒最後也撐不下去，暈倒地上。

曾經力挫AV、信一、大老闆等高手的邢鋒，幾近是黑道最耀眼的新星。

隨著一戰落敗，其光環也在一夜消失，變得黯淡無光。

從此江湖再沒有邢鋒這一號人物，屬於他的輝煌戰績，也將會連同「青天會」的旗號，長埋歷史。

陳洛軍轟敗邢鋒，以皇者姿態走出戰場，但他的好友正被人海重重圍困。

AV正忙於把那班死纏不休的貪錢怪轟走，一道刀光突入，在人海中疾走，掠過之處拉出一道血痕。

與此同時，一記猛烈的力量向人海炮轟，衝擊力好比疾馳中的馬匹，既霸且快，尋常人的體格絕對承受不起。

被轟擊的人都給離地飛起，著地一刻最少有幾條筋骨碎裂。

得到兩個強援相助，不消一刻，纏著AV的那些人不是被打退，就是昏死地上。AV、陳洛軍、信一，當代最強的三個男人站在同一陣線，誰還敢走進他們的範圍，不是白癡就肯定是燒壞腦。

放眼戰場，「青天會」已被轟個面目全非，難成氣候。再加上邢鋒、虎青等主將已經落敗，雷公子戰陣明顯氣數已盡。

先前還士氣如虹，抖擻精神的盟友，見雷公子大勢已去，已知道這一場仗輸定了。他們因為利益而跟雷公子走在一起，當然不會拿自己的性命來開玩笑，雖然搞了一大輪也得不到任何獎賞，但保命要緊，退場算了。

用金錢堆出來的團結，一擊而潰，跟腐土沒兩樣。

期待已久的盛事弄得一塌糊塗，雷公子怒得一臉通紅，心情激動得差點就要掉下眼淚。

他一直深信金錢可以令那群蠢人為自己賣命，也對邢鋒的實力有百分百的信心。

只要邢鋒在他身邊，一定可撐起半邊天。

但邢鋒敗了，盟軍也散了，「青天會」最終也難逃宿命，敗在「龍城幫」手上。

其實邢鋒敗陣那一刻，雷公子便應該乘亂而逃。但這樣一逃，何時才能東山再起？

屬於他的澳門勢力已經瓦解，香港的地盤也沒有了，還可以去哪裡？

或許餘下的身家足夠他在台灣平凡過一輩子，但像雷公子這種野心家是不會甘心的。

所以，他寧願留守戰場至最後一刻，跟「青天會」共存亡。

兩軍之戰正式結束，「龍城幫」壓倒性擊潰「青天會」。

現在，就要解決另一場——**私人恩怨！**

陳洛軍、信一、十二少、吉祥、Happy仔、逆鱗、細寶、暴龍等人全部站在AV身後，接下來已沒有他們的事了，可以做的，就是食花生，看好戲。

「猛虎不及地頭蟲，敗在你們手上，我無話可說！」

「你無話可說，但我有啊。當年你老爸雷震東贏不了龍捲風，今日你一樣要輸！」陳洛軍盯著雷公子：「有什麼遺言要說呀？」

「說你老母！我最錯，就是沒有親手把你老婆捉走，否則我一定會日操夜操，把她操爆、把她操爛為止！」

提到藍男，陳洛軍難以沉得住氣，正要說話，卻被信一阻止。

「人家大限快到，由得他吧。」信一從容：「雷公子果然是雷公子，到了這時候性格依然貫徹——人衰口賤！我見你死到臨頭仍可挺直腰板，也算是個人物。別說我不近人情，接著的一戰，我們不會插手，如果你能在AV手上活過來，我信一親自駕車送你去機場。」

從來只有雷公子掌控別人的生死，何曾試過如喪家犬般被施捨？

「信一！你算老幾？我出來混的時候，你毛也未長出來呀！」

「對啊對啊，不過現在我的毛毛已很茂盛呢。」

「這個氣氛，你說什麼毛毛啊！」陳洛軍用手肘撞向信一。

「是他先說的！」信一指著雷公子。

「你兩個他媽的短命種，當我雷公子是什麼人？今日虎落平陽，要劏要殺，快手一點！」

「虎落平陽？要劏要殺？粵語片年代嗎？跟你有代溝，收線啦。」信一吸了口煙：「AV，你等這一天已等了很久，口賤男就交給你，慢用。」

「來呀！」

雷公子向ＡＶ出拳。

ＡＶ五指張開，把雷公子的拳頭捏著。

——等了千年萬年，就是等這一天！

一顆眼球給轟出窟窿。
壞事做盡的雷公子，生命終於走到倒數時刻了。

3.27 世紀賤人的最後狂呼

「今日是我『青天會』樹立旗號的大日子，卻被他們弄得一團糟！」

中了AV一拳，雷公子只覺得視覺有點怪怪的……

「我雷公子在縱橫澳門街，連賀新也要給我幾分面子，這班廢物憑什麼跟我鬥？」

他慢慢摸向面部……

「邢鋒怎可能會輸？我又怎可能會輸？他媽的！他媽的！他媽的！他媽的！他媽的沒道理呀！」

指頭觸及右眼眼窩，濕漉漉的，觸感異常……

「為什麼會這樣？我的眼球去了哪裡？」

無儔勁度的一拳，把雷公子的眼球連根拔起轟離眼窩，只餘下一個血洞。

「他們竟敢對我下手……」

一生專橫跋扈的雷公子，完全不能接受這個殘酷事實。

AV鬆手，雷公子便如爛泥倒在地上。

雷公子是死定的了，但太快了結他又不夠大快人心，AV打算慢慢享受。

大勢已去，雷公子自知再難翻身，任他如何張狂霸道，臨死前總有求生意欲，一代梟雄，此刻如喪家犬匍匐爬行，尋找活路。

雷公子回首一看，只見AV一雙怒目死盯著他，渾身充斥著復仇火焰，那強大的霸氣逼得人難以喘一口氣。

從來天不怕地不怕的雷公子，生出了來自死亡的恐懼。

原來行刑前的一刻，真的好恐怖！

AV的手抓住了雷公子的頸項，把他凌空抽起，近距離盯著手中獵物。

雷公子驚得全身抖震，不敢直視AV。

落得如此下場，他開始後悔……自己明明是萬金之軀，在澳門呼風喚雨，就因為發展得太順利，養成了目空一切的橫蠻性格。

在他眼中，所有的人命都如糞土般下賤卑微，只要他一個不順眼，就可以令那些一文不值的生命生不如死。

要吃就吃、要姦就姦，完全無視生命的價值。

對他來說，失去了龍捲風的「龍城幫」，只是個由一班污合之眾管理的九流幫會，只要略施小計，便可以把他們搞垮。

的而且確，他曾經令「龍城幫」內鬥深化、攆走信一，再把狄秋玩弄於股掌，所有事情都按照著他的劇本進行。

勝利沖昏了頭腦，以為自己可以淩駕所有人，可以控制所有事，從沒想過劇本的角色會走出故事發展。

就因為贏得太多太順利，令他失去了防範、令他急於樹立「青天會」的旗幟。

雷公子在香港得來的勢力，都只是用金錢堆砌出來，虛有其表，不存在任何互信與情義，整個架構全無根基可言，又怎抵得住真正的衝擊？

此刻覺悟，已經太遲了。

雷公子驚恐的表情完全流露臉上。

「別殺我，我會給你賠償……」

AV一直盯著雷公子，就是等待他求饒這一句。

現在，可以動手了。

他的手，緊握著雷公子的手腕。

「AV……你別亂來，放了我，我把一半身家分給你……我發誓以後不會踏足香港……」

抓住雷公子的手往後拉扯。

「知錯了嗎？」

「我知錯了！知錯了！求你不要這樣！」

「當日我也有求過你，如果你肯放過小優，今日的一切便不會發生。」

AV猛力一拉。

「由一開始，你就不該惹我！」

整條臂膀給AV硬生生扯了下來！

雷公子失禁，撒了一褲子尿。

吔——

手臂被強行撕下的痛楚非筆墨所能形容，雷公子的劇痛慘叫，響徹城寨天台，AV聽得大感痛快。

「好痛呀！他媽的好痛、好痛！」

雷公子撕破喉嚨的叫聲，對AV來說就猶如一道興奮劑，令他的腎上腺素激增，他媽的痛快極了！

「你那麼喜歡吃人肉……」

AV舉起雷公子的斷臂。

雷公子已可預料到會有什麼恐怖的事情發生。

「不要……不要……」

AV將臂膀的斷口，野蠻地塞進雷公子的口內！

「現在就給我吃個夠吧！」

臂膀比雷公子的口腔大，AV猛力推進，直撞牙齒，又扭又轉，粗暴塞入，皮肉與血花在雷公子的嘴角飛濺。

有點像甘蔗塞入榨汁機的效果，又殘忍又荒誕。

「吃下去！吃下去！」

斷臂塞入的觸感極度噁心，雷公子胃內一陣抽搐，吐出穢物，嘴巴卻被塞住，連同血肉吞回肚子。

「咕……咕……咕……」

一生食人無數的雷公子，哪會想到自己有這一日？

這一幕，名副其實的——食自己！

無比難受，全身肌肉一陣鬆弛，糞便從屁眼噴出。

雷公子哭了，如果現在有一個願望，他只求痛快一死。

但好戲還在後頭，斷肢卡在口腔，再塞不入，AV也不勉強，雙手握拳，準備向雷公子的面門發出毀滅性大轟擊！

「雷公子！你玩完了！」

轟！

「食呀！食呀！食呀！食呀！食呀！食呀！食呀！食呀！整條手臂也給我吞下去呀！」

皮肉！鮮血！牙齒！骨屑！噴射式溢出！

斷臂被狂轟入內，塞爆了雷公子的口腔。

雷公子受盡折磨，終於走上了人生絕路。

斷臂骨骼貫穿口腔，插進腦袋，刺破了醜陋靈魂。

一生作孽無數，遺禍人間的舔血狂魔——死了！

死得如此難看，如此沒尊嚴，真箇是天理循環，報應不爽。

那個可恥兼噁心的死相，將會成為他的黑歷史，流傳千載，遺臭萬年！

一直纏繞ＡＶ的恐怖夢魔，已成過去。

ＡＶ終於為小優手刃賤人，激動得落下了淚。雖然他的世界，猶如天空破開了一道永不可能修復的裂縫，餘生將會永恆傷痛，但以後殘缺的日月可以照常升起，光明可以重新照耀自己了。

陳洛軍、信一、十二少、吉祥，拍拍AV兩臂，展露一笑，他們的情義，早已心照不宣，在心中。

「經歷過無數的風風雨雨，這班好友一直站在我兩旁，與我度過每一個難關，一起流過血、流過汗。有你們當我的同伴，是我一生最大的運氣。謝謝你們，在我失意失落時，把我扶起。」

——AV如是想。

兩軍之戰於此落幕，兩代的宿怨，亦作了個終極了斷。

「龍城幫」再一次把雷氏家族擊敗，「青天會」徹底灰飛煙滅，殞落於大江湖上。

往後幾天，道上便流傳著「龍城幫」的威猛事蹟。

Happy仔、暴龍、細寶、吉祥這幾個新一代已長出稜角，獨當一面。

尤其吉祥，與虎青一戰贏得俐落漂亮，甚具大將風範，成為炙手可熱的火紅人物。

不過有時候，不是人人都有角色，好像逆鱗，因有傷在身而無法參戰，雖然可惜，但來日方長，日後總有他發揮的機會。

還有十二少，這一戰始終是「龍城幫」與「青天會」之爭，救出逆鱗已完成了他的任務。雖沒有動手，但他坐鎮現場，毋疑令「龍城幫」打高兩班。

說到最厲害的，一定是陳洛軍、AV與信一了。

信一御駕親征，在戰場上遇敵殺敵，所向披靡。

沉寂一時的陳洛軍強勢回歸，如天神般降臨，技壓全場，擊敗邢鋒，破滅了他的不敗神話。

AV赤手空拳殺傷了過百人馬，徒手轟爆雷公子，把其靈魂徹底粉碎。

又完成一場惡戰了。

陳洛軍忽然想起兩年前決戰「暴力團」。

那時候，他們五兄弟，空手空臂破壞了一支軍團，憑的就是那股年輕的鬥心與團結。

如今身邊的同伴增加了——

陳洛軍、信一、AV、吉祥、十二少、細寶、逆鱗、暴龍、Happy仔，將會是一個更強大的組合，只要這班男人聚在一起，縱使面對千軍萬馬、天塌大事——

他們同樣可以撐得起！

——小優父母家——

我下跪在兩老跟前。

出事以後，我一直不敢面對他們。直至多年後的今日，我終於再次厚顏無恥地出現在這兩個被我害慘了的老人家面前。

正正式式捎來死訊——失蹤多年的女兒，已經跟你倆天人永訣！你們白頭人送黑頭人！

「阿杰……」一隻溫柔的手輕輕搭在我肩膊上。

我抬起頭，直視那跟小優相像的輪廓，心在絞痛。

「對不起，對不起，對不起……」

她搖頭：「不用說對不起。錯的不是你。」

說罷她轉身入房，不一會出來時，手上多了一本簿子。

「後來，我們找到了小優的日記簿；要隔很久以後，我們才敢翻看……那時才知道，小優她………真的很愛你。而她一直那麼善良，即使到了天上，也一定想心愛的人過得好好的。」

我接過那本日記，忍不住嚎啕大哭。

「阿杰，我想我有資格代那孩子說：我不怪你，我從來都不怪你。請你以後好好生活。」

後續

ENDING

1995

後續

孩子在踢我。

老狗在喘氣。

而我有點累。

「我們走不動了，你抱我們好了。」

「不要！你知不知道你胖了多少？」

「還不是因為你，我已第三次懷孕啦，比起當年，當然胖很多！」

「哈哈。」洛軍一笑，蹲下身摸了摸老狗的頭：「小白乖啊，快到了！」

拐過彎，一直步履蹣跚的小白突然像上了電般越過我們，發足狂奔，直至來到一個聳立了兩塊巨型石碑的公園入口。

「汪！」小白神氣地吠，回頭催促我們快點。

右邊一塊，刻著「九龍寨城」。

「我在這裡遇見你，已經是七年前的事了。」洛軍說。

小白在亢奮吠叫。

孩子在使勁踢我。

而我笑得更深了。

洛軍拖著我，穿過公園，來到足球場。

我們來到球場，遠遠就可看到一個中氣十足的光頭老頭，拖著我的兒子，青筋暴現，對著場上大吼。

「信一，別插花呀！傳！傳呀！」老頭一肚火：「唉！給搶了，叫你不要插花啦！」

「大老闆！」陳洛軍上前。

「你終於來了，信一真的不行呀，下半場換你落場！」

「爸B，媽咪！」我的小寶貝甩開大老闆，走到我身旁。

「洛仔啊，你也看到了吧，信一一味亂衝，又沒組織，我們已落後五分，這樣下去，隨時輸十球呀！」大老闆瞪大了眼，臉紅耳赤。

「大老闆，你冷靜點，小心爆血管啊。」

完場哨子聲響起，上半場結束，「龍城隊」暫時落後0比5。

這個比數……很丟臉呢！

信一走到場邊，看見我們，有點尷尬：「你們……怎會來了？」

「你就是這樣，總愛個人表演，有大戰也不預我！」陳洛軍：「要不是大老闆通知我，我也不知道你今日跟『洪興隊』開打！」

「唉……藍男大著肚子，我想你留多點時間陪她嘛。」

「嘩！別拿我來當藉口，是你自己喜歡個人主義！」被我拆穿了的信一，只能露出生硬的笑容。

「阿洛哥，你現在來也沒有用了，就算你有朗拿度的球技，也救不了這個殘局啦。」

「我一個不行，加上他們幾個又如何啊？」

時間算得剛剛好，十二少、吉祥和AV已經換上了球衣，向我們走過來。

「信一，我們來撐你！」AV笑說。

AV他不再戴面具了，身上也再沒有那股令人喘不過氣的壓迫感。念祖一看到他，就好像見了蜜糖般黏上去：「契爸！」

AV抱起他，露出慈愛寵溺的笑容。有時我懷疑，念祖喜歡AV，好像比喜歡他老爸還要多。

「連你們也來了！」信一先是一喜，然後又皺眉頭：「不過上半場輸五球，那班『洪興仔』有速度、跑得快，好難打啊！」

這個「龍城幫」龍頭，有時候真的很廢話，有速度跟跑得快有什麼分別？

「落後五球又如何，我們打慣逆境波，每次都谷底反彈！」

「汪！」

「簡直是金玉良言呀！」大老闆打從心底的認同。

洛軍的樂觀，毫無疑問是很幼稚、很沒邏輯的了，但偏偏又能感染到其他人，連小白也精神起來，哈哈。

「你說得對！我們幾兄弟一同落場，炒爆『洪興仔』！」

球賽未完、人生未完、故事未完。陽光照射下，幾個帥氣男人走進球場，迎接他們的——下半場。

眼前這五個舉足輕重的男人，雖然已是無人不識的江湖巨人，可當他們混在一起時，還是會不自覺流露出最真摯的稚氣笑臉。

誰也沒長大、誰也沒改變。

唯一變的，只是年紀。

可以預見，當他們六十歲後，老掉了牙，還是會像今日一樣——

肝膽相照，友情長存！

九龍城寨・三部曲　全文完

後記

《九龍城寨》電影版於本年5月1日公映，反應超出預期，觀眾的年齡層由高小到中年，跨度相當大。及後衍生的同人、cosplay現象，跟十三年前推出漫畫版時的情況很相似（有種似曾相識之感），不過這次電影版的威力幾何級數放大，覆蓋至國內及海外各地；我想幕前幕後事先並沒想過，一齣陽剛動作片，最後竟達到偶像劇般的風潮。創作的有趣之處，大概就是作品脫離作者後，出現這種無路可捉的意外驚喜吧！

電影上映期間，參與了一些謝票場，其中有幾場跟現場觀眾交流的深度分享，經常被問到兩條問題：

1. 電影版跟小說的情節改動甚多，會不會不高興？
2. 對於筆下角色變成同人BL，有何看法？

在開拍之前，其實早已從瑞導口中知道了電影版情節，和改動的因由。小說、漫畫、電影，始終是三個不同媒體，絕對會因應不同的呈現方式而作出調整，就算我在擔任漫畫版編劇時，也對自己的原著小説作出不少改動，例如大老闆的性格與結局，就與初版相差甚遠。這既是因為後來的想法變更了，也因為漫畫不再單純是我的個人創作，而是跟主筆司徒劍僑的共同創作。

到了電影，亦因規模變大、涉及單位繁雜、現實各種因素，投資者與創作團隊必然有更多考慮；加上真正拍攝時跟原著書寫時所投射的時代都頗有差距，就算這套戲由我編劇，也絕不可能跟初版一五一十照寫出來啊。

把版權賣出去，如果沒有像某些作家般兼任編劇一職，是必然要放手的，因為那的確是另一個團隊的創作。我不會認為這是隱忍退讓，反倒是對其專業的尊重；倒過來，我相信成熟的電影團隊也會尊重原著——而我對瑞導的底線要求是：保留原著的角色關係、走向，以及最重要的熱血友情元素。他答應了，亦做到了。

換個方式説，小説、漫畫、電影是三個截然不同的媒體，就像三個不同的平行世界，在各自不同的世界裡，角色的遭遇不會是完全一樣，但經歷大抵相似——

無論在哪一個時空，

陳洛軍都會因不同的理由被大老闆追殺，同樣會遇上信一、十二少、AV和龍捲風；

本名林杰森的AV，就算在另一世界的綽號叫四仔，都會被壞人雷公子纏上，跟愛人分別；

信一與龍捲風，同樣都是父子般的關係，守護城寨的神人總不敵肺癌（抽太多煙了吧）；

祖與占，依然是惺惺相識的雙雄，但始終難逃宿命，兄弟鬩牆；

狄秋則總是很Kai地引狼入室，換來悔不當初……

如果看清內裡那些錯綜複雜的線，會知道電影跟小說的精神是共通的。我寫這本小說，著重寫人物，多於寫劇情；所以只要人物性格沒崩壞，劇情上的改動，我覺得是可以接受的（不過在「作者已死」的詮譯觀底下，讀者的閱讀和文本討論跟我可以完全不同，所以我也尊重和理解某些忠實漫畫迷及小說迷不能太接受的心情）。

至於筆下的角色成為同人甚至BL，我並沒意見，既不會反感，有時還覺得頗有趣。我是很開放的，認為是讀者喜歡這部作品才會進行二創，應該沒有惡意在內。

不過蠻搞笑的是，無論是原作者本人、漫畫家劍僑、導演鄭保瑞，都是陽剛直男，創作時並無故意加入「迎男而上」的意圖；結果卻大受BL同人作者的歡迎——也許，這就是《九龍城寨》的命？這班角色的強烈友情，去到一個極致，總能令人聯想翩翩。而這些，又可以想成是另一些發生在多重宇宙裡的故事。

最後講一下《終章》，翻看一次這部作品，感覺上跟陳洛軍、信一、AV等老朋友再一次經歷重要人生時期，有幾段情節，隔了多年再看，仍然有點感動：信一登基、AV復活、「龍城幫」大和解、龍捲風與小信一、AV大仇得報清算雷公子等……

完成這部終章修稿工作，之後就要投入另一個同系列的創作——《九龍城寨前傳之信一》再見。

余兒　2024.6

作者　余兒
編輯　小尾
設計　faminik
特別鳴謝　牛佬

出版　創造館
CREATION CABIN LTD.
地址　荃灣美環街 1-6 號時貿中心 6 樓 4 室
電話　3158 0918

發行　泛華發行代理有限公司
地址　香港新界將軍澳工業邨駿昌街七號二樓

承印　美雅印刷製本有限公司

出版日期　第一版 2024 年 7 月
第二版 2024 年 7 月

ISBN　978-988-70525-5-5

定價　HK$250

本故事之所有內容及人物純屬虛構，
如有雷同，實屬巧合。